D1326897

Debra Ginsberg

Ślepe posłuszeństwo

TYTUŁY ROKU 2010

ŚALAMANDRA

Debra Ginsberg

Ślepe posłuszeństwo

Przełożyła Katarzyna Waller-Pach

REBIS

DOM WYDAWNICZY REBIS

POZNAŃ 2010

Tytuł oryginału
Blind Submission

Redaktor
Agnieszka Horzowska

Opracowanie graficzne serii i projekt okładki
Lucyna Talejko-Kwiatkowska

Fotografia na okładce
Krzysztof Kwiatkowski

Wydanie I

ISBN 978-83-7510-228-4

Dom Wydawniczy REBIS Sp. z o.o.
ul. Żmigrodzka 41/49, 60-171 Poznań
tel. 061-867-47-08, 061-867-81-40; fax 061-867-37-74
e-mail: rebis@rebis.com.pl
www.rebis.com.pl
Skład: *AKAPIT*, Poznań, tel. 61-879-38-88

*Pisarzom, którzy kiedyś będą publikować,
i miłośnikom książek, którzy pewnego dnia
przeczytają ich dzieła.*

Prolog

Była to pierwsza minuta mojego pierwszego dnia, a ja w pierwszym odruchu chciałam uciekać. Po prostu odwrócić się i zmykać stamtąd najszybciej jak się da. W chwili bezruchu między tym wewnętrznym impulsem a działaniem, które miało z niego wyniknąć, stałam oniemiała, ze wzrokiem wbitym w biurko przede mną. Ginęło ono pod stosem plików kartek, różowych wydruków z wiadomościami, wycinków z gazet i bliżej nieokreślonych wydzieranek. W środku tego chaosu tkwiła do połowy ukryta centralka telefoniczna, której pomarańczowe światełka nieodebranych połączeń agresywnie przebłyskiwały przez papiery. Najbardziej jednak uderzała mnie mnogość słów, które przed sobą widziałam. Z wyjątkiem centralki telefonicznej, każdy centymetr biurka był pokryty oszałamiającym kolażem granatowo-czarnych wydrukowanych lub nabazgranych notatek. A każde słowo domagało się mojej uwagi i reakcji. To było moje biurko. I moja praca.

Czułam, jak mięśnie nóg naprężają mi się z wysiłku powstrzymania ruchu. Jedną ręką zatrzasnęłam zamek torebki, w drugiej trzymałam kubek z kawą na wynos, którą ze sobą przyniosłam. Stan zwierzęcia przed walką lub ucieczką. Każda komórka mojego ciała była przepełniona oczekiwaniem na uderzenie adrenaliny. Miałam sucho w ustach i wiedziałam, że odgryzłam więcej kanapki, niż jestem w stanie przeżuć. Głos rozsądku w mojej głowie mówił, że to tylko praca, a nie wspinaczka po stromej skale.

Ale znacznie wyraźniejszy głos instynktu krzyczał, że to, co robię, jest właśnie balansowaniem nad przepaścią. Powtarzał, że jestem w niewłaściwym miejscu, w niewłaściwym czasie i muszę n a t y c h m i a s t się stąd wydostać. Zanim będzie za późno.

Pomyślałam, że m o g ę wyjść. Mogę się odwrócić i wyjść, tak samo jak weszłam, i nikt nie będzie wiedział, że kiedykolwiek tu byłam. Dziewczyna przy biurku po mojej lewej stronie nawet nie zauważyła mojego przybycia. Mówiła coś cicho do telefonu, pogrążona w zajmującej konwersacji. Nikogo innego w polu widzenia nie było. Nikogo, kto by mnie pozdrowił lub powitał w pierwszym dniu nowej pracy. Nikogo, kto wszcząłby alarm, gdybym nagle umknęła z biura. Byłoby naprawdę łatwo po prostu zniknąć, wrócić do domu i przemyśleć jeszcze raz całą sprawę. No i mogłabym później zadzwonić i powiedzieć, że zdarzyło się coś nieprzewidzianego i że niestety nie mogę podjąć tej pracy, i że bardzo dziękuję, że wzięli mnie pod uwagę. Miałam już w głowie tę rozmowę, słyszałam, jak mamroczę przeprosiny. Wielce prawdopodobne, że nawet nie musiałabym rozmawiać z n i ą.

Wzięłam głęboki oddech i poczułam, jak mięśnie moich ramion zaczynają się rozluźniać. Tak, ucieczka była możliwa i w tym znalazłam poczucie bezpieczeństwa potrzebne do wyzwolenia zatrzasku mojej torebki ze śmiertelnego uścisku i uczynienia próbnego kroczku w kierunku góry słów na moim biurku.

Wiedziałam już, że nie odejdę, że przetrzymam, co trzeba. Uczyniłam wysiłek odsunięcia moich obaw w najodleglejszy zakątek świadomości i skupiłam się przede wszystkim na tym, dlaczego tu jestem. Prawda jest taka, że pominąwszy chwilę paniki, nie pamiętam niczego, na czym zależałoby mi tak bardzo jak na tej pracy. Chciałam tej pracy z mocą, jakiej u siebie nawet nie podejrzewałam. Będę o nią walczyła i zwyciężę i nic, a szczególnie drżączka wywołana pierwszym dniem, mnie nie powstrzyma.

Wzięłam drugi głęboki oddech w ciągu pięciu sekund i poczułam zawrót głowy. Zamrugałam i z trudnością przełknęłam ślinę. Pomyślałam, że nie będzie dobrze ulec hiperwentylacji, zanim będę miała szansę choćby usiąść. Raz jeszcze spojrzałam na to, co było moim przeładowanym biurkiem, smakując ostatnie chwile spokoju. Zrobiłam krok i ruszyłam do walki.

Rozdział pierwszy

To, żebym wystąpiła o pracę w Agencji Literackiej Lucy Fiammy, było pomysłem Malcolma. Bez jego nacisków nigdy by mi to nawet do głowy nie przyszło. Malcolm podkreślał, że szczególnie istotne jest nie tyle czekające mnie niebawem bezrobocie, ile moja prawie fanatyczna miłość do książek i wszystkiego, co się z nimi wiąże. To prawda. Jestem namiętnym czytelnikiem, zdolnym pochłonąć całe tomy na jedno posiedzenie. Nieposkromiony apetyt na książki wytworzyłam w sobie na bardzo wczesnym etapie życia.

Książki są upragnioną ucieczką od rzeczywistości – to frazes, ale w moim przypadku to była prawda. Mojego dzieciństwa nie naznaczyła bieda albo zaniedbanie, ale było ono pozbawione stabilizacji. Moja samotna, hipisowska matka nie była w stanie wytrzymać w jednym miejscu („miejscu", czyli jakimś przypominającym komunę obozowisku) zbyt długo. Ona nieustannie poszukiwała oświecenia i – czemu trudno się dziwić – nigdy go wokół siebie nie znajdowała. Ale to nie zniechęciło jej do poszukiwań ani do wleczenia mnie za sobą. Nie bardzo miałam ciągłość w uczęszczaniu do szkoły, a co się z tym wiąże, niewielki także był mój kontakt z dziećmi w moim wieku. Nowych przyjaciół musiałam szybko opuszczać, kiedy matka decydowała, że buddyjska samotnia w Arizonie ma przewagę duchową nad spółdzielnią żywności organicznej w Oregonie, a kolonia artystów w Kalifornii jest bardziej odpowiednia z etycznego punktu widzenia niż enklawa neopogan w Nowym Meksyku. W życiu mojej matki rzadko pojawiał się mężczyzna zdolny ją do siebie przywiązać, co dotyczyło także mojego ojca, kimkolwiek był i kimkolwiek mógł się stać. Moja matka twierdziła, że po jednej, jedynej nocy, którą razem spędzili, nie pamięta nawet jego imienia.

Książki były jedyną stałą w tej zmienności. Uciekałam do czytania zawsze, gdy pragnęłam poczucia uspokojenia i osadzenia. Dziko kochałam matkę, ale nigdy nie podzielałam jej entuzjazmu do nieustannych zmian. I nie bardzo ufałam wciąż nowym grupom ludzi (prawie wyłącznie kobiet), którymi się otaczała. Matka poszukiwała swojej prawdy w ludziach i miejscach, ja swojej – w książkach.

Lecz czytanie było tylko częścią wrażeń, jakich dostarczały mi książki. Ciężar nowego tomu w ręce wywoływał we mnie oszałamiającą przyjemność, a zapach i kruchość kartek przynosiły mi zmysłową radość. Uwielbiałam ich gładkie i barwne obwoluty. Dla mnie spiętrzona piramida nieprzeczytanych książek była jednym z najseksowniejszych kształtów architektonicznych. Bo to, co najbardziej kocham w książkach, to obietnica, którą niosą. Zgadywanie, co, czekając na odkrycie, kryje się między okładkami.

Malcolm doskonale znał moją słabość. W końcu poznaliśmy się pomiędzy regałami Blue Moon Books, księgarni, w której pracowałam. Od razu niepokojąco mnie zainteresował. Wyglądał wyjątkowo dobrze: był wysoki, opalony, z wyraźnie zarysowaną szczęką i kośćmi policzkowymi, ale coś innego spowodowało, że miałam miękkie kolana, byłam rozemocjonowana i chciałam z miejsca porzucić wszelkie pretensje do profesjonalizmu, żeby tylko z nim porozmawiać.

Wiedziałam, że jest pisarzem, i to mnie w nim tak pociągało. Malcolm szukał katalogu wydawców, żeby opublikować powieść, więc wyciągnęłam kilka przewodników po agencjach literackich i małych wydawnictwach, a potem każdy z nich wspólnie z nim przejrzałam, robiąc wszystko, co mogłam, żeby podtrzymać rozmowę.

O książkach, o jego pisarstwie i wreszcie o tym, czy mógłby rozważyć wypicie ze mną kawy w sąsiedztwie, kiedy będę miała przerwę.

– Skąd wiesz tak dużo o książkach? – zapytał Malcolm, kiedy, ku mojemu drżącemu zachwytowi, przyjął moją propozycję. – Jesteś pisarką?

– O nie – powiedziałam, starając się powabnie potrząsnąć włosami, nie maczając ich jednocześnie w kawie. – W ogóle nie piszę.

– Naprawdę? – spytał niedowierzająco, unosząc blond brew. – Nawet scenariuszy czy poezji?

– Nie, nie – zaprotestowałam, posyłając mu czarujący, miałam nadzieję, uśmiech. – W ogóle nie piszę, choć oczywiście u m i e m pisać, jeśli trzeba. Takie rzeczy jak listy czy eseje w college'u, to oczywiście tak, ale coś więcej... no wiesz.

Jego pytanie było uzasadnione. Mieszkaliśmy niedaleko San Francisco, miasta, które wydawało się obfitować między innymi w pisarzy. Dokładniej mówiąc, ja mieszkałam w Petalumie, krajowej stolicy konkursów w siłowaniu się na rękę, a Malcolm trochę bardziej na południe, w Novato. Mojej matce Petaluma przydarzyła się jakieś trzy przystanki temu, ale ja dorosłam, akurat kiedy tam wylądowałyśmy, i już zostałam. Wbrew realiom zarówno Malcolm, jak i ja uważaliśmy się za mieszkańców okolic zatoki, chociaż, szczególnie Petaluma, była dość mocno oddalona od zatoki San Francisco. No i w otaczającym krajobrazie pojawiali się początkujący pisarze. Ci, których spotykałam, przychodzili do Blue Moon, zlokalizowanego w ciągu handlowym Corte Madera, w poszukiwaniu książek informujących, jak wejść do świata druku, i zazwyczaj robili „coś innego", żeby opłacić rachunki. Tym „czymś innym" było zwykle podawanie posiłków. Tak też było w przypadku Malcolma, który poinformował mnie, kto go zastępował przy stolikach w restauracji na drugim końcu okręgu Marin, kiedy on tworzył powieść.

– Ja jestem po prostu m i ł o ś n i c z k ą książek – wyjaśniłam Malcolmowi. Nie miałam aspiracji, żeby pisać. Byłam szczęśliwa, pracując jako kierowniczka Blue Moon Books, gdzie miałam nieograniczony dostęp do mojego narkotyku. Lubiłam też Elise, właścicielkę księgarni, która płaciła mi więcej, niż było ją stać, żeby tylko mnie zatrzymać, i była dla mnie raczej kimś w rodzaju mentora i przyjaciółki niż szefową. W związku z tym, że szybko rozwinęłam umiejętność przewidywania, które tytuły będą się dobrze sprzedawały, jako że większość z nich przeczytałam, Elise uczyniła mnie odpowiedzialną za zakupy dla Blue Moon, co bardzo sobie chwaliłam. Pracowałam w księgarni już od czterech lat, kiedy spotkałam Malcolma, ale praca wydawała mi się wciąż nowa i świeża, jakbym dopiero zaczynała.

– To tak, jakby się było dzieckiem w sklepie ze słodyczami – powiedziałam.

Malcolmowi musiało się to wydać czarujące, ponieważ kiedy wypiliśmy całą kawę, jaką byliśmy w stanie w siebie wlać, a ja poinformowałam go bez przekonania, że muszę wracać do pracy, zapytał, czy moglibyśmy kontynuować rozmowę przy kolacji. Nie mogłam uwierzyć swojemu szczęściu. Przystojni, pewni siebie faceci nigdy się do mnie nie zbliżali, szczególnie tacy, którzy mieliby poziom seksapilu reprezentowany przez Malcolma. Nie żebym była nieatrakcyjna. Chociaż, jak każda kobieta, dostrzegałam elementy mojej twarzy i ciała, które były za długie, za krótkie, za szerokie lub za wąskie, wiedziałam jednak, że nie powinnam narzekać. Żeby zapłacić za college, pracowałam nawet jako modelka. Więc to nie mój wygląd odstraszał zadowolonych z siebie przystojniaków i wciągał w moją orbitę osobników o niepewnej sytuacji społecznej, powierzchowności dalekiej od ideału i w nieokreślony sposób beznadziejnych. Była to jakaś inna moja cecha, choć nigdy nie udało mi się ustalić jaka; to coś odpychało mężczyzn w typie Malcolma. Skarżyłam się w tej sprawie Elise, i to częściej niż raz, kiedy natrafiałam na muzyka o niepokojącym stanie uzębienia albo na przyszłego filozofa o pozostawiającym wiele do życzenia poziomie higieny, którzy przysnuli się do Blue Moon.

– Z tobą się miło rozmawia, kotku – odparła mi Elise, kiedy skończyła już się śmiać po moich rozpaczliwych wynurzeniach. – I nie ma w tobie krzty zarozumiałości.

– I to sprawia, że jestem w ich targecie? – zapytałam.

– Nie, ci ludzie, ci faceci, po prostu czują, że mogą ci zaufać, że mogą się przed tobą otworzyć. Cholerka, przed tobą każdy się otwiera. To dlatego sprzedajesz ludziom książki, których wcześniej nigdy nie zamierzali przeczytać!

– No dobrze, ale dlaczego nie może się przede mną otworzyć także boski, ustawiony facet? – drążyłam.

– Nic się nie martw, kotku, to się jeszcze zdarzy – zapewniła mnie Elise.

I z Malcolmem wreszcie się zdarzyło. Niewiele czasu zabrało nam, aby stać się parą, a ja też nie potrzebowałam go zbyt wiele, żeby dać Malcolmowi klucz do mojego mieszkania, w którym zwykle i tak lądowaliśmy, jako że większość czasu spędzaliśmy razem. To tutaj, w królewskim łożu zajmującym lwią część mojego małego studia, przywoływaliśmy wrażenia minionego dnia, oddawaliśmy sobie nawzajem ciała, sny i marzenia.

Marzenia Malcolma zwykle dotyczyły publikacji i zostania wielkim pisarzem. Moje marzenia zaś dotyczyły jego. Bardziej niż on sam pragnęłam, aby sukces literacki stał się jego udziałem, i z całej siły i na wszelkie sposoby chciałam mu w tym pomóc. Moje życie towarzyskie było nieco ograniczone, ponieważ większość czasu zabierał mi Malcolm, a resztę Blue Moon, ale to mi nie przeszkadzało. Chociaż nie jestem typem samotnika, bardzo dobrze potrafię się zająć sama sobą. Dobra książka nadal pozostawała centralnym obiektem w mojej wizji dobrze spędzonego czasu wolnego.

Myślę, że w głębi duszy wiedziałam, że w Blue Moon nie zarabiam dobrze i choć lubię tam pracować, nie jest to miejsce, gdzie robi się karierę. A kariera stanie mi się w końcu potrzebna. Chociaż nie mówiliśmy o tym zbyt często, Malcolm i ja planowaliśmy się w przyszłości pobrać. Jedno z nas musiałoby wówczas zacząć zarabiać przyzwoite pieniądze.

Poza tym byłam z mojego życia zadowolona. Nie widziałam potrzeby zmian. To znaczy, nie widziałam ich do chwili, kiedy Elise mi oznajmiła, że zamyka Blue Moon i że będę musiała poszukać sobie innej pracy. Chciałam wierzyć, że Elise znajdzie sposób, żeby utrzymać księgarnię, i nawet kiedy zaczęła już likwidację, przez parę tygodni stosowałam technikę wyparcia. To konsekwentne wypieranie mogłoby mnie w końcu zaprowadzić na bezrobocie, gdyby Malcolm nie wystąpił z inicjatywą.

Pewnego wieczoru wróciłam z pracy w częstym u mnie wówczas stanie bezsilności i na łazienkowym lustrze zastałam ogłoszenie o pracę zaznaczone czerwonym kółkiem. Weszłam, żeby umyć zęby, i szorowałam je, obserwując swój zdziwiony wyraz twarzy. W ogłoszeniu prawie nie było tekstu. Zaczynało się tak: DO ZNANEJ AGENCJI LITERACKIEJ POSZUKIWANA ASYST. ADMIN. Pierwsza linijka mi się nie podobała. Straszne określenie „asystentka administracyjna" było zawoalowanym nazwaniem niewolnicy. Jednak reszta ogłoszenia była intrygująca: KANDYDATKA MUSI BYĆ INTELIGENTNA, UWAŻNA I ZDOLNA POGODZIĆ WIELE

ZADAŃ. DOŚWIADCZENIE W WYDAWNICTWIE MILE WIDZIANE. ZAMIŁOWANIE DO KSIĄŻEK KONIECZNE. ZGŁOSZENIA FAKSEM DO: CRAIG, W AGENCJI LITERACKIEJ LUCY FIAMMY. Pod ogłoszeniem Malcolm nagryzmolił: „To jest idealna praca dla ciebie! xxx, M."

Malcolm miał rację. Miałam wszystko, czego oczekiwano. Zanim tego dnia wrócił z wieczornej zmiany, dorzuciłam do mojego starego CV informację o pracy w Blue Moon i wypuściłam wydruk. Następnego dnia wysłałam CV faksem z Blue Moon i w ciągu kilku godzin dostałam odpowiedź od kogoś o imieniu Anna z prośbą, abym zatelefonowała w celu uzgodnienia terminu wstępnego spotkania.

– Proszę do nas zadzwonić – powiedział zmęczony głos – żebyśmy mogli ustalić termin. Lucy i Craig chcą się z panią zobaczyć.

Kiedy oddzwoniłam, Anna podała mi, takim samym apatycznym tonem, szczegółowe instrukcje, jak dojechać. W tle słyszałam bezustanny hałas dzwoniących telefonów. Elise nie była może entuzjastyczna, ale wsparła mnie, kiedy poprosiłam o wolne przedpołudnie z powodu spotkania w sprawie pracy.

– No, no, Lucy Fiamma – powiedziała.– To naprawdę wielki dzień, co? Oczywiście pomogę ci, jak tylko będę mogła. – Wyraz lekkiej dezaprobaty przemknął po jej twarzy. – Tylko uważaj, kochanie – ostrzegła i wyszła, zanim zdążyłam zapytać, co ma na myśli.

Malcolm natomiast był bardzo poruszony informacją o mającym nastąpić spotkaniu kwalifikacyjnym. Był tak ucieszony, że zabrał mnie na kolację do Postrio, restauracji Wolfganga Pucka, co wykraczało ponad nasz zwykły budżet.

– Wiesz, ja nie mam jeszcze tej pracy – zastrzegłam się, kiedy wznosiliśmy toast chianti.

– Och, kochanie, będziesz tam idealnie pasowała – stwierdził Malcolm. – Nie mam żadnych wątpliwości.

Przygotowanie do spotkania w sprawie pracy było koszmarem. Spędziłam cztery godziny przed lustrem, żeby skomponować strój, który i tak nie bardzo mi się podobał. Zdecydowałam się na niebieską sukienkę, najbardziej konserwatywną spośród trzech znajdujących się w mojej szafie i jedyną, która zakrywała tatuaż: małe, ale wyraźne skrzydła anielskie nad prawą piersią. Tatuaż zrobiłam sobie, kiedy byłam rozzłoszczoną na matkę siedemnastolatką. Po kilku wódkach podanych przez inną niegrzeczną dziewczynkę pozwoliłam, żeby pokłuto mnie atramentową igłą. Zrobienie sobie tatuażu było jedynym w moim nastoletnim życiu aktem otwartego buntu i prawie natychmiast go pożałowałam. Matka nie mogła się tym mniej przejąć, co kompletnie deprecjonowało mój pierwotny zamysł. Poza tym nie znosiłam tego tatuażu i już stale starałam się go przykryć. Zawsze kiedy na niego patrzyłam, nie mogłam uwierzyć, że byłam tak głupia, żeby ometkować własną skórę.

Malcolm z kolei uważał, że mój tatuaż jest słodki. Nazywał go „skrzydłami anioła" i całował przy każdej nadarzającej się okazji.

– One są tak dogodnie zlokalizowane – mówił z uśmiechem.

Ponieważ zwykle na etapie tych pocałunków byliśmy rozebrani, moją uwagę zaprzątały inne rzeczy niż ten idiotyczny tatuaż

Następnym problemem były włosy. Upięte czy rozpuszczone? Ze spinką czy luźno? Nawet w najlepszych czasach nie wiedziałam, co zrobić z tą dziką, kędzierzawą masą. Miały nietypowy kolor. W zasadzie rude, ale na tyle złociste, że mogłam sobie pozwolić na mówienie o nich „tycjanowskie", kiedy byłam wspaniałomyślnie nastawiona wobec swojej powierzchowności lub gdy chciałam precyzyjnie się opisać. I sięgały mi do połowy pleców. W końcu upięłam je w kok godny bibliotekarki, mając nadzieję, że nie będę wyglądała zbyt surowo.

Makijaż też stanowił problem. Trzeba by zacząć od tego, że w odróżnieniu od wielu rudzielców, nie maluję się zbytnio. Mam gładką, oliwkową cerę, a brwi i rzęsy tak ciemne, że nie potrzebują tuszowania. Przeszukałam niewielki zestawik moich cieni do powiek i zdecydowałam, że żaden z nich nie pasuje j e d n o c z e ś n i e do moich rudych włosów, piwnych oczu i niebieskiej sukienki. Uznałam, że będę musiała iść nieumalowana, ale ślubowałam, że jak dostanę tę pracę, kupię sobie zarówno kosmetyki, jak i ubrania.

Nie byłam zbyt zadowolona z tego, co w końcu zobaczyłam w lustrze. Spod sukni wyglądały nogi zbyt długie i blade, a buty prezentowały się nędznie. Nie odważyłam się włożyć rajstop. Nikt już nie nosi czegoś takiego; no może samonośne pończochy w typie „spodziewam się dziś wieczór mojego chłopaka z szampanem". Moje buty zaś były po prostu kolejnym dowodem na to, że przyzwyczaiłam się do wygody noszenia dżinsów i swetrów i stłumiłam wyczucie mody, jeśli kiedykolwiek je miałam. Przede wszystkim jednak byłam zaskoczona, że tak się spinam w sprawie swojego wyglądu, i nie chciałam się przyznać, że czuję coś innego niż doskonałą pewność siebie. W końcu wybiegłam, zanim zdążyłam zmienić zdanie w sprawie uczesania, ubioru albo w ogóle uczestniczenia w rozmowie kwalifikacyjnej.

Jadąc do biura, które było zagnieżdżone w arystokratycznej, bujnej zieleni San Rafael, starałam się stłumić wrażenie, że tu nie pasuję, przypominając sobie wszystko, co wiedziałam o Lucy Fiammie i jej agencji.

Chociaż nigdy nie spotkałam Lucy, czułam się, jakbym ją znała. Oczywiście nie byłam jedyną osobą, która odnosiła takie wrażenie. Każdy, kto pracował w najszerzej pojętym biznesie wydawniczym, począwszy od sprzedawcy książek, a skończywszy na przyszłym pisarzu, w jakimś sensie „znał" Lucy. A przynajmniej jej historię.

Lucy Fiamma była od kilku lat agentką literacką, kiedy wprowadziła tytuł, który zapoczątkował wielkie zmiany: *Zimno!*, wspomnienia spisane przez jej klienta, Karanuka, pisarza, który był Eskimosem z Alaski. Książka *Zimno!* opisywała życie w mroźnej ciemności dzikiej Alaski i szczegółowo relacjonowała obyczaje i rytuały plemienne. Emocjonalny wyraz tekstu był uderzający, a opisy Karanuka wyraziste i żywe. Padały słowa, których zwykle się używa, podziwiając książkę: poruszająca, znakomita, wciągająca, mocna. Dla mnie jednak jest to po prostu w i e l k a książka. Kiedy się ją czyta, nieprzerwanie, aż po wywołujące dreszcz zakończenie, nie można się oprzeć poczuciu chłodu przenikającego aż do kości. To jedna z nielicznych książek, które natychmiast po tym, jak skończyłam czytać, chciałam zacząć od nowa.

Karanuk i *Zimno!* pojawili się znikąd (w tym przypadku trzeba to wyrażenie brać dosłownie) i stali się wielkim hitem. Niczego podobnego jeszcze nie było. Ludzie, którzy nigdy w życiu nie kupili książki, nabywali egzemplarz *Zimna!*. W Blue Moon sprzedawałam tę książkę ludziom, którzy mówili, że nie znoszą czytać, ale ten tytuł m u s z ą m i e ć. Do wybuchu wielkiego zainteresowania Eskimosami, które wywołał Karanuk, dodać też należy szał na wspomnienia, których serię zapoczątkował.

Tak wiele wspaniałych książek nigdy nie doczekało się takiej popularności jak *Zimno!*, więc jego sukces może całkiem sporo powiedzieć o tym, co może się zdarzyć, kiedy spotykają się talent i szczęście. *Zimno!* uderzyło we właściwym miejscu i właściwym czasie. Jego eleganckie wydanie trwało na liście bestsellerów „New York Timesa" przez całe dwa lata, by ustąpić pola wydaniu w miękkich okładkach. Naturalnie *Zimno!* trafiło też do Hollywood. Film otrzymał kilka nagród Akademii, z nagrodą za najlepszy film włącznie. I, co za tym idzie, pojawiło się w sprzedaży mnóstwo produktów inspirowanych książką. Były więc *Zimno!-lalki, Zimno!-czapki futrzane,* a nawet linia *Zimno!*-mrożonek. Moim osobistym faworytem był duży wybór rejsów wzdłuż wybrzeża Alaski, gdzie gwarantowano wgląd w krajobrazy uwiecznione w książce. *Zimno!*

stało się także tekstem pożądanym na wielu uniwersyteckich zajęciach z kultury.

Jednak tym, co uczyniło pojawienie się książki jeszcze smakowitszym, była zupełna nieuchwytność autora. Wywiadów udzielał bardzo rzadko i tylko małym, niszowym gazetom lub czasopismom. Prawie nigdy nie pokazywał się publicznie i większość czytelników, ze mną włącznie, nie miała pojęcia, jak wygląda. Fotografia na okładce pierwszego wydania przedstawiała tylko zmrożony, śnieżny krajobraz ze skamieniałym, bezlistnym drzewem. Na następnych wydaniach w ogóle nie było zdjęć. Wielką wesołość wywołała Oprah, kiedy wybrała *Zimno!* do swojego słynnego klubu książki, gdyż Karanuk odrzucił jej zaproszenie. Oczywiście w odróżnieniu od innych pisarzy, których wybierała Oprah, Karanukowi nie bardzo potrzebne były nagłaśnianie i promocja. Fakt, że n i g d y się nie pojawia, przysłużył się tylko jego legendzie.

Po historii z Oprah jedyną rzeczą, którą wszyscy chcieli wiedzieć, było to, kiedy Karanuk napisze n a s t ę p n ą książkę. Odpowiadałam na to pytanie w Blue Moon co najmniej raz w tygodniu.

– Kiedy będziecie mieli następną książkę tego gościa z Alaski, Kanoego? Kanuka? No, tego od *Zimna!*?

– Gdy tylko ją napisze – odpowiadałam.

Za Karanukiem i jego książką stała Lucy Fiamma. W różnych wywiadach Lucy rozpowszechniała opowieść o tym, jak to niezmordowanie dostarczała częściowy rękopis *Zimna!* nieokazującym zainteresowania wydawcom, napotykając mur obojętności. Lucy była często cytowana: „Ale wierzyłam w tę książkę, więc nigdy się nie poddałam". Wreszcie przekonała wspólnika małego wydawnictwa, żeby kupił rękopis „na słowo", zapewniając, że książka do końca będzie utrzymana na znakomitym poziomie. Wielki dom wydawniczy wykupił małe wydawnictwo i wspólnik stał się jednym z wydawców.

W odróżnieniu od swego autora, Lucy Fiamma nie miała zahamowań w kwestii występów publicznych. W imieniu Karanuka przyjmowała nagrody literackie (których było wiele), zawsze opowiadając tę samą historię o „znalezieniu w bezkresie zmrożonego diamentu".

Po wielkim sukcesie *Zimna!* Agencja Literacka Lucy Fiammy stała się jedną z gwiazd na krajowym rynku wydawniczym, ku niedowierzaniu Nowego Jorku. Nie zważając na to, że jej agencja była posadowiona na Zachodnim Wybrzeżu (nawet nie w s a m y m San Francisco!) i że nie była związana z żadną większą agencją o ustalonej pozycji, Lucy Fiamma reprezentowała wielkich autorów z całego świata.

Karanuk umożliwił Lucy zrobienie kariery i, jak donosił „Publishers Weekly", jej książki sprzedawały się zwykle w wysokich cenach. Żadna z nich nie powtórzyła sukcesu *Zimna!*, no bo jakżeby mogła, ale w tym bukiecie było kilka bestsellerów, a większość z nich była bardzo dobrze napisana. Mnie jednak wydawało się nieco dziwne, że tylko nieliczni autorzy Lucy napisali więcej niż jedną czy dwie książki, nim zniknęli z literackiego krajobrazu.

Wiele z tego, co wiedziałam o Lucy, uzyskałam, rozmawiając z Elise, czytając różne wywiady, ale także, już bardziej osobiście, od Malcolma, który kilka miesięcy wcześniej wysłał jej swój rękopis i był, powiem tak z braku lepszego określenia, fanem Lucy Fiammy.

Pewnego wieczoru wrócił z pracy w stanie kompletnego roztrzęsienia: czy zgadnę, kto przyszedł do nich dzisiaj na kolację i siedział przy j e g o stoliku? Lucy Fiamma we własnej osobie! Oczywiście rozmawiali o pisaniu, no bo m u s i a ł jej przecież powiedzieć, że jest pisarzem, a ona była taka m i ł a i nie, on nie uważa, że to było paskudne narzucanie się. Malcolm zaznaczył, że s t r a s z n i e jej się spodobał tytuł jego książki i – czy uwierzę? – poprosiła, żeby jej tę książkę p r z y s ł a ł.

Nie jestem tak naiwna jak Malcolm, w końcu nie jestem pisarzem, ale jego entuzjazm był zaraźliwy. Pomogłam mu stworzyć „idealny" list przewodni i zebrać fragmenty wszystkich jego wcześniejszych publikacji w małych czasopismach literackich oraz, dla maksymalnego efektu, złożyć je wszystkie razem. Potem nastąpiło pięć pustych tygodni, kiedy czekał na odpowiedź. Chociaż Malcolm milczał w tej sprawie, snuł wizje literackiej glorii. Dni mijały, a ja z niepokojem obserwowałam, jak jego entuzjazm przeobraża się w coś znacznie smutniejszego. Wreszcie nadszedł sztampowy list w zwrotnej kopercie, którą, zaadresowaną do siebie i z naklejonym znaczkiem, Malcolm dołączył do rękopisu. List zaczynał się od słów: „Chociaż Pańska powieść wskazuje na dużą kreatywność i ciężką pracę, nie spełnia jednak naszych obecnych oczekiwań i z przykrością musimy odrzucić propozycję reprezentowania jej..." U dołu listu była zamaszyście napisana niebieskim atramentem linijka następującej treści: „Malcolmie, masz znakomite wyczucie kompozycji, ale twoje postacie są płaskie! Popracuj nad pierwszymi 50 str., postaraj się z ł o w i ć czytelnika! A wtedy przyjrzę się temu 2gi raz! LF."

Malcolm trzymał list w ręku, gapiąc się w przestrzeń, z zachmurzoną z rozczarowania twarzą. Zaczęłam się niepokoić, więc chlapnęłam pierwsze, co mi przyszło do głowy:

– Ona używa cholernie dużo wykrzykników, no nie?

Malcolm spojrzał na mnie protekcjonalnie, jak na kogoś, kto nic nie rozumie.

– Ona ma rację – uznał. – Postacie naprawdę są płaskie. Bardzo. Nie wiem, jak mogłem tego wcześniej nie zauważyć. Przepracuję to.

Złożył list i starannie wsunął do kieszeni.

– Ona s a m a to przeczytała – powiedział z wyraźnym uwielbieniem w głosie.

Malcolm nie wspominał już o Lucy i jej agencji do czasu, kiedy wyciął dla mnie ogłoszenie o pracę, ale pracował nad rękopisem jak demon. Nie wiedziałam nic na temat jego treści, poza tym że znałam tytuł: *Most kłamstw*. Miałam nie być dopuszczona do czytania, póki rękopis nie będzie gotowy, a nie buntowałam się, bo chociaż trudno było mi to przyznać, bałam się. Bałam się, że się rozczaruję. Przeczytałam wszystkie opowiadania Malcolma i podobały mi się. Gdybym jednak miała być całkiem uczciwa wobec siebie, musiałabym powiedzieć, że są po prostu w porządku. Wcześniej już zaczęłam pomagać Malcolmowi przy niektórych z nich i on zastosował się do moich sugestii. Pisarstwo Malcolma było naprawdę obiecujące i obserwowałam, jak staje się coraz lepszy. Miałam więc wszelkie podstawy, by sądzić, że jego powieść będzie krokiem naprzód. Miałam wszelkie podstawy, by wierzyć, że będzie w i e l k a.

Na myśl o powieści Malcolma miałam pewne niepokojące wrażenie; takie samo, jakie ogarnęło mnie, kiedy zauważyłam ogłoszenie, które przyczepił na lustrze łazience. Nie trzeba było geniusza, żeby się domyślić, co Malcolm chciał osiągnąć poprzez umieszczenie mnie w najlepszej agencji literackiej w kraju. On tego zresztą nie ukrywał, ale podkreślał też, że dotąd nie poświęcałam zbyt wiele uwagi planowaniu ścieżki kariery i że ta praca jest doskonałym miejscem, aby ją zapoczątkować. W tej sprawie Malcolm stanowczo się nie mylił.

Zmusiłam się, żeby przestać myśleć o Malcolmie i skupić się na drodze. Jechałam już znacznie dłużej, niż powinnam, zważywszy na odległość między moim mieszkaniem a agencją. Zaczęłam sobie uświadamiać, że Anna podała mi mnóstwo niepotrzebnych albo błędnych informacji, na przykład nazwy ulic, których nie było w okolicach, przez jakie miałam jechać, skręty w lewo, które okazywały się prawymi, kierunki północne zamiast południowych. Gdybym dała sobie pół godziny, który to czas według Anny miał zupełnie wystarczyć na pokonanie tego dystansu, zamiast godziny, jaką z powodu wewnętrznego niepokoju przeznaczyłam na dojazd, z pewnością bym się spóźniła. W końcu, dwukrotnie zawracając, znalazłam słynną Agencję Literacką Lucy Fiammy. Jak zostałam poinformowana, biuro mieściło się w przybudówce do dwukondygnacyjnego, sporego budynku. Przynajmniej w tej kwestii Anna się nie pomyliła.

– Wjedź i zaparkuj przy tylnym wejściu – poleciła. – Frontowe drzwi prowadzą do domu Lucy i tamtędy n i e m o ż e s z wejść.

Stojąc przed niewielkimi, białymi drzwiami, czułam się trochę jak Alicja w Krainie Czarów. Wycierałam spocone dłonie i czekałam, aż ktoś odpowie na moje pierwsze, drugie, trzecie pukanie. Przeżyłam chwilę totalnego zagubienia, zanim przekręciłam gałkę i sama wpuściłam się do środka. W pierwszej chwili zaskoczyły mnie wielkie rozmiary biura. Z zewnątrz trudno było przewidzieć aż taką przestrzeń. Na wprost mnie było biurko, całkowicie przykryte papierami wszystkich możliwych rodzajów, wyglądające, jakby służyło za skład wszystkiego, co nie znalazło swojego właściwego miejsca w biurze. Po mojej prawej stronie stały jeszcze dwa biurka, przy których nikt nie siedział; oba pozostawały w różnych stadiach zabałaganienia. Na blacie jednego rozrzucone były resztki czyjegoś lunchu i dochodził mnie zapach masła orzechowego. Drugie było pokryte leżącymi w nieładzie, licznymi plikami spiętych kartek. Po mojej lewej stronie stało czwarte biurko, jedyne uporządkowane w tym pomieszczeniu. Zajmowała je ciemnowłosa dziewczyna, która rozmawiała przez telefon. Podskoczyła, kiedy weszłam, a następnie dała mi ręką znak, żebym została na miejscu. Od sufitu do podłogi cała ściana zasłonięta była książkami, które, jak się domyślałam, zostały sprzedane przez Lucy Fiammę. Cały pokój miał dziwny kształt półksiężyca, wyznaczony przez wstawioną z tyłu półkolistą ścianę. W jej centrum znajdowały się zamknięte drzwi, które, jak się domyślałam, prowadziły do prywatnego gabinetu Lucy. Zastygłam przy wejściu, gdzie zatrzymała mnie dziewczyna przy telefonie, i zaczęłam się przysłuchiwać końcówce prowadzonej przez nią rozmowy.

– Tak – mówiła. – Pierwsze pięćdziesiąt stron. Nie potrzebujemy więcej. – Tu nastąpiła dłuższa cisza. – Ale pięćset stron to dla nas za dużo, żeby to od razu przeczytać. Będziemy w stanie wyrobić sobie opinię o tej pracy na podstawie pierwszych pięćdziesięciu stron. – Kolejna przerwa. – Niestety, nie może w tej chwili podejść, ale mogę powiedzieć, że zanim Lucy Fiamma porozmawia z autorem, lubi najpierw rzucić okiem na rękopis. Nie, nie przyjmujemy zgłoszeń e-mailem. Proszę to po prostu wysłać, a... nie, w tej chwili jest nieosiągalna, przykro mi. – W ostatniej przerwie, która nastąpiła, głowa dziewczyny pochylała się coraz bardziej, aż prawie dotknęła blatu. Mogłam się domyślić, że była ostro pouczana. Tyrada po drugiej stronie słuchawki trwała jakiś czas, aż wreszcie dziewczyna powiedziała: – Dziękuję bardzo, z niecierpliwością czekamy, aby go przeczytać. – I odłożyła słuchawkę.

Spojrzała na mnie wówczas z wyrazem rozpaczy na twarzy. Równie dobrze mogłaby mieć napisane na czole: „Nienawidzę swojej pracy".

– W czym mogę pani pomóc? – zapytała, podnosząc się z krzesła i idąc w moim kierunku. Była boleśnie chuda, a bladość jej twarzy ostro odcinała się od długich, czarnych włosów spływających na plecy.

– Jestem Angel Robinson. Przyszłam na rozmowę kwalifikacyjną. Przez telefon rozmawiałam z Anną. Przepraszam, czy to ty jesteś Anna?

– Nie – odpowiedziała. Jej ogromne, szare oczy były za duże w stosunku do twarzy. Z bliska wyglądały jak okna, przez które widać ponury, deszczowy dzień. Pomyślałam, że może być starsza, niż z początku przypuszczałam. Jej kościste ciało było ciałem dziewczynki, ale na ściągniętej twarzy miała zmarszczki. – Anna jest w łazience. Powinna za chwilę wyjść. Chcesz usiąść?

Spojrzałam szybko na pokój i stwierdziłam, że nie ma w nim wolnego krzesła, które nie przynależałoby do jakiegoś biurka.

– Dziękuję, nie – odparłam, zastanawiając się, czy wyjawi swoje imię. – Dziękuję ci...

– Na imię mam Kel..., to znaczy Nora. Mam na imię Nora.

– Dziękuję, Noro.

„Kel to znaczy Nora" wróciła do swojego biurka, gdzie zajęła się wyciąganiem kart z trzech różnych obrotowych wizytowników. Nie wiedziałam, co ze sobą zrobić, i stałam tam jak kołek przez następną nieprzyjemną minutę lub dwie, aż wreszcie usłyszałam szum spuszczanej wody gdzieś na zewnątrz i zobaczyłam podchodzącą do mnie drugą młodą kobietę.

– Cześć, jestem Angel Robinson – powiedziałam, wyciągając rękę. – Anna?

– Tak, cześć, witaj – odparła, nie ściskając mojej ręki. Anna była całkowitym przeciwieństwem Nory. Krępa, miała krótko ostrzyżone blond włosy założone za uszy i niewielkie, przymrużone, niebieskie oczy. Jej policzki lśniły trochę nienaturalnie i lekko dyszała, jakby jej brakowało powietrza. Jej twarz wyrażała coś nieprzyjemnego, powiedziałabym, że coś między protekcjonalnością a rozdrażnieniem. Zauważyłam z przerażeniem, że zarówno Anna, jak i Nora miały na sobie dżinsy. Najwyraźniej, na skutek całego pozowania przed lustrem, ubrałam się zbyt oficjalnie.

– Lucy ma w tej chwili spotkanie z Craigiem – poinformowała Anna, wskazując na zamknięte drzwi w centrum łukowatej ściany – ale niedługo się z tobą zobaczy. Dlaczego nie usiądziesz?

To brzmiało bardziej jak polecenie niż sugestia, więc wycofałam się na krzesło przy biurku pokrytym stertą rękopisów. Anna wydźwignęła się na biurko przede mną, obfitym siedzeniem nieodwracalnie zgniatając kartki, które się pod nim znalazły. Pomyślałam, że jeden fałszywy ruch i wszystko posypie się na dywan.

– Więc jak o nas usłyszałaś? – zapytała. Coś delikatnie nowego wkradło się do jej tonu. Głos brzmiał nieco nosowo, był trochę stłumiony, jakby próbowała mówić, mając kogoś na brzuchu. To było nieco żenujące.

– Znalazłam ogłoszenie w gazecie – odparłam. – Ale oczywiście słyszałam o Lucy Fiammie wcześniej. Któż nie słyszał?

– Więc masz doświadczenie w pracy w wydawnictwie? – Teraz w jej tonie pojawiła się oficjalna nuta. Już nie lubiłam Anny, choć znałam ją ledwie od pięciu minut. Zły znak, powiedziałam sobie. Nie byłam w nastroju, aby ciągnąć rozmowę, która przeradzała się we wstępną rozmowę kwalifikacyjną, więc odpowiedziałam pytaniem:

– Od dawna tu pracujesz?

– Tak, jestem tu już trochę. Cztery czy pięć miesięcy.

Interkom zadźwięczał donośnie na biurku Anny i żeby go odebrać, wyciągnęła się na całą długość nad stosem kartek, zrzucając na podłogę pliki papierów.

– Taa – mruknęła do telefonu.

– Anno, czy ja dzisiaj dostanę to zestawienie na dodatkowe pola eksploatacji? Niektóre czasopisma, jak wiesz, zamykają się na lato.

Głos robił wrażenie strasznie niezadowolonego. Policzki Anny pokryły się rumieńcem.

– Ja mam telefony – usprawiedliwiła się. – I czekam na kserówki rękopisu George'a.

– Nie chcę słyszeć tłumaczeń, Anno. Czy muszę ci mówić, jakie ważne są dodatkowe pola eksploatacji? Są powody, żeby uzyskać prawa do serialu telewizyjnego czy radia, Anno. Nie mówiąc o f i l m i e. Będę dzisiaj miała tę listę czy nie?

– Lucy, myślę, że to chyba niemożliwe.

– W takim razie przynieś mi to, co masz. – Telefon z głośnym kliknięciem się rozłączył. Anna zsunęła się z biurka i wpatrywała się w stos papierów na podłodze. Wyglądała tak nieszczęśliwie, że skoczyłam z krzesła, żeby jej pomóc to uporządkować.

– Nie musisz tego robić – sapnęła Anna. – To była Lucy. Pójdę i powiem jej, że jesteś.

Kiedy Anna udała się do gabinetu Lucy, spojrzałam na Norę, ale ona starannie unikała kontaktu wzrokowego. Dobra, pomyślałam, nie jest to może najbardziej zachęcające otoczenie. Ale nie zamierzam dać zbić się z tropu. One wyraźnie są bardzo zajęte, a ja jestem tu oczywiście outsiderem. Usłyszałam podnoszące się i obniżające głosy rozmawiających, dochodzące z biura Lucy.

A potem niespodziewanie rozległ się chichot. Wróciła Anna, uśmiechnięta, lecz wciąż zaczerwieniona.

– Możesz wejść – powiedziała.

Biuro Lucy Fiammy było niepodobne do jakiegokolwiek innego, które widziałam wcześniej. Okrągły pokój wyglądał, jakby został zaprojektowany dla jakiegoś efektu, ale trudno było mi odgadnąć jakiego. Był olśniewająco czysty, szczególnie w porównaniu z nieporządnym biurem zewnętrznym (może tylko spinacz był nie na swoim miejscu). Do wrażenia czystości i świetlistości dokładało się to, że całe pomieszczenie było w bieli, szkle i chromie. Nie było tu zwykłego okna, ale pokój zalewało światło z obszernego, okrągłego świetlika wyciętego w suficie. Prawie oślepiająca biel ścian, kanapy, krzeseł i wykładziny budziła we mnie trudno uchwytne skojarzenie z...

– Angel Robinson, witamy.

Lucy Fiamma wyszła mi naprzeciw i wyciągnęła rękę. Zauważyłam, że paznokcie jej doskonale wypielęgnowanych palców są długie, ostre i zakończone półksiężycami białego lakieru. Jej dłoń, gdy ją uścisnęłam, była drobna, gładka i bardzo zimna. W pozostałej części Lucy Fiamma była znacznie bardziej imponująca. Przede wszystkim była bardzo wysoka. Ja, kiedy się ostatnio mierzyłam, miałam jakieś 162 centymetry wzrostu, a ona była ode mnie co najmniej o jakieś 15 centymetrów wyższa. Żeby odwzajemnić jej uśmiech, musiałam podnieść głowę. Wokół jej twarzy falowały platynowoblond włosy. Bardzo dużo czasu poświęcono, aby fryzura sprawiała wrażenie swobodnego nieładu. Lucy miała na sobie dziwny zestaw garderoby: białe spodnie trzy czwarte, sweter z grubej dzianiny w kolorze lemonki i czerwony, skórzany pasek. Stroju dopełniały czarne buty na płaskim obcasie. Wszystkie elementy były w bardzo dobrym gatunku, ale po prostu do siebie nie pasowały. Trudno mi było odgadnąć wiek Lucy. Jej twarz była gładka i pozbawiona zmarszczek, ale z niejasnych powodów strasznie blada, jakby Lucy właśnie wychodziła z grypy albo jakiejś paskudnej choroby. Miała wydatne usta, które, chcąc się podlizać, można by nazwać wyrazistymi. Zęby Lucy były duże i, jak wszystko w jej biurze, nieskazitelnie białe. Oczy miała intensywnie zielone, ze złotymi plamkami. Z pewnością mogła bez słów wyrazić wszystko, co chciała, swoim hipnotycznym spojrzeniem, które właśnie spoczęło na mnie. Biorąc pod uwagę całość, Lucy była kobietą przykuwającą uwagę, ale zarazem robiła wrażenie osoby niekonwencjonalnej i bardzo przejętej swoim wyglądem. Być może z powodu silnego poczucia władzy, jakie z niej emanowało, w tamtej chwili czułam się w jej obecności, jakbym tonęła.

– Bardzo się cieszę, że panią widzę – powiedziałam. – Tyle o pani słyszałam.

– Cóż, nie mogło to być nic szczególnie złego – stwierdziła ze śmiechem. – W przeciwnym razie by cię tu nie było, prawda? To jest Craig Johnson, moja prawa ręka i głos rozsądku w tym biurze.

Nie byłam nawet świadoma obecności Craiga, póki Lucy go nie przedstawiła. Był naprawdę łatwy do przeoczenia, a tak jasny i niewielki, że praktycznie stapiał się ze ścianą za nim. Craig wyglądał, jakby od pewnego czasu nie jadł do syta i nie miał okazji się wyspać. Jego oczy były smutne i brązowe, a ubranie zwisało beznadziejnie z kościstego ciała. Byłam więc zaskoczona, kiedy „Bardzo mi miło, Angel" powiedział dudniącym barytonem. Craig miał głos znanego spikera radiowego uwięzionego w nędznym ciałku. Jeszcze jedna pozycja na wydłużającej się liście rzeczy, które tu wydają mi się dziwaczne, pomyślałam.

– Usiądźmy więc i zaczynajmy – zaproponowała Lucy, wskazując mi gestem, abym spoczęła na kanapie.

Craig usadowił się na krześle obok, trzymając na kolanach notatnik. Lucy, dzierżąc swój notatnik, usiadła przy mnie, tak blisko, że nasze kolana prawie się stykały.

– Gdzież jest twoje résumé? – powiedziała do... nikogo konkretnego. – Nora! – zawołała w kierunku drzwi. – Czy mogłabym otrzymać résumé tej pani? – Nora pojawiła się w drzwiach i poinformowała:

– Jest na twoim biurku, Lucy.

– Z pewnością go tam nie ma.

Nora powlokła się do przeogromnego, szklanego biurka Lucy, podniosła kartkę, którą natychmiast rozpoznałam jako moje résumé, i podała ją Lucy.

– Noro, nie sądzisz, że byłoby mi znacznie łatwiej, gdybyś nie chowała takich rzeczy? – spytała Lucy.

Nora tylko westchnęła i opuściła pokój.

– No dobrze – zaczęła Lucy. – Angel Robinson. Co za nazwisko! Naturalnie nie jest prawdziwe, zmieniłaś je, tak?

– Nie, to moje prawdziwe nazwisko. Od urodzenia.

– Więc może p o w i n n a ś je zmienić. Mam na myśli

przede wszystkim A n g e l. Myślę, że to imię, które zobowiązuje.

– Cóż, matka mówi, że kiedy się urodziłam, uznała mnie za swojego małego aniołka i pomyślała, żeby... – zabrnęłam w trudną ciszę. Prawda jest taka, że to imię zawsze mnie zawstydzało. Nie pocieszało mnie, że megabestseller *Freakonomics* sytuował Angel na pierwszym miejscu wśród imion nadawanych białym dziewczętom przez rodziców bez wykształcenia. Miałam nadzieję, że Lucy nie czytała *Freakonomics*. Powstrzymywałam chęć wytarcia rąk w sukienkę. Moje dłonie były wilgotne i czułam kropelki potu na plecach.

– Imiona są bardzo ważne – powiedział nagle Craig.

Ponownie mnie zelektryzowało, gdy usłyszałam ten głęboki, zmysłowy głos dobywający się z tak maleńkiego człowieczka. Nie wiedziałam, czy zdołam się do tego przyzwyczaić.

– Moja żona zdecydowała się na podwójne nazwisko, żeby zachować swoją tożsamość – dodał.

– Łączone nazwiska z myślnikiem są jeszcze gorsze – przerwała Lucy, a potem zamilkła na chwilę, jakby właśnie zostało powiedziane coś bardzo ważnego.

– Czy ty masz m ę ż a? – zapytała mnie, wypowiadając słowo „mąż" tonem, jakim wypowiada się wyraz „opryszczka".

– Nie, nie. To znaczy mam przyjaciela, właściwie narzeczonego i on... – On co? – przeklinałam się w duchu. Pisze książkę? Byłby szczęśliwy, gdyby pani została jego agentką? Jak to możliwe, żebym w paru słowach zabrnęła w tak głęboką dziurę? I dlaczego nazwałam Malcolma narzeczonym? Nawet nie zbliżyliśmy się do etapu oficjalnego planowania ślubu.

– Więc w niedalekiej przyszłości zamierzasz wyjść za mąż? – zapytała Lucy. – Bardzo bym nie chciała powierzyć ci stanowiska, a później cię stracić na czas miesiąca miodowego czy czegoś takiego. Albo ciąży. Nie planujesz d z i e c i, prawda? Małych aniołków, jak je niektórzy nazywają? Jeżeli masz takie plany, to właściwie możemy już skończyć rozmowę i nie ciągnąć tego dalej, bo to strata czasu. Tutaj czas to pieniądz i nie mogę sobie pozwolić na marnotrawienie go.

– Właściwie nie wyznaczyliśmy nawet daty. – Słyszałam, jak głos więźnie mi w gardle. – I nie zaczęłam w ogóle myśleć o dzieciach.

– To dobrze – powiedziała Lucy – bo to wybitnie zapracowany zespół i chociaż nie oczekuję od pracowników, że będą do dyspozycji dwadzieścia cztery godziny na dobę, to jednak będziesz miała bardzo dużo do czytania poza biurem i często się będzie zdarzać, że będziesz musiała przyjść wcześniej albo zostać dłużej. Jako moja asystentka... – Lucy umilkła na chwilę, oczy jej się zwęziły, a usta już wypowiadały nowe pytanie: – Zdajesz sobie sprawę, że to jest stanowisko m o j e j a s y s t e n t k i?

– Tak, oczywiście – odrzekłam zbita z tropu jej uroczystym tonem.

– Bo jeśli się spodziewasz, że to stanowisko agentki, to właściwie możemy od razu skończyć rozmowę.

– O, nie! – zapewniłam ją szybko. – Rozumiem, o jakie stanowisko chodzi. I nie jestem zainteresowana pracą agenta. – Uśmiechnęłam się do Lucy szeroko, aby potwierdzić swoje słowa, ale przez ułamek sekundy zastanowiłam się, na ile moja odpowiedź była prawdziwa. Czy c h c i a ł a b y m być agentką? Kto wie? Do tamtej chwili nawet nie uświadamiałam sobie takiej możliwości. Byłam zaskoczona, ale też trochę zaintrygowana faktem, że Lucy wzięła ją pod uwagę. Ale, nie, pomyślałam, nie mogłabym przecież...

– To dobrze – stwierdziła Lucy, przeszywając mnie ostrym spojrzeniem.

Do pokoju weszła Nora.

– Na drugiej linii czeka na rozmowę z tobą Natalie Weinstein.

– Muszę odebrać – oznajmiła Lucy, podnosząc się z kanapy. – To b a r d z o ważny wydawca. Czekałam na tę ofertę.

Craig także podniósł się z krzesła.

– Wykonam kilka telefonów w czasie, kiedy będziesz rozmawiała – powiedział. – Wrócę za parę minut.

– Dobrze, idź, idź – zgodziła się Lucy. – Rozgość się, Angel, obejrzyj sobie książki. – Zrobiła gest ogarniający pomieszczenie wokół nas, a następnie usiadła przy biurku, żeby odebrać telefon.

– Natalie, kochanie – zaczęła – robimy biznes z tą pyszną książką? Z radością oznajmię autorowi, że dałaś najlepszą cenę...

Zaczęło mi się kręcić w głowie i nie byłam w stanie skupić się na rozmowie prowadzonej przez Lucy.

Czułam, że moja rozmowa kwalifikacyjna zaczęła się źle, ale nie umiałam sobie wytłumaczyć dlaczego. Zajęłam się oglądaniem pokoju. Po mojej lewej stronie znajdowała się wystawka, której wcześniej nie zauważyłam, z relikwiami Karanuka. Wtulone w różne skóry zwierzęce i strój, który, jak zgadywałam, był strojem alaskańskiego tubylca, leżały tam wszystkie co do jednego dotychczasowe wydania *Zimna!* Obok kompletu egzemplarzy angielskich, zarówno w twardych, jak i w miękkich okładkach, były tam dwie półki wydań obcojęzycznych. Obserwowałam różne tytuły. *Fa Freddo!* – krzyczały po włosku czerwone litery tytułu. Wydanie francuskie było znacznie spokojniejsze. Beżowy napis: *Le Froid.* Bez wykrzyknika.

– To naturalnie nie jest zła oferta – mówiła Lucy – ale taki harmonogram płatności jest nie do przyjęcia. Szczerze mówiąc, autorka nie jest młodą dziewczyną, rozumiesz? Czy ona będzie dość długo żyła, żeby doczekać tych pieniędzy? Trudno przewidzieć. – Lucy posłała mi szeroki uśmiech.

Odwzajemniłam go i odwróciłam głowę, żeby nie sprawiać wrażenia, że podsłuchuję, chociaż oczywiście ona rozmawiała wystarczająco głośno, żebym słyszała każde słowo. Ale w tej rozmowie ważyły się losy jakiejś biednej pisarki i wydawało mi się niewłaściwe, żebym się dowiedziała, jak to się skończy, zanim odpowiedź otrzyma sama zainteresowana.

– Nie, nie sugeruję, że ona jest chora – wywodziła Lucy. – Mam na myśli to, że wszystkie możemy nie dożyć chwili, kiedy ta zaliczka zostanie wypłacona.

Zajęłam się oglądaniem następnej półki z książkami. Moją uwagę przykuł cienki egzemplarz. Natychmiast rozpoznałam w nim *Długie cienie*, książkę, którą chciałabym mieć na bezludnej wyspie. To była krótka, lecz wspaniale napisana powieść o trzech pokoleniach kobiet, które były pisarkami. Przemawiając odmiennymi głosami swoich bohaterek, autorka daje wielopłaszczyznowy, złożony obraz kobiety, historii i pisarstwa. Pierwszy raz przeczytałam tę książkę w college'u i ciągle trzymałam egzemplarz pod ręką, żeby zawsze móc do niego sięgnąć. To była pierwsza i ostatnia powieść tej autorki. Prawie bezwiednie wyciągnęłam książkę z półki i zważyłam jej ciężar w ręce. Wstrzymałam oddech, choć sobie tego nie uświadamiałam, i w rezultacie trochę mi się zakręciło w głowie.

Już wtedy wiedziałam, że Malcolm, mówiąc, że to idealna praca dla mnie, miał absolutną rację. W umyśle pisarza kiełkuje ziarno wielkich książek, ale to jest miejsce, gdzie dojrzewają owoce. Trudno powiedzieć, ile książek pozostałoby w ukryciu, gdyby nie ta agencja. Odłożyłam książkę na półkę i uzmysłowiłam sobie, jak bardzo pragnę tej pracy. Wchodząc przez te drzwi po raz pierwszy, byłam obojętna, a nawet pełna wątpliwości, ale teraz, kiedy od zaledwie kilku minut owiewał mnie ten podmuch pracy wokół literatury, nie mogłam powstrzymać ogarniającej mnie ekscytacji. Tak bardzo chciałam tej pracy, że czułam, jak swędzą mnie palce. Chciałam, nie, p r a g n ę ł a m, żeby Lucy Fiamma mnie zatrudniła, i cała drżałam, wymyślając, jak mogę ją przekonać, żeby to zrobiła. Lucy skończyła rozmowę.

– Widzę, że podobały ci się niektóre nasze książki – powiedziała.

– O, tak – potwierdziłam. – *Długie cienie* to jedna

z moich najulubieńszych książek w całej historii literatury. Po prostu ją uwielbiam.

– Tak, ta była dobra – zgodziła się Lucy. – Jedna z moich pierwszych. Szkoda, że autorka miała w sobie tylko tę jedną. – Wzruszyła ramionami. – No oczywiście czytałaś *Zimno!*?

– Naturalnie, to genialna książka – powiedziałam i dodałam: – Ale przecież pani to wie.

– Mhm – mruknęła Lucy, podnosząc się zza biurka. – Opowiem ci małą historię na temat wydawania książek, Angel. Skoro już mówimy o geniuszu. *Zimno!* to rzeczywiście fenomenalna książka, nie ma wątpliwości i niezależnie od wszystkiego i tak by zrobiła swoje. Ale czy wiesz, co naprawdę wykreowało tę książkę? W sensie r y n k o w y m?

Do głowy przychodziły mi różne odpowiedzi, ale milczałam.

– To, co n a p r a w d ę ją wykreowało, to ten wykrzyknik – oznajmiła Lucy tryumfalnie. – I to właśnie ja jestem osobą, która go postawiła.

W jej głosie pobrzmiewała nowa nuta, coś, jeżeli można to tak określić, kokieteryjnego. Zupełnie nie byłam zdolna odpowiedzieć, ale nagle zrozumiałam jej zamiłowanie do wykrzykników. Zachichotałam jak idiotka.

– Dobrze – rzuciła nagle, jakby wychodząc z transu. – Wróćmy do sprawy. Mam naprawdę mało czasu. – Opadła na kanapę i poklepała miejsce obok siebie. – Obejrzałam twoje r é s u m é. Twoje doświadczenie wygląda całkiem dobrze, ale niepokoi mnie brak zatrudnienia bezpośrednio w wydawnictwie...

– Tak, ale ja...

– ...które może w zasadzie pracować na twoją korzyść – przerwała. – To znaczy, że nie masz nawyków związanych z tym, jak to wszystko powinno funkcjonować. Mam rację?

W milczeniu pokiwałam głową.

– Oczywiście, co do p e n s j i, trzeba będzie wziąć pod uwagę to ograniczone doświadczenie. Z pewnością to rozumiesz. Ale o tym porozmawiamy później, dobrze?

Nie mogłam się domyślić, czy Lucy uznała to pytanie za retoryczne, więc nadal milczałam.

– Muszę ci powiedzieć, że to będzie otoczenie bardzo różne od tego w Blue Moon. Jak widziałaś, jesteśmy tutaj bardzo zajęci. Sądzisz, że podołasz wielu zadaniom naraz? Nie obawiasz się przeciążenia?

– O, nie! Ja...

– Pozwól, że zadam ci pytanie. Wyobraź sobie, że siedzisz tu przy telefonie i że jednocześnie przyjmujesz dwie rozmowy. Na jednej linii jest wspólnik z małego wydawnictwa, o którym nigdy dotąd nie słyszałaś, i po prostu chce nawiązać ze mną pierwszy kontakt, a na drugiej autor, którego książkę mam sprzedać. Niech to będzie na przykład Karanuk. Kogo z nich ze mną połączysz i co powiesz temu drugiemu?

Nie odzywałam się, niezdolna rozwiązać tej zagadki sfinksa.

– Szybko! – ponagliła Lucy. – Nie będziesz miała czasu, żeby w nieskończoność podejmować decyzję, kiedy mrugają dwa nieodebrane połączenia.

– Połączę panią z Karanukiem i dam pani znać, że na drugiej linii czeka wydawca – powiedziałam szybko. –

Następnie poinformuję wydawcę, że za chwilę z nim pani porozmawia.

Lucy znowu się uśmiechnęła, ukazując wszystkie swoje olśniewające zęby. Odetchnęłam i pozwoliłam swoim ramionom troszkę się rozluźnić, pewna, że udzieliłam właściwej odpowiedzi.

– Źle! – orzekła Lucy. – Z a w s z e łącz najpierw wydawcę, nawet nie wiem jak małego. Tam są pieniądze. Bez wydawców nie ma naszego biznesu. Ten nieważny dzisiaj wydawca jutro może stać się ważny. Tak już bywało i to się powtórzy.

– O... – Było wszystkim, co zdołałam z siebie wydusić.

– Ale ty najwyraźniej jesteś adwokatem autora. Jakie to słodkie.

Craig wszedł do pokoju w połowie naszej rozmowy i ponownie usiadł ze swoim notatnikiem. Teraz już we dwoje egzaminowali mnie, zadając serię pytań, dość standardowych, wziąwszy pod uwagę stanowisko, o które się starałam. Jakie książki lubię? Dlaczego? Jakie popularne książki mi się nie spodobały? Dlaczego? Czego dowiedziałam się na temat trendów na rynku wydawniczym, pracując w Blue Moon? Jak szybko i dokładnie potrafię czytać?

Odpowiadałam na te wszystkie pytania słowami, które ułożyłam sobie już wcześniej, ale pewna część mnie nie uczestniczyła w rozmowie, tylko czekała w rozczarowaniu. Byłam całkiem pewna, że pogrzebałam swoje szanse, dając Lucy złą odpowiedź na pytanie autorsko--wydawcze.

– A teraz... Angel. – Wyglądało na to, że moje imię

utknęło w gardle Lucy, zanim zdołała je wypowiedzieć. – Muszę cię oczywiście zapytać, dlaczego zdecydowałaś się odejść z Blue Moon. Czy Elise nie traktuje cię dobrze?

– Ależ nie, nic w tym rodzaju – powiedziałam szybko. – Elise jest cudowna! Ale zamyka księgarnię. – Mówiąc to, poczułam przypływ smutku. – Domyślam się, że o tym nie wiedziałaś.

– Jaka szkoda – stwierdziła Lucy, potrząsając głową. – Chociaż często jej mówiłam, że musi więcej robić, żeby się trzymać bliżej z grubymi rybami. Za dużo idealizmu – to problem Elise. To smutne.

– Tak, to naprawdę...

– Mogłybyśmy rozmawiać cały dzień – przerwała mi Lucy, wstając – ale muszę wracać do telefonu, a poza tym mam jeszcze dzisiaj w planie kilka kandydatek do przepytania. Nasze ogłoszenie wywołało ogromny oddźwięk, prawda, Craig?

– Ogromny – zadudnił Craig.

– Chciałabym ci dać na próbę kilka rękopisów – powiedziała Lucy. – Niech Nora coś ci podrzuci z dzisiejszej poczty i jeszcze coś, nad czym obecnie pracujemy. Może którąś z propozycji George'a. Możesz podrzucić swoje uwagi albo przesłać je faksem. Porozmawiamy ponownie potem. Jak ci się to podoba?

– Wspaniale – odparłam i jeszcze raz uścisnęłam jej rękę. – Bardzo pani dziękuję.

– Jeszcze tylko jedno pytanie – powiedziała Lucy. – Nie jesteś p i s a r k ą, prawda? U nas nie ma miejsca dla pisarzy.

Mój umysł odnotował ironiczny aspekt tego zdania,

podczas gdy usta układały się do odpowiedzi, ale Lucy natychmiast mi przerwała:

– Zrobiłam już błąd, zatrudniając w przeszłości pisarzy. To nie działa. – Wzdrygnęła się, jakby wspomniała zły sen. – My tutaj reprezentujemy pisarzy, nie kreujemy ich, czy to jasne?

Tym razem nie miałam trudności z odpowiedzią. Spośród wszystkich pytań, jakie zadała mi Lucy, odpowiedź na to była najprostsza.

– Nie mam talentu pisarskiego. Moją pasją jest czytanie.

Pomyślałam o Malcolmie i poczułam się dziwnie winna, jakbym go w jakimś sensie zdradzała i zarazem okłamywała Lucy.

– Dobrze, dobrze – rzuciła Lucy, popychając mnie w kierunku drzwi. – A przy okazji, jak ci się podoba moje biuro? Myślisz, że dobrze by ci się pracowało w takim pięknym otoczeniu?

– Jest fantastyczne – zapewniłam i jednocześnie uzmysłowiłam sobie, jaki obraz przywoływało odległe skojarzenie, gdy na nie patrzyłam. Biuro Lucy Fiammy było bardzo podobne do igloo.

Słysząc, że drzwi biura Lucy zamykają się za moimi spoconymi plecami, Nora i Anna jednocześnie podniosły głowy. Nora wyglądała totalnie nieszczęśliwie, Anna była tylko zirytowana. Obie uniosły brwi, jakby wypowiadały zdanie wtrącone: „Czegóż ona j e s z c z e chce, u diabła?" Obok Anny stała wysoka blondynka w dobrze skrojonym kostiumie, ściskając w ręku torebkę. Domyśliłam się, że jest następną „kandydatką" umówioną na rozmowę z Lucy. Rzuciła mi szybkie, pytające spojrzenie, jakby chciała się dowiedzieć, czego może się spodziewać, ale ja twardo odwróciłam wzrok. Chciałam dostać tę pracę i nie zamierzałam nikomu udzielać pomocy, nawet jeśli miałoby to polegać na zwykłym uśmiechu. Zwróciłam się do Nory:

– Mmm... ja... Lucy... – Nabrałam trochę powietrza, którego zupełnie zabrakło w moich płucach, i zaczęłam od nowa: – Lucy prosi, żebyś mi dała kilka rękopisów z dzisiejszej poczty i... hmm... propozycję George'a.

Nora wysunęła się zza swojego biurka i zaczęła przetrząsać korytko z pocztą pełne manuskryptów. Anna także się podniosła, ale tylko po to, żeby ponownie usiąść na tym samym brzegu biurka, gdzie poprzednio. Obie starały się robić wrażenie, jakby kompletnie ignorowały kobietę w szarym kostiumie.

– Widzę, że dobrze poszło? – Anna kiwnęła głową w stronę drzwi gabinetu Lucy.

Uśmiechnęłam się do niej tak uprzejmie, jak tylko mogłam, i miałam nadzieję, że to wystarczająca reakcja na wścibskie pytanie, na które nie zamierzałam odpowiadać. – To byłoby twoje biurko, wiesz? – kontynuowała Anna, miażdżąc papiery swoim zadem. – Stąd jest najbliżej do niej.

– Rzeczywiście – odpowiedziałam. – To ma sens.

Odwróciłam na chwilę wzrok od Anny, nie chcąc, żeby utrwalił mi się obraz jej tyłka rozlewającego się po biurku. Jeżeli zdołam uzyskać tę pracę, nie będę chciała, żeby jawił mi się za każdym razem, kiedy będę sięgała po karteczki samoprzylepne.

– Czy ona chce, żebyś zrobiła uwagi? Na rękopisach? – zapytała Anna.

– Tak, to właśnie powiedziała. I mam je odesłać faksem.

– Wiesz, jak to zrobić?

– Jak wysłać faks?

– Nie, jak napisać recenzję.

– No... raczej...

– Wpisz tam koniecznie swoje nazwisko i nazwisko autora. I do jakiego gatunku należy tekst. Określenie gatunku jest bardzo ważne.

– Dobrze, dziękuję – odparłam.

Anna odwróciła się w kierunku Nory.

– Kelly, nie zapomnij jej dać propozycji George'a.

Kelly? Kim jest Kelly?

– Przepraszam – zwróciłam się do Nory/Kelly – czy ja źle usłyszałam twoje imię? Wydawało mi się, że jesteś Nora.

Nora/Kelly westchnęła ciężko.

– To moja pomyłka – powiedziała Anna, choć zadowolenie z siebie wprost od niej biło. – Naprawdę ma na imię Kelly, ale tu mówimy na nią Nora. Zdaniem Lucy to imię jest dla niej lepsze. Więc tutaj jest Norą. Czasami zapominam. Przepraszam.

– Było oczywiste, że nie jest jej przykro.

– Rozumiem – mruknęłam, chociaż zupełnie nie rozumiałam.

Nora/Kelly spojrzała na mnie, jakby chciała mnie utopić w szklance wody.

– To są przypadkowe rękopisy z dzisiejszej poczty – powiedziała przez zaciśnięte zęby. – A to jest kopia propozycji George'a.

Rzuciła jadowite spojrzenie Annie.

– Trzymaj je oddzielnie. Możesz do mnie zadzwonić, zanim zaczniesz je wysyłać faksem. Albo możesz je podrzucić. Ale potrzebujemy ich z powrotem bardzo szybko.

Coś mi mówiło, że ćwiczyła to już wcześniej. Telefony dzwoniły, a Anna znowu zdołała zniknąć.

– Ten muszę odebrać – powiedziała Nora/Kelly. – Miło było cię poznać – dodała i skierowała uwagę na telefon.

– Hmm, przepraszam? – Usłyszałam głos kobiety w kostiumie. – Jestem umówiona na spotkanie...

Kiedy ją mijałam, zobaczyłam w jej oczach błyski desperacji. Gdy otworzyłam drzwi i wyszłam na zewnątrz, uderzyło mnie światło słoneczne. Nie uświadamiałam sobie wcześniej, jak bardzo, mimo tej całej bieli, przytłumione było oświetlenie wewnątrz biura. Czułam się słaba i oszołomiona. Z tyłu czaszki zaczynałam odczuwać ból. Trzymając pod jedną pachą rękopisy, a pod drugą torebkę, obrałam kurs na mój samochód, potykając się jak pijana w jasności dnia.

Lucy Fiamma
Agencja Literacka Lucy Fiammy

Droga Lucy,
nie wiem, czy mnie sobie przypominasz, ale byłam na seminarium, które prowadziłaś dziesięć lat temu w college'u w San Francisco. Tak czy inaczej, zwracam się do Ciebie, ponieważ napisałam wspomnienia i chciałabym, abyś mnie reprezentowała.

Książka jest o mnie, moim kocie Puszku i o dziesięciu latach, które spędziliśmy, tworząc razem przepisy. Wiem, że to brzmi dziwacznie, ale mój kot do mnie mówił i wskazywał, jakich mam używać przypraw, a potem przygotowywaliśmy potrawy. Jako że Puszek nie ma rąk, większość prac kucharskich wykonuję ja, ale podczas naszej pracy on cały czas stoi na blacie. Razem stworzyliśmy mnóstwo zadziwiających przepisów i opowieści. Myślę więc, że to jest na poły książka kucharska i pamiętnik. Załączam jeden z najlepszych przepisów, żebyś mogła na niego zerknąć. Rękopis jest gotów (ma objętość 527 stron) i mogę Ci go od razu przesłać. Z niecierpliwością czekam na Twoją odpowiedź.

Szczerze oddana,
Clara Reynolds

Puszkowy seromakaron

½ kubka makaronu (ugotowanego)
3 kubki kwaśnej śmietany
1 puszka tuńczyka
1 kubek maślanki
1 kubek 2% mleka
4 łyżeczki roztopionego masła

Wymieszaj składniki w dużym rondlu. Podgrzewaj na średnim ogniu przez 20 minut.
Podawaj na gorąco.

Agencja Lucy Fimmy
Do: Lucy Fimmy

Droga Pani Fimma!
Piszę w sprawie rękopisu mojej książki pod tytułem PEWNEJ CIEMNEJ NOCY. Jest to pełen zagadek thriller osadzony w czasach współczesnych, ale z licznymi odniesieniami do przeszłości.

Poszukuję agenta, który pomoże mi sprzedać książkę wydawcom, a przeczytałem w przewodniku agencyjnym, że Państwo sprzedawali książki tego rodzaju.

Załączam pierwsze pięćdziesiąt (50) stron książki do przeczytania i kopertę zwrotną ze znaczkiem.

Ten list i rękopis wysłałem także do innych agentów.

Z góry dziękuję,
Robert Brownering

PEWNEJ CIEMNEJ NOCY

Rozdział 1

Była ciemna, wietrzna i deszczowa noc. Ulica ucichła z wyjątkiem przejeżdżających po niej samochodów i nikt nie widział ciała leżącego pod krawężnikiem. Ciało było ozdobnie ubrane, bo przez kilka kolejnych lat przedtem człowiek ten zarobił dużo pieniędzy, sprzedając udziały członkostwa w Tajemnym Stowarzyszeniu, co można porównać ze sprzedawaniem polis ubezpieczeniowych, ale zawierających zagadki. Teraz miał przestrzelone serce, a na brązowych obrzeżach rany wlotowej widać było srebrny pyłek. Drugą wskazówką była strużka granatowego atramentu biegnąca od jego kieszeni do kratki ściekowej. Atrament z wolna przesączał się na bruk.

Przy ulicy, gdzie leżał martwy człowiek, znajdowała się otwarta do późnej nocy restauracja. Podawano w niej posiłki tym wszystkim, którzy znaleźli się w jej wnętrzu w godzinach głębokiej nocy. Dwoje ludzi siedziało przy kontuarze w żółtej poświacie. Wyglądali jak ze znanego obrazka z lat dwudziestych. Jedną z osób był Szeryf, a drugą krawężnikowa prostytutka.

– A może podrzucę cię do domu? – zapytał Szeryf prostytutkę, nazywając ją imieniem Sadie.

– Mnie nie trzeba takiego podrzucania, jakie masz na myśli – odparła ona.

Odeszli wolno w suchą ciepłą noc. Szeryf zajrzał prostytutce w oczy, które ciemniały barwą kawy. Pomyślał, że jest piękna, i dlatego nie zwrócił uwagi, gdy nadepnął na ważny dowód, który da początek wielkiemu przewrotowi i...

Rozdział drugi

Lucy Fiamma
Agencja Literacka Lucy Fiammy
Temat: PARCO LAMBRO (propozycja książki)

Droga Pani Fiammo,

jestem znanym szefem cukierni włoskiej w San Francisco. Jestem w tym kraju od 22 lat, a angielskiego nauczyłem się, czytając książki. Najlepsze z tych, które przeczytałem, rekomendowała Pani Agencja. Wśród nich było *Zimno!* Karanuka. Ta książka zrobiła na mnie wielkie wrażenie i dzięki niej pojąłem, że historia jednego człowieka może być zrozumiana i przeżyta przez wielu, nawet jeśli jego doświadczenia są im obce.

Ja także mam historię do opowiedzenia i dlatego do Pani piszę.

Zanim opuściłem mój kraj, przez wiele lat byłem uzależniony od heroiny. Heroina była we Włoszech wielkim problemem dla wielu młodych ludzi w latach siedemdziesiątych i być może nadal nim pozostaje.

Miałem w tych latach grupę przyjaciół i razem z nimi spędzałem czas w Parco Lambro w Mediolanie. Udało mi się uwolnić od uzależnienia, ale musiałem w tym celu porzucić dom. Moi przyjaciele nie mieli tyle szczęścia. Od tego czasu przydarzyło im się wiele złego. Moja opowieść mówi o dziesięciu latach, które spędziłem w Parco Lambro, i o moich przyjaciołach. Opowiada także o tym, jak wyzwoliłem się z narkotyków i jak tu, w Ameryce, sobie poradziłem. To są po prostu wspomnienia.

Załączam kilka stron i proszę, aby je Pani przeczytała. Niczego dotychczas nie napisałem, ale ta historia płynie prosto z serca. Zwracam się do Pani, ponieważ wiem, jak wysoki jest poziom Pani pracy, i ponieważ Fiamma to włoskie nazwisko. Wiem, że zrozumie Pani, co próbuję wyrazić.

Z szacunkiem,
Damiano Vero

PARCO LAMBRO

Damiano Vero

Wszędzie tam są cytryny. Żółte skórki cytrynowe, stare i nowe, gnijące i świeże. Żółta cytrynowa pulpa, jasno pobłyskująca w zielonej trawie parku. Potrzebujemy tych owoców, żeby czyścić nasz sprzęt. Wykorzystujemy tylko sok. Czasami przychodzą tutaj turyści i krążą zagubieni. Przybywają z aparatami fotograficznymi w rękach i w nowych butach. Dziwią ich te wszystkie połówki cytryn, wyciśnięte i pozostawione na słońcu. Jeśli spojrzą z bliska, zobaczą więcej. Strzykawki z zaschniętą krwią i pod stopami igły skrzypiące jak śnieg i pobłyskujące w trawie jak apokaliptyczny plon. Wtedy opuszczą park i zapewne również Włochy.

„W tym mieście było okropnie" – powiedzą po powrocie do domu. „Zupełnie nie tak jak w folderach. Nie macie pojęcia, co znaleźliśmy w tym parku".

Dzisiaj w parku nie ma obcych. Jesteśmy tylko my, którzy przychodzimy tu codziennie. Siedzimy, stoimy i leżymy tam, gdzie upadniemy. Teraz zebraliśmy się razem w szerokim kręgu, patrząc na nieruchome ciało młodego mężczyzny, który upadł na trawę. Zaciągnęliśmy go w zacienione miejsce pod drzewem i leży tam nieprzytomny. Jego twarz z wolna przybiera błękitny kolor śmierci. To Luigi, nasz przyjaciel. Szepczemy nad nim i trochę się wahamy. Nasze głosy płyną wolno w powietrzu, wynurzając się z dna narkotycznego jeziora. Próbujemy zadecydować, czy Luigi chce być uratowany. On niedługo umrze.

„Niedługo" to w parku pojęcie zmienne. Czas się tu specyficznie rozciąga. Jest elastyczny i powolny, ma karnawałowy kształt. Muszę usiąść. Wilgotne powietrze tego lata, ciężkie od ostrego zapachu cytryn, przygniata mnie do ziemi. Widzę, jak ktoś porusza się nad Luigim i coś mu daje. Ale oczy mi się zamykają i wszystko rusza się bardzo powoli. Nie wiem, co się dzieje. Słońce pod moimi powiekami jest czerwono-żółte. Po raz pierwszy od wielu dni jest mi ciepło.

Kiedy znowu otwieram oczy, Luigi siedzi, obudzony i zły. Chce wiedzieć, kto przyszedł go ratować i dlaczego.

– Zniszczyliście mój haj – mówi. – Wiecie, ile ten towar kosztował?

Nikt się nie odzywa. Kolory wokół mnie jaśnieją i blakną. Zielona trawa, błękitne niebo, żółte cytryny. To nasza pocztówka z Italii.

Faks: str. 1 z 2
Do: Lucy Fiammy
Od: Angel Robinson
Temat: recenzja

Droga Lucy,

z radością spotkałam się wczoraj z Panią. Jestem bardzo wdzięczna za zaproszenie na rozmowę w sprawie pracy w Pani agencji. Przygotowałam recenzje z lektury rękopisów, które dała mi Nora, i planuję je podrzucić do agencji dziś pod koniec dnia. Pomyślałam jednak, że jedną z nich wyślę Pani faksem, ponieważ uważam, że rękopis, którego dotyczy, jest napisany popisowo i zdradza ogromny potencjał.

Mam nadzieję na kolejną rozmowę z Panią.

Pozdrawiam,
Angel Robinson

Tytuł: Parco Lambro
Autor: Damiano Vero
Gatunek: wspomnienia
Czytała: Angel Robinson

Autor jest Włochem, mieszka w SF i pracuje jako szef cukierni. To jego pierwsza książka i wcześniej nie publikował. Historia opowiada o jego walce z uzależnieniem od heroiny we Włoszech, w latach 70. Następnie opisuje, jak Damiano zdołał przezwyciężyć uzależnienie, kiedy przeprowadził się do USA.

Gorąco rekomenduję ten rękopis. Autor pisze oryginalnym językiem, który jest prawdopodobnie wynikiem jego wewnętrznego tłumaczenia z włoskiego na angielski. Tekst jest bardzo nastrojowy. Książkę otwiera opis rozdzierającej sceny rozgrywającej się w tytułowym parku. Dalej następuje opowieść o codziennych zwyczajach autora i grupy jego przyjaciół, między innymi o tym, jak kradnąc, zarabiali na narkotyki. Są tu wspaniałe opisy Mediolanu, a zmagania autora są opisane w bardzo wyrazisty sposób.

To w wielu aspektach smutna historia i z pewnością nie pasuje do tego, co Amerykanie myślą o Włochach. Jednak druga połowa opowieści (tak to przynajmniej określił autor) jest pełna nadziei: jego ciężko wypracowany sukces w Stanach, wysiłki, aby pomóc przyjaciołom, których zostawił, itp. Uważam, że jest to świetne pisarstwo. Od pierwszego zdania byłam zafascynowana i nie mogłam się oderwać. Uważam też, że tekst wywołałby znakomity oddźwięk rynkowy z powodów, które wymieniłam powyżej. Gorąco rekomenduję.

Pracę asystentki Lucy Fiammy rozpoczęłam w poniedziałek rano, pięć dni po mojej pierwszej rozmowie z nią. Tego dnia weszłam do biura, czując tylko lekki niepokój, uzbrojona w małe cappuccino, które kupiłam o pięć minut drogi od biura Lucy, u wygodnie zlokalizowanego Peeta. Musiałam dziwnie wyglądać, ponieważ dziewczyna, która przygotowywała mi kawę, zapytała dwukrotnie, czy chcę bezkofeinową, i wyglądała na zaniepokojoną, kiedy odpowiedziałam, że proszę o zwykłą. Kiedy ściskałam moje cappuccino z podwójną pianką i po raz pierwszy podchodziłam do swojego biurka, uzmysłowiłam sobie, że nie mam pojęcia, czy to rozmowa kwalifikacyjna, moje recenzje czy po prostu desperacja Lucy zadecydowały, że mnie zatrudniła.

To Anna zatelefonowała do mnie z wiadomością, że dostałam pracę i powinnam rozpocząć od razu. Od rozmowy kwalifikacyjnej nawet nie rozmawiałam z Lucy. Przez chwilę nie siadałam przy moim zawalonym papierami biurku, ale pomyślałam, że co tam. Praca jest moja i właśnie zaczynam.

– Cześć, Angel!

Odwróciłam się w kierunku Nory/Kelly, która po dobrych pięciu minutach zauważyła wreszcie moją obecność w biurze.

– Dzień dobry – odpowiedziałam, wkładając w te słowa tyle pewności siebie, ile tylko zdołałam.

– Jak się masz?

W głosie Nory/Kelly brzmiała bez mała histeryczna radość z ujrzenia mnie. Poza tym wyglądała na głodniejszą, niż gdy widziałyśmy się poprzednio.

– Dziękuję, dobrze. Mogę startować. Czy jest Lucy?

– Rozmawia teraz przez telefon, ale zostawiła dla ciebie kartkę na biurku.

– Dobrze – powiedziałam, zastanawiając się, jak, do licha, mam znaleźć kartkę od Lucy w tym upiornym bałaganie.

Nora/Kelly zwróciła wzrok ku swemu uporządkowanemu metodycznie blatowi i zaczęła się zabawiać obrotowym wizytownikiem. Najwyraźniej chwila naszej koleżeńskiej więzi minęła.

Dotknęłam krawędzi najwyżej spiętrzonych na moim biurku papierów. Zupełnie nie miałam pomysłu, co mam z nimi zrobić ani gdzie one powinny się znaleźć. Potrzebowałam pomocy.

– Słuchaj, Kel-Noro, czy mogłabyś mi pomóc trochę to posegregować?

– Teraz jestem zajęta. Lucy zostawiła ci notatkę. I Anna cię przeszkoli, jak wróci.

– Świetnie, dziękuję.

– I czy możesz mówić do mnie Nora? Tutaj jestem Nora, okej?

– Okej, Noro.

Lucy rzeczywiście zostawiła dla mnie notatkę. Z braku miejsca na biurku leżała ona na siedzisku mojego krzesła. Prawie na niej usiadłam.

Witaj, Angel!!!! Bardzo się cieszymy, że mamy Cię na pokładzie! Twoim 1-szym zadaniem będzie przejrzenie i odpowiednie posortowanie papierów na Twoim biurku. Postaraj się zrobić to do południa. Anna jest w tej chwili przeciążona, ale poprosiłam ją, żeby Ci *pomogła w tym przejściowym okresie. Staraj się jednak zajmować ją najrzadziej jak się da i już na starcie polegaj na swoich organizacyjnych i intelektualnych możliwościach. Chciałabym także, żebyś jak najszybciej zaczęła załatwiać moje telefony!!! Pamiętaj, że pora w NY jest o trzy godziny późniejsza niż u nas, więc te rozmowy musimy kończyć przed drugą!! Anna może Ci pokazać, gdzie w komputerze jest lista moich rozmów telefonicznych, i proszę, żebyś ją na bieżąco uzupełniała, zgodnie z moimi notatkami. Każdy może Ci powiedzieć, że w tym biurze telefon jest <u>linią życia</u>, więc niech Twoje rozmowy będą jak najkrótsze, a połączenia w sprawach prywatnych ogranicz do <u>ABSOLUTNIE NIEZBĘDNYCH</u>!!! Twoim trzecim zadaniem będzie przejrzenie ubiegłotygodniowych odrzuconych tekstów i odesłanie ich do autorów tak szybko, jak się da. Dzisiaj, nie wiem jeszcze kiedy, chciałabym porozmawiać z Tobą o Twoich uwagach na temat książki tego Włocha. Jeszcze raz, WITAJ!!! – L.*

Zrobiłam sobie miejsce na krześle i zaczęłam przeglądać pliki papierów. Rzuciłam okiem na Norę, która była pochłonięta udawaniem, że na mnie nie patrzy. Telefon dzwonił. Ostry sygnał rozległ się trzykrotnie, zanim Nora powiedziała:

– Musisz odebrać. Lucy chce, żebyś ty pierwsza odbierała. Ale pamiętaj, łącz z nią tylko tych, z którymi ona chce rozmawiać.

A skąd ja mam wiedzieć, z kim ona chce rozmawiać? Rzuciłam Norze miażdżące spojrzenie i odebrałam telefon.

– Dzień dobry – powiedziałam. – Agencja Literacka Lu...

– Czy ona jest? – przerwał mi zmęczony męski głos.

– Pani Fiamma rozmawia teraz na drugiej linii – odparłam. – Czy mogę zapytać, z kim rozmawiam?

– A ja z k i m? – Teraz głos wydawał się zarówno zmęczony, jak i poirytowany.

– Angel Robinson, nowa asystentka Lucy Fiammy.

– Następna – mruknął. – Pomóż mi... od jak dawna ty tam pracujesz, od pięciu minut?

Spojrzałam na zegarek.

– Właściwie tak – zaszczebiotałam. – Mogę zapytać, z kim rozmawiam?

– Mówi Gordon Hart. Z HartHouse Publishers. Sądzę, że o nas słyszałaś?

– Kurczę – wyrwało mi się, zanim zdołałam się powstrzymać. Moją pierwszą rozmowę odbywałam z szefem najbardziej szanowanego wydawnictwa w tym kraju. Zacisnęłam usta, mając nadzieję, że nie usłyszał.

– Zgaduję, że tak – powiedział, a w jego głosie słychać było teraz uśmiech. Moje szczęście. – Jeżeli to nie będzie zbyt duży kłopot – kontynuował – czy zechciałabyś mnie teraz połączyć z p a n i ą F i a m m ą? Albo lepiej nie, powiedz jej tylko, że nie mogę dzisiaj przekazać jej decyzji. Ona będzie wiedziała, co to oznacza. Do widzenia. Dziękuję.

Dźwięk rozłączającego się telefonu zabrzmiał donośnie w moim uchu i poczułam, że robi mi się trochę niedobrze.

– Kto to był? – zapytała Nora.

– Gordon Hart – odpowiedziałam potulnie.

– O Boże! – zapiszczała Nora. – Dlaczego go nie połączyłaś?

– On nie chciał.

– Nie, nie, j e g o musisz łączyć. Wiesz co? Musisz jej powiedzieć. Idź od razu, szybko.

Nora zamachała kościstymi ramionami. Wyglądała jak wściekła mysz. Trudno mi było odgadnąć, czy jej wrogość dowodziła, że jest zwykłą jędzą, czy może było to tylko zachowanie obronne. W każdym razie zamierzałam szybko tego dociec.

Byłam rozgorączkowana, spocona i serce mi waliło, kiedy zapukałam do drzwi biura Lucy. Craig je uchylił i wysunął głowę przez szparę. Miał wypieki i był rozczochrany, jakby z czymś właśnie walczył.

– Nie pukaj – polecił. – Na przyszłość używaj interkomu.

I znów ten głos godny idola nastolatek. Gdyby włożyć mu dużą torbę na głowę, po prostu nie można by mu się oprzeć.

– Mam informację dla Lucy – powiedziałam i Craig wpuścił mnie do środka. Lucy siedziała przy biurku i rozmawiała przez telefon. Kiedy weszłam, posłała mi szeroki uśmiech. Była ubrana w kombinezon krwistego koloru i odpowiednie buty. Jej szalone włosy były zebrane w kok. Wielki wisior, wyglądający jak amulet, ze szkarłatnym kamieniem w centrum, zwieszał się z jej szyi. Gestem wskazała mi, abym weszła i usiadła na krześle naprzeciw niej.

– Tak, moja droga – mówiła – rozumiem, jak traumatycznym przeżyciem jest taki zabieg, ale masz przecież jeszcze jedną nerkę, prawda? Pomyśl o tym w ten sposób. I przez parę dni dzieci nie będą ci przeszkadzały. I możesz wziąć ze sobą laptopa i trochę popisać. Wiesz, że musisz dostarczyć pierwszy szkic. No, co myślisz? – Zrobiła przerwę na odpowiedź, ale kiedy ją usłyszała, zmarszczyła się.

– Ale znieczulenie jest tylko małą częścią całego zabiegu – mówiła dalej.

Po drugiej stronie usłyszałam zniecierpliwiony głos podnoszący się o kilka decybeli, a Lucy spojrzała na mnie, przewracając oczami. Przykryła słuchawkę dłonią i podczas gdy głos perorował, zwróciła się do mnie: – O co chodzi, Angel, dlaczego tu siedzisz?

– Dzwonił Gordon Hart – wyszeptałam.

Wyraz twarzy Lucy momentalnie wskazał czujne zainteresowanie.

– Dlaczego mi nie powiedziałaś? – zasyczała i odsłoniła słuchawkę. – Posłuchaj, Lorraine, muszę kończyć. Porozmawiamy później. Nie, Lorraine, mam teraz na linii jednego z największych wydawców, który czeka na połączenie. Pa.

Odwiesiła słuchawkę i zwróciła się do mnie:

– Na której on jest linii? – zapytała, obserwując centralkę, której żadne światełko nie błyskało ani się nie świeciło.

– Na żadnej. Zostawił wiadomość.

– Pozwoliłaś mu się rozłączyć? Dlaczego? Wiesz, jaki on jest ważny?

Wstała i ukazała mi cały swój imponujący wzrost. W otoczeniu białego biura wyglądała jak wielka, otwarta rana. Sprawiała wrażenie tak rozeźlonej, że przez krótką chwilę paranoi pomyślałam, że da mi w twarz.

– Połącz mnie z nim. Natychmiast – poleciła przez zaciśnięte zęby.

– On powiedział, że dzisiaj nie będzie mógł przekazać ci decyzji – wysapałam bez tchu.

– Po prostu mnie z nim połącz – powtórzyła. – Porozmawiamy o tym później.

Umykałam z biura Lucy, jakby mi parzyło stopy. W drodze do drzwi uchwyciłam minę Craiga. Wyrażała rozbawienie i współczucie.

Podeszłam (podbiegłam) do mojego biurka i podniosłam słuchawkę, nie wiedząc zupełnie, skąd mam wziąć numer telefonu Gordona Harta lub – szczerze powiedziawszy – jakikolwiek inny numer.

Przejrzałam biurko w poszukiwaniu wizytownika, ale niczego nie znalazłam. Udało mi się za to zsunąć na podłogę liczne pliki papierów, rozsypując to, co – jak mogłam się domyślić – było ważnymi dokumentami. Mój interkom błyskał i krzyczał:

– Angel, połącz mnie z Gordonem Hartem. Natychmiast. – Wściekły głos Lucy przeszywał mnie do szpiku. W głowie powstała mi niepotrzebna i niechciana myśl, że będę musiała kupić sobie lepszy dezodorant.

– Tak, już, chwileczkę... – Strąciłam jeszcze trochę papierów po drodze. – Noro, powiedz mi, proszę, gdzie mogę znaleźć numer telefonu...

– Jestem teraz zajęta – odparła Nora, wzdychając. – Ale możesz spróbować włączyć komputer. Wszystkie numery telefonów są w bazie danych.

Spojrzałam na nią z niedowierzaniem. Nie widziałam nawet komputera pod stertą papierów. Z pewnością miała ten numer w jednym ze swoich licznych wizytowników obrotowych, które wciąż przeszukiwała. Nie byłam w stanie zrozumieć, dlaczego mi go nie podała.

– Angel! – wrzasnął jeszcze raz głos Lucy przez interkom. – Nie mogę teraz rozmawiać z Gordonem Hartem. Jeżeli masz go na linii, powiedz mu, że oddzwonię.

Kiedy skończyła, telefon znowu zadzwonił.

– Powinnaś odebrać – powiedziała Nora. – Lucy chce, żebyś t y odbierała telefony.

– Wiem – warknęłam. – Dziękuję za pomoc.

– Hmm! – Nora zaszczyciła mnie spojrzeniem wyrażającym czyste oburzenie i sięgnęła pod biurko po coś, czego nie widziałam. Przez chwilę myślałam, że wyciągnie jakąś broń, ale zamiast niej wyjęła puszkę dietetycznych protein Slender-Aid i otworzywszy ją, zaczęła jeść. Na sucho, łyżką.

Odebrałam telefon.

– Agencja Literacka Lucy Fiammy, dzień dobry.

Po drugiej stronie przez jakiś czas trwała cisza, przerywana czymś, co brzmiało jak ciężki oddech. Spróbowałam jeszcze raz:

– Agencja Literacka Lucy Fiammy, słucham?

Mężczyzna i – sądząc po głosie – palacz, wreszcie przemówił:

– Tak. Z Lucy Fiammą, proszę.

– Przykro mi, rozmawia teraz na drugiej linii. W czym mogę panu pomóc?

– Ona zajmuje się obecnie moim dziełem. Chciałbym ustalić, kiedy będziemy mogli je wspólnie omówić.

– Oczywiście. Czy może mi pan podać nazwisko?

– Peter Johnson – odparł dumnie.

– Proszę poczekać – powiedziałam i zawiesiłam rozmowę.

– Noro. – Mimo wszystko jej potrzebowałam. – Mam na linii Petera Johnsona, czy powinnam go...

– Codziennie dzwoni – powiedziała Nora, dmuchając w swój proteinowy proszek. – Ciągle go odrzucamy, ale on nigdy nie rezygnuje. Jego rękopisy śmierdzą papierosami. Fuj. Naprawdę powinien rzucić.

Dwie kolejne linie zaczęły migotać.

– Lepiej odbierz – zaczęła Nora. – Lucy chce...

Nacisnęłam linię numer dwa.

– Agencja Literacka Lucy Fia...

– Tu Lorraine. Muszę z nią teraz porozmawiać. Nie mów, że rozmawia na innej linii, proszę.

Lorraine brzmiała, jakby łkała.

– Dobrze, Lorraine, nie rozłączaj się.

Odebrałam rozmowę na trzeciej linii.

– Agencja Literacka Lucy Fiammy.

– Tu Fabio. Dzwonię, żeby potwierdzić rezerwację Lucy Fiammy na dzisiejszą kolację w Baciare Ristorante.

– Proszę się nie rozłączać.

W totalnej rozsypce patrzyłam na trzy migoczące połączenia. Oczywistym wyborem było połączenie z Lucy Lorraine (zgadywałam, że to ta sama, która ma pisać w znieczuleniu ogólnym), ale już się nauczyłam, że oczywiste wybory w tym biurze niekoniecznie są właściwe. Miałam z tą centralką rozterkę filozoficzną. Mimo wszystko zdecydowałam się niepokoić Lucy.

– Tak? – zapytała.

– Mam na linii drugiej Lorraine, a na trzeciej Fabia z Baciare Ristorante.

– Fabio! – zawołała. – Połącz go.

No dobrze. Fabio został przekazany Lucy, a ja nacisnęłam linię 2, żeby porozmawiać z łkającą Lorraine.

– Halo, Lorraine? Tu Angel Robinson, nowa asystentka Lucy. Przykro mi, ale Lucy roz... ma spotkanie i w tej chwili naprawdę nie może się wyrwać. Ale prosiła mnie, żebym ci powiedziała, że oddzwoni natychmiast, jak tylko skończy.

– Oczywiście – warknęła Lorraine i głośno się rozłączyła.

Na linii pierwszej ciągle migotał Peter Johnson.

– Panie Johnson? Obawiam się, że pani Fiamma teraz nie może rozmawiać. Czy ja mogę panu w czymś pomóc?

– Przeczytałaś moją książkę? – zapytał, kasząc w słuchawkę.

– Szczerze mówiąc, jestem tutaj nowa i nie miałam jeszcze okazji...

– I tak możemy o niej porozmawiać – uznał. – Opowiem ci akcję, jeśli masz chwilę. To jest bomba, mówię ci. Prawdziwa bomba.

– Proszę mi podać swój numer, a ja na pewno oddzwonię do pana z wiadomością.

Ponownie zakaszlał do słuchawki i wycharczał swój numer, zapewniając, że dla niego to żaden kłopot, żeby ponownie zadzwonić, że jak najchętniej zadzwoni jutro i że – no właśnie! – gratuluje mi nowej pracy w jednej z najfajniejszych agencji literackich na świecie.

Odłożyłam słuchawkę i ukradkiem spojrzałam na zegarek, pewna, że minęły godziny od chwili, kiedy tu weszłam o ósmej. Byłam w biurze dokładnie od dwudziestu trzech minut.

Następnym razem sprawdziłam czas po pierwszej. Naszego czasu. Jedyny zegar w naszym biurze pokazywał czas w Nowym Jorku. Anna dotarła o dziewiątej, ale w kwestii zapoznawania mnie z biurem była tylko odrobinę bardziej pomocna niż Nora. Była natomiast gotowa opowiedzieć mi szczegółowo o swoich zwyczajach żywieniowych. Zamiast dowiedzieć się, gdzie jest lista telefonów Lucy, zostałam poinformowana, że na śniadanie Anna zjadła jajka na bekonie. Zamiast tłumaczyć mi, jaki jest system uzupełniania danych, Anna skupiła się na opowieści o zaplanowanej na kolację sałatce z kurczakiem po chińsku i uzyskaniu mojej opinii na temat miodowo-musztardowego dressingu. Mimo wszystko wyrwało jej się kilka użytecznych informacji, na przykład gdzie są właściwe przegródki albo gdzie mogę znaleźć odrzucone rękopisy, które należy odesłać autorom, chociaż ich stos odradzał się prawie natychmiast. Wreszcie, kiedy udało mi się zlokalizować i uruchomić mój komputer, Anna pokazała mi ścieżkę dostępu do różnych baz nazwisk i numerów telefonów, które mogą mi się przydać.

Craig spędził większą część poranka, wydeptując ścieżkę pomiędzy swoim biurkiem a biurem Lucy. Kiedy siedział za skoroszytami i segregatorami, stawał się zupełnie niewidoczny. Pomijając chwilę naszej konwersacji w drzwiach biura Lucy, zupełnie ze mną nie rozmawiał.

Anna najwyraźniej nie słyszała, że mam być pierwszą osobą odbierającą telefony, ponieważ z wyjątkiem chwil, kiedy sama rozmawiała, rzucała się na telefon za każdym razem, kiedy dzwonił. Jej rozmowy były głośne i często chichotała. Chociaż nie były to rozmowy prywatne, wiele z nich bowiem przełączała do Lucy, jednak z każdym rozmawiała, jakby byli kumplami od zawsze. Ja sama przeprowadziłam kilka rozmów z większym powodzeniem niż tę pierwszą, ale ciągle czułam się nie najlepiej, wspominając epizod z Hartem. Lucy nie wychylała się z biura, a ja przez cały czas spodziewałam się wezwania na śnieżnobiały dywanik. Kiedy o pierwszej trzydzieści odezwał się mój interkom, dosłownie podskoczyłam.

– Angel, przyjdź tu, p r o s z ę, na chwilę.

Z wyjątkiem „proszę" był to wyraźny rozkaz, a Lucy nie robiła wrażenia zbyt zadowolonej. Brałam pod uwagę, że być może zostanę zwolniona już pierwszego dnia.

– Chodź, chodź, Angel.

Lucy ulokowała się na białej sofie, trzymając rękopis. Na jego pierwszej stronie zauważyłam mnóstwo niebieskich odręcznych notatek. Usiadłam na brzegu kanapy, a ona rzuciła mi spojrzenie, które opisałabym „i jeszcze to!"

– Jak ty do nas przyszłaś, moja droga? – zapytała tonem, który był jeszcze mniej uprzejmy niż słowa.

– Nie rozu...

– Jak ty przyszłaś u b r a n a, Angel?

Spojrzałam na siebie, bo musiałam sobie przypomnieć, co na siebie włożyłam, i odnotowałam: beżową koszulę z krytym zapięciem, dżinsy i czarne pantofle. Był to strój bardzo podobny do tego, które nosiły zarówno Anna, jak i Nora. To pytanie z pewnością kryjące jakiś podstęp. Nie miałam pojęcia, co powinnam odpowiedzieć.

– Hmm.

– No, do licha, nie mam na to czasu – rzuciła Lucy z irytacją. – Chcę porozmawiać o tej włoskiej książce.

Podała mi rękopis Damiana Vero. Moje uwagi były przypięte na wierzchu i zobaczyłam, że Lucy na nich pisała.

– Więc, jak widzę, naprawdę ci się podobało.

– Tak. Uważam, że to wspaniały tekst. – Z wolna podjęłam i z wysiłkiem przerzuciłam bieg, żeby nadążyć za jej potężnymi skokami z tematu na temat.

– Cóż, to j e s t bardzo dobre. Masz rację. Mam jednak kilka pytań. Przede wszystkim to się dzieje we Włoszech.

– Tylko częściowo.

– Tak, ale we Włoszech, a Amerykanie są zwykle ksenofobami. Mogą nie chcieć teraz czytać o Włoszech.

– No a *Pod słońcem Toskanii*? Włochy zawsze były uważane za bardzo romantyczny kraj – sprzeciwiłam się. – A poza tym, kiedy on przyjeżdża do Stanów, naprawdę zamyka ten rozdział. W pewnym sensie to typowa historia sukcesu imigranta.

Rozgrzewałam się, gotowa do dyskusji. Prawie zapomniałam o skoroszytach, telefonach i groźnych spojrzeniach Nory.

– Kolejna sprawa. Uważam, że to nie powinny być wspomnienia. Wspomnienia, a s z c z e g ó l n i e wspomnienia uzależnionego stały się ostatnio czarnymi owcami rynku wydawniczego. Musimy zaklasyfikować to jakoś inaczej.

Obserwowałam, jak Lucy ściąga brwi, koncentrując się.

– Wystawmy to jako fabułę autobiograficzną – orzekła w końcu. – To będzie zasadniczo odpowiednie. – Spojrzała na mnie ostro. – Powinnaś notować, Angel.

Spojrzałam na swoje puste ręce, zastanawiając się, czy mam pognać do biurka po papier i długopis.

– Następnym razem – zaczęła Lucy – przyjdź tutaj przygotowana, proszę. Ponadto czy on ciągle jest uzależniony? To byłby świetny punkt zaczepienia. Moglibyśmy go posłać na odwyk, zrobić wywiady ze szpitala czy coś takiego.

– Wydaje mi się raczej, że wyraźnie mówi, że teraz jest czysty.

Lucy posłała mi spojrzenie pełne dezaprobaty.

– Dobrze, dobrze, popatrzmy, co możemy z tym zrobić. Ta książka powinna go wyzwolić, zamiast opowiadać o jego wyzwoleniu. Tak, tak, to byłoby z n a c z n i e lepsze. Co on robi?

– Jest szefem cukierni.

– To niedobrze. Za dużo jest już opowieści szefów kuchni. Jesteśmy w czternastej minucie tej książki, a zegar tyka.

Zrobiła krótką przerwę, stukając wiecznym piórem Watermana w papiery na kolanach.

– Powiemy, że jest bezrobotny. Wyniszczony i uzależniony. Tak jest znacznie lepiej. Połączenie heroiny z cukiernią nie jest sexy. Historia o parku jest bajeczna – powiedziała, przerzucając spięte kartki. – Czy rękopis jest skończony?

– Nie wiem.

Lucy westchnęła.

– Angel, są rzeczy, na które musisz zwracać uwagę. No dobrze, nieważne. Mogę to sprzedać w częściach przy właściwym określeniu gatunku. Mogę to sprzedać jako... włoski *Trainspotting*. Tak, to jest to. Chyba nie myślisz, że sprawa z heroiną to już historia. Jak sądzisz? Jesteś młoda, powinnaś wiedzieć.

– Myślę, że nie – zgodziłam się. – To się nigdy n a-p r a w d ę nie kończy.

– Czy on się kontaktował z innymi agentami?

– Nie jestem pewna.

– Nie rozmawiałaś z nim? – Robiła wrażenie przerażonej.

– Nie, ja...

– Zostawiłam ci w tej sprawie karteczkę na biurku. Wyraźnie podkreśliłam, że powinnaś się z nim jak najszybciej skontaktować.

– Przykro mi, nie widziałam jej.

Lucy spojrzała na mnie twardo, jakby ważyła, ile prawdy jest w mojej odpowiedzi.

– Angel, wrażliwość na drobiazgi jest w tym biurze sprawą najwyższej wagi.

Byłam maleńką myszką stojącą naprzeciw wielkiej kocicy. Nie było dokąd uciec. Ale gdy tylko zaczęłam formować coś w rodzaju słownej ucieczki, Lucy ponownie zaczęła, trochę podniósłszy ton:

– To bardzo f i l m o w e. Tak uważam. Stanowczo. Połącz mnie z nim. Zaklepmy go, zanim pójdzie gdzie indziej.

Zaczęłam się zbierać, ale podniosła rękę w powstrzymującym geście.

– Nie, poczekaj – powiedziała. – Zróbmy najpierw coś innego.

Obeszła biurko i wcisnęła przycisk interkomu.

– Anna!

– Taa?

– Połącz mnie z Natalie Weinstein.

– Dobrze, Lucy. Masz coś jeszcze na teraz, bo mogłabym...

– Natalie. Weinstein. Teraz, Anno.

Lucy usadowiła się przy biurku i zamachała do mnie, żebym podeszła bliżej.

– Chcę, żebyś się przysłuchiwała – powiedziała.

Zauważyłam, że jej głos obniżył się o jedną czy dwie oktawy i słychać w nim było ton, który nazwałabym uwodzicielskim. Kiedy tylko została połączona z Natalie Weinstein, Lucy zaczęła wolną ręką przesuwać przedmioty na swoim biurku. To było zachowanie, do którego szybko się przyzwyczaiłam. Rozmawiając przez telefon, a wypełniało jej to spory kawałek dnia, Lucy zawsze odruchowo przesuwała notatniki, spinacze, pióra i wszystko, co znajdowało się na jej biurku. Najpierw przemieszczała większe przedmioty na środek blatu, stopniowo przechodząc do mniejszych i jeszcze mniejszych, aż na środku biurka powstawała niewielka wieża. Następnie zdejmowała je sztuka po sztuce i umieszczała w narożnikach biurka. Jeżeli do tego czasu rozmowa się nie skończyła, cały proces rozpoczynał się od nowa.

Rozmawiając z Natalie Weinstein, Lucy powtarzała te manewry raz za razem, a mnie hipnotyzowała obserwacja posuwistych ruchów jej rąk i głos wypełniający pokój.

– To naprawdę bomba – mówiła. – A ja przede wszystkim pomyślałam o t o b i e. Mamy tutaj nieznanego autora, który wchodzi na scenę. Tak, my tu n a p r a w d ę czytamy rękopisy z nieznanego źródła. W każdym razie jest to boski mężczyzna z Italii, który ma zapierający dech w piersiach pomysł na powieść. Tak. Mam ją tutaj. Obserwowałam, jak notatniki piętrzą się i opadają.

– Wygląda na to, że napisał włoski odpowiednik *Trainspotting*. To właściwie coś pomiędzy *Trainspotting* a *Pod słońcem Toskanii*. Znakomicie napisane.

W górę, w dół, w górę, w dół.

– On jest uzależniony od heroiny i pisze najbardziej żywą relację. Tak, zgadzam się. Z pewnością jest na to rynek. Posłuchaj, Nat, to jest absolutna bomba. On ciągle jest uzależniony. Co? Powiedziałam uzależniony? Nie. Wraca do zdrowia. Z tym że wiesz, na ile trwałe może być takie wyjście z uzależnienia.

Zobaczyłam, jak jej ręka sięga po pióro i zaczyna notować.

– Jest Włochem. Z Mediolanu. Zabójczo przystojny, wiesz, jacy są Włosi.

Podniosła notatkę, żebym ją zobaczyła. Kartka zawierała pytanie: *Mamy zdjęcie autora?*

Pokręciłam głową. Lucy dalej pisała: *Lepiej będzie, jeżeli dobrze wygląda!*

– On już pracuje nad serią. Ma na warsztacie dwie kolejne książki. Możemy z tego mieć serię powieści z antybohaterem. On to nazwał, poczekaj, tylko sprawdzę... *Koński tryptyk*. Co? Nieważne, zawsze może zmienić tytuł.

Dramatycznie przewróciła oczami, tak abym to widziała.

– Dobrze, Nat, zrobię to. Nie mogę gwarantować... Dobrze, mogę zaoferować ci wyłączność, jeśli... dobra. Będziesz to miała jutro na biurku. Rozumiesz, że muszę to od razu puścić w obieg, ale przede wszystkim pomyślałam o tobie. Lucy gwałtownie odwiesiła słuchawkę, a ja, wyrwana z mojego transu, zwróciłam na nią wzrok.

Byłam pod wrażeniem, ale jednocześnie trochę przerażona.

Lucy zobowiązywała się do wielu rzeczy, nie zamieniwszy nawet słowa z Damianem Vero. Jednak nie miałam wątpliwości, że dostanie wszystko, o co poprosi.

– I t a k to się robi, Angel – obwieściła Lucy. Uśmiechała się szeroko, błyskając nadnaturalnie białymi zębami. – Dobrze, Angel. Zadzwoń do autora, jeszcze raz, jak on się nazywa? W każdym razie zadzwoń do niego i połącz ze mną. Nawet nie będzie wiedział, co go ugodziło. Zamierzam zrobić z niego gwiazdę. Koniecznie weź rękopis ze sobą dzisiaj do domu. Wymaga trochę pracy. Przeczytaj go starannie i załatw, żeby wprowadził zmiany. Musimy to dostać w tak idealnej wersji, jak to tylko możliwe. Wydawcy są zajęci. Nie mają czasu na książki, które wymagają dużo pracy, wierz mi. – Nabrała powietrza. – Dobrze. Chcę to mieć gotowe najpóźniej na koniec tygodnia. Będziemy potrzebowali jeszcze co najmniej pięciu wydawców. Zrobię listę.

– Ale czy nie wysyłasz go właśnie do Natalie Weinstein?

Lucy spojrzała na mnie z wyrazem niedowierzania.

– To byłby wielki błąd – odparła. – A teraz idź, mamy dużo pracy.

Kiedy wychodziłam z jej biura, Lucy dodała:

– I dowiedz się czegoś o tych pozostałych dwóch książkach, nad którymi pracuje.

Zatrzymałam się w drzwiach tylko na ułamek sekundy. Tyle czasu zabrało mi podjęcie decyzji, czy powiedzieć Lucy, że pozostałe dwie książki są wytworem wyobraźni jej, a nie autora. Jakie to miało znaczenie? Jeżeli ona chce jeszcze dwóch książek, on będzie je musiał napisać.

Damiano Vero umieścił w swoim liście przewodnim trzy numery telefonów. Pierwszy był zajęty, pod drugim nikt nie odbierał. Dopadłam go w końcu pod trzecim numerem.

– *Ècco, sì!* – wykrzyknął, kiedy się przedstawiłam. – Ależ ja dopiero go wysłałem. Ale jesteście szybcy.

Zaśmiałam się do słuchawki, myśląc, że jest to pierwsza wesoła rozmowa telefoniczna tego dnia.

– Lucy chciałaby z panem porozmawiać – powiedziałam. – Czy może się pan przez chwilę nie rozłączać?

– Oczywiście.

– Lucy, mamy Damiana Vero na pierwszej linii.

– K o g o?

– Damiano Ve... Ta włoska książka.

– Ach, jego. Dobrze, p o ł ą c z go, Angel. Marnujesz czas.

Westchnęłam z cicha, wciskając odpowiednie przyciski. Kiedy doszłam do etapu pierwszych podsumowań tego dnia, pomyślałam, że Lucy nie ma dobrej pamięci krótkoterminowej. W brzuchu mi burczało i skręcało mi żołądek, ponieważ nie dałam mu nic od czasu banana, którego zjadłam sześć godzin wcześniej.

Oczyściwszy do dna puszkę z proteinami, Nora szybko opuściła biuro, udając się po pocztę. Nikt ponadto nie zrobił żadnego ruchu związanego z uzyskaniem lunchu spoza biura. Anna natomiast wyjęła nieporządną, brzydko pachnącą i załadowaną mięsem kanapkę i jadła ją hałaśliwie przy swoim biurku. Poczuła moje spojrzenie i popatrzyła na mnie.

– Nie mamy tu przerwy na lunch – poinformowała. – Mam nadzieję, że coś ze sobą przyniosłaś.

– Nie wiedziałam, więc nie.

Anna wzruszyła ramionami i odgryzła wielki kawał swojej kanapki. Coś, co wyglądało jak majonez, wyciekło z chleba. Żuła jeszcze, kiedy zadźwięczał interkom.

– Tach, Luchy?

– Anno, masz pełne usta czy jesteś przeziębiona? Jeżeli jesteś chora, wytrzyj starannie telefon po rozmowie. Nie powinnam być zmuszona ci o tym przypominać. Potrzebujemy kontraktu agencyjnego dla Damiana Vero. I powiedz Angel, żeby odebrała połączenie na linii pierwszej i porozmawiała z nim.

– Angel – powiedziała Anna, prawie krztusząc się przy przełykaniu – masz poro...

– Dziękuję, słyszałam.

Podniosłam słuchawkę.

– Dzień dobry, panie Vero. Mówi Angel.

– Mów mi Dami, proszę – powiedział. – To jest bardziej proste.

– Dobrze. Miło mi. Mnie się naprawdę podoba *Parco*

Lambro. Nie wiem, czy Lucy ci wspomniała. Tekst jest ekscytujący.

– O tak – zgodził się. – Bardzo ekscytujący. Miałem dobre przeczucie w związku z Lucianą. Wiedziałem, że będzie najlepszą osobą dla tej książki. A ona mi mówi, że będziemy pracować razem, ty i ja. Masz mi zaproponować jakieś zmiany?

– Tak, rozmawiałyśmy o tym. Ja oczywiście tylko przekażę sugestie, a potem ty wprowadzisz to, co uznasz za właściwe.

– *Bene.* Luciana dała mi twój domowy numer telefonu, ale myślę, że może moglibyśmy się spotkać?

Luciana? Mój domowy numer?

– Naturalnie, znakomicie. Mogę do ciebie zadzwonić.

– *Bene.* Czekam z niecierpliwością. *Mille grazie*, Angel. Do widzenia, tymczasem.

Zanim zdążyłam odłożyć słuchawkę, mój komputer rozbrzmiał sygnałem przychodzącej wiadomości. Spojrzałam na prostokąt niebieskiego tekstu i zobaczyłam, że nadawcą jest AA. Anna.

Powiedziała ci o świętej Łucji?

Kto? – odpisałam. Spojrzałam na Annę. Pochylała się nad swoim biurkiem i stukając w klawiaturę, wyglądała na bardzo zajętą.

Mój komputer znowu się odezwał, bo nadeszła kolejna wiadomość: *LF. Lubi mówić nowym pracownikom, że święta Łucja jest patronką pisarzy. Świętą Łucję chciano spalić, ale okazała się ognioodporna. Musieli jej poderżnąć gardło, żeby ją zabić. Ona była Włoszką.*

Nie, nie powiedziała mi.

Pomyślałam tylko, że mogłoby ci to pomóc z tym włoskim autorem – odpisała Anna.

Przez chwilę bawiłam się myślą, że Anna ma bzika. Rozpatrywałam właśnie różne możliwe odpowiedzi na jej ostatnią wiadomość („dziękuję" nie wydawało się odpowiednie), kiedy Nora podeszła do mnie z wielką plastikową skrzynką wypełnioną po brzegi rękopisami i listami.

– Lucy chce, żebyś to posortowała. To zwykle moja rola, ale ona chce, żebyś się przyzwyczaiła do takich zadań.

– Czy to jest poczta tylko z dzisiejszego dnia?

– To nic takiego – syknęła Nora. – Dzisiaj jest tylko około pięćdziesięciu. Czasami dostajemy prawie setkę.

Uśmiechnęła się. To był wyraz, który jakoś nie pasował do jej twarzy i wyglądał na niej dziwnie.

– Baw się dobrze – powiedziała.

Anna rzuciła na moje biurko rękopis, który klapnął i wywołał podmuch.

– To moja lektura z wczorajszego wieczoru. Odrzuciłam, ale ma być przejrzana jeszcze raz. Lucy chce dostawać po dwie oceny tekstów. Ja spadam, więc myślę, że twoje szkolenie na dzisiaj się skończyło. Ty pewnie też możesz już iść.

Spojrzałam na rękopis, a potem na zegar, odejmując trzy godziny. Była szósta i oczy zaczynały mnie szczypać. Wywołany głodem ból głowy pulsował z tyłu czaszki. Nory nie było. Za drzwiami Lucy słyszałam głos Craiga.

– Tak – zgodziłam się i zebrałam swoją torebkę, notatki z *Parco Lambro* i kilka rękopisów do przeczytania, a wśród nich ten, który właśnie dorzuciła mi Anna. – Muszę coś zjeść. Myślę, że już pójdę.

Ale mówiłam do pustego pokoju. Anna znalazła się za drzwiami, zanim skończyłam zdanie. Zostawiła mnie, nie tłumacząc co, jeśli w ogóle coś, powinnam dzisiaj zamknąć lub skończyć. Z nagłym przypływem żalu uzmysłowiłam sobie, że jeśli czegokolwiek się nauczyłam w ciągu tego niezwykle długiego pierwszego dnia, to tylko dzięki sobie i raczej mimo, a nie dzięki „szkoleniu" Anny.

Starałam się zaplanować, jak nakłonię Norę, Annę, a nawet Craiga, żeby udzielali mi trochę większej pomocy. Ale mój mózg był zbyt głodny i zmęczony, żeby nadać kształt choćby jednej myśli.

Wstałam z zamiarem wyjścia, ale zawrót głowy, wywołany niskim poziomem cukru we krwi, uniemożliwił mi zrobienie kroku. Musiałam poczekać, aż złapię pion. W cichym teraz biurze rozległ się dzwonek telefonu, wcinając się w mój zawrót głowy. Odbierz. Nie odbieraj. Gdybym tylko wyszła minutę wcześniej.

– Halo, Agencja Literacka Lucy Fiammy.

W słuchawce falowała cisza, a potem nadpłynął cichy głos, jakby z daleka.

– A, uk.

– Halo, w czym mogę pomóc?

– Ka. – Trzask, gwizd. – U.

– Przykro mi, nie słyszę. Halo?

Na linii dały się słyszeć dalsze trzaski i długi gwizd. Już miałam odłożyć słuchawkę, kiedy to usłyszałam. Słabo, ale wyraźnie.

– Karanuk.

– Karanuk? Tak, proszę, tak, chwileczkę, proszę. Tylko chwileczkę.

Nie zawracałam sobie głowy łączeniem się z Lucy przez interkom. Wybrałam galop do jej biura, gwałtowne pukanie do drzwi i otwarcie ich bez czekania na zaproszenie. Lucy siedziała przy biurku, wyglądając tak świeżo, jakby właśnie zaczynała dzień. Craig klęczał przy niej (tak, klęczał), podtrzymując papiery, żeby mogła na nie spojrzeć.

– Angel?

– Karanuk – wypaliłam. – Karanuk do ciebie, na pierwszej linii.

Lucy podniosła jedną ze swoich jaskółczych brwi i gapiła się na mnie zaskoczona.

– Połączenie nie jest zbyt dobre – kontynuowałam. – Pewnie dzwoni z Alaski. Czeka.

– Angel – powiedziała Lucy – Karanuk mieszka w Los Angeles.

– O, no dobrze. Hmm, on jest na pierwszej linii. A ja wychodzę. Dziękuję.

Lucy pokręciła głową, jakby nie mogła uwierzyć w to, co słyszy, i podniosła słuchawkę.

– Dziękuję, Angel – zadudnił Craig, podnosząc się ze swojej pozycji na podłodze. – Do zobaczenia jutro rano.

Wycofałam się za drzwi, zebrałam rękopisy i wybiegłam z biura, jakby mi się włosy paliły. Idiotka, przeklinałam siebie, idąc do samochodu i jadąc do domu. Idiotka, idiotka, idiotka, myślałam, kiedy otwierałam drzwi i siadałam na łóżku. Głupia, dodałam, kiedy rozkładałam przed sobą rękopisy, przygotowując się do ich czytania.

Chociaż w drodze do domu odtworzyłam sobie co najmniej dwudziestokrotnie ostatnie pięć minut mojego dnia pracy, wciąż nie mogłam uwierzyć, że byłam tak głupia, żeby wtargnąć do biura Lucy, jąkając się jak głupek. W mojej głowie rozlegał się stłumiony, ale uporczywy alarm. Dla równowagi pomyślałam, że nie dałam naprawdę gwiazdorskiego przedstawienia, jak na pierwszy dzień. Zastanawiałam się, nie po raz pierwszy, czy utrzymam się choćby tydzień. Dzwonek w mojej głowie rozlegał się natarczywie. Podniosłam oczy. To był telefon.

– Halo, Ag... hmm, halo?

– Angel! – Głos Lucy zabrzmiał w słuchawce, uderzając w mój mózg jak obuchem.

– Lucy?

– Wiesz, moja droga, nie miałyśmy dzisiaj okazji pogadać i troszkę się poznać. Tak szybko uciekłaś.

Wydała z siebie krótki, podobny do kaszlu śmieszek.

– Wiem, ja...

– W każdym razie chciałam cię, moja droga, powitać i powiedzieć ci, że moim zdaniem masz ogromny potencjał jako członek zespołu naszej agencji. Naprawdę o g r o m n y. Jestem bardzo zadowolona z twojej pracy przy tej włoskiej książce, a wiem, że to dopiero początek. Masz oko, a tego nam bardzo brakowało.

– Dziękuję – powiedziałam, wypuszczając wstrzymywane powietrze.

– A ponieważ w tym zakresie było słabo, więc proszę, żebyś przeczytała wszystkie nadesłane rękopisy bardzo uważnie. Wiesz, Anna jest słodka i z pewnością ma dobre intencje, ale nie ma twojego wyczucia. Obawiam się, że coś możemy przez nią przeoczyć. Rozumiesz?

– Mhmm.

Spojrzałam na odrzucony rękopis, który dała mi Anna. Jej notatka z lektury zaczynała się od słów: To głupi pomysł. I nudny.

– Więc tak, *entre nous*, Angel, przyjrzyj się uważnie temu, co ona robi, dobrze?

– Oczywiście.

– Może przyjdziesz jutro rano trochę wcześniej i zrobimy sobie małe spotkanie, zanim reszta zespołu dotrze. Bo, szczerze mówiąc, Angel, nie mogę już poświęcić więcej czasu na rozmowę telefoniczną z tobą. Mam rezerwację w restauracji.

– Oczywiście, Lucy, nie ma problemu.

– Wzięłaś z sobą tę włoską książkę?

– Tak, mam ją.

– Bajeczna. Jestem nią bardzo podekscytowana. Sprawdź, czy uda ci się wprowadzić do niej uwagi dziś wieczorem. Porozmawiamy o nich rano.

– Okej.

– I jeszcze raz bardzo się cieszę, że do nas dołączyłaś. Jak tylko na ciebie spojrzałam, wiedziałam, że jesteś dobra.

– Dzię...

– I jeszcze jedno, Angel, a potem naprawdę muszę iść. Wiem, że dzisiaj był twój pierwszy dzień, ale muszę nalegać, żebyś ubierała się trochę bardziej profesjonalnie. To nie musi być biznesowy garnitur czy coś równie oficjalnego, ale uważam, że dżinsy są zbyt nieformalne i po prostu przekazują niewłaściwy komunikat. A więc nigdy więcej dżinsów, dobrze, Angel?

– Nigdy więcej dżinsów – odparłam ochrypłym głosem.

– Bajecznie. Do zobaczenia rano. Wcześniej. Do widzenia, moja droga.

Odłożyłam słuchawkę delikatnie, jakby była niemowlaczkiem. Ostatnia rzecz, jakiej chciałam, to aby się obudziła i znowu zaczęła dzwonić. Podniosłam rękopis, który Anna tak lapidarną notatką odrzuciła, i gapiłam się na niego, a przed moimi zmęczonymi oczami wirowały słowa. Po raz pierwszy, odkąd pamiętam, miałam ochotę na alkoholowego drinka. Ale nie miałam czasu, żeby pomyśleć o tym, kiedy i gdzie mogłabym go zdobyć, ponieważ, ku mojej zgrozie, gałka w moich drzwiach się przekręciła i ktoś wszedł.

Przystojny, młody blondyn stał przede mną, trzymając w ręku butelkę wina i coś, co wyglądało jak opasły rękopis w drugiej.

– Kochanie – powiedział – i jak minął twój pierwszy dzień?

Malcolm. Przez chwilę nawet go nie poznawałam.

Rozdział trzeci

Lucy Fiamma
Agencja Literacka Lucy Fiammy

Droga Pani Fiammo,
jestem pisarką poszukującą przedstawiciela literackiego dla mojej pierwszej powieści, zatytułowanej ELVIS ZATAŃCZY NA WASZYM WESELU. Kierując się Państwa wymaganiami, zawartymi w katalogu agencji literackich, załączam pięćdziesiąt stron powieści, streszczenie i zaadresowaną do siebie kopertę ze znaczkiem na Państwa odpowiedź. Dysponuję także całością powieści i prześlę ją Państwu, jeśli wyrażą Państwo takie życzenie.

Chociaż jest to moja pierwsza powieść, w ciągu ostatnich kilku lat opublikowałam już kilka opowiadań w pismach literackich. Ostatnio moje opowiadania ukazały się w kwartalniku „Klatka słonia" oraz piśmie „Zdumieni". Na życzenie z radością prześlę egzemplarze. Jestem absolwentką California University, wydziału sztuk pięknych, gdzie studiowałam pisarstwo. ELVIS ZATAŃCZY NA WASZYM WESELU pierwotnie napisałam jako swoją pracę magisterską, ale od tego czasu dogłębnie przebudowałam tekst.

Powieść jest o podróży, która zamyka się w dwudziestu czterech godzinach. Dwoje głównych bohaterów, Michael i Jennifer, jedzie z Los Angeles do Las Vegas. Pobierają się i wracają do domu. Są młodą parą i bardzo mało wiedzą o sobie nawzajem, kiedy rozpoczynają tę podróż w małżeństwo.

W miarę rozwoju powieści odsłania się wiele sekretów i bohaterowie uczą się wiele o sobie samych i o sobie nawzajem.

Zdaję sobie sprawę, że Pani czas jest cenny, więc postarałam się, aby mój list był krótki. Mam nadzieję, że tekst powieści będzie mówił za siebie.

Z niecierpliwością oczekuję odpowiedzi.

Z poważaniem
Shelly Franklin

ELVIS ZATAŃCZY NA WASZYM WESELU

Shelly Franklin

Rozdział 1

Oczy Michaela mają kolor fosforyzujących alg. Są tak jasne i zielone, że Jennifer, wchodząc tylnymi drzwiami, zastanawia się przez moment, czy ten kolor nie jest wynikiem ingerencji chemii. Ale, myśli Jennifer, miłość też go mogła wywołać. Jej myśl jest błyszczącą iskierką w ciemnawym pokoju. Tak, kolor bierze się z miłości. Tę myśl Jennifer wybiera, podchodząc do mężczyzny, który wkrótce zostanie jej mężem.

Michael siedzi w prawie całkowitej ciemności, a ściszony telewizor gra. Mężczyzna zostawił otwarte okno. Wrześniowe powietrze przepływające przez zasłonę jest ciepłe i wilgotne. Jennifer nie zastanawia się, dlaczego Michael wyłączył wszystkie światła. Wie, że on używa telewizora jak niektórzy ludzie jedzenia. Dla niego to jest życiodajne pożywienie. Rzuca okiem na telewizor i rozpoznaje program o zakupach dla domu. Ubrana na czerwono, wychudzona kobieta sprzedaje złote aniołki na łańcuszku za cenę niższą niż dwadzieścia dolarów.

– Przepraszam za spóźnienie – mówi Jennifer, całując Michaela w policzek.

– W porządku, Jen – odpowiada Michael. Głos jak rondelek roztopionego masła. – Mamy masę czasu. Las Vegas nigdy nie śpi.

Jennifer obejmuje rękami szyję Michaela. Jego oceaniczne oczy oświetlają ją, a usta rozciąga uśmiech.

– Zdenerwowany? – pyta. Stara się utrzymać lekki ton, bo wywęszyła w Michaelu lęk. Delikatny, ale wyraźny.

– Tak – mówi on. Odnajduje to miejsce na jej drobnych plecach i naciska je. – A ty nie?

Nie, myśli Jennifer. Ona nie jest zdenerwowana. Nigdy w życiu nie była niczego bardziej pewna.

Pyta:

– Masz obrączki?

– Tak, Jennifer, a co ważniejsze, mam też samochód. Widziałaś samochód? – Przyciska z boku usta do jej szyi. Pachnie papierosami, które miał rzucić trzy tygodnie temu, i miętową gumą do żucia, którą je neutralizował. Ona rozpoznaje nieomylnie odległy zapach alkoholu.

– Samochód? – pyta.

– Idź, wyjrzyj na zewnątrz.

Jennifer wyswobadza się z jego uścisku i wolno podchodzi do okna.

Cukierkowo czerwona corvetta przysiadła na podjeździe. Nawet w ciemności jaśnieje, jak zachód słońca nad Pacyfikiem.

– A to co?

– Podoba ci się? – Michael uśmiecha się tak szeroko, że mógłby połknąć małe jeziorko. – Wynająłem go. Na dzisiaj.

– Dlaczego? – pyta Jennifer.

– Czy nie jest piękny? Uważam, że jeżeli mamy to zrobić, zróbmy to jak należy. Klasyczny samochód na klasycznie amerykańskie wydarzenie. Ślub w Las Vegas. Co ty na to?

Jennifer chce być w sprawie samochodu równie entuzjastyczna jak Michael, ale nie całkiem potrafi zarazić się tym podnieceniem.

Jednak mówi:

– Michael! Jest wspaniały! Kiedy musi być z powrotem?

– Jutro.

Jennifer unosi w zdumieniu brwi.

– Cóż, kowboju – mówi – więc lepiej ruszajmy.

Tytuł: ELVIS ZATAŃCZY NA WASZYM WESELU
Autor: Shelly Franklin
Gatunek: powieść
Czytała: Anna

To jest głupi pomysł. I nudny. Autorka ma magisterkę na wydziale sztuk pięknych i publikowała już w pismach literackich, ale poza tym nic więcej. To pierwsza powieść. Mówi o parze, która jedzie do Las Vegas wziąć ślub. Myślę, że poza tym nic się nie dzieje. Akcja toczy się bardzo wolno i ma głupi wstęp. Język jest suchy i nie wywołuje emocji. Nie wiem, dokąd to zmierza, nie wiem, czemu w tytule znalazł się Elvis. Autorka nie pisze, czy wysłała to do innych agentów, ale to nie ma znaczenia. To nie nasz typ. Rekomenduję odrzucenie.

Tytuł: ELVIS ZATAŃCZY NA WASZYM WESELU
Autor: Shelly Franklin
Gatunek: powieść
Czytała: Angel

Autorka ukończyła kurs pisarski na California University, który w ostatnich kilku latach wypuścił wielu autorów bestsellerów, więc poświęciłam dużą uwagę tej lekturze, będącej pierwotnie pracą magisterską autorki.

Właściwie tytuł mi się podoba. Wiem, że jest trochę irracjonalny, ale powieść mówi o ślubie w Las Vegas. Któż, jeśli nie Elvis, powinien więc znaleźć się w tytule? Podoba mi się także styl. Autorka tworzy od początku pewne napięcie, dzięki czemu my, czytelnicy, wiemy, że między tymi dwojgiem już są jakieś problemy i że ślub może być pomyłką.

Tekst nie wydaje mi się suchy, wręcz przeciwnie. Przeczytałam streszczenie i jest dla mnie jasne, że autorka wie, do czego zmierza. Ma określoną akcję i konstrukcję, które w moim odczuciu zadziałają. Jedyny problem, który dostrzegam, to ten, że powieść jest napisana w dużej mierze w czasie teraźniejszym. Co prawda działa to w ten sposób, że osadza nas w określonej chwili (a powieść rozgrywa się w ciągu jednego dnia), ale jest także pewnym ograniczeniem i może się stać elementem nieco klaustrofobicznym. Uważam jednak, że można temu łatwo zaradzić, jeśli autorka będzie skłonna do przepracowania jeszcze raz tekstu. Uważam, że jest to materiał na dobrą książkę o współczesnych związkach, czyli na temat zawsze cieszący się zainteresowaniem. Zalecam jak najszybsze skontaktowanie się z autorką dla upewnienia się, czy nie poszła gdzie indziej, i poproszenie o kompletny rękopis.

Mój pierwszy dzień pracy przerodził się w moją pierwszą noc pracy. Najpierw przeczytałam stertę rękopisów, umieszczając Shelly Franklin na jej szczycie, aby uchronić ją przed odrzuceniem przez tłustą rączkę Anny, a potem zajęłam się redagowaniem *Parco Lambro*. Zdziwiłam się, jak łatwo idzie mi ta praca. Było tak, jakbym wiedziała, które słowa przemieścić, a które usunąć, żeby odsłonić obraz, jaki Damiano chciał stworzyć. Pisząc, słyszałam w uszach jego głos i czułam historię, jaką zamierzał opowiedzieć. Odpowiadałam znakami stawianymi moim czerwonym piórem.

Tak naprawdę nigdy wcześniej niczego takiego nie robiłam, nie licząc niewielkich modyfikacji, które wprowadziłam w opowiadaniach Malcolma, ale wydawało się, że to dla mnie takie naturalne. Takie inne od wszystkich niezdarnych prób, jakich zaznałam w ramach dotychczasowych doświadczeń różnych pierwszych dni.

Największą nagrodą było jednak to, że naprawdę dobrze się przy tym bawiłam.

Malcolm krążył wokół mnie, kiedy pracowałam, z początku starając mi się nie przeszkadzać. Z biegiem czasu stawał się coraz bardziej niecierpliwy. Było oczywiste, że oczekuje pełnego sprawozdania ze wszystkiego, czego doświadczyłam w nowej pracy, ale wyjaśniłam mu, że na wyczerpującą relację będzie musiał poczekać.

– Ona to musi mieć na j u t r o – oznajmiłam mu, pokazując rękopis Damiana.

Malcolm podszedł do mnie z tyłu i wplótł dłonie w moje włosy, przesuwając nimi po karku.

– Na pewno? – zapytał uwodzicielskim głosem. – Już tak długo nad tym siedzisz...

– Malcolm, proszę...

– Dobra – powiedział, zabierając ręce i rezygnując z prób rozbujania mnie. – W takim razie zrobię ci kawę.

– Byłoby cudownie.

Kiedy kolejny raz podniosłam oczy, zbliżał się świt, a Malcolm odpłynął w niebyt. Całkowicie ubrany, na moim łóżku.

Kilka krótkich godzin później byłam już w drodze do biura, a kiedy tam, grubo przed dziewiątą, dotarłam, Lucy i Craig mieli już gotową listę dziesięciu wydawców dla *Parco Lambro*. Lucy już w nocy wysłała egzemplarz niepoprawionego rękopisu do Natalie Weinstein, której obiecała wyłączność. Natalie będzie go miała na wyłączność przez dokładnie dwa dni, co zdaniem Lucy zupełnie wystarczy.

– Ona zna ten biznes – wyjaśniła mi. – Wie, że nie mogę pozwolić, żeby rewelacyjny rękopis kisł na jej biurku.

Kiedy telefonicznie przeprowadzałam Damiana przez moje uwagi redakcyjne („Potrzebne nam to na jutro, Angel – powiedziała mi Lucy. – Zadziałaj tak, żeby on ci to dostarczył, albo wklep sama. W swoim wolnym czasie"). Lucy zaproponowała rękopis dziesięciu wydawcom. Jako że życzyła sobie, żebym była świadkiem tych rozmów („Musisz się uczyć, jak to się rozgrywa, Angel"), wielokrotnie zawieszałam rozmowę z Damianem i biegłam do jej biura z kartką i długopisem w dłoni, aby przysłuchiwać się toczącym się rozmowom.

– Cóż, nie mogę ci dać wyłączności, Charles. Ale mogę gwarantować, że będziesz pierwszym, któremu ją zaproponuję. Jeżeli podasz mojej asystentce swój domowy adres, będziesz miał rękopis w ciągu dnia.

– Mówię ci, Katherine, nigdy nie czytałam rękopisu o takiej pierwotnej sile. Dlatego pomyślałam przede wszystkim o tobie. Znam twój talent do zatrzymywania na papierze świeżych emocji.

– Tak, Julio, on jest wybitnie sprzedażowy. Ciemny i sexy.

– Od razu pomyślałam o tobie, Frank. To jest poważniejsze, to prawdziwy komentarz społeczny. Co? Tak, zgadzam się, z pewnością coś takiego jest potrzebne.

Momentami, prowadząc te rozmowy, Lucy spisywała notki przeznaczone dla mnie.

Gdzie jest zdjęcie autora? – pytała jedna. *Potrzebuję go natychmiast!!!*

Czy ta redakcja jest już zakończona? – mówiła kolejna. A następna: *Zacznij list przewodni.* Skinęłam co prawda głową i wymamrotałam „okej" po otrzymaniu ostatniej karteczki, ale nie miałam bladego pojęcia, czego Lucy chce. Usiadłam przy biurku i rozejrzałam się po biurze, zastanawiając się, kto spośród moich współpracowników mógłby mi pomóc. Perspektywy nie były różowe.

– Damiano – powiedziałam na permanentnie zajętej linii – Lucy naprawdę wywołała już duże zainteresowanie i chce z tym wyjść tak szybko, jak tylko może. Myślisz, że zdołasz przez to przebrnąć, hmm, do jutra?

– *Bella* – odparł po chwili przerwy. – Okej. Mogę do ciebie zadzwonić później? Jak mam to wysłać? I proszę, mówi mi Dami.

Dźwięk interkomu uciął moją odpowiedź, zanim zaczęłam ją wypowiadać.

– Angel, rozpoczęłaś już ten list przewodni? Chcę go zobaczyć.

– Damiano, Dami, posłuchaj – wyszeptałam do telefonu – może zadzwonisz, jak już wprowadzisz niektóre zmiany? Możesz to przesłać do mnie na domowy e-mail i ja to wydrukuję.

– *Grazie* – powiedział.

– I zdjęcie – dorzuciłam pośpiesznie. – Masz swoje zdjęcie, które mógłbyś przesłać mailem?

– Nie, ale... – zaczął, mój interkom jednak znowu zabrzęczał i szybko rozłączyłam Damiana. Po zapewnieniu Lucy, że zaraz będę dla niej miała list przewodni, rozważyłam prawdopodobieństwo wystąpienia w tym biurze zjawiska uprzejmości wobec nowych i podeszłam do Craiga.

– Jak się masz, Angel? – zapytał. Craig wyglądał szczególnie niechlujnie w niebieskiej koszulce polo, która była o numer za duża, i brązowych, pamiętających lepsze czasy spodniach. Kiedy poprawił okulary, wyglądał jak Woody Allen, tyle że pozbawiony ironii. Ale ten głos! Rezonował we wnętrzu mojego ciała i przyspieszał bicie serca. Żona Craiga z pewnością należała do typu dziewczyn, które wolą się kochać przy zgaszonym świetle.

– Do... dobrze – wyjąkałam. – Zastanawiam się tylko, czy mógłbyś mi w czymś pomóc. Lucy chce, żebym...

– Napisała szkic listu przewodniego dla włoskiej książki? – zapytał Craig.

– No, właśnie i nie... – Ucichłam, bo nie bardzo chciałam się przyznać Craigowi, że nie mam bladego pojęcia, jak się do tego zabrać.

– W komputerze jest schemat, ale jeżeli potrzebujesz przykładu, mam tu gdzieś coś takiego – powiedział Craig. Otworzył segregator pod biurkiem, wyciągnął kartkę i mi podał.

– Proszę. Ale oddaj mi, jak skończysz.

– Oczywiście – zapewniłam i nadal stałam.

– Musisz w to wskoczyć, Angel – dodał Craig, a dźwięk mojego imienia spowodował, że gardło mi się ścisnęło – i to najlepsza rada, jaką możesz otrzymać. Nie bój się zamoczyć.

Może to dziwne, ale były to najcieplejsze, najbardziej zachęcające słowa, jakie tu usłyszałam od czasu, kiedy zaczęłam pracę, i chociaż wypowiadając je, Craig nie wyglądał na zadowolonego, natychmiast go polubiłam.

– Okej. – Posłałam mu szeroki uśmiech. – Masz rację.

Wróciłam do biurka i napisałam jednostronicowy list obejmujący recenzję *Parco Lambro*, przeładowany superlatywami i zawierający krótki paragraf, który wyjaśniał, dlaczego Drogi... (Edward) musi go koniecznie zdobyć. Końcówkę skopiowałam z listu uzyskanego od Craiga. Brzmiała ona: „Niezmiennie. Lucy Fiamma". Miałam nadzieję, że niezmiennie jest to Lucy.

Lucy zabrało mniej niż dziesięć sekund zwrócenie mi listu pociętego uwagami wykonanymi wiecznym piórem. *Przerobić według moich uwag. To robi wrażenie, jakby zostało napisane przez (małe) dziecko.*

Czytając jej komentarz, poczułam, że uszy palą mnie z upokorzenia. Uświadomiłam sobie, że jak dotąd Lucy mnie nie dotknęła, i teraz wydawało mi się to szczególnie bolesne. Wizja ucieczki, którą stworzyłam w pierwszych pięciu minutach pracy, znów przemknęła mi przez głowę. Craig widocznie jakoś to wyczuł, bo kiedy obliczałam, ile czasu zajmie mi zabranie torebki i wyjście, na moim ekranie pojawiła się wiadomość od niego: *Nie bierz tego do siebie.*

Usiadłam przy biurku. *Postaram się, dziękuję* – napisałam. Spojrzałam na Craiga, mając nadzieję, że zobaczę jakąś wizualną oznakę sympatii, ale on już rozmawiał przez telefon, mamrocząc do słuchawki coś o zaległych honorariach autorskich.

Pięciokrotnie przerabiałam list przewodni. Każda wersja wracała do mnie, *via* Anna, Nora, a czasem przynosiłam ją sama, bardziej pokreślona od poprzedniej. Lucy robiła korektę własnych korekt. Wreszcie dostałam notatkę: *Dosyć. Nie mamy już czasu. Skończmy to wreszcie!* Spojrzałam na korekty na najświeższej wersji i uświadomiłam sobie, że ostateczna wersja będzie prawie identyczna jak pierwsza, którą jej dałam.

Oddałam Craigowi wzór listu przewodniego i kręciłam się wokół jego biurka, aż spojrzał na mnie i zapytał:

– Jeszcze w czymś mogę ci pomóc?

– No, właściwie...

– List jest w porządku. O to chodzi?

– Nie. Ja...

– Angel, jesteśmy tu jakby zajęci.

Uświadomiłam sobie, że mocno się pocę i nie mam pojęcia, czemu jest mi tak trudno poruszyć temat, który powinien zostać omówiony i zamknięty po mojej rozmowie kwalifikacyjnej.

– Craig, ja nie wiem... hmm, jak dokładnie wygląda moje... wynagrodzenie.

Posłałam mu szeroki uśmiech, żeby pokryć trudności z wypowiadaniem się.

– Wydawało mi się, że może ty zdołasz mi to oznajmić. Ty tu jesteś od pieniędzy i tego wszystkiego.

Craig wyprostował się na krześle i przez chwilę jego sprane rysy przybrały dziwny wyraz. Gdybym nie wiedziała, mogłabym pomyśleć, że to rodzaj oskarżycielskiej miny wyrażającej zdumienie, że chcę, aby mi za taką szansę w ogóle p ł a c o n o. Mina jednak przemknęła, zanim zdołałam ją ostatecznie określić, a Craig słabo odwzajemnił uśmiech. Pochylił się nad swoim biurkiem, zgarnął kawałek papieru, napisał na nim 25 tys. i podał mi.

– I to jest?

– Rocznie – obniżył głos do szeptu szekspirowskiego aktora.

– Okej. – Gapiłam się na kartkę, dzieląc to przez dwanaście, odejmując w głowie podatki i dochodząc do znacznie niższych kwot.

– Większość ludzi, którzy zaczynają na rynku wydawniczym, zarabia znacznie mniej – powiedział Craig. – To bardzo hojne wynagrodzenie dla początkującej. Lucy w ciebie wierzy.

– Jasne. Oczywiście. Dziękuję – powiedziałam i wróciłam do swojego biurka. Jeszcze nie usiadłam na dobre, kiedy rozległ się pisk interkomu.

– Angel!

– Lucy?

– Do mojego biura.

Zanim zdołałam postawić stopę w jej biurze, Lucy warknęła:

– Powiel i puść w obieg. Z kopią do mojej wiadomości.

Notatka od Lucy krzyczała: *W tym biurze nie zajmujemy się tanią reklamą!!! Profesjonalizm jest podstawą sukcesu naszych działań. Jestem zmuszona nalegać, aby od teraz w pracy NIE NOSZONO DŻINSÓW. Proszę odpowiednio poprawić swoją garderobę! LF.*

Ja już oczywiście poprawiłam „swoją garderobę" i miałam na sobie parę spodni khaki, które wyciągnęłam z głębin szafy tego ranka. Jednak Anna i Nora były pokryte jeansem. Reakcja Nory na dyrektywę „nienoszenia dżinsów" polegała na wielokrotnym złożeniu kartki z notatką, aż stała się malutkim kwadracikiem. Kiedy Anna przeczytała swoją kopię, rzuciła w moją stronę znaczące spojrzenie i odwróciła się do swojego komputera. Dwie minuty później miałam już od niej wiadomość: *LF zażyczyła sobie, żebyśmy ubierały się bardziej profesjonalnie. Żadnych dżinsów. Tylko Cię informuję.*

Podniosłam w jej kierunku swoją kopię notatki, ale Anna była zbyt skoncentrowana na ekranie komputera.

Okej – odpisałam. *Dziękuję, że mnie poinformowałaś.*

Anna na to: *Jakiś pomysł, dlaczego nie możemy już nosić dżinsów? Zastanawiam się nad tym, ponieważ do dzisiaj dżinsy były akceptowane. Może Ty coś wiesz?*

Tak jak Ty mogę tylko zgadywać – odpisałam.

Miałam nadzieję, że to zamknie tę sprawę, ale obawiałam się, że Anna dopiero się rozkręca. Telefon zaczął znowu dzwonić, a ona wyprostowała się na krześle, łagodnie dając do zrozumienia, że nie zamierza odebrać.

– Agencja Lucy Fiammy.

– Brzmisz niezwykle profesjonalnie.

Malcolm. Cholera.

– Witam – powiedziałam, obniżając głos o kilka oktaw.

– Witam? Chyba wiesz, kto mówi, prawda? Twój chłopak? Mężczyzna, którego zostawiłaś rano w łóżku samotnego i niespełnionego?

– Tak, Mal... wiem, kto mówi – szeptałam, co zwróciło

uwagę Anny. Odwróciłam z jej linii strzału swoje krzesło, tak że nie mogła zobaczyć mojej twarzy, ale to spowodowało, że znalazłam się w polu widzenia Nory. Uczyłam się, że prywatność w tym biurze trudno osiągnąć.

– Nie mogę teraz rozmawiać – szepnęłam słabo w słuchawkę. – Nie powinno się tu prowadzić prywatnych rozmów.

– Cóż, nie odbierasz komórki.

– Oczywiście, że nie odbieram komórki. P r a c u j ę.

– Angel, dlaczego mówisz, jakby cię ktoś dusił?

– Muszę kończyć – rzuciłam.

– Poczekaj. Dzwonię, żeby ustalić, czy możesz wyjść na lunch. Mógłbym po ciebie przyjść.

– Nie, nie mogę. Muszę się rozłączyć.

– Czemu n i e?

Strasznie chciałam rozłączyć Malcolma i chociaż gapiłam się na pokrytą notatkami powierzchnię biurka, czułam na sobie palący wzrok Anny.

– Jesteśmy tu bardzo zajęci. Staramy się przygotować książkę. Wiesz, tę włoskiego autora, nad którą pracowałam wczoraj wieczorem.

– Co to za facet? – zapytał Malcolm. – Ktoś sławny czy coś w tym rodzaju? Skąd tyle starania? Co, Angel?

– Jego książka jest dobra – mruknęłam.

– To musi być coś więcej – powiedział rozdrażnionym głosem Malcolm. – To musi być jakiś ogier. No, Angel?

– Nie wiem, Malcolm! – znowu ściszyłam głos. – Naprawdę muszę już kończyć.

Kolejne dwie linie podzwaniały, a Anna nie zamierzała nawet dotknąć słuchawki.

– No to może kolacja? Ja gotuję.

– Świetnie, świetnie – zgodziłam się. – Do zobaczenia wieczorem.

– Angel, poczekaj.

– Co?

– Twoja mama dzwoniła.

Minęła długa chwila pełna wyczekiwania.

– Nie mogłeś od tego zacząć? – wyszeptałam w końcu.

– Ach, przepraszam.

– Muszę kończyć – powiedziałam, rozłączając Malcolma i naciskając kolejny przycisk.

– Agencja Lu...

– Angel, *Bella*!

– Cześć, Dami, czy mógłbyś... – Miałam zamiar go poprosić, żeby poczekał na linii, żebym mogła odebrać pozostałe telefony, ale nagle zdecydowałam inaczej. Teraz rozumiałam, że Damiano Vero jest moim priorytetem. Nora będzie zmuszona podnieść głowę znad proteinowego proszku i odebrać telefon.

– Nieważne – powiedziałam. – Jak się masz?

– *Bene*. Ale, Angel, mam parę spraw. Nie mam zdjęcia. Czy to takie ważne?

– Cóż, Lucy uważa... – zaczęłam. Jak mam mu powiedzieć, że Lucy już go przedstawiła jako skrzyżowanie Johny'ego Deppa z Beniciem Del Toro. Mówiąc uczciwie, jej puszczony w obieg opis ciemnego, pełnego temperamentu uosobienia włoskiego seksapilu stał się moim własnym mentalnym obrazem Damiana. Nie dlatego, że ciemna karnacja znaczyła dla mnie coś szczególnego. Przez chwilę zastanawiałam się nad poproszeniem Damiana, żeby się opisał, ale zdałam sobie sprawę, jak absurdalnie by to zabrzmiało. – Lucy uważa, że to się przydaje – dokończyłam.

Pomyślałam o Karanuku i zadałam sobie pytanie, dlaczego nikt właściwie nie wie, jak on wygląda. Czy jest tak nieatrakcyjny, że Lucy celowo go ukrywa? Może dlatego tak obsesyjnie zależy jej na zdjęciu Damiana.

– A skoro nie mam zdjęcia? – zapytał. Było słychać, że jest rozbawiony.

– No – powtórzyłam – Lucy uważa, że to się przydaje.

– Okej – powiedział. – Jeszcze jedna sprawa... *Penso que...* no, przepraszam. Myślę, że trochę potrzebuję pomocy dzisiaj wieczorem. Przy książce.

– Oczywiście – powiedziałam. – Może zadzwonię do ciebie, jak dotrę do domu. Tam będzie spokojniej i będzie nam łatwiej się nad tym skupić. To ci odpowiada?

– *Bellissima* – powiedział – cudownie. *Mille grazie,* e... Angel, jesteś bardzo uprzejma.

– Robię to z przyjemnością – odparłam i odłożyłam słuchawkę z uśmiechem. Później, po pół tuzina następnych telefonów, uświadomiłam sobie, że powiedziałam Malcolmowi, że zjemy razem kolację i że dodatkowa sesja z Damianem prawdopodobnie zrujnuje te plany.

O piątej, mając przed sobą pracy biurowej jeszcze na dobrą godzinę, wymknęłam się do „toalety dla pracowników" (toaleta dla gości, co do której Nora poinformowała mnie, że to jej obowiązkiem jest utrzymywanie tam czystości, jakby to była jakaś nagroda, znajdowała się obok biura) i zadzwoniłam do Malcolma z komórki.

– Hej – wyszeptałam, kiedy odebrał. – To ja. Przepraszam cię za tę poprzednią rozmowę. Tu jest prawdziwe szaleństwo.

– Najwyraźniej – odparł.

– Co powiedziała moja mama? Rozmawiałeś z nią?

– Trochę. – Opowiem ci przy kolacji.

– Właśnie. Jeśli chodzi o kolację, Malcolm... Będziemy to musieli przełożyć na kiedy indziej.

– Dlaczego? Czy temu Włochowi trzeba wypastować buty?

– Nie bądź taki. Czy muszę ci przypominać, że to t y mnie namawiałeś, żebym się zgłosiła do tej pracy?

Spuściłam wodę, żeby zagłuszyć swój głos.

– Przepraszam – powiedział Malcolm. – Nie chciałem. Angel, co to za hałas? Czy ty się ukrywasz w toalecie?

– Szszsz... – zaszeleściłam do telefonu. – Ona może usłyszeć.

Malcolm westchnął głęboko i powiedział:

– Okej. Rozumiem. Kolacji nie będzie. Ale i tak przyjdę, dobrze? Później.

– Okej – zgodziłam się. – Lepiej już pójdę.

– Angel?

– Tak?

– Kochasz mnie?

– Oczywiście.

Czekałam, aż on też mi powie, że mnie kocha, ale straciłam połączenie, zanim zdołał to zrobić.

Kiedy zamknęłam drzwi toalety i udałam się do mojego sektora w biurze, zobaczyłam, że Nora i Anna stały przy biurku tej pierwszej. Zanim usiadłam, obie spojrzały na mnie z takim samym zdumionym wyrazem twarzy.

– O co chodzi? –spytałam.

– Popatrz na to – rzekła Anna, pokazując list, który Nora trzymała w ręce.

Zbliżyłam się do Nory, żeby przeczytać list przez jej ramię. Anna stanęła obok mnie, tak blisko, jakby mnie chciała pilnować.

Pojedyncza linijka tekstu na kartce była rozmazana, jakby ktoś popryskał kartkę wodą.

Jestem waszą następną gwiazdą. Rękopis w drodze. Przygotujcie się.

– Hmm – mruknęłam.

– To jakieś dziwaczne, nie sądzisz? – spytała Anna.

– Z pewnością nadejdzie p o w i e ś ć – powiedziałam, starając się, żeby to zabrzmiało lekko.

Nora trzymała kartkę daleko od siebie, między kciukiem a palcem wskazującym, jakby brzydko pachniała.

– I co ja mam z tym zrobić? Nie ma adresu zwrotnego.

– Więc nic nie rób – zarządziła wesolutko Anna.

– Coś trzeba – powiedziała Nora i dołożyła kartkę do sterty rękopisów odrzuconych.

Anna wzruszyła ramionami, a ja wróciłam do swojego biurka, gdzie kolejne zadania czekały niecierpliwie, aż się nimi zajmę.

Kiedy dotarłam do domu, przy moim telefonie dyżurowały ciągle nieodkorkowane pinot noir z poprzedniego wieczoru i dwie zapisane karteczki. Ta wsunięta pod butelkę mówiła: *Wypij mnie. Zasługuję na to.* Na drugiej było nabazgrane imię mojej matki, Hillary, i numer telefonu. Po pierwszych cyfrach nie rozpoznałam, z jakiego rejonu pochodzi, ale i tak wzięłam telefon i wybrałam numer. Telefon zabuczał pięć razy, zanim moja matka podniosła słuchawkę i wyszeptała do niej: „Pozdrawiam".

Prawie jej nie słyszałam. Miało się wrażenie, że gdzieś na linii szaleje huragan.

– Hillary! – krzyknęłam. – Gdzie jesteś?

Jedną z pierwszych rzeczy, których mnie nauczyła, było to, żeby mówić do niej po imieniu, nie używając żadnych wersji słowa „matka". Nigdy nawet nie myślałam o niej jako o „mamie".

– Czy to moja Angel? – zaśpiewała do telefonu. – Witaj, kochanie.

– Gdzie jesteś? – powtórzyłam.

– Jestem w najpiękniejszym miejscu, Angel. Musisz tu przyjechać. Musisz. Jest bosko. Drzewa, świeże powietrze i...

– Ale g d z i e? – nalegałam.

– Przy... niedaleko Seattle, Angel. Czy to takie ważne?

– Z pewnością jest ważne, jeśli chcesz, żebym cię odwiedziła – powiedziałam. – Wszystko w porządku? Już od jakiegoś czasu nie miałam od ciebie wiadomości. Zaczynałam się martwić.

To nie był pierwszy przypadek, że przybierałam rolę matki, rozmawiając z... matką. I przewiduję, że nie ostatni.

– Kochanie, a ty jeszcze nie wiesz, że u mnie zawsze wszystko będzie w porządku? Trochę wiary, córeczko. A jak u ciebie?

– W porządku. Właściwie... dobrze. Właśnie dostałam świetną pracę, Hillary. Pracuję z Lucy Fiammą. Ona jest agentką literacką. Jestem pewna, że musiałam wspomnieć... Czytałaś *Zimno!*?

– Co? Nie, nie jest tu zimno. Widzisz, kochanie, muszę ci coś powiedzieć. Znalazłam przecudowną grupę kobiet. Pochodzą od prawdziwych A m a z o n e k. Uwierzysz? W każdym razie planujemy teraz takie rytualne oczyszczenie, coś jak polewanie wodą gorących kamieni u Indian, ale w kobiecym wydaniu. Naprawdę chcę, żebyś się do nas przyłączyła, Angel. Musisz odnaleźć w sobie swoją wewnętrzną Amazonkę.

Jedyna Amazonka, z jaką obecnie mogłabym nawiązać kontakt, musiałaby mieć końcówkę „com" i znajdować się w internetowej bazie firm, ale nie mogłam tego powiedzieć matce, nie robiąc wrażenia sarkastycznej lub pozbawionej wiary. Wcześniej czy później te wszystkie wiccanki, ekofeministki albo rzeźbiarki rozczarowywały ją i ruszała w dalszą drogę. Kiedy jednak przeżywała spazmy ekstazy wywołanej nową społecznością, nie istniało nic, co mogłabym ja, albo ktokolwiek inny, powiedzieć, żeby ostudzić jej entuzjazm.

– Hillary, słyszałaś, co powiedziałam o mojej nowej pracy?

– Jakiej nowej pracy, cukiereczku?

– Pracuję dla agencji literackiej – prawie zawyłam do telefonu.

– Cudownie! – W telefonie nastała nagła cisza, a wszystkie kolejne słowa mojej matki były częściowo zagłuszone. – Słyszałam tylko... dbaj o siebie.

– Co? Nie słyszę cię, Hillary.

– Kochanie, posłuchaj, muszę teraz iść na spotkanie

bogiń. Tracę je, kiedy z tobą rozmawiam. Ale naprawdę chcę, żebyś tutaj przyjechała. To ważne. Zadzwonię później, okej? Będziemy mogły wtedy dłużej porozmawiać.

– Hillary... – zaczęłam, ale już jej nie było. Spróbowałam sobie wyobrazić, jak może wyglądać spotkanie bogiń, ale powstrzymałam się, kiedy zaczęłam snuć wizje groteskowej ceremonii z wykorzystaniem krwi menstruacyjnej. Dobra. Przynajmniej ona czuje się dobrze.

Spojrzałam na butelkę wina, walcząc z porywem, aby ją otworzyć i wypić do dna. Żałowałam, że nie ma przy mnie Malcolma, ale poczułam natychmiastową ulgę płynącą z przekonania, że szybko się tu pokaże. Ostatnie dwa dni mnie wyczerpały, a rozmowa z matką kompletnie wykończyła. Pomyślałam, że Malcolm będzie wspaniałym balsamem. Będę cała dla niego, kiedy przyjdzie. Ale najpierw *Parco Lambro*. Podniosłam słuchawkę i wybrałam numer Damiana, który znałam już na pamięć.

Z moją pomocą Damiano wprowadził uwagi do końca następnego dnia, a z końcem tygodnia wszyscy wydawcy z listy Lucy otrzymali egzemplarze rękopisu. Nie bacząc na fakt, że Damiano nie zdołał dostarczyć ani jednego zdjęcia (sprawę tę regularnie poruszała Lucy: „Rozjadą nas, jeśli autor nie jest medialnie atrakcyjny"), wszyscy oni chcieli kupić książkę.

Natalie Weinstein, którą mogłam usłyszeć krzyczącą w głośno mówiącym trybie telefonu Lucy, pierwsza weszła z ceną stu tysięcy dolarów, mając nadzieję zmiażdżyć innych. Następnie Lucy potraktowała ofertę Natalie jako punkt wyjścia licytacji. Natalie reprezentowała Weinstein Books, należącą do niej samej niewielką cząstkę Gabriel Press, które z kolei było elementem potęgi Triad Publishing Group. *Parco Lambro*, jak wszystkie książki, które wprowadzała, idealnie odzwierciedlałoby jej własny gust i styl. Jej nazwisko pojawiałoby się wraz z tytułem na okładce obok nazwiska autora. A ona bardzo tego chciała.

Byłam zdumiona, jak szybko wzrastało napięcie. Chociaż wszyscy wydawcy mieli dość czasu, aby uważnie przeczytać tekst, zastanawiałam się, jak to możliwe, że każdy z nich, bez wyjątku, tak odczuł jego głębię, że po prostu m u s i a ł go mieć. Odpowiedzią moim zdaniem była sama Lucy. Sposób, w jaki tworzyła tę książkę, jakieś czary, które umiała przesyłać przez telefon, tak że w końcu całkowicie ich złowiła.

– Przede wszystkim liczy się szum, Angel. Musisz go wykreować. Musisz spowodować, aby powstał.

To, jak się przekonałam, był osobisty geniusz Lucy, jeśli tak to można nazwać. W jej sposobie pracy było coś hipnotycznego, coś wiedźmińskiego. Czułam się trochę jak czeladniczka u czarownicy, wchodząc i wychodząc z jej biura, obserwując, jak żongluje słowami.

Lucy dała dziesięciu wydawcom mniej niż tydzień, aby przygotowali się do licytacji („To musi być na świeżo. Żeby czuli głód"), a w tym czasie w kółko rozważała, czy włączyć do tego zestawu jeszcze kogoś czy nie.

– Zastanawiam się, czy ta książka nie zachwyciłaby Susie Parker – mówiła. – Wiesz, nie spróbowaliśmy jeszcze z Nadią Fiori. Ona jest Włoszką.

Wreszcie, by dopełnić trzynastki, złowiła jeszcze trzech wydawców, przeprowadzając spazmatyczną i ekspresową dostawę rękopisu. Byłam pewna, że gdyby chciała, mogłaby wciągnąć w to połowę wydawców nowojorskich, z szefami wielkich domów wydawniczych włącznie. Między tymi szefami był Gordon Hart. W ciągu tego tygodnia Lucy kilka razy do niego telefonowała, a on nigdy bezpośrednio z nią nie rozmawiał, tylko komunikował się z Lucy przeze mnie.

– Jeszcze tam pracujesz? – pytał za każdym razem, kiedy odbierałam jego telefon. – To musi być dla niej nowe doświadczenie. – Jeszcze jedno było charakterystyczne dla Gordona: nigdy nie mówił „Lucy". Zawsze „ona".

Jego ton zawsze był suchy i twardy. Trudno to orzec na podstawie rozmowy telefonicznej, ale, choć brzmiał bardzo autorytarnie, Gordon Hart sprawiał wrażenie człowieka stosunkowo młodego. Jako że jakoś nigdy nie był dostępny, kiedy dzwoniłam do HartHouse w imieniu Lucy, przyszło mi w kółko przerabiać rozmowy telefoniczne z różnymi jego asystentami. Najczęściej występowała Jessie Hill, która niedawno awansowała w strukturach wydawnictwa. To Jessie poinformowała mnie, że głos Gordona Harta brzmi młodo, ponieważ jest on dopiero po czterdziestce, i że jest wnukiem założyciela HartHouse. I również od Jessie uzyskałam wiadomość, że w przeszłości drogi Lucy i Gordona się rozeszły (nie powiedziała jednak w jakim sensie).

W dniu poprzedzającym licytację Lucy rozesłała do pracowników wiadomość:

Jak wszyscy wiecie, jutro rano przeprowadzamy licy-
tację włoskiej książki. Dlatego proszę, żebyście przy-
szli do pracy trochę wcześniej niż zwykle:

Angel i Anna – 6.00
Nora – 7.00
Craig – 8.00

To bardzo ważne, żebyście byli w świetnej formie,
więc wyśpijcie się dzisiaj porządnie! Jeśli wszystko
pójdzie dobrze, będziemy mieli powód do święto-
wania!!! I możecie wcześniej iść do domu, tak około
16.00 albo 17.00. – L.

Pomyślałam, że Lucy może należeć do osób, które nie
potrzebują snu. Czytałam gdzieś o tym syndromie. To prze-
kraczało zwyczajny poziom bezsenności. Mózgi takich
ludzi wytwarzały jakiś związek chemiczny, który utrzymywał ich w przytomności i pozwalał funkcjonować bez
snu potrzebnego przeciętnym osobnikom, a kiedy już za-
sypiali, spali od razu snem w jego najgłębszym stadium.
Mieli znacznie mniej marzeń sennych niż normalni ludzie i nigdy ich nie pamiętali. Zakonotowałam sobie,
żeby bardziej zgłębić to zagadnienie.

Anna, która słowa nie powiedziała o wczesnym po-
rannym zebraniu, zwyciężyła wyścig ze mną do biura
następnego ranka. Kiedy dotarłam, dokładnie o szóstej,
wstrząsana dreszczami, godna pożałowania, trzymając
kurczowo najmocniejszą kawę, jaką udało mi się dostać,
Anna siedziała już przy swoim biurku, z włączonym
komputerem i rozłożoną na blacie duńską kombinacją

wiśniowo-serową. Stałam w miejscu, gapiąc się na to, sparaliżowana zimnem i wyczerpaniem. Twarz Anny zapłonęła rumieńcem.

– To dla Lucy – wyjaśniła, wskazując ciacho. – Na wypadek gdyby potrzebowała czegoś dla podtrzymania sił.

– Spodziewam się, że więcej nie ma? – spytałam, mając nadzieję, że zabrzmiałam szelmowsko i konspiracyjnie, a nie jak zmęczona desperatka.

Anna zmarszczyła swoje piaskowe brwi w kształt zbliżony do litery V.

– Nie – odparła. – Ale to jest dla ciebie.

Rzuciła w moją stronę faks i z powrotem skupiła uwagę na artystycznym duńskim wyrobie.

– Co to jest? – zapytałam, choć już zaczęłam czytać.

Wasz następny bestseller w drodze. Mam nadzieję, że jesteście gotowi. Jestem waszą kolejną gwiazdą.

– Czy to nie ten sam, który wysłał Norze tamten dziwny list? Kiedy to przyszło? – zapytałam, szukając i nie znajdując nagłówka faksu.

– Był tu, kiedy przyszłam – powiedziała Anna.

– Ciekawi cię to, prawda? Wiesz, skoro tekst jest taki dobry, jak on pisze, to czemu go jeszcze nie mamy?

Ale zanim Anna zdołała odpowiedzieć, z naszych interkomów popłynął krzyk Lucy:

– Do mojego biura, proszę.

Weszłam za Anną, która wyprzedziła mnie, co okazało się zbawienne, bo widok, który ujrzałam, zaparł mi dech w piersiach.

Lucy stała pośrodku biura, z ramionami wzniesionymi

strzeliście nad głową, ciężko oddychając. Od stóp do głów ubrana była w olśniewającą biel. Jej kombinacja rozpoczynała się od kaszmirowego golfu, zawierała długi sznur pereł, długą do kostek wełnianą spódnicę, a wykończona była parą botków na wysokich, cienkich obcasach oraz kaszmirową chustą udrapowaną nonszalancko na ramieniu. Jej włosy, w jaśniejszym odcieniu bladości, falowały luźno wokół twarzy i, jak cała reszta jej postaci, robiły wrażenie naelektryzowanych. Jedyny kolorowy akcent w całym biurze stanowiły jej zielone oczy i czerwona kreska ust. Przez krótką, wypełnioną zmęczeniem chwilę miałam wrażenie, że znalazłam się w Narnii i obcuję z Białą Czarownicą.

– Joga! – warknęła, opuszczając ramiona. – Powinnyście spróbować.

– Nie jestem taka elastyczna jak ty, Lucy – zagruchała Anna, której głos brzmiał, jakby małe zwierzątko zagościło w jej gardziołku.

– Elastyczność jest stanem umysłu – powiedziała Lucy i posłała mi miękkie spojrzenie. – A ty, Angel? Z pewnością potrafisz ułożyć te swoje długie nogi w kilka pozycji jogi?

– A... joga – zdołałam wykrztusić, ciągle będąc pod wrażeniem sceny, którą ujrzałam.

– No dobra, dosyć pogawędek – ucięła Lucy, idąc do swojego biurka. – Jesteśmy gotowi?

– Wszystko przygotowane do rundy pierwszej – odpowiedziała Anna. Wyraźnie słyszałam w jej głosie charakterystyczny dla niej lizusowski ton. – Chcesz, żebym pierwsza telefonowała?

– Nie bądź śmieszna. Potrzebuję przy telefonach was obu, a potem też Nory, jak tylko dotrze.

– Okej – powiedziała Anna. – Przyniosłam dla ciebie ciastko, Lucy. – Dziwny quasi-uśmiech zagościł na twarzy Anny.

– Dlaczego myślisz, że j e d z e n i e będzie czymś odpowiednim w czasie licytacji, Anno?

– Ja nie... ja myślałam, że może ty... – Twarz Anny wyglądała jak puzzle, które mają się rozsypać. Wbrew sobie poczułam dla niej odrobinę współczucia. Krótka, niczym niezmącona cisza zapadła na moment w biurze, a potem zadzwonił telefon.

– Odbieram! – zawołała Anna i wybiegła z pokoju.

Lucy uśmiechnęła się do mnie szeroko.

– Możesz teraz wyjść z mojego biura, Angel – powiedziała i dodała: – Włoska książka. Zaczyna się.

Kiedy wróciłam do swojego biurka, czekała na mnie wiadomość od Anny:

Możesz zjeść duńskie ciastko.

Dzięki, może później – odpisałam, choć obie wiedziałyśmy, że tego nie zrobię.

– Czy ona nie wygląda świetnie? – zapytała głośno Anna. – Lucy! Jej strój. Zawsze na licytacje ubiera się na biało. Mówi, że to jej przynosi szczęście. Uważam, że wygląda powalająco.

– Rzeczywiście – zgodziłam się. – Powalająco.

– I jeszcze jedno: nie wchodź do jej biura, dopóki cię nie zawoła – sapnęła Anna. – Zazwyczaj chce być sama, póki licytacja się nie zakończy. Też na szczęście.

– Dobrze, rozumiem – powiedziałam i odebrałam dzwoniący telefon.

– Dzień dobry, Agencja Literacka Lucy Fiammy. –

Kiedy słowa wypłynęły już z moich ust, uzmysłowiłam sobie, że brzmią prawie histerycznie. Po drugiej stronie słuchawki rozległo się charakterystyczne pokasływanie. Znowu Peter Johnson. Miał niesamowite wyczucie czasu.

– Dzień dobry. Pani Robinson?

– Pan Johnson?

– Tak. – Tu nastąpiło odkaszlnięcie. – Poznaje mnie pani po głosie?

Powstrzymałam się przed powiedzeniem mu, że oczywiście, że poznaję. Dzwonił codziennie i w jakiś sposób stałam się, po tym jak pierwszego dnia go odesłałam, jego osobistą instancją odrzucającą. Gdybym nie odebrała jego telefonu, i tak by mi go przełączono. Nora podrzucała mi także jego teksty, gdy tylko pojawiały się w biurze, zadowolona, że może się pozbyć obowiązku ich odsyłania.

Częścią kłopotu z Peterem Johnsonem było to, że do swoich zgłoszeń nigdy nie zapomniał dołożyć zaadresowanej do siebie i opatrzonej znaczkiem koperty. Trzeba mu było odpowiedzieć. Trzeba go też było odrzucić. Jego powieści, skoro tak te rzeczy nazywał, stawały się ze złych coraz gorsze. Były to nudne thrillery z odgrzewanymi wątkami i o wybitnie nijakim języku. Autor sprawiał wrażenie, jakby miał dla nas nieograniczone ich zapasy. Za każdym razem dowodził, że następna książka będzie rewelacyjna. Ale nie miałam czasu na słuchanie. Musiałam się go pozbyć.

– Panie Johnson, będę musiała oddzwonić do pana później, jeśli można. Mamy tu bardzo pracowity poranek.

– Potrzebuję tylko minuty pani czasu, pani Robinson. Mam tu coś, co...

– Świetnie, będzie nam bardzo miło na to spojrzeć, gdy tylko pan to przyśle.

– Wydaje mi się, że pani nie rozumie. – Mój rozmówca dyszał ciężko i miałam nadzieję, że właśnie się nie ubiera. – Mam książkę, którą pani Fiamma będzie z p e w-n o ś c i ą chciała.

– Znakomicie, panie Johnson. Niecierpliwie czekamy, aby ją przeczytać!

– Proszę pozwolić mi powiedzieć...

– Dziękuję bardzo i życzę miłego dnia.

W chwili, kiedy odwiesiłam Petera Johnsona, wszystkie telefony w biurze eksplodowały i po prostu bez ustanku dzwoniły. Nie zauważyłam nawet, kiedy o siódmej do biura wślizgnęła się Nora, a Craig po prostu zmaterializował się przy swoim biurku. Tak jak Anna przewidziała, Lucy trwała zabarykadowana w swoim biurze i komunikowała się z nami przez interkom lub e-mailem. Nigdy nie używała gadu-gadu i to kazało mi myśleć, że albo jej komputer nie został odpowiednio ustawiony, albo ona po prostu tego nie umie. Podczas trzeciej tury licytacji nastąpiła mniej więcej pięciominutowa przerwa, kiedy – chociaż wszystkie linie migotały – wydawało się, że Lucy wyparowała ze swojego biura i żadne z nas nie mogło się z nią połączyć. Anna stwierdziła, że Lucy prawdopodobnie „się koncentruje". Z biegiem dnia łączyłam wiele rozmów z Damianem, by Lucy mogła mu podać najświeższe informacje, jak wysoki pułap osiągają aktualnie oferty. Żadnej z tych rozmów oczywiście nie słyszałam, tylko je łącząc, ale za każdym razem Damiano był bardziej podekscytowany, wzburzony i pełen niedowierzania.

Mniej więcej o trzeciej Lucy wyszła ze swojego biura, jakby wyższa niż zwykle, i stanęła na środku naszego pomieszczenia.

– Interes ubity – oznajmiła. – Włoski właściciel cukierni jest teraz bardzo bogatym człowiekiem.

Lucy sprzedała książkę Damiana wraz z kontynuacją (zdecydowała się odejść od koncepcji trylogii) za pół miliona dolarów. Pokryłam się gęsią skórką, widząc jasno, jakiego wyczynu dokonała.

Lucy klasnęła, a potem oparła ręce na biodrach.

– Gratuluję wszystkim. Dobra robota.

Potem spojrzała na mnie.

– Miejmy nadzieję, że on podoła – powiedziała. – Jego nowy wydawca ma dopiero dwanaście lat i nie należy do tych, którzy siedzą z założonymi rękami.

Rozdział czwarty

Lucy Fiamma
Agencja Literacka Lucy Fiammy

Droga Pani Fiammo,

Oto jest.

Choć nie mam wątpliwości, że dostaje Pani wiele takich listów, piszę, aby poinformować, że jestem Pani następną gwiazdą, gotową zająć miejsce na Pani literackim firmamencie.

Wiem, że to stwierdzenie brzmi nieco wzniośle, ale mam argumenty, które je potwierdzą.

Zamiast marnować więcej Pani czasu, załączam kilka stron mojej książki *Ślepe posłuszeństwo*. Mam pewność, że kiedy tylko je Pani przeczyta, zgodzi się Pani, że ta powieść ma potencjał, aby stać się wielkim bestsellerem. To prawdziwy czarny koń.

Jeżeli będzie Pani chciała zobaczyć więcej (a wiem, że tak będzie), proszę się ze mną kontaktować pod adresem gapisarz@heya.com.

Miłej lektury!

ŚLEPE POSŁUSZEŃSTWO

Rozdział 1

Alice owinęła szal wokół szyi, żeby uchronić się przed chłodem zimowego poranka. Blade słońce wyglądało jak zimne masło na tle mglistego nieba, kiedy pędziła Piątą Aleją, żeby być w biurze o dziewiątej. Alice pomyślała, że mogłaby zatrzymać się na kawę, żeby się rozgrzać, ale uznała, że nie ma już czasu.

Pracowała dla Carol Moore, najlepszej nowojorskiej agentki literackiej, dopiero od kilku tygodni i musiała nadal robić dobre wrażenie na szefowej. Nie ma co kołysać łodzią na początku rejsu. Kiedy już będzie niezastąpiona, przyjdzie czas na manewrowanie.

Jadąc windą na piętnaste piętro, Alice pomyślała, jak łatwo przyszło jej uzyskanie tej pracy.

Zanim została tu przyjęta, jej jedyny kontakt ze światem wydawniczym polegał na serwowaniu wydawcom lunchu w restauracjach na Manhattanie, gdzie pracowała jako kelnerka. Wiele się nauczyła, słuchając ich rozmów, kiedy sunęła między stolikami z talerzami i kieliszkami, ale nic z tego nie nadawało się do umieszczenia w CV. Alice sfabrykowała więc poprzednie miejsca pracy na swoim zgłoszeniu i blefowała w czasie rozmowy kwalifikacyjnej. Carol Moore była zarówno twarda, jak i bystra, więc Alice była pewna, że jej wyimaginowane posady nie przejdą. Jednak jedyna sztuka, jakiej Alice się nauczyła w ciągu dwudziestu siedmiu lat na ziemskim padole, to dobrze kłamać. Pod aureolą swoich blond wło-

sów skrywała dobrze strzeżone sekrety. Jej sfał-
szowane doświadczenie zawodowe przeszło przez
kontrolę radarową i Alice przekonała Carol, aby
ją zatrudniła. Oczywiście była w tym też część
prawdy, która prawdopodobnie przechyliła szalę
na korzyść Alice.

Alice była energiczna, ambitna i desperacko chciała tej pracy. Carol nie wiedziała jednak
dlaczego i, jeżeli będzie to zależało od Alice,
nigdy się nie dowie.

Kiedy Alice dotarła do agencji, w biurze trwała
już krzątanina. Telefony i faksy warkotały, a dobrze wytrenowany personel Carol Moore był przy
biurkach. Alice popatrzyła na swoich współpracowników i powitała ich.

Była tam Jewel, wysoka, efektowna, natural-
na blondynka, która, gdyby tylko chciała, mogłaby zrobić karierę jako modelka. Zdaniem Carol
Moore uroda Jewel była dla niej raczej prze-
szkodą niż pomocą. Carol mówiła, że Jewel jest
po prostu za inteligentna na pracę na wybiegu.
Alice, sama skrywając sekret, nie mogła temu
uwierzyć i sądziła, że Jewel ukrywa jakąś słabość fizyczną lub mentalną. Każda kobieta ma
w swojej przeszłości coś, czego się wstydzi. Alice
zamierzała odkryć, co to jest w przypadku Jewel,
i obrócić to na swoją korzyść.

Drugą osobą był Ricardo, szef biura Carol
Moore. Był znakomicie ubranym, przystojnym
mężczyzną, według opinii Carol równie bystrym
jak Jewel. Ricardo ożywiał biuro żarcikami oraz
naśladowaniem gwiazd filmowych i zawsze był
bardzo uprzejmy. Miał na biurku fotografię żony
i córki, ale Alice uznała, że zdjęcie jest tylko dla

zasady, jako że jedyną kobietą, z którą Ricardo rozmawiał z miłością, była sama Carol Moore. Tak, pomyślała Alice, Ricardo także ma coś do ukrycia. Każdy, kogo Alice znała, miał coś do ukrycia.

Wreszcie była tam sama Carol Moore. Podobnie jak Jewel, Carol była bardzo piękna. Alice pomyślała, że wygląda jak starsza Grace Kelly. Zanim Alice starała się o pracę, przeprowadziła wywiad w sprawie Carol i wiedziała, że działa ona na rynku wydawniczym już od prawie trzydziestu lat. Znakomicie jednak te lata znosiła. Alice wiedziała także, że Carol dorastała praktycznie w nędzy i że bardzo ciężko pracowała na swoją obecną pozycję i potęgę. A Carol Moore była potężna. Reprezentowała słynnych pisarzy z całego świata, nawet kilku laureatów Literackiej Nagrody Nobla. Kiedy Carol Moore dzwoniła, wydawcy słuchali. Alice na to liczyła.

Alice i Carol w swoich skromnych początkach były podobne. W czasie rozmowy kwalifikacyjnej Alice od niechcenia zasugerowała, że zarówno Carol, jak i ona stoczyły pewną walkę. Liczyła na to, że Carol uczyni ją swoją protegowaną i zechce ukształtować ją na swoje podobieństwo. To naprawdę bardzo by Alice odpowiadało. Alice dawno już okrutnym cięciem zerwała związek z matką i nigdy właściwie nie wiedziała, jak to jest być dobrą córką. Ale szybko się uczyła i zamierzała wykorzystać cały instynkt macierzyński, który drzemał w Carol.

Tymczasem starała się być tak blisko Carol, jak to tylko możliwe. Nieważne dla niej było, że jej stanowisko nosi nazwę „asystentka". Na potrzeby Alice, na obecnym etapie, było idealne. Była blisko Carol, blisko rękopisów i – co najważniejsze – odbierała całą korespondencję, która przychodziła do biura.

Na wszystkich tych trzech frontach Alice poczyniła wielkie postępy. Warto wspomnieć, że nie zamierzała długo pozostać asystentką Carol. Zbudowała już fundamenty. Każdy, kogo Alice znała, pośrednio czy też osobiście, a kto mógł się okazać przydatny, wiedział już, gdzie ona pracuje.

Kiedy Alice zajęła miejsce przy biurku i rozpoczęła pracę nad listą spotkań planowanych w tym dniu, w biurze panowało podniecenie. Carol Moore właśnie zgodziła się reprezentować gwiazdę rocka o międzynarodowej sławie, Vaughna Blue. Vaughn pisał wspomnienia ze swego życia w tym biznesie, co wiązało się z seksem i narkotykami, z których słynie przemysł muzyczny.

Chociaż książka miała ujawniać wszystkie ważne nazwiska, dla Carol bardziej ekscytujące było to, że Vaughn to znakomity pisarz. Vaughn Blue był po prostu geniuszem. Zanim trafił na scenę, był doktorem filozofii. Jego książka przemówi zarówno do tych, których fascynują celebryci, jak i do krytyków literackich. Nie zaszkodzi także fakt, że Vaughn to jeden z najbardziej seksownych mężczyzn w Ameryce.

Alice skończyła przygotowywać listę i weszła do Carol, która spowita w kreację Versacego rozmawiała przez telefon. Carol uśmiechnęła się do Alice i kiwnęła do niej, wskazując krzesło naprzeciw swojego biurka.

– Mam dzisiaj dla ciebie specjalne zadanie – powiedziała.

– Wspaniale – odrzekła Alice. – Co mam zrobić?

– Vaughn Blue przychodzi do biura około południa, żeby podpisać kontrakt. – Chciałabym, żebyś zabrała go na lunch. Oczywiście na mój koszt. Z przyjemnością poszłabym sama, ale jestem już umówiona z wydawcą, który być może opublikuje książkę Vaughna. No, co powiesz na lunch z gwiazdą rocka?

– Bajecznie! – zachłysnęła się Alice. – Strasznie się cieszę!

Alice miała nadzieję, że jej wysiłki, żeby ukryć niechęć, nie poszły na marne. Posiłek z jednym z najbardziej seksownych mężczyzn nie byłby niczym złym, gdyby nie to, że był on pisarzem. A w głębi serca Alice nienawidziła pisarzy. To był jeden z jej sekretów. Kolejnym było to, że sama była pisarką.

Oderwałam wzrok od kartek leżących przede mną i przetarłam oczy. Słowa rozjeżdżały się i rozmazywały, a ja walczyłam, żeby się skupić. Było bardzo wcześnie, a ja byłam bardzo zmęczona, musiałam jednak czytać. To był w końcu ten „bestseller" zapowiedziany listownie, faksem i wreszcie nadesłany jako zgłoszenie przez „następną gwiazdę".

Po tych wszystkich, jak sam przyznawał, wzniosłych określeniach spodziewałam się tekstu paskudnego w pełnym tego słowa znaczeniu. Jako że sądziłam, iż zdołam go szybko odrzucić, nie zajęłam się nawet czytaniem poprzedniej nocy, wybierając w zamian tak upragniony sen. Zaskoczyło mnie, że tekst wcale nie był kiepski. Dziwny, owszem, i może nawet trochę nieuporządkowany, ale z pewnością całkiem niezły. Jeszcze raz przeczytałam list przewodni. Nie było w nim ani adresu zwrotnego, ani numeru telefonu, ani nazwiska. Czy zarozumiały anonimowy autor spodziewał się, że powieść sama w sobie wystarczy? Czy był to chwyt, żeby przykryć naszą uwagę i żebyśmy chcieli więcej? Zrobiłam skłon, napinając ciało i dotykając palców u nóg, aby dostarczyć mózgowi więcej krwi, co pozwoliłoby mi myśleć trochę jaśniej.

Minęło sześć tygodni, odkąd zaczęłam pracować dla Lucy. Każdy dzień wydawał się sam w sobie wiecznością, ale wszystkie razem przemknęły, zostawiając mi dojmujące wrażenie mijającego czasu; wrażenie, które Lucy tylko potęgowała.

Od licytacji *Parco Lambro* na przykład minęło zaledwie kilka tygodni, ale ona zachowywała się, jakby to było odległe wspomnienie. Chociaż od tamtej pory sprzedała dwa projekty, żaden nie stał się przedmiotem licytacji i żaden nie przyniósł ani takiego podekscytowania, ani takiej gotówki jak proza Damiana. Jednak pierwszy z nich, zabawna powieść o psie polującym na wampiry (Lucy sklasyfikowała go jako coś pomiędzy *Psami z wieży Babel* i *Historykiem*), sprzedał się za szacowną sumę siedemdziesięciu pięciu tysięcy dolarów, a drugi, historia sztuki ogrodowej, poszedł za pięćdziesiąt tysięcy. To ja podsunęłam Lucy oba projekty. Pierwszy pochodził bezpośrednio z mojego stosu przeznaczonego do lektury, ale drugi uratowałam z pryzmy odrzuconych, które czekały na odesłanie.

Moje spojrzenie przyciągnęło wówczas słodkie zdjęcie ogrodowego krasnala, które zdobiło list przewodni.

Jednak Lucy nie wydawała się usatysfakcjonowana żadną z tych transakcji i niecierpliwie pytała codziennie, czy znajdę coś na miarę *Parco Lambro*.

– To musi mieć moc – mówiła. – Poradniki to bułka z masłem, a to, co nie jest beletrystyką, może równie dobrze trafić, jak i chybić. Ja potrzebuję czegoś, co spowoduje, że zapłaczą. Kiedy płaczą, wiesz, że to będzie kosztowne.

Chciałam jej coś takiego dostarczyć. Chciałam wywołać ich płacz.

Znowu przesunęłam spojrzeniem po leżącym przede mną rękopisie. Ten z pewnością nikogo nie doprowadzi do łez, pomyślałam, i wymaga poważnej pracy, ale j e s t inny od wszystkiego, co ostatnio czytałam. Pomijając niezgrabny język, było w tym tekście coś przyciągającego, a nawet lekko złowieszczego. No i fakt, że akcja osadzona była w agencji literackiej, czynił tekst intrygującym. Uznałam, że anonimowość autora p o d z i a ł a ł a tak, jak sobie tego życzył, w każdym razie moją/naszą uwagę przykuła.

Autor prawdopodobnie wysyłał już rękopisy, najpewniej nawet do nas, i nauczył się, w jaki sposób nie dać się od razu odrzucić. I teraz czytałam rękopis. Wcale nie był zły. Uznałam, że ma potencjał, i zdecydowałam, że przekażę go Lucy.

Wszyscy ludzie, z wyjątkiem piekarzy i pracowników szpitali, na tym etapie poranka jeszcze spali. Oczy piekły mnie ze zmęczenia, kiedy tęsknie gapiłam się na poduszkę. Ciało Malcolma było podłużnym kształtem ukrytym głęboko pod kołdrą. Widziałam tylko trochę złotych włosów i niewyraźny zarys kości policzkowej wystającej spod tkaniny. Wiele mnie kosztowało stłumienie pragnienia, żeby opuścić moje stanowisko i wsunąć się pod kołdrę obok niego. Teraz już zawsze, albo prawie zawsze, nie zasypiałam wcześniej niż o świcie. Te godziny przed nastaniem dnia wypełniało mi skanalizowanie lawiny spraw, które zalewały mnie każdego dnia.

Duża część tych zaległości miała związek z Anną. Jej lektura stała się moją lekturą, a jej recenzje stawały się moim problemem. Już dwie dobre powieści uratowałam z jej stosu odrzuconych, które – używając dwóch ulubionych przez Annę przymiotników – były „głupie" i „nudne".

Anna słusznie uważała, że podważam jej opinię, reaktywując odrzucone przez nią teksty. Sądziła, że skoro już położyła kreskę na rękopisie, moja rola, jako drugiej czytającej, polega na potwierdzeniu jej oceny. Oczywiście Lucy zrobiła ze mnie drugą czytającą osobę z dokładnie odwrotnej przyczyny. Wszystko to zaowocowało pogłębieniem wrogości, jaką Anna mi okazywała. Kiedy pisałam swoje recenzje na jej odrzuceniach, musiałam być bardzo kreatywna, formułując je tak, jakbym podzielała opinie Anny, i nie pisząc wprost, co jej umknęło. Dawałam do zrozumienia, że się kompletnie myli, nie wyrażając tego jednak dosłownie. Ta procedura stawała się coraz bardziej wyczerpująca. Po raz kolejny uzmysłowiłam sobie, że Lucy powinna po prostu całkowicie odciąć Annę od czytania. Miałam jednak wrażenie, że Lucy czerpie jakąś dziwaczną przyjemność z obserwowania konfliktu między Anną i mną na tle zadanej lektury.

W ciągu moich pierwszych dni w biurze, kiedy Annie

zdarzało się jeszcze ze mną plotkować, powiedziała mi, że Lucy szykuje ją na drugiego agenta w firmie. Wziąwszy pod uwagę, że Lucy na samą myśl o drugim agencie w firmie wzdrygała się z obrzydzenia, Anna poza tym, że nie była miarodajnym recenzentem, miała w dodatku kiepską orientację. Poza tym, jeżeli Lucy miałaby kogoś szykować na agenta, tym kimś byłabym j a.

Wypchnęłam Annę z myśli, roztarłam zmarznięte palce i zaczęłam uderzać w klawiaturę.

Tytuł: ŚLEPE POSŁUSZEŃSTWO
Autor: ?
Gatunek: powieść
Czytała: Angel

To interesujący tekst. Został nadesłany mailem, a autor, który na tym etapie pozostaje anonimowy, nie podał ani numeru telefonu, ani adresu, a jako kontakt jedynie adres e-mailowy. W moim odczuciu ma to przydać tajemniczości, tym większej, że akcja rozgrywa się w agencji literackiej (!!!). Oznacza to jednak, że nic nie wiemy o wcześniejszych publikacjach autora. Sądząc po sposobie pisania, oceniam, że nie było dotychczas żadnych publikacji. Autor nie dostarczył także streszczenia utworu.

To historia w rodzaju „zemsty uczestnika wypadków" albo, jak to nazywa „New York Times", powieści „wal w szefa", tyle że ukazanej z odwrotnej strony. Zamiast szefowej z piekła rodem i asystentki-wiecznej ofiary mamy tutaj asystentkę-manipulantkę z ukrytym planem działania. W efekcie tekst jest czymś w rodzaju *Niani w Nowym Jorku* czy *Diabeł ubiera się u Prady*, ale bardziej mroczny i ukazuje przeciwny punkt widzenia. Uważam, że tekst ma potencjał, ale mam kilka zastrzeżeń.

Pierwszym jest wybór miejsca akcji. Chociaż mnie samej podoba się pomysł osadzenia akcji w agencji literackiej (nie bez znaczenia jest fakt, że to takie swojskie), jednak powszechnie wiadomo, że powieści rozgrywające się w świecie wydawniczym źle się sprzedają. Drugą moją wątpliwość budzi styl pisania, który jest nieco toporny. I chociaż czuje się, że autor chce wprowadzić intrygę i tajemnicę, to jednak postępuje to wolno. Postacie nie są jednoznacznie nakreślone, szczególnie główna bohaterka, Alice, która ma być „kobietą skrywającą tajemnice". Język nie jest zbyt opisowy, a kiedy już zdarzają się opisy, są dziwaczne. „Słońce wyglądało jak zimne masło", na przykład. Dialogi także wydają się nieco wymuszone.

Jednak, choć nie są to detale bez znaczenia, można nad nimi popracować. Uważam, że powinniśmy poprosić o dalszy ciąg tekstu (autor twierdzi, że j e s t ciąg dalszy), żeby stwierdzić, czy tempo akcji i język stają się lepsze. Jeżeli autor zechce (i będzie w stanie) wprowadzić zmiany, ta powieść może się okazać całkiem obiecująca.

Kiedy wydrukowałam recenzję, mały zegar na moim biurku wskazał 6.30. Lucy udało się nauczyć mnie funkcjonować w czasie nowojorskim i nie mogłam odpędzić myśli, że w tym mieście ludzie siedzą już przy biurkach i pracują. Czas się kurczył. Miałam być w biurze o ósmej, a przede mną było jeszcze pół godziny jazdy. Ostatni tekst w moim zestawie do przeczytania, wspomnienia fryzjerki z Alaski pod tytułem *Trwała czy siwa*, będzie musiał poczekać. I tak nie wiązałam z nim wielkich nadziei.

Jak zwykle, szum mojego porannego prysznica i suszarki do włosów nie przerwał snu Malcolma. Obserwowanie, jak on śpi, stawało się z wolna moim nawykiem. Do czasu, kiedy zaczęłam pracować dla Lucy, Malcolm spędzał w moim mieszkaniu średnio cztery noce tygodniu, ale od mojego pierwszego dnia przychodził co wieczór, niezależnie od tego, czy miał wieczorną zmianę w restauracji czy nie. Nie oznaczało to, że spędzaliśmy razem więcej czasu. Był to czas, który spędzaliśmy raczej o b o k   s i e b i e. Moje noce były wypełnione czytaniem, a Malcolm oglądał telewizję. Albo spał. Albo demonstracyjnie czytał własny rękopis.

Powieść Malcolma. Kolejna rzecz, z którą będę musiała niedługo się zmierzyć, pomyślałam. Chociaż stale podkreślał, że ja jestem jedynym beneficjentem swojej nowej pracy, Malcolm nie tracił czasu i przyniósł swój ciężki rękopis do mojego mieszkania. Oczywiście nie żądał ani nawet nie sugerował, żebym go zaniosła Lucy, o nie... Położył go tylko na podłodze przy łóżku, żebym mogła „no wiesz, przejrzeć go i nadać mu ostateczny szlif".

W czasie, gdy rozgrywała się licytacja *Parco Lambro*, Malcolm niezobowiązująco wspomniał:

– Wiesz, Angel, jeżeli kiedykolwiek miałabyś ochotę spojrzeć na mój rękopis, proszę bardzo. Z pewnością masz szczęśliwą rękę.

– Poczekajmy jeszcze trochę – powiedziałam mu wtedy. – To jeszcze za wcześnie, żebym...

– Ja tylko mówię, Angel, że jeżeli chcesz na to spojrzeć...

– Jasne, oczywiście.

– I przy okazji, zacząłem pracować nad czymś nowym.

Posłał mi uśmiech kota polującego na ptaszka i zniżył ton do uwodzicielskiego szeptu:

– Ten nowy tekst mnie naprawdę kręci.

– Tak? To świetnie.

– Jesteś dla mnie inspiracją, Angel. Stałaś się Mistrzynią Literatury. Dużo teraz piszę. I zwróć uwagę, że nie proszę, żebyś przeczytała tę nową rzecz.

– Wiem, Malcolm. Przejrzę *Most kłamstw*. Obiecuję.

Ale nie przejrzałam i nie byłam pewna, czy chcę to zrobić. Malcolm przestał wspominać o swojej książce w ciągu ostatniego tygodnia czy dwóch, ale jego milczenie wywierało większy nacisk niż wcześniejsze „sugestie", żebym ją przeczytała. Wiedziałam, że w jakimś momencie będę musiała pokazać ten tekst Lucy, ale co ona pomyśli o tej powieści, trochę mało „gwiazdorskiej"? I co, jeżeli da ją do przeczytania Annie? Zadrżałam na samą myśl. Tu nie ma łatwego wyjścia. Gdzieś z tyłu głowy czułam lekkie pulsowanie złości. Nie mogłam powstrzymać żalu, że tak szybko Malcolm postawił mnie w tej sytuacji. Nie mówiąc już o poczuciu winy. W końcu gdyby nie Malcolm, nawet nie miałabym tej pracy. A pominąwszy wszystkie trudności, naprawdę ją uwielbiałam. Nigdy w życiu nie pracowałam tak ciężko, ale za każdym razem, siadając przy biurku, czułam dreszcz niecierpliwości. Praca dla Lucy była... e k s t r e m a l n a, tak, to odpowiednie słowo. A w ekstremach trzeba się spodziewać zarówno wysokich wzlotów, jak i głębokich dołów.

Przeglądałam szafę w poszukiwaniu czegoś, co mogłabym włożyć, kierując się antydżinsową polityką Lucy.

Mój rozkład dnia nie pozostawiał obecnie zbyt wiele czasu na takie sprawy jak pranie, więc moja garderoba miała coraz mniej elementów, które można było zaakceptować. Zgarnęłam ostatnią parę nadających się czystych spodni. Nie miałam ochoty ani zwyczaju studiowania w lustrze ostatecznego efektu, więc powiedziałam sobie, że to nie ma znaczenia. Przez cały czas mojej pracy w biurze nigdy nie było tam ani jednego gościa.

Zbierając torebkę, rękopisy i klucze, słyszałam posapywanie Malcolma. Uklękłam niezgrabnie obok łóżka, tak że moja twarz znalazła się na tym samym poziomie, co jego.

– Hej – wyszeptałam. – Wychodzę. Zobaczymy się później?

Malcolm uśmiechnął się i z półprzymkniętymi oczami wyciągnął rękę, żeby mnie objąć za szyję. Przez bluzkę czułam uderzające ciepło jego skóry. Przesunął czubkami palców po moim policzku.

– Hmm... tak ładnie pachniesz – wymruczał, z jeszcze szerszym uśmiechem. Ujął pasmo moich włosów i przesunął je między kciukiem i palcem wskazującym. W jego oczach zamigotał namiętny ognik.

– Masz chwilkę przed wyjściem?

– Naprawdę nie mam – powiedziałam z nadzieją, że żal w moim głosie zabrzmi wiarygodnie.

– Jesteś pewna, Angel? – zapytał, przyciągając mnie do siebie delikatnie. Nasze usta spotkały się na chwilę, zanim straciłam równowagę i zsunęłam się z krawędzi łóżka, upuszczając torebkę i klucze. Próbując pozbierać klucze, kopnęłam jakieś papiery.

– Wszystko w porządku, kochanie? – Malcolm spojrzał na mnie, a uśmiech zamarł mu na ustach, kiedy oboje ujrzeliśmy, że upadłam na jego rękopis, zgniatając kilka kartek i rozrzucając pozostałe po podłodze.

– Tak mi przykro – powiedziałam, zbierając wszystko – ja tylko...

– Okej – rzucił. – Zostaw to.

Jego uśmiech zniknął, a głos przybrał chłodny ton. Słyszałam wszystko, czego nie powiedział, tak wyraźnie, jakby to wykrzyczał. P r o s z ę b a r d z o. D e p c z m o j ą p r a c ę. T y l e j e s t d l a c i e b i e w a r t a. T y l e j a d l a c i e b i e z n a c z ę.

– Malcolm, przepraszam. Nie chciałam...

– Lepiej już idź – przerwał mi. – Spóźnisz się. – Odwrócił się ode mnie i schował pod kołdrą.

– Malcolm...

– Nie martw się, Angel. – Jego zdławiony głos wydobywał się spod przykrycia. – Masz ważniejsze rzeczy na głowie.

Tylko chwilkę dałam sobie na rozważanie, czy podjąć próbę, żeby wszystko naprawić. Mogłam opaść na łóżko przy nim i wtulić twarz w jego szyję. Ale naprawdę zanosiło się na to, że się spóźnię, i moim pragnieniem było nie ulec... mojemu pragnieniu Malcolma. Będę musiała znaleźć na to czas później, pomyślałam i ponownie zebrałam swoje rzeczy. A potem, ciągle walcząc ze sobą, pozbierałam także rękopis Malcolma i dołączyłam do swojego pliku lektury. Byłam mu winna choćby to, żeby zabrać z sobą rękopis, nawet jeśli nie byłam jeszcze gotowa pokazać go Lucy.

Jeśli Malcolm słyszał, jak szeleszczę kartkami, nie dał tego po sobie poznać, a za chwilę byłam już za drzwiami. Dopiero w drodze uświadomiłam sobie, że nie powiedziałam mu do widzenia.

W odróżnieniu od wszystkich ludzi, których znałam, lubiłam moją poranną drogę do pracy. Czułam się tak, jakby czas spędzamy w samochodzie był jedynym, który mam tylko dla siebie. Nie musiałam odbierać telefonów, reagować na notatki z poleceniami i z kimś tam rozmawiać. Przez pół godziny rankiem i pół godziny wieczorem pozwalałam sobie po prostu pomyśleć. Mogłam przebiec myślą wszystkie drobne zdarzenia dnia i odpowiednio je poukładać. Zwykle z chwilą, gdy wchodziłam do biura, wszystko to momentalnie się rozpadało, ale to nie miało znaczenia. Ważne było, że mam kilka minut spokoju, podczas których mój umysł może wędrować i błądzić, gdzie chce.

Dodatkową pomocą były piękne okolice, które dane mi było oglądać po drodze. Gdy tylko przekraczałam linię dzielącą okręg Sonoma od Marin, suchy, wiejski krajobraz Petalumy przeobrażał się i sceneria po obu stronach drogi stawała się bogatsza. Im bliżej byłam San Rafael, tym zieleńsze i lepiej utrzymane stawały się ulice. Zamglenia, z których słynie San Francisco, są oczywiście romantyczne, ale bez żalu byłam gotowa je przehandlować za ciepło i blask słońca właściwy drugiej stronie mostu Golden Gate.

Kiedy jechałam wśród luksusowych nieruchomości San Rafael, a moje poczucie winy w sprawie rękopisu

Malcolma bladło, mój umysł jeszcze raz zwrócił się ku anonimowej powieści, która zasiadła w fotelu pasażera obok mnie, zajmując tyle miejsca, co ja. Wpadło mi do głowy, że autor mógł wysłać tekst do kilku agentów literackich. Jeżeli to rozeszłoby się szerzej, zarobiłabym na uzasadnione pretensje Lucy. Nic nie podniecało i nie irytowało Lucy bardziej niż to, że potencjalnie atrakcyjny autor przesłał swój rękopis kilku agentom. Oczywiście od faktu, że autor zdobył zainteresowanie innych agentów, było jeszcze daleko do tego, by był naprawdę atrakcyjny dla wydawców, i to niezależnie od potencjału książki.

A atrakcyjność była tym, czego chciała Lucy. Wściekle pragnęła. Natychmiast po aukcji *Parco Lambro* Lucy puściła w obieg notatkę (przerabiałam ją dziesięć razy, zanim Lucy ją zaaprobowała), która mówiła: *Chociaż nasza ostatnia licytacja była sukcesem, nie stać nas, by usiąść i zrobić sobie przerwę. Musimy podwoić wysiłki, żeby wprowadzić więcej podobnych rzeczy. To biuro nie może utrzymywać was wszystkich bez życiodajnego dopływu gotówki. Pamiętajcie, że czas to $$$!!!! Spodziewam się, że wszyscy będziecie go mądrze wykorzystywać.*

Wiedziałam oczywiście, że żadne z nas nie zarabia tyle, żeby wyczyścić konta Lucy. Moja pensja na okresie próbnym, po odciągnięciu podatków, ledwie starczała na życie.

Zrobiłam mały wywiad i ustaliłam, że u wydawców w Nowym Jorku nawet początkowe pensje były trochę wyższe. Elise płaciła mi więcej, ale spodziewałam się obniżki uposażenia, kiedy zaczęłam pracę u Lucy. Nie przewidziałam tylko, że będzie aż tak cienko.

Jednak Lucy po *Parco Lambro* wezwała mnie na spotkanie z Craigiem w swoim biurze i z wielkimi pąsami obdarowała mnie nagrodą.

– Wierzę w siłę zachęty – powiedziała. – I chociaż niektórzy uznaliby, że to głupie posunięcie, uważam, że na to zapracowałaś. I u f a m   c i, Angel. Craig? Będziesz czynił honory?

Z miną, jakby połykał coś bardzo niesmacznego, Craig wręczył mi czek na tysiąc dolarów.

– Gratulacje, Angel – powiedział. – Chcę tylko, żebyś wiedziała, że z tego czeku nie zostały odliczone podatki. To nie jest część twojej pensji. Będziesz musiała zapłacić od tego osobny podatek.

– Ja, ja nie wiem, co powiedzieć – wyjąkałam.

– „Dziękuję" zawsze jest na miejscu – podpowiedziała Lucy. – Większe znaczenie ma to, skąd się to wzięło, Angel, jeśli wiesz, jak należy to rozumieć. – Tu zrobiła dramatyczną przerwę. – A uważam, że wiesz.

Oczywiście, że wiedziałam. Jak to robili Skinner i Pawłow przed nią, tak teraz Lucy kształtowała we mnie odruchy. Za każdym razem, kiedy nacisnę odpowiedni przycisk, dostanę czek na okrągłą sumkę. Znajdź kolejnego Damiana Vero. Taki był przekaz, ale Lucy nie musiała go wysyłać. Ten głód już we mnie żył. W podnieceniu wywołanym przez *Parco Lambro* było coś zaskakująco zniewalającego. I nie chodziło o pieniądze. Pomyślałam, że to działa jak narkotyk. Intensywność przeżycia opadła krótko po wydarzeniu, ale jego wspomnienie kazało mi chcieć więcej. Pomyślałam, że Lucy czuje to samo i że jest to zapewne element jej nieustannego pędu.

Kiedy weszłam do biura, było puste, choć zatrzymałam się po drodze po cappuccino. Dojechałam dziesięć minut wcześniej niż zwykle. Usadowiłam się przy biurku i włączyłam komputer. W folderze odebranych wiadomości było wiele przekazów od Lucy. Na czele znajdowały się polecenia wyznaczające zadania, które były najważniejsze w momencie, kiedy pisała o nich poprzedniego wieczoru, choć prawdopodobnie w ciągu dnia priorytety miały ulec zmianie.

Angel,
Oto najważniejsze sprawy na dzisiaj:
1. *Recenzje*
2. *Popędzić Elvisa*
3. *Znajdź salon (patrz SF Chron) i zamów wiz. (Gdzie jest moje niebieskie pióro?)*
4. *Potrzebuję kompletnej listy wszystkich projektów w obróbce, oczekujących, przygotowywanych do wysyłki/planowanych do wydania w najbliższych dwóch miesiącach.*
5. *Telefony!!!*

Była to lista prac godnych Herkulesa. Jedyne, czego brakowało, to „Zabij Hydrę" i „Oczyść stajnie Augiasza". Właściwie to byłby niezły pomysł na książkę o biznesie dla jednego z naszych autorów, pomyślałam. Zakonotowałam sobie, żeby to przekazać Lucy. Byłaby to rzecz w rodzaju *Dwunastu sposobów na polepszenie biznesu* lub *Dwunastu zasad sukcesu firmy.*

Kolejny raz zastanawiałam się, jak Lucy to robi. Jak udaje jej się przygotować dla mnie tyle zadań, zanim dzień na dobre się rozpocznie? Inna sprawa, że musiałam złamać kod godny Leonarda da Vinci, żeby zrozumieć, co poszczególne punkty na liście właściwie oznaczają. Wykoncypowałam, że punkt trzeci oznacza umówienie jej do stylisty fryzur, którego salon został nazwany przez „San Francisco Chronicle" najmodniejszym punktem miasta. Ale nie byłam w stanie zrozumieć, jak mam pogonić Elvisa. No i oczywiście telefon już dzwonił.

– Dzień dobry, Agencja Literacka Lucy Fiammy.

Mój głos brzmiał chrypką i zmęczeniem. Odchrząknęłam i po drugiej stronie słuchawki usłyszałam charakterystyczne kaszlnięcie. Peter Johnson.

– Cześć, Angel, jak się masz?

Zastanawiałam się, kiedy stałam się dla niego Angel. Dotychczas skrupulatnie nazywał mnie panią Robinson.

– Dziękuję, panie Johnson, dobrze. A pan jak się miewa?

– Mów mi, proszę, Peter – wyrzęził. – Znamy się już dosyć dobrze.

Tu dostał kolejnego ataku kaszlu. Musiałam mu przyznać rację, chociaż od kilku dni nie rozmawialiśmy. Nie mogłam sobie przypomnieć dokładnie, kiedy odesłałam mu najświeższy z odrzuconych tekstów ani czy czasem któryś nie czeka jeszcze na odesłanie.

– Okej, Peter. Dzwonisz prawdopodobnie w sprawie swojego rękopisu. Spisałam dla ciebie uwagi i wysłałam...

– Nie, nie – zazgrzytał. – Dostałem to już. I dziękuję ci, Angel, za miłe słowa. Ale nie dlatego dzwonię.

Nabrał powietrza i zachłysnął się, znowu kasząc w słuchawkę. Zacisnęłam usta, hamując zniecierpliwienie i trochę także wyrzuty sumienia. Moje „słowa" w ostatnim liście dołączonym do odrzuconego tekstu były zaledwie uprzejme. Zrobiłam, co mogłam, nie będąc niegrzeczną, żeby uświadomić mu, że Lucy nigdy nie będzie firmowała jego dzieła. Najwyraźniej nie całkiem zrozumiał to przesłanie.

– Dzwonię, ponieważ chciałbym dać wam jeszcze jedną szansę. Muszę ci coś powiedzieć. Mam... – Tutaj przerwał sobie kolejnym pokasływaniem.

Nie mogłam się opanować i westchnęłam do słuchawki. On chciał n a m dać kolejną szansę? O czym on mówi? Na ile jeszcze sposobów mam mu powiedzieć „nie"? Nie wiem, czy to było zmęczenie, niecierpliwość czy po prostu dopadła mnie irytacja, ale uznałam, że już najwyższy czas na dobre uwolnić Petera Johnsona od jego (i mojego) nieszczęścia.

– Panie Johnson, myślę, że będzie dobrze, jeśli powiem panu, że Lucy Fiamma widziała pana dzieła i że jej zdaniem one nie są dobre. Ona nie jest agentką dla pana. Przykro mi.

– Nie rozumiesz – powiedział. – Nie słuchasz.

– Proszę – błagałam. – Niech pan to dla siebie zrobi i nie przysyła nam niczego więcej.

Nastąpiła przerwa. Przez chwilę myślałam, że całkiem przestał oddychać.

– Popełniasz błąd – rzucił. – I to nie ty jesteś Lucy Fiammą.

– Przykro mi, jeśli... – zaczęłam, ale Peter Johnson odłożył słuchawkę. Zaskoczona wgapiłam się w aparat. Johnson zawsze był niestrudzenie uprzejmy. Ja do tego momentu też byłam. Poczułam ukłucie niezadowolenia. Ale, naprawdę, czego on się mógł spodziewać? Zastanowiłam się, czyby nie odszukać jego numeru i nie oddzwonić, ale telefon znowu zadźwięczał i pomyślałam, że on mnie prześcignął.

– Agencja Fiammy. – Czekałam na znajomy ciężki oddech.

– Angel, czy to ty?

Uderzył mnie kobiecy głos w słuchawce.

– Hmm... Tu Angel Robinson, w czym mogę pomóc?

– Angel, tu Elise.

– Elise! – W tym momencie uświadomiłam sobie, jak bardzo za nią tęskniłam. Nasze codzienne pogawędki, wymiana historyjek o klientach i dyskusje o książkach napłynęły do mnie w porywie nagłej nostalgii. Ale to nie zażyłość z Elise była źródłem mojej tęsknoty. Były to jej dobre serce, brak ostrych krawędzi i wyważenie. Tęskniłam za spokojną radością naszej wspólnej pracy. Minęły niecałe dwa miesiące, odkąd siedziałyśmy obok siebie w Blue Moon, dzieląc się opiniami i kawą, ale wydawało mi się, że to bardzo odległa przeszłość.

– Co u ciebie, Angel? Nie miałam wieści od ciebie, odkąd odeszłaś. Myślałam, że złapię cię dzisiaj w domu, ale Malcolm powiedział, że już jesteś w pracy.

Zapomniałam, że zna Malcolma. Przecież spotkałam go w jej księgarni. Zawsze starała się mnie chronić w tych sprawach. Mówiła mi, żebym uważała na swoje uczucia i nie dawała z siebie zbyt wiele, nawet jeśli chodzi o najprzystojniejszego mężczyznę, jakiego kiedykolwiek spotkałam. Prawie o tym wszystkim zapomniałam.

– Przepraszam, Elise. Ciągle myślę, żeby do ciebie zadzwonić, ale kiedy kończę pracę, jest już późno i potem nie pamiętam... przepraszam.

– Nie musisz przepraszać, Angel, ja tylko chciałam się dowiedzieć, jak się miewasz. Jak tam w pracy? Powiedz uczciwie. Czy ona cię dobrze traktuje?

– Cudownie – powiedziałam nieco zbyt perliście. – Wiesz, mamy dużo roboty. Właśnie sprzedaliśmy świetną książkę nowego autora. Będzie ci się podobała, Elise.

Ciekawe, że nagle odczułam potrzebę ukrycia mniej przyjemnych aspektów mojej pracy i ukazania jej od najlepszej strony. Dziwne, ale Elise, która była dla mnie przyjaciółką i mentorem, stała się nagle jakby obca.

– Naprawdę? To wspaniale, Angel. Jak cię znam, robisz świetną robotę. Nie masz jednak zbyt wiele wolnego czasu, prawda? Miałam nadzieję, że może spotkamy się gdzieś na kawie albo na lunchu. Chciałabym ci coś pokazać, a właściwie dać. Znalazłam to, kiedy sprzątałam księgarnię. Myślę, że uznasz to za rzecz bardzo interesującą.

To był miły pomysł, ale nigdy nie będę w stanie znaleźć czasu na lunch z Elise, chyba że wezmę dzień wolny, a Lucy jasno oświadczyła, że coś takiego nie zdarzy się w ciągu co najmniej roku. Nawet weekendy były całkowicie wypełnione czytaniem.

– Może zadzwonię do ciebie po powrocie do domu? Możemy coś wtedy zaplanować. – Zależało mi, żeby skończyć rozmowę, zanim Lucy zwęszy, że to prywatny telefon. – Ale bardzo się cieszę, że zadzwoniłaś. Miło cię było znowu usłyszeć.

– Angel, na pewno wszystko w porządku?

– Tak, najzupełniej. Pogadamy później. Pa, Elise.

Odłożyłam słuchawkę i westchnęłam tak głęboko, że przed oczami zawirowały mi kropeczki. Elise była drugą osobą, z którą w ciągu ostatnich pięciu minut przerwałam rozmowę. Poczułam, że to dzień pełen sytuacji ekstremalnych.

– Angel!

Podskoczyłam zaskoczona na dźwięk swojego imienia. Zwróciłam głowę w kierunku, z którego dobiegał jej głos, i musiałam powstrzymać westchnienie. Lucy stała w drzwiach swojego biura ubrana wyłącznie w wielki, kosmaty, biały ręcznik.

– Cieszę się, że wreszcie jesteś – powiedziała. – Dzisiaj będzie bardzo pracowity dzień. Chcę, żebyś zaraz zaczęła załatwiać telefony.

Nie byłam w stanie odpowiedzieć, sparaliżowana widokiem.

– Jakiś problem, Angel?

– Hmm...

Lucy wyprostowała się i zdarzyło się to, co niewyobrażalne: ręcznik rozwiązał się i opadł na podłogę, zanim zdążyła go złapać. Instynktownie spuściłam oczy, ale wcześniej na siatkówce zatrzymał mi się obraz nagości Lucy.

– Szlag by to! – usłyszałam jej okrzyk. A następnie: – Telefony, Angel! Już!

Rozdział piąty

Siedziałam przy biurku przez kilka minut, z oczami wlepionymi w klawiaturę, po tym jak usłyszałam dźwięk zatrzaskujących się drzwi biura Lucy. Tyle czasu zajęły mi nieudane próby wymazania z myśli obrazu nagiej Lucy.

Właściwie nie byłam zaszokowana jej brakiem wstydu. Jak wiele innych memsahib przed nią, Lucy nie czuła się specjalnie skrępowana przy swoich sługach, a ja wystarczająco wcześnie przychodziłam do biura, żeby oglądać ją w różnych stadiach nieubrania. Jednak teraz po raz pierwszy zobaczyłam ją całkiem bez ubrania i to było trochę za dużo na pusty żołądek.

Pomyślałam, że może jestem wyczerpana intensywną pracą przy tak małej dawce snu. Może to była halucynacja. Tak, na pewno: wszystko to sobie wyobraziłam. Ale dlaczego szczegóły były tak wyraziste? Moja wizja najwyraźniej miała implanty piersi, a nie rozumiałam, dlaczego właśnie implanty miałyby mi się ukazać. W przełyku czułam suchość i podrażnienie, jakbym miała tam jakiś mały, drapiący przedmiot. Kręciło mi się w głowie i miałam lekkie mdłości. Będę musiała coś wypić. Kiedy sięgnęłam po torebkę, gdzie trzymałam butelkę wody, mój interkom zadźwięczał ostro w pustym biurze.

– Angel!

– Tak, Lucy?

– Dlaczego jeszcze nie prowadzę rozmów? Czy na Manhattanie nikt dzisiaj nie pracuje? Jest może jakieś święto, o którym nic mi nie wiadomo?

– Nie, Lucy, to znaczy tak, ja...

– Czy nie prosiłam cię kilka minut temu, żebyś zaczęła łączyć rozmowy?

Więc to nie była halucynacja. Zaczekałam chwilkę, prawie słysząc niecierpliwy tupot biegnącego czasu.

– Angel, czy z tobą dzisiaj coś jest nie tak?

– Nie, Lucy.

– Więc dlaczego, k u r w a, ja jeszcze w tej chwili nie prowadzę rozmów?

Było coś w stylu, w jakim Lucy zaklęła, w sposobie wypowiedzenia przez nią słowa k u r w a, że zęby mi zadzwoniły. Lucy potrafiła mówić brzydko, jak najbardziej. Umiała, odpowiednio akcentując sylaby, każde słowo wypowiedzieć tak, że brzmiało jak ohydny epitet. Czyniła z tych słów, pierwotnie neutralnych, sztylety. Słowa, takie jak g ó w n o, k u r w a i c h o l e r a, których używała sporadycznie, same miały już potencjał, ale nigdy nie podskakiwałam, słysząc je, tak jak wtedy, gdy słyszałam własne imię, którego Lucy używała jak ostrza.

– Przepraszam, Lucy, już dzwonię. – Zrobiłam ruch, żeby podnieść słuchawkę telefonu.

– Za późno! Angel, odłóż słuchawkę i przyjdź teraz tutaj, proszę. Jest sprawa, którą natychmiast muszę z tobą omówić.

– Okej.

– I przynieś swoją lekturę.

Zauważyłam, że zaczynam się pocić. Czułam kropelki wilgoci na górnej wardze i mrowienie w stopach. Uświadomiłam sobie, że to odpowiedź mojego ciała na strach.

Zabrałam rękopis *Ślepego posłuszeństwa* i plik kartek na notatki. Z torby patrzył na mnie rękopis powieści Malcolma. W przypływie poczucia winy zgarnęłam go i dołączyłam do mojego stosu. Mój poranek w biurze już i tak był dość dziwaczny i niepokojący, więc próba wciśnięcia Lucy książki mojego chłopaka nie wydawała się nie na miejscu.

Zapukałam do drzwi Lucy, ale pozostałam na zewnątrz tak długo, jak się dało, aż zawołała:

– W e j d ź, Angel!

Musiałam to zrobić.

– Angel, zupełnie poważnie pytam, czy potrzebujesz pomocy medycznej. Najpierw wchodzisz do mnie, kiedy jestem praktycznie nago – przy okazji, nie rób tego więcej, proszę – a teraz po prostu stoisz w progu. Co się z tobą dzieje?

Wzięłam głęboki oddech i spojrzałam na nią. Była całkowicie ubrana. Miała brązową, skórzaną marynarkę, odpowiednią spódnicę, masywny turkusowy naszyjnik i jasnożółty golf. Strój nie zmienił jej postaci, ale widok był o tyle lepszy od tego spod spodu, który zdarzyło mi się ujrzeć, że poczułam, jak ulga rozpływa się po moim ciele jak ciepła woda. Byłam tak odprężona, że postanowiłam pozwolić Lucy podtrzymywać iluzję, że to ja nakryłam ją. W końcu to ona wywołała zażenowanie.

– Przepraszam, Lucy – powiedziałam. – Jestem pewnie dzisiaj trochę zmęczona. Nie sypiam ostatnio zbyt dużo.

Lucy przyglądała mi się przez moment z uniesioną brwią, jakby chciała wybrać jedną z dwóch możliwych odpowiedzi.

– Angel, to, co robisz w swoim p r y w a t n y m czasie, jest twoją sprawą – odparła, a ja znowu odczułam jej talent do kreowania obrzydliwości. – Jednak muszę nalegać, żeby to nie miało wpływu na twoją pracę – kontynuowała. – Jestem pewna, że rozumiesz moje odczucia w tej sprawie. Może zarwane noce powinnaś planować w weekend, hmm?

Malcolm z pewnością może zaświadczyć, że moje zarwane noce nie miały nic wspólnego z prywatnością i były całkowicie związane z pracą, ale nie było sensu tego tłumaczyć wobec stale uniesionej brwi patrzącej na mnie Lucy.

– Oczywiście – zgodziłam się.

– C h o c i a ż – rzekła Lucy, przeciągając sylaby – wiem, że jesteś młoda. I jest chłopak. *Fiancé*, prawda?

– Tak, ale...

– Nie bądź pruderyjna, Angel. Nie wobec mnie. Jesteśmy tu same. Dwie dziewczyny. – Uśmiechnęła się. – Angel, ty się czerwienisz! Czy to nie słodkie?

W jej głosie znowu zabrzmiał uwodzicielski ton. Czy ona ze mną flirtuje? Nie miałam pojęcia, co odpowiedzieć. Byłam przeświadczona, że czerwony kolor moich policzków pogłębia się w kierunku purpury.

– Przecież ty musisz być aniołkiem – mówiła Lucy, a ja pomyślałam, że to pewnie jest cytat, tylko nie mam pojęcia z czego. – No dobrze, siadaj – poleciła ostro. – Zabierajmy się do tego.

Usiadłam czy też opadłam na białą kanapę Lucy, a ona porzuciła swoje biurko, aby się do mnie przysiąść. Usadowiła się tak, że jej spowite w miękką tkaninę kolana dotykały moich. Zrobiłam ruch, jakbym składała rękopisy na kolanach, aby uzasadnić odsunięcie się.

– Jeszcze nie – zaprotestowała Lucy, widząc, że zabieram się do papierów. – Mamy inną sprawę do omówienia w pierwszej kolejności.

– Okej – powiedziałam, podsuwając bliżej kartki do notowania.

– Nie. – Żadnych notatek z tej rozmowy. Właściwie, Angel, muszę cię prosić, żebyś zachowała ją w ścisłej tajemnicy. To bardzo delikatna sprawa i w ogóle bym z tobą o niej nie rozmawiała, gdybym nie czuła, że mogę całkowicie ufać twojemu osądowi.

Znowu uśmiechnęła się do mnie, ukazując wszystkie białe zęby. Wydawało się, że błyszczą bardziej niż zwykle.

– Oczywiście. – To znaczy, oczywiście nic nie powiem.

– Chodzi o Annę – rzekła i przerwała, czekając na moją reakcję.

– Okej.

– Zastanawiam się, czy mam ją zwolnić – kontynuowała Lucy, nachylając się do mnie.

– O! – To była jedyna odpowiedź, jaką byłam w stanie z siebie wydobyć.

– Problem z Anną polega na tym, że chociaż serce ma na właściwym miejscu, to jednak nie jest dość dobra. Wiesz, co mam na myśli?

Jej ton wskazywał, że nie tylko powinnam wiedzieć, co ma na myśli, ale że powinnam się z tym zgadzać. Nie byłam zachwycona sytuacją, w jakiej mnie postawiła.

– Hmm... – Grałam na czas.

– Angel, nie bądź taka powściągliwa. Z tego, co widać, zauważyłaś już, że ona myli się co do lektur.

– No, ja...

– I, szczerze mówiąc, nie jestem też pewna, czy w pozostałej pracy jest wystarczająco uważna. No ale to można naprawić. Recenzowanie natomiast jest krwiobiegiem tej agencji, Angel. Tobie nie muszę tego mówić. Nie można kogoś nauczyć, żeby miał nosa. A ty, Angel, masz i dlatego, nie bacząc na twoją naiwność i brak doświadczenia, zatrudniłam cię.

– O, tak. Dziękuję. – Czy właśnie podziękowałam za pochwałę, czy zgodziłam się z nią w sprawie Anny? Rozmowa wymknęła mi się spod kontroli.

– No więc, Angel, chociaż polegam na twoim osądzie, nie możesz być jedyną osobą w biurze, która ma nosa do tego, co sprzedajemy. Chcę, żeby każdy członek zespołu był równie dobry.

– Oczywiście.

– Craig ma duży zakres odpowiedzialności poza lekturą, więc nie mogę oczekiwać od niego takiego samego przerobu. A Nora, cóż, to osobna historia, prawda? Tym muszę się zająć później. Ale Anna w tym zakresie jest coraz gorsza. Więc moje pytanie do ciebie brzmi: czy mam ją zwolnić? Masz wrażenie, że jakość jej recenzji poprawia się czy pogarsza?

– Och, Lucy, nie wiem, czy jestem najlepszą osobą, żeby ci pomóc w decyzji... to znaczy... ja...

Zamilkłam i wpatrzyłam się w swoje dłonie, jakby to, co mam dalej powiedzieć, było na nich wypisane. Przyszło mi do głowy, że może Lucy wypróbowuje na mnie kolejny swój test w typie pytania zaczerpniętego z mojej rozmowy kwalifikacyjnej: „Połączy mnie pani najpierw z autorem czy z wydawcą?"

Może to był jej sposób na oddzielenie dziewczynek od kobiet? Może to jakiś rodzaj biurowego survivalu? Jeżeli to coś takiego, to test był wyjątkowo niesmaczny. Lucy czekała na odpowiedź, a ja otworzyłam usta. To, co z nich wyszło, było dla mnie samej zaskoczeniem.

– Nie uważam, żeby jej recenzje się poprawiały – powiedziałam. – Właśnie dzisiaj rano pomyślałam, że Anna odrzuca większość przypadających na nią rękopisów, nawet ich uważnie nie czytając.

– Tak – rzekła Lucy i wyprostowała się na kanapie, a niemiły grymas zagościł na jej twarzy. – Tak myślałam. Więc sugerujesz, że powinnam ją zwolnić?

– Nie, ja nie...

– Jesteś całkiem pewna, Angel, prawda? Pracujesz tutaj zaledwie od kilku tygodni, a już sugerujesz, żebym zwolniła jednego z twoich zwierzchników.

Do tej chwili mogłam uczciwie powiedzieć, że nigdy mi nie opadła szczęka. Ale w tym momencie to właśnie nastąpiło, a w gardle uwięzły mi słowa: „O czym ty mówisz?"

– No, Angel, nie patrz tak na mnie – powiedziała Lucy, machając ręką. – Masz instynkt mordercy. W tej branży to nie jest wadą. Jednak będziesz musiała zapanować nad swoją ambicją jeszcze przez jakiś czas. Chcę dać Annie szansę. Właściwie chcę, żebyś ty dała jej szansę. Chcę, żebyś z nią pracowała, Angel. Uświadom ją, czego powinna szukać i co przeoczyła. Zainwestowałam w tę dziewczynę całkiem sporo pieniędzy i czasu, więc nie zamierzam tak od razu jej wyrzucić. Rozumiesz?

Przytaknęłam, chociaż nie rozumiałam.

– Naturalnie, będę musiała jej powiedzieć, że jeśli chodzi o recenzje, jest na okresie próbnym. Mamy dzisiaj spotkanie zespołu, roześlij wszystkim notatkę na ten temat, proszę, a potem może spotkam się z tobą i Anną w moim biurze. – To nie było pytanie.

– O której chcesz zrobić zebranie? – zapytałam.

Lucy spojrzała na mnie, jakbym straciła rozum.

– Oczywiście o zwykłej porze, Angel.

To oznaczało, że będę musiała to ustalić. Od czasu, kiedy zaczęłam pracę, nie mieliśmy tu jeszcze zorganizowanego spotkania zespołu.

– No a teraz – rzuciła Lucy ostro – przechodzimy do następnego punktu: muszę powiedzieć, że w pewnym stopniu jestem tobą rozczarowana. – Sięgnęła i ze stosu leżącego na podłodze wyciągnęła jeden rękopis. Rozpoznałam w nim powieść Shelly Franklin *Elvis zatańczy na waszym weselu*. Więc to oznaczało „popędzić *Elvisa*", pomyślałam i wpadłam w panikę. Dałam Lucy rękopis tygodnie temu, ale w gorączce licytacji Damiana i wszystkiego innego, co nastąpiło po tym, jak przeczytałam tekst, zapomniałam ją o niego zapytać. Zapomniałam antycypować, przypominać, a zdaniem Lucy to była poważna wpadka, którą mi teraz wypomni.

– To – powiedziała, machając *Elvisem* – jest rękopis z grupy tych, które są lepsze, niż je oceniła Anna. Dlaczego więc t y l e c z a s u upłynęło, zanim do mnie dotarł?

– Ale – zaczęłam i przerwałam, żeby nie powiedzieć czegoś głupiego. Dałam go jej od razu, zapomniałam jej tylko o tym przypomnieć. Nie wiedziałam, czy jestem winna czy niewinna. – Ależ przekazałam ci go już jakiś czas temu – skończyłam słabo.

– Ja go widzę dopiero teraz! – wykrzyknęła. – Jak się z tego wytłumaczysz?

W moim mózgu powstało kilka niesubordynowanych odpowiedzi, ale wybrałam bezpieczną ścieżkę i powiedziałam:

– Przepraszam, Lucy, myślałam, że już to czytałaś.

Lucy wpatrywała się we mnie przez chwilę, a jej oczy lśniły ostro. Potem przeszła do następnej myśli.

– Dobrze. Tym razem ci odpuszczę, ale naprawdę, Angel, musisz być bardziej uważna. Nie muszę ci chyba tego mówić. W każdym razie omówmy ten tekst. I proszę o skróconą wersję. Naprawdę mamy mało czasu.

– Hmm, więc to jest... – Pamiętałam tekst, ale trudno mi było przepchnąć słowa przez zaczopowany mózg. Przez jedną krótką chwilę myślałam, że zemdleję.

– Krótka wersja, Angel. – Lucy tak bardzo się do mnie zbliżyła, że po raz pierwszy widziałam cieniutkie zmarszczki wokół jej ust, które wypełniły się krwistą czerwienią rozpływającej się szminki. Zaczynałam się obawiać, że Lucy pożre mnie jak morderczy pasożyt, ale zmusiłam się, żeby się pozbyć tej makabrycznej wizji.

– Słusznie, słusznie. Uważam, że ten tekst jest naprawdę dobry. *Elvis zatańczy na waszym weselu* – powiedziałam, a Lucy zmarszczyła nos. – Wiem, kiedy pierwszy raz zobaczyłam ten tytuł, wydał mi się za długi, ale on doskonale pasuje do tego, o co autorce chodzi.

– Czyli co? Powieść czy nie?

A więc ciągle jeszcze tego nie czytała, pomyślałam.

– Powieść. Historia w rodzaju opowieści drogi. O parze odbywającej podróż do Las Vegas, żeby wziąć ślub. Dobre pisarstwo, bardzo wyraziste. Podróż, w której odkrywają prawdę o sobie i swoim związku. Artystyczne, ale nie do przesady. Mimo wszystko nadaje się do masowej sprzedaży. Jest to komentarz na temat tego, czym obecnie jest miłość. Właściwie do miłości postmodernistycznej, miłości w nowym millenium. Trochę przypomina *Dzikość serca*, a trochę *Zostawić Las Vegas*. Ale jest bardziej optymistyczne.

Doszłam do siebie. Odnajdywałam właściwe słowa, wypowiadałam je i tworzyłam moc, którą tak kochałam. Widziałam, że Lucy także się rozgrzewa. Byłyśmy w transie.

– Wcześniejsze publikacje?

– Trochę w małych czasopismach literackich. Jednak ma tytuł California University.

– *Piękne stopy* – powiedziała w zamyśleniu Lucy, odnosząc się do ostatniego bestsellera, którego autorka była absolwentką wydziału sztuk pięknych California University. Zaskakująca krótka opowieść o młodej kobiecie o wielkich, zdeformowanych stopach i o jej poszukiwaniu miłości. *Piękne stopy* utrzymywały się na liście bestsellerów „New York Timesa" przez prawie rok.

– Właśnie – potwierdziłam.

– Intrygujące – mówiła Lucy. – Czy ona skontaktowała się z innymi agentami?

Zassałam policzek i lekko zagryzłam.

– Nie, tylko z nami. Chcesz, żebym do niej zadzwoniła? Żeby dostać resztę tekstu?

Lucy mocno sapnęła.

– Jeszcze tego nie zrobiłaś? No, nie, Angel, musisz wykazać trochę inicjatywy. Nie musisz czekać na moją zgodę, żeby zatelefonować do autora i poprosić o więcej materiału, jeżeli coś ci się podoba. To chyba oczywiste, nie?

– Nie, to znaczy tak, oczywiście.

– I tobie się to naprawdę podoba?

– Bardzo.

– Tak bardzo jak włoska książka?

– Tak, ale w inny sposób.

– Dobra. Co jeszcze masz?

– To – powiedziałam i wyciągnęłam w jej kierunku *Ślepe posłuszeństwo.*

– Możesz być bardziej precyzyjna? – spytała Lucy głosem, w którym pobrzmiewał zimny ton niezadowolenia.

– Przepraszam. To jest powieść, której akcja rozgrywa się w agencji literackiej. Autor anonimowy – zaśmiałam się dla lepszego efektu. – Trochę to zabawne.

– Naprawdę? – zapytała Lucy, biorąc ode mnie rękopis. – A jak długo na to czekałam?

Znowu się pociłam.

– Dopiero nadszedł.

– Hmm... – mruknęła Lucy. – A tobie się podoba?

– Uważam, że wymaga trochę pracy, ale ma potencjał – oceniłam.

– Dobra, zaraz to przeczytam – rzekła Lucy. – I co, to już wszystko? Skończyłyśmy?

– Tak – powiedziałam, wstając. Czułam się, jakbym siedziała na tej kanapie od wielu dni. Czas w biurze Lucy stawał się dziwnie elastyczny. Pod tym względem było tu jak w Narnii.

– A to co? – zapytała Lucy, wskazując rękopis Malcolma, który ciągle trzymałam w rękach i którego właśnie postanowiłam jej nie pokazywać. Ale teraz nie było odwrotu. Nic nie umknie przed wzrokiem Lucy.

– To... – Nabrałam powietrza w płuca. Do diabła. – Mój narzeczony jest pisarzem? I twoim wielkim fanem?

Teraz intonowałam stwierdzenia, jakby były pytaniami, co było oznaką słabości i nieporadności wypowiedzi. Lucy nie zamierzała mi pomagać, co było widoczne. Wyglądała na niezadowoloną.

– W każdym razie – kontynuowałam – napisał powieść.

– Czytałaś ją? – spytała Lucy.

– Nie.

– Angel, to czemu, u licha, ja mam tracić czas na tę lekturę?

– Czytałam inne jego prace i uważam, że są dobre. Jednak uznałam, że byłoby mi trudno zachować w tym przypadku obiektywizm, więc zanim ją przeczytam, oddaję ją tobie. Ale oczywiście rozumiem, że możesz być zbyt zajęta. To znaczy, on mógł ją po prostu przysłać i właściwie już dawno temu to zrobił, a ty zachęciłaś go, żeby jeszcze nad nią popracował. Zresztą, jeżeliby teraz przysłał, to i tak ja byłabym pierwszą osobą, która by ją miała przeczytać, i wtedy...

– Po prostu mi to daj – sapnęła Lucy.

Ja też odetchnęłam.

– Wyświadczam ci wielką uprzejmość. Mam nadzieję, że zdajesz sobie z tego sprawę – powiedziała Lucy. – Mam nadzieję, że o n sobie zdaje sprawę.

Spojrzała na stronę tytułową.

– *Most kłamstw*, tak? Interesujące. Czemu te kartki są takie pogniecione? Jak psu z gardła.

Spojrzała na mnie, a irytacja zniekształciła jej rysy.

– Ciągle tu stoisz, Angel?

– Tak, okej, twoje telefony. Dziękuję ci, Lucy.

– Daj mi najpierw Nadię Fiori, proszę. Musimy ustalić plan dla włoskiej książki.

Kiedy wychodziłam z jej biura, była już przy swoim biurku, piętrząc i burząc piramidkę notatników i piór.

Zdecydowałam, że zwykła pora zebrania zespołu to dziewiąta, czyli nowojorski czas lunchu, i przygotowałam notatkę na ten temat oraz dostarczyłam ją każdemu na biurko. Byłoby oczywiście znacznie prościej zwyczajnie powiedzieć Annie, Norze i Craigowi, że jest spotkanie, ale Lucy upierała się, żeby każde działanie było potwierdzone.

– A o czym będziemy mówić? – zapytała Anna, trzymając swoją kopię.

W krótkiej chwili paranoi pomyślałam, że na pewno jakoś usłyszała moją wcześniejszą rozmowę z Lucy. Wyglądała nienaturalnie blado i sprawiała wrażenie wymiętej. W ostatnich tygodniach przybyło jej kilka kilogramów i nie było jej z tym do twarzy. Na lewej dłoni i nadgarstku miała nieelastyczny bandaż.

– Nie jestem pewna – powiedziałam. – Co ci się stało w rękę?

– Zacięłam się, przygotowując kurczaka – wyjaśniła. – Całą noc spędziłam na pogotowiu.

– Dlaczego ich nie wezwałaś? – spytała Nora, pojawiając się znikąd. Długie włosy miała związane na karku, co akcentowało ostrą linię jej szczęki. Straciła kilogramy, które zyskała Anna, i wyglądała teraz jeszcze gorzej. Ciemne kręgi pod jej wielkimi oczami sprawiały wrażenie namalowanych węglem. Zastanowiłam się, czy wyglądam równie niezdrowo jak moi współpracownicy. To nie była przyjemna myśl.

– Nie mogłam ich wezwać – stwierdziła Anna. – To tylko kilka szwów. Raptem dwadzieścia. Poza tym ominęłam żyłę.

– Cóż, przynajmniej nie zacięłaś się kartkami tej lektury, którą czytasz – powiedział Craig w drodze do biura Lucy. – Byłoby przykro, gdybyś wypadek przy pracy miała w domu.

Anna, Nora i ja posłałyśmy mu zdumione spojrzenia.

– To był d o w c i p, moje panie – oznajmił wspaniałym głosem, który spłynął na nas jak miód. – Wiecie, cha, cha, cha. Nieważne. Idziecie ze mną na zebranie zespołu czy nie?

Powstało trochę zamieszania, zanim nasza czwórka znalazła sobie wygodne miejsca w sanktuarium Lucy. Jej biuro nie zostało zaprojektowane do zebrań, jako że właściwie tylko kanapa oferowała możliwość zasiadania, a normalnych krzeseł prawie nie było. Craig zajął miejsce w jedynym w tym pomieszczeniu dużym fotelu, a Anna, Nora i ja usadowiłyśmy się na kanapie. Wszystkie trzymałyśmy łokcie tak blisko ciała, jak tylko to było możliwe, żeby uniknąć wzajemnego dotykania się. Lucy siedziała przy biurku, obserwując scenę, a kiedy już w końcu siedzieliśmy spokojnie, powiedziała:

– Ślicznie. Wygląda na to, że jest wam wygodnie, ale widzę jeden mały problem.

Nikt nie odważył się zapytać jaki.

– Kto będzie odbierał telefony? – zapytała.

Anna podskoczyła, jakby była kukiełką na sprężynce wyskakującą z pudełka.

– Ja, Lucy! – wydukała.

– Anno, co z twoją ręką?

– Miałam wczoraj wieczorem mały wypadek. To nic takiego. Tylko kilka szwów.

– Sama to zabandażowałaś czy pokazałaś lekarzowi? – indagowała Lucy.

Anna posłała szefowej przymilny uśmiech i powiedziała:

– Nie, poszłam na pogotowie. Dzięki, wszystko w porządku. Naprawdę.

– Zdajesz sobie sprawę, ile bakterii jest w szpitalu? – zapytała Lucy. – Mam nadzieję, że nie przywlokłaś jakiegoś gronkowca. Wiesz, że są wszędzie. Mogłaś o tym pomyśleć, zanim wybrałaś się dzisiaj do pracy.

Anna wsiąkła z powrotem w kanapę, a kolorystyka jej twarzy przeszła w ostrą czerwień. Wyraźnie zakłopotana, ale widziałam w niej także twardą złość. Czytałam w jej myślach jedno słowo: s u k a.

– Noro, w takim razie to musisz być ty. Nie, nie wychodź. Podejdź tutaj i zajmij moje miejsce. Możesz odbierać telefony przy moim biurku.

Nora sprawiała wrażenie dotkniętej.

– Craig, ja usiądę na twoim miejscu, a ty usiądź obok naszej pacjentki na kanapie. Ja nie mogę sobie pozwolić na takie ryzyko.

Craig z nieprzeniknionym wyrazem twarzy przesiadł się bez słowa, a Nora w tempie godnym skazańca idącego na gilotynę usadowiła się przy biurku Lucy. Telefon zadzwonił natychmiast, jakby wyczuł jej obecność.

– Agencja Literacka Lucy Fiammy. W czym mogę pomóc? Dzień dobry. Proszę chwilę poczekać. – Nora wcisnęła guziczek zawieszający połączenie i podniosła wzrok. – Susie Parker chce z tobą rozmawiać.

– Noro, mamy zebranie zespołu.

– Więc mam...

– Tak, Noro, i zrób to od razu.

Lucy głośno westchnęła i wymamrotała:

– Ta dziewczyna nie ma pojęcia o niczym.

Podczas gdy Lucy układała sobie notatnik na kolanach, Nora spławiła Susie Parker.

– Nie wiem, dlaczego potrzebujemy tyle czasu, żeby rozpocząć zebranie zespołu. To naprawdę powinna być prosta sprawa. Ludzie, musimy nauczyć się większej efektywności, jeżeli chcemy zapełnić nasze kufry. Zdaję sobie sprawę, że w ciągu ostatnich kilku tygodni przeprowadziliśmy kilka efektownych transakcji, ale nie możemy się zatrzymać ani zwolnić, ani oglądać za siebie. Nie mogę tracić czasu na rozkręcanie zebrania. Musicie być gotowi, żeby zacząć od razu po wejściu. Angel, chcę, żebyś nakreśliła plan, jak możemy poprawić efektywność naszych spotkań. Proszę, dostarcz mi go przed końcem dnia. Chcę mu się przyjrzeć.

Zapisałam: *Spotkania zespołu bardziej efektywne.*

– A teraz – powiedziała Lucy – najważniejszą powinnością w naszym biznesie jest recenzowanie.

Wzięła głęboki wdech.

– Jak wszyscy wiecie, to klucz do sukcesu w naszej branży.

Mimo woli zaczęłam odpływać. Kiedy usłyszałam, jak Lucy powtarza tę samą frazę, osiągnęłam punkt nasycenia. Mój mózg nie był w stanie więcej znieść. Pogrążałam się powoli w całkowitej bierności, aż do momentu, kiedy dźwięk mojego imienia wyrwał mnie z letargu.

– ...Angel poinformowała mnie, że ty, Anno, nie zajmujesz się swoją lekturą jak należy. Znamienne, że odrzuciłaś kilka projektów, które były warte zatrzymania, a przynajmniej przekazania mnie. No i nie wiem, czy to dlatego, że jesteś przeciążona pracą i nie masz czasu na uważną lekturę, czy po prostu twoje opinie są błędne. Co jest przyczyną, Anno?

Poczułam się, jakby uderzono mnie w twarz.

Chociaż byłam pewna, że Lucy wie, co robi, nie mieściło mi się w głowie, że przyszło jej na myśl wystawić mnie przeciwko Annie w obecności całego zespołu. Było mi coraz trudniej wyobrazić sobie, jak w tym biurze można by stworzyć dobrą atmosferę pracy.

– Nie wiedziałam, że moje recenzje są takie złe – powiedziała Anna, kurcząc się i poruszając zabandażowaną ręką. – Angel nigdy mi o tym nie wspomniała. Przecież coś bym z tym zrobiła.

Anna posłała mi spojrzenie pełne czystej nienawiści. Nie umiałam powiedzieć nic, co mogłoby zapobiec katastrofie, więc wybrałam milczenie.

– Czy to prawda? – zapytała mnie Lucy. – Nie uświadomiłaś tego Annie?

– Nie, to znaczy tak. Ja po prostu wzięłam... Nie sądziłam...

– A więc odpowiedź brzmi: nie – uznała Lucy. – Aby zachować się sprawiedliwie wobec Anny, powinniśmy zacząć od tego. – Obdarzyła Annę uśmiechem.

– Być może problem leży w tym, że Angel nie wie, że powinna dzielić się informacjami – stwierdził Craig. – W końcu jesteśmy drużyną.

Tym sposobem Craig spowodował, że to ja stałam się problemem. Kiedy rozejrzałam się po pokoju, spostrzegłam, że wszyscy patrzą na mnie morderczym wzrokiem. A więc Craig nie był mi życzliwy. Przynajmniej to było jasne.

– Rzeczywiście, jesteśmy drużyną – przytaknęła Lucy – i musimy zacząć działać jak drużyna. Chcę więc, żebyś ty, Angel, pracowała nad lekturą razem z Anną. Być może powinnaś się z nią podzielić swoimi przemyśleniami. Pozwolę, abyście obie zadecydowały, jak najlepiej współpracować, jednak sugeruję, żebyście się spotkały po pracy i stworzyły plan. Może zjecie razem kolację? Z tego, co wiem, Anna jest utalentowaną kucharką.

Jasne, pomyślałam, jak tylko piekło zamarznie.

– Więc postanowione – oznajmiła Lucy, nie czekając na odpowiedź. – Teraz możemy przejść do kolejnego zagadnienia ważnego w naszym biznesie, czyli do p i e n i ę d z y. Jeśli nadal mam wypłacać wam pensje, musimy więcej wyciągać. Angel właśnie prowadzi rozmowy w sprawie tekstu, który wydaje się obiecujący. Kolejne *Piękne stopy*, prawda, Angel?

– Elv... tak, prawda – odpowiedziałam.

– Dobrze, miejmy więc nadzieję, że twój instynkt jest w tym przypadku nieomylny, tak jak to było z włoską książką. Ale niezależnie od tego, czy ten tekst na coś wyrośnie czy też nie, musimy być bardziej twórczy w dziedzinie zwiększania dochodów. Poszukując nowej książki, najwyraźniej ignorujemy jedno, bardzo ważne źródło materiału. Czy ktoś może mi powiedzieć jakie?

– Prawa na nowe pola eksploatacji? – zapytała Anna, której udało się wydobyć z siebie głos.

– Nie o tym mówię, ale tak, to kolejny obszar, którego nie wykorzystujemy, z czego prawdopodobnie zdajesz sobie sprawę, ponieważ od dwóch miesięcy jesteś za to odpowiedzialna. Teraz jednak chodzi mi o coś innego. O naszych autorów. Tych, których już mamy.

– Kolejne książki – powiedział Craig.

– Właśnie – potwierdziła Lucy. – Mamy sporą liczbę autorów, którzy nie dostarczają drugiej czy trzeciej książki. Trzeba się z nimi skontaktować i, jeśli to konieczne, dać im wskazówki, co powinni dalej robić.

– Mogę zrobić taką listę – zaproponowała Anna.

Mimo że czułam się współwinna tego, co jej się wcześniej przydarzyło, jej obecne lizusowskie zachowanie wobec Lucy napawało mnie wstrętem.

– Nie, Anno, ty masz już dosyć rzeczy, którymi musisz się zająć. Nawiasem mówiąc, chcę od razu zobaczyć zestawienie, nad którym pracujesz. Listę autorów i ewentualnych projektów wygeneruje Angel. Przy okazji: myślę o dwóch autorach, z którymi możemy się skontaktować natychmiast.

Lucy zrobiła dramatyczną przerwę. Zauważyłam, że Craig, kreśląc notatki na swoich karteczkach, lekko się uśmiechnął. Zastanawiałam się, czy czegoś nie przeoczyłam, ponieważ nie rozumiałam, co mianowicie wydało mu się takie zabawne.

– Karanuk!

Po tej eksklamacji Lucy w pokoju dał się słyszeć zbiorowy wdech.

– Tak, zgadza się. Karanuk rozpoczął pracę nad kolejną książką. Rozmawiałam z nim ostatnio i jest gotowy kontynuować. Jednak potrzebuje nieco, powiedzmy... z a c h ę t y.

Lucy odchrząknęła i strzepnęła ze spódnicy nieistniejącą niteczkę.

– Angel, chcę, żebyś do niego zadzwoniła i zaoferowała mu wszystko, czego mu potrzeba, żeby kontynuował pracę.

– Chcesz, żebym zatelefonowała do Karanuka? – zapytałam, a serce zaczęło mi bić tak szybko, że przy ostatniej sylabie nazwiska musiałam odkaszlnąć.

– Tak, zadzwoń do niego. Wiesz, jak się obsługuje telefon, prawda? Dlaczego jesteś taka przestraszona, Angel? W końcu on jest t y l k o pisarzem. I tyle.

– Czy on ma już coś, co mógłby przysłać? – zdołałam zapytać.

– Ma tytuł – odrzekła Lucy. – Kolejną książkę nazwał *Cieplej*. A przynajmniej teraz ją tak nazywa. Co myślicie o tym tytule?

– Brzmi fantastycznie! – wykrzyknęła Anna. – Idealna kontynuacja!

– Mnie się podoba – powiedziała Nora. – Brzmi, wiecie... c i e p ł o.

– Może lepsze byłoby *Ciepło*, bez stopniowania.

– Tak, z wielokropkiem, wiecie, zamiast wykrzyknika – mówiła Anna.

Patrzyłam na twarz Lucy, kiedy mówili. Kiedy zwróciła na mnie oczy, wiedziałam już dokładnie, co myśli i jak powinnam odpowiedzieć.

– Myślę, że to zależy, jakiego rodzaju książkę on chce napisać. Nie chcemy, żeby się ośmieszył.

– Nie chcemy – zgodziła Lucy. – Dobrze więc, ty do niego dzwonisz. No, a drugie nazwisko, o którym myślę, to Stephanie Spark.

– *Jedz, odżywiaj się, zrzucaj!* – Anna praktycznie wrzasnęła.

– Właśnie – powiedziała Lucy. – Jak zapewne wszyscy wiecie, to była bajeczna książka. Zawierała wspaniałe przemyślenia, ale tak naprawdę sprzedała ją dieta. Ludzie wydawali na nią tysiące.

– Ja byłam jedną z nich – powiedziała Anna. – Oczywiście potem znowu przytyłam, ale to nie była wina książki czy diety. Właściwie muszę do niej wrócić.

– Tak – orzekła Lucy. – Jednym z powodów, dla których książka znakomicie się sprzedała, było to, że autorka tak poważnie potraktowała własną dietę. Zbyt poważnie, o ile wiem. Teraz cierpi na anoreksję. Uważam, że historia, którą należy opowiedzieć, powinna się opierać na tak zwanym sukcesie diety. Co będzie stanowiło punkt wyjścia bestsellerowej książki kucharskiej.

– Dobry pomysł – powiedział Craig.

– Mogę do niej zadzwonić – zaproponowała Anna. – Jako ktoś, kto spróbował jej diety...

– Nie, chcę, żeby się tym zajęła Nora – zawyrokowała Lucy.

– Ja, dlaczego? – pisnęła Nora wyrwana nagle ze swego milczenia.

– No, czyż to nie oczywiste? – zapytała Lucy, prześwietlając Norę oczami. – Przecież sama jesteś anorektyczką. Znasz temat.

– Co, co? Nie jestem! Czemu to mówisz? – Norze opadły ręce, jakby ktoś je pociągnął w dół. Zaczęła trząść głową w nagłym przypływie histerii.

– Nie ma się czego wstydzić, Noro – powiedziała Lucy tonem, który wyraźnie wskazywał, że jest się czego wstydzić. – Istnieją sposoby leczenia, jak wiesz.

– Nie mogę, nie mogę, nie mogę – powtarzała Nora i zaczęła płakać. Czułam się, jakbym patrzyła na katastrofę pociągu. Byłam przerażona, ale nie mogłam odwrócić wzroku. Anna i Craig też patrzyli.

– Noro – zaczęła Lucy powoli i spokojnie – jeżeli nie

jesteś w stanie brać udziału w tym spotkaniu, może powinnaś zrobić sobie przerwę. Próbuję pracować.

Ciągle łkając, Nora uciekła z miejsca za biurkiem Lucy i zniknęła w głównym biurze.

Po minucie niełatwej ciszy, w której rozległo się trzaśnięcie drzwi toalety, Lucy wstała i zajęła swoje miejsce.

– Kompletny brak profesjonalizmu – stwierdziła. – To jest problem z dziewczynami, Craig.

Craig wzruszył ramionami i wzniósł ręce w geście mającym wskazywać, że nic na to nie poradzi.

– Pytam was, czy to przedstawienie było naprawdę potrzebne?

Przez chwilę myślałam, że Anna odpowie, ponieważ uwielbiała odpowiadać na pytania retoryczne, ale tym razem mądrze milczała. Lucy ciężko westchnęła.

– Myślę, że powinieneś iść i zobaczyć, co z nią – zwróciła się do Craiga. – Kolejna strata czasu. Sądzę, że powinniśmy odłożyć to zebranie na później. Angel, masz pracę do wykonania. Anno, zostań na chwilę, muszę z tobą porozmawiać.

– Okej – powiedziała Anna. – Zamknę drzwi.

Wyraz satysfakcji na jej twarzy zatrwożył mnie bardziej, niż byłam skłonna przyznać.

Kiedy wróciłam do naszego biura, na biurku Nory panował nieład. Stosy rękopisów leżały na krześle, na podłodze i w centralnej części blatu. Rozsypane kartki z wizytownika były roztasowane na klawiaturze komputera, a spory wybór korektorów w taśmie, spinaczy i długopisów dekorował pozostałą powierzchnię biurka. Nora, pochylona nad tym bałaganem, wsypywała zawartość najwyższej szuflady do dużej torby z tkaniny. Patrzyłam, jak wrzuca tam słoik musztardy, puszkę z proteinami w proszku, szczotkę do włosów, łyżkę i mały notatnik ozdobiony opalizującymi serduszkami.

Craig, najzupełniej spokojny, usiadł przy biurku i zajął się swoim plikiem kartek. Nie tylko nie sprawdzał, „co z nią", jak sugerowała Lucy, ale w ogóle na nią nie patrzył. Poczułam przypływ paniki, po którym nastąpiło ukłucie poczucia winy. Paniki, bo Nora najwyraźniej odchodziła, a jej obowiązki niewątpliwie spadną na mnie. Poczucia winy zaś, bo paniki nie łagodził we mnie najmniejszy nawet cień współczucia wobec Nory.

Zastanawiałam się, czy powinnam z nią porozmawiać, ofiarować kilka słów zachęty, czy przekonać ją, aby została. Chociaż właściwie już zdecydowałam, że to nie moja rola. Nie byłam ani dobrą koleżanką Nory, ani jej szefem. I nie przewidywałam, że któryś z moich współpracowników zrobiłby coś podobnego dla mnie. Widać było, że każde z nas jest tu zdane na siebie, niezależnie od ciągłych deklaracji Lucy, że jesteśmy drużyną. Byłam jedyną osobą w tym biurze, która zachowywała się uprzejmie. Poza tym, sądząc po tempie, w jakim Nora się poruszała, można było wywnioskować, że żaden serdeczny gest niczego nie zmieni. Zadzwonił telefon, więc rzuciłam się, żeby go odebrać, zadowolona, że mam pretekst, by skupić się na czymś innym.

– Agencja Lucy Fiammy.

– Tak... – zaczął słaby głosik – tu... nazywam się Shelly Franklin? Jakiś czas temu przesłałam rękopis? Nie wiem, czy państwo go widzieli?

– Witaj, Shelly! – powiedziałam głosem, który nawet w moich własnych uszach brzmiał tak optymistycznie, że aż śmiesznie. – Tu Angel Robinson, asystentka Lucy. Właśnie miałam do ciebie zadzwonić.

– Och, naprawdę? – Jej głos wydał mi się jeszcze bardziej bojaźliwy. Ledwie ją słyszałam.

– Tak, naprawdę podoba mi się twoja powieść, a Lucy właśnie ją czyta.

– Och. – Shelly wydawała się prawie rozczarowana. Zły znak.

– Zastanawialiśmy się, czy wysłałaś swoją powieść do innych agentów. Nie wspomniałaś o tym w liście.

– Nie wspomniałam? Dzwonię, bo nie jestem pewna, czy załączyłam zaadresowaną do siebie kopertę ze znaczkiem. Jeżeli zapomniałam, to czy mogę ją dosłać? – wyszeptała.

Co z tymi autorami? Każdy z nich jest na swój sposób zbzikowany.

– Jeżeli dobrze pamiętam, przysłałaś kopertę – odparłam, a mój głos brzmiał coraz donośniej, w miarę jak jej głos słabł. – Ale nie będziemy jej potrzebowali. Raczej zależy nam na otrzymaniu reszty powieści.

– Reszty?

– Masz napisaną całą powieść, prawda? Tak pisałaś w liście.

– Tak, skończyłam ją.

– Czy możesz nam ją przysłać? – Zdałam sobie sprawę, że prawie krzyczę do telefonu. Z tą kobietą najwyraźniej było coś nie tak, a ja próbowałam zrozumieć co.

– Okej – zgodziła się. – Dzisiaj ją wyślę. Dziękuję.

– Mogę cię tylko jeszcze zapytać, czy wysłałaś tę powieść także do innych agentów? – zapytałam, zanim ją straciłam.

– Nie? – powiedziała i rozłączyła się.

Gapiłam się na telefon, zakłopotana jak nigdy dotąd. Będę musiała do niej dzwonić jeszcze nie raz. Ta perspektywa mnie nie zachwycała. Podniosłam wzrok i zobaczyłam Norę stojącą nade mną z plikiem manuskryptów. Miała suche oczy, ale na jej policzkach widać było ślady łez.

– To moja lektura. Teraz jest twoja. I musisz pójść odebrać dzisiejszą pocztę.

– Okej – powiedziałam. – Naprawdę mi przykro.

Nora pochyliła się tak, że jej twarz znalazła się blisko mojej.

– Ona jest okrutna – wyszeptała. – Być twardą to jedna sprawa, ale ona jest o k r u t n a.

Nora wyprostowała się i odwróciła, żeby wyjść. Zanim dotarła do drzwi, dogonił ją głos Craiga.

– Noro, skoro teraz wychodzisz, domyślam się, że rzucasz pracę. A skoro tak, to usiądź, musimy porozmawiać.

Nora posłała mu spojrzenie pełne nienawiści i żalu. Kiedy się odezwała, jej głos drżał od powstrzymywanych łez:

– Mam na imię Kelly. Kelly. K e l l y.

Wyszła i zamknęła za sobą drzwi, a Craig nie próbował jej powstrzymać.

Zanim opadł kurz po wyjściu Nory/K e l l y, Anna wynurzyła się od Lucy i ruszyła prosto do mojego biurka.

– Lucy chce, żebym cię zapytała, czy już zadzwoniłaś do Karanuka – powiedziała. – I mamy się spotkać w sprawie moich recenzji. Ale ona chce, żebym najpierw przeczytała to.

Trzymała rękopis tak, żebym mogła go zobaczyć. Natychmiast go rozpoznałam. Powieść Malcolma.

– Hej – zdziwiła się Anna, kiedy zauważyła, że nikt nie siedzi przy pozbawionym szuflad biurku. – A gdzie jest Nora?

Rozdział szósty

Telefony nieprzerwanie dzwoniły i migotały, uporczywie atakując moje zmysły. Gdybym nie wiedziała, że to niemożliwe, przysięgłabym, że Nora skontaktowała się ze wszystkimi niepublikującymi autorami, którzy kiedykolwiek przysłali nam rękopisy, i poinstruowała ich, żeby zadzwonili natychmiast po jej wyjściu. Nawet Craig, który prawie nigdy nie odbierał telefonu, był zmuszony nałożyć sobie na głowę słuchawki z mikrofonem i odbierać połączenia, których z Anną nie zdołałyśmy przerobić.

Lucy miała automatyczną sekretarkę, ale nie znosiła myśli, że ktoś, kto do nas dzwoni, mógłby usłyszeć nagrany komunikat. Powiedziała, że to całkowicie nieprofesjonalne i sugeruje, że jesteśmy małą, przebijającą się dopiero agencją. Chciała, żeby każdy telefon odbierał pracownik, nawet jeśli musiałby stracić następne dziesięć minut na pozbycie się rozmówcy. I to właśnie Anna, Craig i ja robiliśmy przez dwie godziny po wyjściu Nory.

– Tylko pierwsze pięćdziesiąt stron i kopertę ze znaczkiem, zaadresowaną do siebie. – Słyszałam, jak Anna powtarzała to po raz kolejny. I kolejny.

Lucy nie wyszła ze swojego biura ani razu po spotkaniu zespołu. Zastanawiałam się, czy w ogóle wie, że Nora odeszła. Z pewnością gdyby wiedziała, zwołałaby kolejne zebranie, żeby to omówić.

Zrobiłam jedną przerwę, jeśli można to tak nazwać, na odebranie dzisiejszej korespondencji z pobliskiej poczty, gdzie Lucy miała skrzynkę agencyjną. Znowu, zupełnie jakby Nora/Kelly to zaplanowała, ładunek był niezwykle ciężki. Przydźwigałam do biurka trzy pełne pojemniki korespondencji i spazmatycznie próbowałam posegregować zgłoszenia, katalogi, listy od wydawców, rachunki i inne elementy.

Przyszli autorzy, próbując przyciągnąć uwagę Lucy, nadesłali zaskakujący zbiór śmiesznych upominków. Większość przysłała czekoladki (Ghirardelli, Godiva) lub banknoty dołączone do listów przewodnich, ale niektórzy byli bardziej kreatywni. Odkąd zaczęłam pracować w agencji, otrzymaliśmy sporą ilość skórek zwierzęcych od autorów chcących naśladować dzieło Karanuka, ręcznie malowane kubki (z napisem Najlepszy Agent na Świecie, złotymi literami), bilety do teatru, talony upominkowe i mydło lawendowe. Wszystkie te prezenty musiały być natychmiast odesłane wraz z towarzyszącymi im rękopisami. Nic bardziej nie przyspieszało odrzucenia rękopisu niż próba przekupstwa. Dotąd przekopywanie się przez to wszystko było zajęciem Nory/Kelly, teraz moim. Jeśli wcześniej trochę jej współczułam, teraz, kiedy odczuwałam ciężar całej tej dodatkowej pracy, współczucie szybko mnie opuszczało. Nie mogła zaczekać do końca dnia? Zupełnie jakby słyszała moje myśli i przysłała te rzeczy, żeby mnie ukarać, zacięłam się w palec, walcząc z upartym spinaczem, i zdarłam skórę, tak że zaczęłam krwawić na rękopis.

– Cholera, cholera – wyszeptałam, wyciągając list przewodni, żeby go ochronić.

– Angel! – podniecony, wysoki głos Anny wciął się w moje myśli. Upuściłam rękopis na swój zestaw lektur domowych i odwróciłam się do Anny, próbując ukryć krwawiący palec. Jednak go zobaczyła.

– Co ty robisz? – syknęła.

– Zacięłam...

– Trudno. Musisz odebrać telefon.

Nie zapytałam jej, czemu ona nie może tego zrobić, odwróciłam się i podniosłam słuchawkę.

– Agencja Lucy Fiammy.

– Angel, czy to ty? Tu Dami.

– Dami! Witaj! – Byłam absurdalnie uszczęśliwiona, słysząc go, i wiem, że musiał to usłyszeć w moim głosie, wysokim i piskliwym. Anna też z pewnością to usłyszała, bo zobaczyłam kątem oka, jak się na mnie gapi.

– Jak się masz? – zapytał Dami.

– Dobrze, a ty? Pewnie jesteś rozemocjonowany swoją książką.

– To niesamowite – powiedział. – Trudno mi uwierzyć.

– Uwierz. To się naprawdę stanie. Chcesz rozmawiać z Lucy? Jeżeli chwilkę zaczekasz, to cię połączę. Jesteśmy dzisiaj naprawdę zajęci.

– Bardzo lubię rozmawiać z Lucianą, ale teraz dzwonię, żeby porozmawiać z tobą.

– O! Jest coś, w czym mogłabym ci pomóc? Mogę...

– Nie, Angel, nie. Chciałbym przyjść dzisiaj do biura, żeby podziękować wam osobiście. Mam coś dla ciebie i Luciany. Musimy to uczcić.

– Och! – Przez chwilę nie mogłam znaleźć odpowiedzi. Nigdy nie widziałam w tym biurze żadnego gościa, także autora. Lucy miała na swojej liście lokalnych autorów, większość jednak stanowili tacy, którzy mieszkali daleko. Pomyślałam, że zanim przekażę Damianowi zaproszenie, powinnam ją zapytać. Z drugiej strony, byłam prawie pewna, że Lucy natychmiast odrzuci ten pomysł. Nie tolerowała żadnych przerw w pracy, chyba że sama je inicjowała. Poza tym, chociaż byłam łącznikiem między nią i autorami, czułam, że nie życzy sobie, żebym nawiązywała z nimi osobiste relacje. Jednak bardzo chciałam spotkać Damiana. Rozmawiałam z nim tak często, przepracowałam taką ilość jego tekstu, że miałam wrażenie, jakbyśmy się znali. Do diabła, pomyślałam. Jeżeli Lucy będzie zgłaszała pretensje, zawsze mogę udać ignorantkę. W końcu nigdy nie dostałam bezpośredniej instrukcji, żeby nie wpuszczać autora do biura bez pozwolenia.

– Ach, wspaniale będzie cię zobaczyć – powiedziałam w końcu. – Kiedy chciałbyś przyjść?

– Jadę z centrum, więc zabierze mi to trochę czasu. Korki, most, nigdy nie wiadomo. Będę jakoś po południu.

– Okej, dam znać Lucy – powiedziałam, chociaż nie miałam zamiaru jej informować. Nie chciałam także, żeby Anna słyszała, więc obniżyłam głos prawie do szeptu: – Potrzebne ci wskazówki, jak dojechać?

– Nie kłopocz się tym, Angel. Wiem, gdzie macie siedzibę. *Ciao, Bella.*

– Kto to był? – zapytała Anna zaraz po tym, jak odłożyłam słuchawkę, ale udałam, że nie słyszę, i odebrałam kolejne połączenie. Światełko interkomu migotało. Lucy już dość długo czekała.

– Halo, Lucy?

– Angel, rozmawiałaś już z Karanukiem? Chciałabym dostać raport, jaki jest obecnie status tej sprawy.

– Jeszcze nie, Lucy. Telefony dzisiaj oszalały.

– Pracuj według priorytetów, Angel – warknęła Lucy i rozłączyła się.

Niechętnie się do tego przyznawałam sama przed sobą, ale byłam przerażona perspektywą rozmowy z Karanukiem. Mimo że Lucy powiedziała, że jest on „tylko pisarzem", czułam się onieśmielona na samą myśl o nim. Czy mogłam doradzić coś temu mistrzowi literatury? Nie miałam pomysłu, jaką postawę wobec niego przyjąć. Lucy zapewne by nie chciała, żebym zaczęła się jąkać. W innych okolicznościach możliwość rozmowy z Karanukiem jawiłaby mi się jako wielki zaszczyt. Teraz jednak to był kolejny niepewny krok po omacku.

Kiedy wybierałam numer, miałam nadzieję, że napotkam automatyczną sekretarkę albo asystentkę, ale nie. Karanuk odebrał telefon osobiście, po pierwszym dzwonku, prosto i zwięźle:

– Karanuk.

– Halo, Karanuk? (Panie Karanuk? – nie miałam pojęcia). – Tu Angel Robinson z Agencji Literackiej Lucy Fiammy? Jestem nową asystentką Lucy, która prosiła mnie, abym się z panem skontaktowała?

– Tak?

Co, tak? – pomyślałam, ale brnęłam dalej:

– Lucy jest bardzo podekscytowana pana nową książką i prosiła, żebym zapytała, jak, to znaczy kiedy mogłaby zobaczyć gotowy rękopis.

– Nie mam jej nic do pokazania – przerwał mi.

Miałam wrażenie, że odłoży słuchawkę.

– Okej, czy może pan powiedzieć, kiedy można się spodziewać fragmentu tekstu? Sądzę, że Lucy miała na myśli jakiś zarys albo propozycję, nie cały rękopis, oczywiście.

Karanuk się zaśmiał. To była pierwsza oznaka jakiejś emocji od czasu, kiedy zaczęliśmy rozmawiać. Jego śmiech nie był jednak nacechowany wesołością. Podobnie jak głos, był głęboki i silny, ale pozbawiony akcentu i modulacji. U kogoś, kto pisał tak wyraziście, brak emocji był bardzo dziwnym symptomem. To przypomniało mi, że nie powiedziałam nic o jego dziele.

– Przy okazji: jestem wielką fanką *Zimna!* – rzuciłam pośpiesznie. – To jedna z najlepszych książek, jakie kiedykolwiek czytałam.

Po drugiej stronie zapadła na krótko cisza, a potem Karanuk powiedział:

– Mieszkam w Los Angeles. Nie jest mi już zimno. Wszystko tutaj jest cieplejsze i bardzo odmienne. Moja postać się rozrosła. To los, jaki przypada cząstce Klondike na Saharze. Cierpienie. Proces topnienia. Uszlachetniacze, plastikowe komponenty... Nie wiadomo, jaką drogą podążać.

Więc, jak każdy autor, i ten jest pomylony, pomyślałam. Ale dał mi pewne wskazówki i czułam w głowie przebłysk pomysłu.

– Och, czy to jest tematem książki? – zapytałam. – Wspaniale. Uchodźstwo. Zagubienie. Człowiek rzucony daleko od swojego żywiołu. Oddzielenie od kultury i rzeczywistości pod gorącym słońcem... słońcem...

– Szanowna pani – zaczął i przerwał na chwilę – powiedziałaś, że jak masz na imię?

– Angel.

– Angel? – powtórzył. – I jesteś jej asystentką? Ona miała wiele asystentek. Potrzebuje asysty.

– Tak, jestem tu od... – Nie mogłam sobie przypomnieć, jak długo pracuję dla Lucy. Od pięciu minut? Od zawsze? Tutaj to znaczyło to samo.

– Jestem tu od jakiegoś czasu.

– I sama jesteś pisarką, prawda? – zapytał.

– Och, nie, nie! Ja z u p e ł n i e nie piszę.

– Ale wiesz, jak myśli pisarz – powiedział.

– No...

– Wyślę ci tekst. Możesz jej to powiedzieć.

– To cudownie! Jeżeli mogę się jakoś przydać, proszę, niech mi pan da znać.

– Już pomogłaś. I dlatego tobie wysyłam tekst.

– Cudownie. A roboczy tytuł brzmi *Cieplej*, tak?

Karanuk ponownie zaśmiał się pozbawionym radości śmiechem.

– Nie. Ta książka nie ma tytułu. To jej pomysł. Jeżeli bym chciał, złożyłbym z jej pomysłów na tytuł całą książkę.

– Okej. To brzmi fantastycznie. Nie możemy się doczekać tekstu.

Kiedy odłożyłam słuchawkę, uświadomiłam sobie, że podobnie jak Gordon Hart, Karanuk ani razu nie mówił o Lucy, używając jej imienia. Ich wzajemne stosunki były z całą pewnością bardzo skomplikowane, ale nie chciałam tracić czasu na dociekania, o co chodzi. Zamiast tego dałam sobie całą minutę na pławienie się w ekscytacji wywołanej tym, że już niedługo będę czytała nowe dzieło Karanuka, i to wcześniej niż ktokolwiek inny. W moim umyśle kształtował się nowy pomysł na tytuł. *Odwilż.* Mam nadzieję, że mu się spodoba.

– Angel! – wrzasnął mój interkom, wbijając się w pierwszą tego dnia chwilę ciszy. – Do mojego biura. Natychmiast.

Wstałam za szybko i uderzyłam w biurko, potrącając zapomniane cappuccino, które rozlało mi się na spodnie.

– Cholera – syknęłam.

Anna i Craig jednocześnie podnieśli głowy i spojrzeli na mnie. Na twarzy Anny złapałam rodzący się uśmieszek. Craig uniósł brwi ze zdziwieniem. Jakby przekleństwa były tu czymś nowym, pomyślałam.

– Angel! – Ona znowu wołała, więc pobiegłam do jej biura, wznosząc wokół siebie fale zapachu odstanego cappuccino.

– Pytałam cię o Karanuka – warknęła, zanim zdążyłam przekroczyć próg. – Jaki teraz jest status tej sprawy?

– Właśnie z nim rozmawiałam.

– I? – Lucy siedziała wyprostowana przy biurku, postukując watermanem w stos notatników.

– Przyśle nam tekst.

– C o z r o b i? – Lucy podniosła się i szła w moim kierunku, aż zatrzymała się w odległości kilkunastu centymetrów od mojej twarzy. Jej bliskość mnie onieśmielała. Przeszedł mnie dreszcz. Pod jej pełnym drapieżnego oczekiwania spojrzeniem czułam się naga.

– Wysyła nam początek nowej książki. Nie powiedział, jak dużo, ale prosił, żebym ci przekazała, że już niedługo.

– Naprawdę. – Nie było to pytanie. – A powiedział ci może, jaki jest temat tej książki?

– Tak, on pisze o swoich doświadczeniach od czasu opuszczenia Alaski i jak to odmieniło jego życie.

– Jak ci się to udało, Angel? – Głos Lucy stał się wyraźnie cichszy i bardziej miękki niż kiedykolwiek. Nigdy takiego nie słyszałam. Patrzyłam, jak na jej twarzy tańczą, jak przepływające chmury, niezliczone uczucia. W jej oczach, których spojrzenie wwiercało się we mnie z precyzją lasera, jawiło się zaskoczenie, coś w rodzaju przyjemności, szczypta niedowierzania i satysfakcja. Wszystko naraz. Wyglądało to tak, jakby nie mogła się zdecydować, czy się złościć, czy cieszyć, że zrobiłam dokładnie to, co mi poleciła. Jednak zanim zdołałam jej odpowiedzieć, pozbierała się i uwolniła od wszystkich emocji.

– Dobrze – powiedziała. – Spodziewam się więc, że tekst dotrze szybko. – Wciągnęła powietrze i zmarszczyła nos. – Co to za paskudny zapach?

Spojrzałam w dół na mokrą plamę na spodniach.

– Miałam wypadek z kawą – powiedziałam, starając się uśmiechnąć.

– Obrzydliwe – orzekła, odchodząc ode mnie i wracając do swojego biurka. – Wypadki zdarzają się dzieciom. Powiedz Norze, żeby ci przyniosła wodę sodową albo coś takiego, kiedy pójdzie po pocztę.

Tylko nie to. Teraz byłam zmuszona być posłańcem w sprawie, o której mówiła.

– Co do Nory, to jej już nie ma.

– No dobrze, to wyślij ją jeszcze raz, jak wróci. Co to za problem?

– Nie, ona wyszła na cały dzień, to znaczy, odeszła na dobre. Myślę, że zrezygnowała z pracy. Zabrała wszystkie swoje rzeczy...

Wyrażające czystą gorycz spojrzenie Lucy zmroziło mnie.

– D z i e w c z y n y – wyrzuciła z siebie. – Po tym wszystkim, co dla niej zrobiłam. Nie masz pojęcia, przez co ja już tu przechodziłam. Potrzebuję m ę ż c z y z n. Zawołaj do mnie Craiga. I przywołaj też Annę. Na co czekasz, Angel? Idź!

Około piątej, kiedy się zjawił, nie pamiętałam już wcale, że Damiano zapowiedział się z wizytą. Kiedy zapukał do drzwi, które rzadko otwierały się w ciągu dnia, byłam równie zdumiona jak Anna i Craig. To Anna dosłyszała pukanie i poszła otworzyć. Damiano stał z twarzą przesłoniętą gigantycznym koszem słodyczy, wykwintnie ozdobionym złotą i srebrną wstążką.

– Pan z Fedeksu?– zapytała zdziwiona.

Damiano opuścił nieco kosz i zmierzył Annę równie zdumionym spojrzeniem.

– Angel? – zapytał głosem pełnym niedowierzania.

Wtedy właśnie zrozumiałam, kto to jest.

– Jestem Anna – odparła, nadal blokując mu wejście.

– Przepraszam – powiedział, uśmiechając się szeroko. – Witaj, jestem Damiano.

– Och – zaszczebiotała nieco za późno Anna – włoska książka. Ależ wejdź. – Odwróciła się do mnie i skinęła ręką w moim kierunku. – To jest Angel. Nie wiedzieliśmy, że przyjdziesz. Lucy nie mówiła...

– Przepraszam – powtórzył. – To niezapowiedziana wizyta. Chciałem przyjść, żeby wam osobiście podziękować za moje wielkie szczęście. – Podał jej kosz. – To dla was. Sam je robię. Dla każdego coś miłego.

– Och – westchnęła Anna, oplatając kosz ramionami i patrząc na słodycze wzrokiem pełnym miłości.

Craig podniósł się zza biurka i podszedł, żeby uścisnąć dłoń Damianowi.

– Miło cię widzieć. Jestem Craig. Rozmawialiśmy przez telefon.

– Tak, tak. Luciana mówi o tobie „człowiek od pieniędzy". Miło mi.

Potem odwrócił się do mnie i przemierzył niewielką odległość dzielącą go od biurka, przy którym siedziałam, porażona, rozpatrując, czy uda mi się przygładzić włosy tak, żeby tego nie spostrzeżono, i desperacko pragnąc nie cuchnąć rozlaną kawą. Przynajmniej palec przestał mi krwawić.

– Angel – powiedział. – *Finalmente.*

Pochylił się ku mnie lekko, ale nie wyciągnął ręki na powitanie. Wstałam niezgrabnie, niepewna, czy mam mu podać rękę. Ten gest nagle wydał mi się zbyt oficjalny. Damiano był niższy, niż przypuszczałam. Kiedy staliśmy, nasze oczy znajdowały się prawie na tej samej wysokości, jednak trzymał się w taki sposób, że robił wrażenie wyższego. Miał oliwkową cerę, był szczupły, a jego oczy miały barwę ciemnego, czerwonego wina. Jego włosy, gęste i czarne, z przebłyskującą na skroniach siwizną, były ostrzyżone krótko, ale nie za krótko. Na szczęce Damiana rysował się już cień popołudniowego zarostu, ale było mu z tym do twarzy. Był mężczyzną przystojnym, ale w sposób nierzucający się w oczy.

– Masz rude włosy – powiedział do mnie. – Jestem zaskoczony!

– No, przez telefon na pewno nie słychać, że jestem ruda – odparłam idiotycznie i zrobiłam gest, jakbym chciała podać mu rękę. Zamiast nią potrząsnąć, Damiano przytrzymał ją i pocałował mnie w oba policzki. Pysznie pachniał. Marcepanem, czekoladą i cytrusem.

– *È vero* – powiedział. – Kiedy z tobą rozmawiałem, widziałem blond anioła.

Poczułam piekące ciepło rumieńca, który wypłynął mi na policzki. Nic nie mogłam na to poradzić. Ukradkowe spojrzenie na Annę uzmysłowiło mi, że ona także poróżowiała i była wyraźnie podniecona. Czułam, że odwiedziny Damiana zmierzają w niewłaściwym kierunku. Musiałam nadać im odpowiedni.

– Wiesz, powinniśmy chyba powiedzieć Lucy, że tu jesteś – zauważyła Anna słodko i bardzo głośno. – Nie sądzisz, A n g e l?

– Oczywiście – potwierdziłam i odwróciłam się od rozbawionego spojrzenia Damiana. – Lucy? – powiedziałam do interkomu. – Jest tu Damiano Vero. Chciałby się z tobą zobaczyć.

Minęła chwilka, zanim mój interkom zamrugał. Lucy chciała, żebym podniosła słuchawkę. Uświadomiłam sobie, że będę musiała wysłuchać tyrady, mając przed sobą Damiana, który z pewnością usłyszy każde słowo.

– Lucy?

– On jest tutaj? To znaczy w biurze?

– Tak.

– D l a c z e g o? I dlaczego ja nie zostałam poinformowana?

– Nie wiedzieliśmy... – Spojrzałam na Damiana. Kącik ust uniósł mu się w ironicznym uśmiechu.

– C h o l e r a! – krzyknęła Lucy.

– Czy mam powiedzieć, że... – W tym miejscu usłyszałam trzask w słuchawce. Lucy przerwała rozmowę.

Anna uśmiechała się sztucznie, Damiano wyglądał trochę niepewnie, ja zaś zupełnie nie wiedziałam, co mam powiedzieć.

– Miałeś kłopoty z trafieniem tutaj? – zaczęłam brnąć.

– Nie, żadnych.

– A... a skąd wiedziałeś, gdzie mamy siedzibę? – Nagle zaniepokoiłam się, że być może niechcący podałam mu adres biura podczas jednej z naszych rozmów.

– Luciana mi powiedziała, kiedy z nią rozmawiałem. W porządku?

W tym momencie Lucy wypłynęła ze swojego biura i z szerokim uśmiechem wyciągnęła do Damiana rękę, jakby pozwalała mu poprosić się do tańca na wiktoriańskim balu.

– *Buon giorno*, Damiano Vero – powiedziała wysokim, dźwięcznym tonem, jakiego nigdy wcześniej u niej nie słyszałam. – We własnej osobie – dodała.

– Luciana, *piacere*. – Damiano pochylił się, żeby pocałować ją w policzek. Nastąpił niezręczny moment, kiedy uświadomił sobie, że nie uda mu się swobodnie dosięgnąć jej twarzy, ale zrobił szybki zwrot i zamiast tego pocałował ją w rękę.

– No, tak! – Podniecony, godny nastolatki ton Lucy robił coraz bardziej groteskowe wrażenie. – Jednak j e s t e ś przystojny. Powinieneś był przysłać zdjęcie, Damiano. Wtedy mogłabym zdobyć dla ciebie większą sumę. Naprawdę. – Lucy pochłaniała go wzrokiem. – Jesteś najprzystojniejszym narkomanem, jakiego kiedykolwiek widziałam.

Trzeba przyznać, że Damiano nie drgnął ani nie zmienił wyrazu twarzy. Ja natomiast byłam spocona i zaczerwieniona ze skrępowania.

– Odgaduję, że już miałeś okazję rozmawiać z moim personelem – kontynuowała Lucy, machając ręką w naszym kierunku. – A czemu zawdzięczamy twoją obecność?

– Przynoszę upominek. – Damiano skinął ręką w kierunku kosza, który wciąż trzymała Anna. – Upiekłem trochę ciastek.

– Uroczo – zaszczebiotała Lucy i wzięła kosz od Anny. – Miło z twojej strony.

– Jestem wam wszystkim bardzo wdzięczny – powiedział Damiano, ale patrzył wyłącznie na mnie.

Nic nie uszło uwagi Lucy, która wędrując za jego spojrzeniem, popatrzyła na mnie i uniosła brwi.

– Prawda, że on jest pyszny, Angel? Szkoda, że jesteś już umówiona. Poczułam ucisk w żołądku i musiałam spuścić oczy. Temperatura mojej twarzy podniosła się do poziomu gorączki.

– Zaniosę ten uroczy kosz do mojego biura – mówiła Lucy. – Damiano, pójdziesz ze mną? Skoro już tutaj jesteś, mamy kilka spraw do omówienia.

– *Bene* – zgodził się Damiano i ruszył za nią. – Prawie zapomniałem – dodał i wrócił do mojego biurka. – To dla ciebie – powiedział cicho i wyjął z kieszeni płytę CD w luksusowym opakowaniu. Położył ją na moim biurku i odwrócił się szybko, żeby dogonić Lucy. Pewna, że napotkam potępiające spojrzenie Anny, podniosłam oczy, ale ona całej tej sceny nie odnotowała, wpatrzona głodnym wzrokiem w kosz znikający w biurze Lucy. Zgarnęłam CD, zanim mogła je dostrzec, i wrzuciłam do torebki. Wiedziałam, że to z pewnością tylko kopia jego tekstu zarejestrowana na płycie, ale coś mi mówiło, że nie jest przeznaczona do rozpowszechniania. Mój komputer zadźwięczał, odbierając wiadomość. Anna.

No, przypuszczam, że już tych ciastek nie zobaczymy.

Na pewno się podzieli – odpisałam.

Nie podzieli się. Jeszcze nigdy coś, co tam wylądowało, nie wróciło.

Może to dobrze. Nie wyglądały na dietetyczne – napisałam i natychmiast pożałowałam. Teraz Anna pomyśli, że sugeruję, że jest gruba. Spojrzałam na zegar. W Nowym Jorku było tuż po ósmej. Ten dzień chyba nigdy się nie skończy. Kolejna wiadomość od Anny była przypomnieniem:

Wygląda na to, że dzisiaj będę czytała rękop. twojego chłopaka. Postaram się być delikatna.

Po prostu bądź uczciwa – napisałam, uderzając w klawiaturę ze znacznie większą siłą, niż to było konieczne. I staraj się unikać niezgrabnych prób bycia dowcipną.

No dobrze. A czy jest coś ważnego, co chcesz mi powie-dzieć, zanim zacznę czytać? – odpisała.

Nie odpuści. Jeszcze raz spojrzałam na zegar i za-mknięte drzwi Lucy. Słyszałam przez nie wznoszący się i opadający głos Lucy, a w przerwach Damiana. Poczułam się nagle okropnie zmęczona.

Tak – odpisałam. *– Jestem wykończona. Mam jeszcze tylko jedną rzecz do zrobienia i zmykam do domu.*

Zanim miała szansę odpowiedzieć, wspięłam się na ostatni tego dnia szczyt i wysłałam e-maila do anonimo-wego autora *Ślepego posłuszeństwa.* Nie mogłam ryzyko-wać, że zwieje mi tak jak Shelly Franklin.

Do: gapisarz@heya.com
Od: angel.robinson@fiammalit.com
Temat: Ślepe posłuszeństwo

Drogi „G.",

Dziękuję bardzo za przesłanie nam fragmentu tekstu ŚLEPE POSŁUSZEŃSTWO. Zapoznaliśmy się z nim i w imie-niu Lucy Fiammy z radością informuję, że początkowy fragment nas zaintrygował. Chcielibyśmy zobaczyć dalszy ciąg! Właściwie, jeśli cały tekst jest gotowy, proszę go do nas przesłać jak najszybciej. Byłoby wspaniale, gdyby mógł nas Pan poinformować, czy wysłał Pan swój tekst także in-nym agentom. Bardzo proszę do nas zadzwonić pod numer 510-555-7666. Czekamy z niecierpliwością na resztę tekstu.

Dziękuję,

Angel Robinson
Agencja Literacka Lucy Fiammy

Nacisnęłam „Wyślij", wyłączyłam komputer i zaczęłam zbierać solidny plik mojej domowej lektury.

Jednak zanim zdążyłam wyjść, znowu, choć już po raz ostatni, rozdzierająco zadźwięczał telefon. Anna pogrążona w jakiejś wyimaginowanej pracy wyraźnie nie zamierzała odebrać, więc z głośnym westchnieniem podniosłam słuchawkę.

– Dobry w i e c z ó r. Agencja Literacka Lucy Fiammy.

Po drugiej stronie rozległ się śmiech.

– Jeszcze tam jesteś?

Ach, Gordon Hart.

– Witam, panie Hart. – Spojrzałam na zegar. W Nowym Jorku dochodziła dziewiąta. – To samo można powiedzieć o panu. U państwa też już jest bardzo późno, prawda?

– Opętani nie znają spoczynku – odrzekł. – Jestem pewien, że wiesz coś o tym. Zgaduję, że ona też jeszcze tam jest, prawda?

– No, właściwie tak... – Popatrzyłam na zamknięte drzwi gabinetu Lucy. Znowu stawałam wobec czegoś, co w sekrecie nazywałam Wyzwaniem Lucy. Czy mam połączyć z Lucy bardzo ważnego (i na ogół nieuchwytnego) Gordona Harta, przerywając jej rozmowę z nowym, najbardziej błyskotliwym pisarzem, czy mam tylko odebrać wiadomość i narazić się, że Lucy będzie pewnie na mnie potem zionąć ogniem? Ale następnie uświadomiłam sobie, że Lucy niczego więcej nie pragnie, jak w obecności Damiana okazać swą siłę i znaczenie, przerywając rozmowę z nim, żeby odebrać telefon od jednego z „najważniejszych wydawców w kraju". Kiedy tylko nasunęła mi się ta myśl, zdecydowałam, że po prostu nie chcę sprawić jej tej przyjemności. Była to mała i nieznacząca rzecz, ale jednak wywołała we mnie uczucie wyraźnej satysfakcji.

– No właściwie jest teraz poza biurem – powiedziałam – ale mogę...

– Naprawdę? – spytał i znowu się zaśmiał. – Jakież to n i e c o d z i e n n e. Ale nie ma się czym martwić. Właściwie nie muszę z nią rozmawiać. Dzwonię, żeby zostawić wiadomość. W przyszłym tygodniu nie będzie mnie w mieście i chciałem, żeby o tym wiedziała. Zatelefonuję do niej, kiedy wrócę. Przekaże jej to pani, pani Robinson?

– Przekażę.

– No, dobrze – powiedział i rozłączył się.

Gordon Hart nie był jedyną osobą, która nie chciała rozmawiać z Lucy. Zanim szefowa pojawiła się znowu z porcją nowych zadań, które zatrzymałyby mnie tutaj na zawsze, zebrałam swoje rzeczy i umknęłam.

Leżałam w łóżku, nie śpiąc i nie poruszając się. Ciało Malcolma otulało mnie w akcie niepotrzebującej słów intymności. Skóra przy skórze. Czułam na uchu jego powolny, równy oddech, a usta dotykały mojego policzka. Wyciągnęłam w ciemności rękę, żeby pogłaskać go po ramieniu. Palcami przesunęłam po łuku barku, a Malcolm zadrżał i przyciągnął mnie bliżej do siebie.

– Nie możesz spać? – wyszeptał w moje włosy.

– Nie bardzo – odparłam cichutko. – Ale nie chciałam cię obudzić.

– Nie spałem. – Przez chwilę leżał w milczeniu i byłam pewna, że odpłynął. Zamknęłam oczy, czekając na sen, który nie nadchodził. – Chcesz porozmawiać? – zapytał Malcolm. – Taka jesteś cicha.

To prawda. To była nasza najdłuższa konwersacja od kilku godzin. Od momentu, kiedy przyjechał.

Kiedy wróciłam do domu, odkryłam, że lodówka jest prawie pusta, i uświadomiłam sobie, że nie pamiętam, kiedy ostatni raz robiłam zakupy. Zbyt zmęczona, żeby wyjść, ale za bardzo głodna, żeby zrezygnować z jedzenia, wpatrywałam się w stary pojemnik z jajkami. Data przydatności do spożycia minęła przed tygodniem. Zastanawiałam się, czy jajka są wciąż jadalne. Zastanawiałam się, co się stanie, jeżeli nie będą. Być może się rozchoruję, pomyślałam. Może będą mnie musieli hospitalizować. A hospitalizacja była idealnym usprawiedliwieniem, żeby wziąć dzień wolny. Pomyślałam, że tak czy owak nic nie stracę. Trzymałam już w rękach jajka, gotowa wrzucić je na patelnię, kiedy uzmysłowiłam sobie upiorny charakter mojego toku myślenia. Najwyraźniej głód i wyczerpanie doprowadziły mnie do szaleństwa. Tylko wariat może ryzykować groźną chorobę w celu uniknięcia pracy. W odruchu samoobrony sięgnęłam po pudełko krakersów i opróżniłam, wyładowując jednocześnie rękopisy i układając je do czytania. Jednak myśl o dalszej pracy była tak przygnębiająca, że byłam bliska płaczu. Włożyłam CD od Damiana do mojego stereo i rozkoszowałam się gorącą kąpielą, kiedy do drzwi zastukał Malcolm.

Nie spytałam go, dlaczego nie otworzył sobie własnym kluczem, ponieważ to nie było ważne. Byłam po prostu bardzo szczęśliwa, że go widzę. Nie „szczęśliwa", nie jest dobrym określeniem... byłam g ł o d n a. Byłam głodna

Malcolma. Kiedy wszedł, przyciągnęłam go i wtuliłam twarz w jego pierś.

– Hej – mruknął, kiedy go ściskałam. – Przepraszam za dzisiejszy ranek.

– Nieważne – odparłam i uniosłam twarz, żeby mógł mnie pocałować. Od tamtej chwili żadne z nas nie powiedziało ani słowa.

– Chcesz porozmawiać? – powtórzył Malcolm. – To może pomóc.

– Moja praca... – zaczęłam. Zacisnęłam rękę na jego nadgarstku, jakbym próbowała się w niego wczepić. – Nie wiem, czy dam radę.

Malcolm podniósł się, wyplątując swoje ręce.

– O czym ty mówisz? – zapytał. – Myślałem, że dobrze ci tam idzie.

– Tak. To znaczy, tak myślę. Z nią nigdy nie wiadomo.

– Nie dogadujesz się z nią?

– Nie tylko o to chodzi. – Zmuszałam się do wypowiedzenia właściwych słów. Żałowałam, że nie mogę przekazać Malcolmowi swoich myśli bez konieczności ich werbalizowania.

– Tam jest taka presja. I w biurze naprawdę robi się dziwnie. Jedna z dziewczyn, z którymi pracuję, dzisiaj odeszła. Po prostu wyszła.

– Ależ ludzie ciągle rezygnują z pracy. Co w tym takiego dziwnego?

– Nie rozumiesz – westchnęłam. Nie wiedziałam, jak mu powiedzieć, jak okrutna była zazwyczaj Lucy w stosunku do Nory/Kelly i jak ja się na to godziłam do tego stopnia, że winiłam za to samą Norę/Kelly.

Malcolm wsparł się na łokciu. Poczułam, jak jego ciało się napina.

– Wytłumacz mi. Pytam, bo chcę wiedzieć. Przejmuję się tym, co się z tobą dzieje.

Naprawdę chce wiedzieć, pomyślałam. Martwi się. Kocha mnie. Powinnam umieć mu opowiedzieć, bo inaczej jaki będzie nasz związek?

– Widziałam ją n a g o dzisiaj rano – poinformowałam go. – Przyszłam do biura, a ona wyszła owinięta ręcznikiem i powiedziała, żebym zaczęła łączyć rozmowy. I wtedy ręcznik się zsunął. Fuj.

– Co ty mówisz – zdziwił się.

– Tak. Lucy. Kompletnie goła. Myślałam, że dostanę ataku serca.

– Ale co? Schyliła się, żeby podnieść mydło czy coś w tym guście?

– Malcolm, to nie było w jej ł a z i e n c e. Ona przyszła do biura w ręczniku, który się zsunął. A potem zarzuciła mi, że to ja do niej weszłam.

– No co ty. – Zaśmiał się Malcolm. – Chyba przesadzasz.

– W najmniejszym stopniu.

– Więc może było jej głupio, Aniołku. Pomyślałaś o tym? A czy inni też to widzieli? Bo to byłoby jeszcze bardziej żenujące.

– Nie, nikt inny tego nie widział. Wróciła do swojego biura, a kiedy tam weszłam, była już ubrana.

– Myślę, że robisz z igły widły, Angel. Ta biedna kobieta...

– Biedna kobieta? Chyba żartujesz! Lucy Fiamma w najmniejszym stopniu nie jest biedna. To już raczej j a...

– Okej, okej – wycofywał się Malcolm. A potem zamilkł na chwilę i zaśmiał się. – I co, jest seksowna?

– Bardzo zabawne.

– Dobrze. Żadnych dowcipów o nagich szefowych. Co jeszcze cię martwi?

– To wszystko jest po prostu trudne. I nie wydaje mi się, żeby z biegiem czasu stawało się łatwiejsze.

Straciłam ochotę, żeby dzielić się z Malcolmem konkretnymi przykładami. Leżąc nago we własnym łóżku, wydałam się sobie za bardzo odkryta.

– Nie myślisz chyba, żeby odejść? – zapytał poważnie, miękkim tonem.

– A jeżeli tak? – To mi wyszło jakoś gniewnie.

– Wiesz, wydaje mi się, że nie dałaś sobie dość czasu. I wiem, że to uwielbiasz. Widzę, jaka jesteś zaangażowana. Wsiąkłaś, przyznaj.

– To prawda, że kocham tę pracę, a przynajmniej jej część. Ale nie wszystko. I do cholery, nie przez cały czas. – Pomyślałam, że powiem mu o nieświeżych jajkach, ale zdecydowałam, że jednak nie. Najwyraźniej nie był nastawiony empatycznie.

Sięgnął przeze mnie i przeszukiwał ręką nocny stolik w poszukiwaniu sprzętu stereo.

– Posłuchajmy trochę muzyki, dobrze? – zaproponował i włączył sprzęt.

Przy początkowych tonach pierwszego utworu poczułam, jak ciało mi się napręża. W ciemności zabrzmiało *Angel* Jimiego Hendriksa. CD Damiana. W pośpiechu zaciągania Malcolma do łóżka zapomniałam wyjąć płytę.

– Co to jest? –zapytał Malcolm.

– Nowe... nowe CD, które dostałam.

– Hmm... – mruknął i znowu się we mnie wtulił. – Nie jesteś już wściekła z powodu mojej powieści, prawda? Zapomnij o niej, dobrze, Angel? Ona jest dla mnie ważna, ale nie ważniejsza od nas.

– Nie jestem na ciebie wściekła, Malcolm. – Zatrzymałam się na chwilę, zanim powiedziałam, starannie dobierając słowa: – Dałam jej dzisiaj twoją powieść. – Powiedziałam to w końcu. – Ona ją przeczyta. – I dodałam bezgłośnie: Zaraz po tym jak to zrobi Anna. Byłam cholernie pewna, że akurat o tym mu nie wspomnę. Nastąpiła długa chwila ciszy. Ponieważ Malcolm leżał przy mnie, wyraźnie poczułam, że na dobrych kilka sekund przestał oddychać.

– Naprawdę? – zapytał w końcu.

– Tak, Malcolm. Ale wiesz, nie jestem pewna, czy ona będzie ją chciała. Rozumiesz, prawda?

– Oczywiście, że rozumiem. Ale... – Zamilkł.

Jimi Hendrix ustąpił miejsca kolejnemu utworowi. Tom Pitty śpiewał *Angel Dream (No. 4)*.

– Ale co?

– Mówiłaś mi, jak bardzo ona się liczy z twoją opinią. Jeżeli jej powiesz, że powieść jest świetna, myślę, że to może coś zmienić. Wydaje się, że już dla kilku pisarzy zmieniło.

– Ależ, Malcolm. Ja jej nie czytałam. Ona wiedziałaby, że jestem stronnicza. A tak jestem fair.

– O czym ty mówisz? Powiedziałaś jej, że to jest książka t w o j e g o   c h ł o p a k a?

– Oczywiście.

– Co, oczywiście? Do cholery, Angel. Nie musiała o tym wiedzieć. Czy nie było sensowniej po prostu ją jej dać bez ogłaszania, kim jestem? Czy nie tak robisz ze wszystkimi innymi dupkami, którzy przysyłają wam swoje gówna? Teraz ona pomyśli, że próbuję do was wjechać na plecach swojej dziewczyny.

– Hej – rzuciłam ostro, odsuwając się od niego i siadając. – Dzięki.

Nastała nieprzyjemna cisza, po czym Malcolm westchnął, wyciągnął rękę i delikatnie przyciągnął mnie z powrotem do siebie. I w tym momencie uświadomiłam sobie, że on ma rację. Czułam, jak moja twarz płonie w poczuciu winy, i byłam zadowolona, że w ciemności Malcolm mnie nie widzi.

Westchnęłam i usłyszałam rezonujący między nami dźwięk mojego oddechu.

– Przepraszam – powiedział cicho Malcolm. – Nie chciałem... Po prostu myślałem, że zechcesz sama to przeczytać. Wiesz, zanim...

Leżeliśmy jeszcze chwilę, a potem Malcolm objął mnie ramionami, zanurzył dłonie w moich włosach i łaskotał mnie palcami po szyi. Przebiegł ustami po moich wargach i szyi, przesunął się niżej i długim, niesamowicie słodkim pocałunkiem obdarzył anioła nad moją piersią. Przynajmniej w tej chwili wszystko na świecie było w porządku.

– Dziękuję ci – szepnął. – Naprawdę.

Otoczyłam go ramionami i znowu westchnęłam. Tym razem z przyjemności.

– Chcesz jeszcze o czymś pogadać? – zapytał.

– Mmm – westchnęłam. – już nie rozmawiajmy. Tylko... – Włożyłam jego dłonie z powrotem w moje włosy – ...tylko rób to, co robisz.

Malcolm zrobił to, i jeszcze dużo więcej. Przykrył mnie swoim ciałem i poczułam, jak jego ciepło przenika mnie aż do kości. Przez cały ten czas CD Damiana grało w tle. *She Talks to Angels*, *Maybe Angels*, *Angel of Harlem* i wiele innych anielskich utworów.

Malcolm przestał mnie całować mniej więcej w połowie *Angels of Mercy* i przyjrzał mi się.

– Mówiłaś, że skąd masz to CD? – zapytał. – To wszystko piosenki o aniołach.

– Hmm, autor mi ją przysłał. Autor z aspiracjami.

– Naprawdę? No, chyba trochę przesadził z entuzjazmem.

– Zdziwiłbyś się – powiedziałam – ile niektórzy autorzy są skłonni zrobić, żeby ich opublikowano.

Wtedy zamknął mi usta pocałunkiem.

Rozdział siódmy

Do: angel.robinson@fiammalit.com
Od: gapisarz@heya.com
Temat: Re: ŚLEPE POSŁUSZEŃSTWO

Droga Pani Robinson,

dziękuję za Pani uprzejmą odpowiedź. Chociaż to może zabrzmieć... zarozumiale, nie jestem zdziwiony, że Pani Fiamma zaczęła się interesować moim dziełem. Podobnie jak Pani uważam, że ta powieść ma potencjał, żeby zyskać ogromną popularność. To prawdziwy zwycięzca. Co do Pani pytania: nie przesłałem tekstu nigdzie indziej.

Agencja Pani Fiammy jest znana jako jedna z najlepszych w kraju i dlatego ją wybrałem. Nie zamierzam zgłaszać książki gdzie indziej.

Tak jak powiedziałem, na obecnym etapie wolę pozostać „anonimowy", ale proszę zapewnić Panią Fiammę, że kiedy przyjdzie czas, odkrycie mojej tożsamości nie będzie problemem. Aby utrzymać tę anonimowość, będę wysyłać tekst e-mailem. Do niniejszego załączam kolejny rozdział. Przyjemności!

Pozdrowienia
G.

ŚLEPE POSŁUSZEŃSTWO

Rozdział 2

Carol Moore wydawała w biurze przyjęcie z okazji umieszczenia kolejnej książki na liście bestsellerów „New York Timesa". To była pierwsza powieść Svetlany Vladic, książka, którą „New York Times" nazwał współczesną Anną Kareniną.

Alice umieściła butelki dom perignon w pojemnikach z lodem i stłumiła wściekłość, która narastała w niej przez cały dzień, cały tydzień, przez całe jej życie.

Svetlana Vladic była nikim: bladym, wypranym, pozbawionym pasji hologramem kobiety. Miała fart i osiągnęła sukces, który sprawiał, że Alice pękało serce. Musiała przyznać, że książka jest dobra. Nie, książka jest wspaniała. Ale autorka nie jest. To, że ktoś tak pozbawiony wszelkiej charyzmy osiągnął taki rozgłos, było niewybaczalną niesprawiedliwością.

Alice zacisnęła zęby. Maska, którą nosiła w biurze – maska wzorowego pracownika, który marzy jedynie o tym, by zadowolić szefa i jego klientów – spływała.

Pod nią skrywało się coś znacznie brzydszego i Alice nie mogła sobie pozwolić, żeby to ujawnić. Jeszcze nie teraz.

Pomyślała o odrzucającym jej tekst liście, który dostała zaledwie kilka dni wcześniej. Carol oczywiście nie wiedziała, że Alice jest odrzucaną autorką. Zgłosiła swoją powieść pod fałszywym nazwiskiem i przekazała ją Carol, mówiąc, że to jeden z najlepszych tekstów literatury pięknej, jakie kiedykolwiek czytała. Carol zazwyczaj wierzyła Alice, ponieważ ta udowodniła, że ma doskonałego nosa.

– Skoro ją rekomendujesz – powiedziała Carol – jestem pewna, że musi być cudowna.

Topór opadł niedługo potem. Carol wezwała Alice do siebie na indywidualne spotkanie i orzekła, że powieść nie jest dość dobra, żeby zajęła się jej sprzedażą.

– Rozumiem jednak, że tobie bardzo się podobała. – Carol popatrzyła na Alice pytająco, jakby nie mogła zrozumieć, dlaczego tak bardzo zachwycała się książką. – Więc przeczytałam ją bardzo uważnie. Ale to po prostu nie jest dla mnie. Może chciałabyś popracować z tym autorem? Mogłabyś mu coś zasugerować i potem jeszcze raz się temu przyjrzymy.

Alice potrzebowała chwili, żeby się po tym pozbierać. Rozczarowanie i gniew zalały ją jak fala przyboju i nie była pewna, czy zdoła uniknąć ich ujawnienia. Oddanie Carol własnej pracy anonimowo miało wkalkulowane ryzyko. Jeżeli Alice powiedziałaby Carol, że jest autorką, ta nie mogłaby być obiektywna wobec czytanego tekstu, a może nawet zaczęłaby się interesować jej pochodzeniem. Alice nie mogła sobie na to pozwolić. Gdyby Carol spodobało się to, co przeczytała, wszystkie te sprawy nie miałyby znaczenia.

Niech ją cholera, pomyślała gorzko Alice. Odrzucenie tekstu przez Carol, choć ta uczyniła to, nie wiedząc, kto jest autorem, uraziło Alice w najczulsze miejsce. Carol nie rozumiała, co ona czuje. Nie mogłaby zrozumieć, jak to jest pragnąć czegoś tak bardzo i przez tak długi czas, że każdy dzień niespełniający tego marzenia po trosze zabija. I wreszcie, jak to jest dowiedzieć się, że to, czego się pragnęło, nigdy się nie ziści w taki sposób, jak by się chciało... Dowiedzieć się, że w gruncie rzeczy naprawdę nie jest się dość dobrym... Alice znowu przepełnił gniew.

W końcu, kiedy udało jej się opanować, powiedziała Carol:

– Nie, nie chcę. Jeżeli to według ciebie nie jest dość dobre, to myślę, że nie powinniśmy na to tracić czasu.

– A może sama chciałaś reprezentować tę książkę? – zapytała Carol. – Może źle cię zrozumiałam? Bo jest jeszcze trochę za wcześnie, żebyś samodzielnie zajmowała się projektami. Rozumiesz, Alice, prawda? Ale powinnyśmy o tym porozmawiać, jeśli to cię zaprząta. Ja z pewnością chcę z tobą pracować. Z czasem możesz zostać dobrą agentką.

Alice próbowała ukryć gorycz pod uśmiechem.

– Jesteś bardzo uprzejma, Carol – powiedziała. – Naprawdę to doceniam.

– Posłuchaj, wiem, jak ciężko jest na starcie – mówiła Carol. – Szczególnie kiedy się jest kobietą. Teraz kobietom powinno być łatwiej, ale nie jest. Mama pewnie ci mówiła...

– Nie mam matki. – Alice w odpowiedzi wyrzekła słowa, które chwytały za gardło i szarpały.

Carol otworzyła szerzej oczy.

– Kochanie, każdy ma matkę.

– Cóż, ja nie – upierała się Alice, zaciskając dłonie w pięści. Pomyślała, że jeśli Carol nie przestanie, to nie wytrzyma.

– Przepraszam – sumitowała się Carol. – Nie chciałam...

– W porządku – przerwała jej Alice. – To tylko... Okej. Oczywiście ktoś mnie urodził. Ale od zawsze jestem zdana na siebie. Nigdy w moim życiu nie było kobiety, na której mogłabym się wzorować. W każdym razie dotąd nie było. – Pięści Alice były tak mocno zaciśnięte, że czuła, jak jej wymanicurowane paznokcie zaczynają ranić skórę.

– To bardzo miłe, co mówisz – powiedziała Carol.

Zapadła cisza. Carol spojrzała na nóż do rozcinania kartek leżący na jej biurku, a potem znowu na Alice.

– Powiem ci, co zrobię. Napiszę do twojego autora długi list z kilkoma sugestiami.

W głowie Alice zamigotało maleńkie światełko nadziei. Ale następne słowa Carol je zgasiły.

– Może dzięki temu to nie wypadnie tak nieprzyjemnie. Poza tym zawsze można, zamiast przepracowywać istniejący tekst, rozpocząć coś od nowa. Jednak szczerze mówiąc, nie mam pewności, że to coś pomoże.

– Świetnie – odparła Alice, której wściekłość rozsadzała czaszkę.

Potem była zmuszona osobiście wysłać e-mail z listem Carol informującym o odrzuceniu tekstu. Ten list wyciął rankę w sercu Alice.

Teraz, kiedy kolejna autorka, która na to nie zasługiwała, przeżywała sukces, w serce Alice w tym miejscu nóż wchodził już gładko.

Przyszedł czas na nowy plan. Kiedy Alice brała telefon, żeby zadzwonić na prywatny numer Vaughna Blue, doskonale wiedziała, od czego zacznie.

Drugi rozdział *Ślepego posłuszeństwa* nie mógł zostać nadesłany w gorszym momencie. Temat odrzucenia tekstu literackiego, co destrukcyjnie działa na ego, nie był sam w sobie niezwykły, ale fakt, że ten sam temat odgrywał istotną rolę w moim własnym życiu i w pracy mojej agencji, powodował, że czytanie o tym było niewygodne, a nawet niepokojące. Oczywiście w tym przypadku chodziło o odrzucenie nie mojego tekstu, ale tekstu Malcolma.

W głębi duszy, chociaż się do tego nie przyznawałam, nigdy tak naprawdę nie wierzyłam, że Lucy zgodzi się reprezentować Malcolma. Nie miałam solidnej podstawy, żeby w to nie wierzyć, ale argumenty nie były tu potrzebne. Powoli wytworzyłam w sobie instynktowną zdolność przewidywania, jak Lucy zareaguje. Było trochę tak, jakby część mojej podświadomości się z nią komunikowała. Tą właśnie częścią odgadłam, że Malcolm nigdy nie wejdzie do panteonu autorów publikujących dzięki Lucy. A już z pewnością moja obecność w agencji mu w tym nie pomoże. Byłoby lepiej dla niego, gdyby sam przysłał rękopis.

Pierwszą oznaką, że mam w tej sprawie rację, było to, że Anna, wiecznie opóźniona w lekturach, przeczytała powieść Malcolma w rekordowym czasie. Oczywiście nie podzieliła się ze mną swoją opinią na jej temat. Mogłam się domyślać, że tekst jej się nie spodobał (jeżeli w ogóle go przeczytała) albo powiedziała, że jej się nie podoba, bo w tym biurze tak właśnie bywało. Oczywiście reakcja Anny, jakakolwiek była, nie miała znaczenia. Manuskrypt powędrował następnie do Lucy i dwa czy trzy dni później Lucy wezwała mnie do swojego biura.

Siedziała przy biurku, ubrana w lawendową suknię,

okulary i odpowiedni kapelusz. Szybko przyzwyczaiłam się do niecodziennych strojów Lucy, ale ten, nasuwający na myśl Elizę Doolittle Henry'ego Higginsa, był pod wieloma względami wyjątkowy.

– Czy sprawiam wrażenie osoby, która ma zbyt wiele wolnego czasu?

Kapelusz miał woalkę.

– Przepraszam, ale nie rozumiem, co masz na myśli.

– Mam na myśli pytanie, czy ty, Angel Robinson, sądzisz, że ja, Lucy Fiamma, mam czas na pieprzone zajmowanie się gównem, czy może wiesz, że mój czas jest zbyt cenny.

– Oczywiście twój czas, Lucy, jest cenny.

Miała na sobie białe kolanówki. Nie pończochy. Kolanówki.

– Więc, Angel, dlaczego absorbujesz mnie tym? – Rzuciła książkę Malcolma na dywan pod swoimi stopami i machnęła ręką z niesmakiem.

Schyliłam się odruchowo i podniosłam rękopis. Zrozumiałam, jaki popełniłam błąd, i zaklęłam w myślach, że byłam tak głupia. Chociaż to nie miało większego znaczenia, musiałam zadać pytanie. Musiałam wiedzieć.

– Chodzi o język? – zapytałam słabo.

– Język jest w porządku – syknęła Lucy. – Ale nie ma akcji! To jest jakaś wprawka literacka drugiego sortu. Wiesz, co to jest drugi sort?

– Tak, Lucy, ja...

– Pozwól, że tak to ujmę: jeżeli ta książka zostałaby sfilmowana, to film od razu trafiłby do rozpowszechniania wyłącznie na wideo. Rozumiesz mnie?

– Lucy, ja...

– A ja nie rozumiem, dlaczego ryzykujesz swoją karierę dla mężczyzny. Możesz mnie oświecić, Angel? W tylu innych sprawach jesteś taka bystra.

– Nie wiem, co masz na myśli, Lucy. – Może nie mówiłam głośno, ale mój ton był zimny. Czułam, że wewnątrz lodowacieję. Byłam zła, ale się bałam. Bałam się Lucy i tego, że może mieć rację. Często tak było.

– On musi mieć coś... – kontynuowała Lucy, zniżając głos. – To o to chodzi, Angel? Czy on jest boskim kochankiem?

W oczach Lucy pojawił się zielony błysk. Myślałam, czy nie skomentować niewłaściwości tego rodzaju uwag, ale zaczęła mówić, zanim zdołałam się wtrącić.

– Angel, jesteś młoda, ale musisz zrozumieć, że dziewczynie, a raczej k o b i e c i e obdarzonej inteligencją, takiej jak ty, nie może się zdarzyć, że podda się mężczyźnie. Czy komukolwiek. Wpajano nam, że bez mężczyzny jesteśmy nikim, więc zapomniałyśmy o własnej sile. Byłoby mi bardzo przykro, gdybym zaobserwowała, że coś takiego przytrafia się tobie. To byłaby okropna strata.

Lucy była całkowicie szczera. Jednym z jej wyjątkowych talentów było podawanie lodowatych uwag w otoczce ciepłej prawdy. W mgnieniu oka rozkładała człowieka na łopatki i w tej samej chwili budowała platformę, która pomagała mu się pozbierać. Zawsze podziwiałam jej precyzję. Doskonale potrafiła znaleźć słaby punkt i uderzać w niego uporczywie, ale odkrywała także niezaprzeczalnie silną stronę i ją ujawniała. Wiedziałam, że w sprawie Malcolma ma rację. On rzeczywiście był dla mnie punktem odniesienia. Do czasu, kiedy zaczęłam pracować dla Lucy, moje plany na przyszłość zależały od planów Malcolma dotyczących jego przyszłości. Próbowałam tylko wpasować się w jego wizję. To oczywiście nie była jego wina, ale moja. Kiedy tak stałam przed Lucy w milczeniu, poczułam się zakłopotana. A Lucy nadal mówiła, miękko i poważnie:

– Cóż, zdaję sobie sprawę, że dając mi tę książkę do przeczytania, postawiłaś się w niewygodnej sytuacji, więc zrobiłam coś dla ciebie.

Lucy zdjęła kapelusz i położyła ostrożnie na brzegu biurka.

– Zadzwoniłam do tego chłopaka. – Zrozumienie, że mówi o Malcolmie, zajęło mi chwilę. – I dałam mu kilka dobrych rad na temat tego, jak może zwiększyć swoje szanse na publikację. Jestem przekonana, że rozumiesz, jaką wartość ma taka rozmowa, i wiem, że zdajesz sobie sprawę, że ja nigdy czegoś takiego nie robię. Autorzy, których reprezentuję, nie potrzebują takich porad, jakich udzieliłam mu bezpłatnie, a ci, którzy ich potrzebują, oczywiście nie są przeze mnie reprezentowani.

Lucy zacisnęła usta i czekała na moją reakcję, która jednak nie nastąpiła zbyt szybko, ponieważ kilka chwil spędziłam na zastanawianiu się, kiedy ona telefonowała do Malcolma i dlaczego nic mi o tym nie wspomniał.

– To bardzo uprzejme z twojej strony, Lucy – powiedziałam w końcu. – Jestem pewna, że Malcolm jest ci naprawdę wdzięczny. Ja z pewnością jestem.

– Okej – rzuciła Lucy i uśmiechnęła się szeroko. Jednak miękki ton jej głosu gdzieś zniknął. – Jestem pewna, że pomogłam ci wyjść z bardzo niewygodnej sytuacji.

– Dziękuję, Lucy. Jestem twoją dłużniczką. – Kiedy tylko wypowiedziałam te słowa, pożałowałam tego. Tak, przede wszystkim zawdzięczałam jej to, że mnie zatrudniła, ale przecież udowodniłam, że jestem tego warta. Gdyby nie ja, nigdy by nie zobaczyła *Parco Lambro*. Anna z pewnością nie wydobyłaby go ze swojego stosu, żeby ponownie na niego spojrzeć. Nie. Specjalnością Anny było wynajdywanie słodkich książeczek o kotkach i pieskach czy okazjonalnie przewodników turystycznych, jednym słowem, nie czegoś, co wymagałoby prawdziwego c z y t a n i a. Powinnam była jednak przeczytać rękopis Malcolma, zanim go jej dałam. To był mój błąd. Więcej takiego nie popełnię.

Lucy znowu powstrzymała mnie spojrzeniem.

– Tak – potwierdziła. – Jesteś moją dłużniczką. Z pewnością.

Przez chwilę zdawała się trawić to stwierdzenie, a następnie przeskoczyła do kolejnego w dobrze znany mi sposób:

– No, dobrze, zajmijmy się tym wreszcie. Nawet nie chcę myśleć, ile czasu zmarnowałyśmy.

Serce we mnie zamarło, kiedy usłyszałam, że Malcolm został zredukowany do „zmarnowanego czasu".

– Powinnyśmy porozmawiać – kontynuowała Lucy, podnosząc się zza biurka i krocząc w stronę kanapy – o nich. – Podniosła ze stosu leżącego na stoliku dwa manuskrypty i trzymała je. Jednym było *Ślepe posłuszeństwo*, drugim zaś *Elvis zatańczy na waszym weselu*. – Oto, jak powinnaś wykorzystywać swoje talenty, Angel. Chodź tu i usiądź.

Usadowiłam się na kanapie, starając się nie siadać tak blisko, żebyśmy się dotykały.

– Moje pierwsze pytanie jest następujące. – Lucy wskazała na powieść Shelly Franklin. – Czy potrafisz to dopracować? Jeśli tak, może to być jedna z literackich perełek. Ja w każdym razie mogę to wykreować na perełkę.

– Też tak myślę – odparłam. – Autorka zdecydowanie chce współpracować, więc sądzę...

– Dobra. Zadziałaj tak, żeby ona do końca dnia miała kontrakt z naszą agencją.

Rzuciła mi rękopis, a ja zdołałam go złapać, zanim zjechał z moich kolan na podłogę.

– Teraz to... – Przesunęła wzrokiem po moich odręcznych notatkach na egzemplarzu *Ślepego posłuszeństwa*. – „Bardzo interesujące..." – Ze zdziwieniem zauważyłam na jej twarzy niekłamane podniecenie.

– To ci się podoba, Lucy?

– A jest powód, żeby tak nie było?

– No, myślę, że styl jest trochę słaby... myślałam...

Lucy uniosła brwi w wyrazie przesadnego zdziwienia.

– Styl może nie jest zbyt artystyczny, jeżeli to masz na myśli, ale wydaje mi się odpowiedni do ogólnej koncepcji, Angel. I wierzę, że ten materiał ma potencjał, aby przerodzić się w wybitnie sprzedającą się powieść, jeżeli oczywiście zostanie właściwie zaprezentowany. Czy w swoich uwagach napomknęłaś o *Niani w Nowym Jorku*? Tak czy inaczej, przepracowanie tego tekstu będzie dla ciebie drobnostką, prawda, Angel?

– No, tak, myślę, że mogłabym...

– Oczywiście, że możesz. – Lucy pochyliła się ku mnie, a jej zielone oczy mnie taksowały.

– Tak. Mnie się to podoba. I wydaje mi się szczególnie zabawne, że akcja rozgrywa się w agencji literackiej. Co o tym myślisz, Angel?

Lucy dokądś mnie prowadziła, ale nie umiałam odgadnąć dokąd. Rosnące poczucie dyskomfortu podpowiadało mi, że to nie będzie miejsce, w którym chciałabym się znaleźć.

– To jest interesujące – powiedziałam – ale trzeba wziąć pod uwagę, że książki o wydawnictwach zwykle źle się sprzedają.

– Nic się dobrze nie sprzedaje, aż do chwili kiedy nagle zaczyna się sprzedawać. Taka jest zasada w tym biznesie. Kto się interesował Eskimosami przed Karanukiem? Czy ktokolwiek poza mną wierzył, że *Zimno!* jest bombą? Ty możesz sprawić coś podobnego, Angel.

– To z pewnością prawda – zgodziłam się – ale co z tą anonimowością? To trochę w stylu płaszcza i szpady, nie sądzisz?

Uśmiech Lucy wyglądał jak nacięcie na jej twarzy.

– Mam ochotę się w to pobawić – powiedziała. – To może nawet dodać trochę blasku, trochę niebezpieczeństwa... *Barwy kampanii* są dziełem anonimowego autora, prawda?

– Tak, ale jego a g e n t wiedział, kim on jest.

Lucy usiadła prosto, a jej zachowanie znowu się zmieniło. Straciła cierpliwość.

– Dlaczego j a staram się przekonać c i e b i e? – warknęła. – Przede wszystkim czy to nie ty dałaś mi tę powieść?

– Tak, ale...

– Czy autor skontaktował się z innymi agentami? Czy już go straciliśmy?

– Nie, właściwie...

– Więc działaj, Angel. Zajmij się tym.

Spróbowałam się podnieść, ale Lucy złapała mnie za rękaw, jakby chciała mnie posadzić z powrotem. Obie nas zaskoczył ten gest, a Lucy puściła mnie równie szybko, jak wcześniej złapała.

– Czy jest coś jeszcze w związku z tą powieścią, o czym chciałabyś mi powiedzieć, Angel?

– Raczej nie – odparłam. Ciągle nie wiedziałam, do czego Lucy zmierza, i zaczynało mnie to niepokoić.

– Jesteś pewna? Nie masz nic do powiedzenia o głównej bohaterce? Asystentce, która jest także p i s a r k ą i a n o n i m o w o przysyła swoją pracę?

Wpatrywałam się w nią przez chwilę. Nagle uderzyła mnie pewna myśl. I to boleśnie.

– Nie myślisz chyba, że j a to napisałam?

– Nie bądź taka zszokowana, Angel. Nie pomyślałabyś tak na moim miejscu? Takie rzeczy już się zdarzały. Nawet nie wiesz, ilu aspirujących autorów musiałam przepchnąć przez to biuro. Ale jeżeli to ty, radzę ci, abyś wyznała to teraz. Ponieważ ja i tak się dowiem, Angel. Wiesz, że tak będzie.

– Lucy, ja nie mam najmniejszych aspiracji literackich. – Prawie się śmiałam z absurdalności jej podejrzeń. – W każdym razie nie umiem pisać. Jestem w tym beznadziejna.

– Cóż, w to nie u w i e r z ę – sprzeciwiła się Lucy. – Nikt, kto rozumie pisarzy tak jak ty, nie może sam być beznadziejnym pisarzem.

Wzruszyłam ramionami i obdarzyłam Lucy słabym uśmiechem.

– Co mogę powiedzieć? Kocham książki. Jestem czytelnikiem. Ale nie umiem pisać, Lucy, i taka jest prawda. I z pewnością tego nie napisałam. – Machnęłam w kierunku rękopisu.

Lucy przechyliła głowę i przyglądała mi się uważnie. Robiła przy tym wrażenie dużego ptaka. Zdjęła jedną rękawiczkę, a potem drugą i ułożyła je starannie na stoliczku przed sobą.

– Mam nadzieję, że nie jesteś zdenerwowana z powodu powieści twojego chłopaka, Angel?

Lucy okazywała mi teraz troskę, a ja zastanawiałam się, czy szczerą. Zdecydowałam, że tak.

– Jestem rozczarowana – odpowiedziałam – ale nie zdenerwowana.

– Być może wcześniej byłam trochę szorstka – mówiła dalej Lucy – ale, Angel, teraz już rozumiesz, jak trudno jest sprzedać nawet znakomite projekty. Nie ma tu miejsca na te, które nie mają najmniejszej szansy, aby stać się czymś wielkim. Mam nadzieję, że wiesz, że gdybym dostrzegła w tej powieści choćby najmniejszy zalążek czegoś takiego, wzięłabym pod uwagę możliwość jej przyjęcia.

– Tak – powiedziałam.

– Dostrzegam wielki potencjał w t o b i e, Angel. Nie mogę patrzeć, jak marnujesz swój talent. Uważnie ci się przyglądam, kochanie. Wierzę, że masz przed sobą wyjątkową, wspaniałą przyszłość.

K o c h a n i e? Od kiedy stałam się „k o c h a n a"? Ale wierzyłam jej. Jej ton stał się nagle taki miękki, łagodny i czułostkowy, że nie zdziwiłabym się, gdyby następnie powiedziała, że mnie kocha.

– Dziękuję, Lucy. – Głos załamał mi się na ostatniej sylabie jej imienia. Właściwie ten nagły wybuch uczuć Lucy zupełnie mnie zablokował.

– Interesuje mnie t w o j a przyszłość, Angel. Mam nadzieję, że to rozumiesz. Masz tutaj znakomitą szansę... takie możliwości rozwoju.

Znowu się zastanawiałam, czy ona naprawdę myśli to, co mówi, ale nic nie wskazywało na to, że jest inaczej.

– Dziękuję ci – powtórzyłam, ponieważ straciłam wątek i „dziękuję" wydawało mi się jedyną właściwą odpowiedzią.

– A więc dobrze – zakończyła Lucy. – Lepiej wracaj do pracy.

Opuściłam jej biuro, myśląc, że uda mi się po prostu to zrobić: skupić się na pracy i otrząsnąć się z poczucia winy spowodowanego odrzuceniem Malcolma, ale się myliłam.

Kiedy znalazłam się przy swoim biurku, w skrzynce e-mailowej czekał na mnie drugi rozdział *Ślepego posłuszeństwa*.

Wcale nie spałam i byłam zajęta redagowaniem powieści Shelly Franklin, kiedy Malcolm wszedł do mieszkania po wieczornej zmianie.

– Muszę z tobą porozmawiać – powiedziałam.

– A mogę najpierw wziąć prysznic? To był bardzo długi wieczór. – Powąchał rękaw koszuli. – I myślę, że mam na koszuli co najmniej siedem różnych rodzajów wina. Śmierdzę.

Nie chciałam czekać. Musiałam z nim porozmawiać o Lucy, bo nie mogłam znieść, by ta sprawa nadal drążyła mi mózg.

– Chodzi o twoją powieść, Malcolm.

Malcolm usiadł na jednym z dwóch znajdujących się w moim mieszkaniu krzeseł. Nie na łóżku obok mnie. Widziałam na jego twarzy rezygnację, ale także maleńki przebłysk nadziei.

– No, co z nią? – zapytał.

– Lucy mi ją dzisiaj oddała. Nie będzie jej reprezentować.

– To wiem. Miałem nadzieję, że powiesz mi, że zmieniła zdanie.

Potrwało chwilę, zanim zrozumiałam, skąd wiedział. Wreszcie pojęłam. Lucy do niego dzwoniła. Jako porządny autor umieścił na tytułowej stronie swój adres i numer telefonu.

– Czemu mi nie powiedziałeś, że ona do ciebie dzwoniła, Malcolm?

– Nie bardzo miałem okazję, zauważyłaś? – Na jego ustach zagościł krzywy uśmieszek. – Powiedziałbym, że w ostatnich dniach nie byłaś zbyt uchwytna.

– O co chodzi? – Odłożyłam rękopis Shelly Franklin i zakręciłam czerwone pióro, które trzymałam w ręku. Powinnam wstać, ale byłam zbyt zmęczona, żeby się ruszyć. Czułam, że się bronię, a moje łóżko nie było odpowiednim polem do odpierania ataków. Malcolm siedział rozparty na krześle, z wyciągniętymi przed siebie nogami. Wyglądał na wymiętego i wyczerpanego, ale był w nim upór i gotowość do walki.

– Troszeczkę toniesz w tej pracy, prawda? – zapytał. – Wiecznie tak cholernie zajęta, bardzo, bardzo ważnymi sprawami. W każdym razie, Angel, nie wydajesz się zainteresowana tym, co się dzieje ze mną i z moją karierą. Myślę, że odrzucenie tekstu przez twoją szefową dość dobrze naświetla tę sprawę. Gdybyś uszczknęła choć trochę czasu, który poświęcasz na swoje fascynujące obowiązki służbowe, i okazała swojemu narzeczonemu nieco pomocy, czytając jego cholerną powieść, być może nie została-by ona odrzucona. Pomyślałaś o tym w ten sposób?

– Narzeczonemu? – zapytałam. – Kiedy zostałeś moim narzeczonym?

– Czy to żart, Angel?

– Nie. Kiedy ci to odpowiada, oczywiście jesteśmy zaręczeni. Ale ja nie pamiętam, żebyśmy ostatnio rozmawiali na ten temat. A skoro już o tym mowa, kiedy ostatni raz mówiliśmy o naszej przyszłości?

Malcolm wyprostował się na krześle, z twarzą pociemniałą od gniewu.

– Angel, nie o to teraz chodzi. Myślę, że wywlekasz to, żeby zrzucić z siebie odpowiedzialność za to, co zrobiłaś. Jesteś wobec mnie nie w porządku i nie chcesz tego przyznać.

– O czym ty mówisz? Przede wszystkim do tej pracy zgłosiłam się właśnie ze względu na ciebie.

– Może powinnaś to jeszcze raz przemyśleć – powiedział wolno. – Mam wrażenie, że pracując tam, masz zupełnie inny cel. Ja nie... – Zamilkł i popatrzył na swoje dłonie, rozprostowując je. – Nie wiem, co się z tobą stało, Angel. Odkąd zaczęłaś tam pracować, stałaś się inną osobą. Wiesz, nawet Lucy bardziej się mną przejmuje niż ty. Ona przynajmniej znalazła czas, żeby do mnie zadzwonić.

– Nie spodziewaj się w związku z tym zbyt wiele – chlapnęłam. – Ona zrobiła to dla mnie.

– Widzisz, o to mi właśnie chodzi. Stajesz się prawdziwą jędzą.

Po tej wypowiedzi oboje nas zamurowało. Malcolm i ja czasami się nie zgadzaliśmy, ale nigdy ze sobą nie walczyliśmy. I nigdy nie zbliżyliśmy się nawet do wymyślania sobie. Równie dobrze mógł mnie spoliczkować. Poczułam, jak piekące łzy złości gromadzą mi się pod powiekami. Jeżeli zrobiło to wrażenie na Malcolmie, nie dał tego po sobie poznać. Wstał i ruszył w kierunku wyjścia.

– Nie mogę tego znieść – warknął, wyszedł i zatrzasnął za sobą drzwi.

Długo po wyjściu Malcolma leżałam, gapiąc się na drzwi, jakbym mogła siłą woli wymazać ostatnią godzinę. Moje oczy napełniały się łzami, schły i znowu wilgotniały. Malcolm, którego znałam, był słodki i kochający, a przez ostatnie dwa lata był moim najlepszym przyjacielem. Nie rozpoznawałam tego złego, zgorzkniałego osobnika, który właśnie wyszedł z mojego mieszkania.

Zadzwonił telefon, a ja podniosłam słuchawkę pewna, że to Malcolm dzwoni, żeby przeprosić albo powiedzieć, że mnie kocha albo że to wszystko było wielkim nieporozumieniem.

– Cześć – szepnęłam na wdechu do słuchawki, a zabrzmiało to jak głos operatorki w sekstelefonie.

– Angel?

Byłam tak zaszokowana tym, że głos nie należał do Malcolma, lecz do Damiana, że przez chwilę w ogóle nic nie mówiłam.

– Przepraszam – powiedział Damiano do ciszy w słuchawce – musiałem pomylić numery.

– Nie! – rzuciłam ostrzej, niż zamierzałam. – Mówi Angel.

– Przepraszam, Angel. Jest późno. Obudziłem cię?

– Nie – zaprzeczyłam, odgarniając włosy z czoła i próbując się pozbierać. Byłam zawieszona pomiędzy postacią z biura a łkającą dziewczyną i nie potrafiłam się przestawić odpowiednio do prowadzenia rozmowy.

– Ja, to znaczy... w porządku. Nie spałam.

– Nie powinienem był dzwonić – tłumaczył się Damiano. – Pomyślałem tylko...

– Co?

– Że nie spotkałem cię naprawdę. Kiedy przyszedłem do biura.

Byłam już bardzo oswojona z nieporadnym angielskim Damiana. Tyle czasu spędziłam pośród jego słów i myśli, w *Parco Lambro*, że (dosłownie) potrafiłam zrozumieć, co chciał powiedzieć, jeszcze zanim skończył mówić.

– W porządku. Nie musiałeś... Przecież i tak przyszedłeś porozmawiać z Lucy, prawda?

– *Sì*, Angel, ale nie wiem, jak to powiedzieć. – Tu nastąpiła dłuższa cisza, w czasie której szukał właściwych słów. – Jakoś muszę ci podziękować. Wiem, jak wiele dla mnie zrobiłaś.

– Nie musisz. To znaczy, już to zrobiłeś, Damia... Dami. Już mi podziękowałeś.

– Po prostu pomyślałem, żeby do ciebie zadzwonić i powiedzieć ci, ale... – Damiano westchnął do słuchawki i wymamrotał po włosku coś, czego nie zdołałam zrozumieć. – A teraz jest już późno i przeszkodziłem ci. *Mi dispiace.* Przepraszam, Angel.

– Dami, wszystko w porządku, naprawdę. Dziękuję ci.

– Powinienem znaleźć lepszy sposób, a nie telefonować do ciebie tak późno. Zasmuciłem cię.

– Co?

– Jesteś smutna. To właściwe słowo, prawda?

Przez chwilę, między jednym uderzeniem serca a drugim, zastanawiałam się, czy nie powiedzieć mu, że ma rację. Jestem smutna, ale z zupełnie innej przyczyny, niż sądzi. Miałam nagłe, silne przeczucie, że on by mnie zrozumiał. Że umiałby odczytywać mnie tak, jak ja odczytywałam jego. To było kuszące, ale w tym momencie, z wielu różnych powodów, niemożliwe.

– Tak, to właściwe słowo, ale nie jestem smutna. Jestem po prostu zmęczona.

– Wiem. Przepraszam, że zatelefonowałem. Znajdę lepszy sposób, żeby ci podziękować. Dobranoc.

– Dobranoc, Dami.

– Śpij dobrze, Angel.

Zrobiłam wieczorną toaletę i położyłam się, ale sen nie nadchodził. Nie było w moim łóżku wygodnego miejsca, zagłębienia ani kącika, który nie przypominałby mi o nieobecności Malcolma. Kiedy nie mogłam już tego znieść, sięgnęłam po telefon, gotowa do niego zadzwonić i zachować się jak uzależniona, beznadziejna kobieta, którą miałam nadzieję nigdy nie zostać.

Nie wiem, czy to w nagłym przypływie kobiecej dumy, czy dlatego, że przypadkowo zobaczyłam przy telefonie karteczkę z numerem mojej mamy, w ostatniej chwili zdecydowałam się wybrać jej, a nie jego numer.

Sygnał w słuchawce powtórzył się tyle razy, że ten dźwięk prawie mnie zahipnotyzował. Oczywiście nie było automatycznej sekretarki, więc czekałam po prostu, nie odkładając słuchawki. Już miałam zrezygnować, kiedy wreszcie mama odebrała i usłyszałam jej głos.

– Słucham?

– Hillary?

– Angel? Co się stało?

Były sprawy, o których nie musiałam mamie mówić, nawet przy całej tej dzielącej nas odległości i różnicach w postrzeganiu świata.

– Masz jakieś kłopoty?

Nie umiałam sobie wyobrazić, jaka jest definicja „kłopotów" w rozumieniu mojej matki, więc nawet nie podjęłam próby.

– Nie, Hillary, po prostu chciałam z tobą porozmawiać i dowiedzieć się, czy u ciebie wszystko w porządku.

– U mnie świetnie, kochanie. Nigdy nie było lepiej. Cieszę się, że dzwonisz. Chciałam do ciebie zatelefonować. Miałam ci powiedzieć, że się przeprowadzam i nie wiem, czy tam, dokąd jadę, będę miała dostęp do telefonu.

– Czy właśnie niedawno nie sprowadziłaś się tam, no, tam, gdzie teraz jesteś?

– Cóż, dosyć już tu pobyłam, to pewne. Muszę ci przy okazji opowiedzieć. W każdym razie spotkałam dwie niezwykłe Eskimoski i jadę z nimi na Alaskę.

– Na Alaskę! – Pierwsza rzecz, która przyszła mi do głowy, to okładka *Zimna!*

– To ciągle jeszcze Stany Zjednoczone, Angel. Niepotrzebnie przybierasz taki alarmujący ton. Ale możemy o tym porozmawiać innym razem. Chcę wiedzieć, co ci się stało. Nie powiedziałaś mi. Chodzi o Malcolma?

Nie byłam zaskoczona, że ona się domyśla, ale nie byłam też zadowolona. Wiedziałam, co będzie dalej.

– Tracisz równowagę, Angel. Czuję to. Mężczyźni tak oddziałują. A szczególnie ten mężczyzna.

– Hillary, nie wiem, dlaczego go nie lubisz.

– Zastanów się, dlaczego sądzisz, że go nie lubię. Gwarantuję, że znajdziesz odpowiedź, kiedy to przemyślisz. Co on ci zrobił? I dlaczego mu pozwoliłaś?

– Nic. Wiesz, naprawdę wszystko w porządku. Chciałam tylko z tobą porozmawiać. To wszystko. Zadzwonię do ciebie... Kiedy odchodzisz od Amazonek?

– Będę tu do najbliższego nowiu, więc mam jeszcze mniej więcej trzy tygodnie.

– Okej, zadzwonię do ciebie przed nowiem, Hillary.

– Angel, wiesz, co sprawi, że poczujesz się lepiej?

– Tak?

– Kochanie, przeczytaj dobrą książkę. Już w dzieciństwie dobra książka robiła ci lepiej niż antybiotyki.

Zaczęłam się śmiać, bo na takie stwierdzenie nie było

lepszej reakcji. Może ona ma rację. Może zbyt wiele czasu upłynęło od chwili, gdy czytałam naprawdę d o b r ą książkę.

Wzięłam rękopis Shelly Franklin i znowu zabrałam się do pracy.

Było dobrze po drugiej, kiedy skończyłam i wreszcie zgasiłam światło. Trochę później usłyszałam, jak klucz przekręca się w zamku. Malcolm wszedł bardzo cicho i usiadł przy mnie na łóżku. Pachniał szamponem i mydłem i był przebrany w miękkie, luźne rzeczy. Kiedy się do mnie przytulił, jego włosy otarły się o mój, wciąż jeszcze mokry policzek.

– Przepraszam – wyszeptał.

– Ja też przepraszam – powiedziałam, wyciągając ręce i przyciągając go do siebie.

Malcolm zdjął ubranie i wśliznął się do łóżka. Odwróciliśmy się twarzami do siebie i dotykaliśmy się ostrożnie, powoli, jakby każde z nas obawiało się spłoszyć to drugie niewłaściwym ruchem. Zasnęliśmy tak, ciało obok ciała, bardzo blisko siebie. Ale dystans emocjonalny między nami był wielki i wypełniony tym wszystkim, czego nie wypowiedzieliśmy.

Rozdział ósmy

WIADOMOŚĆ
Do: Angel
Od: LF
Temat: Ślepe posłuszeństwo

Omówmy to.

Jackson Stark, pracownik właśnie przyjęty przez Lucy, aby zastąpić Norę/Kelly, zbliżył się do mnie i delikatnie położył wymowną wiadomość od Lucy na moim biurku.

– No... – zaczął.

– Dziękuję, Jackson.

– No... proszę bardzo.

– Okej – powiedziałam, świadoma, że chce coś dodać. Spojrzałam na niego, dając do zrozumienia, że czekam. Owionął mnie zapach jego wody kolońskiej (luksusowej, drogiej, ale nieco zbyt liberalnie użytej).

Jackson miał dwadzieścia lat, którą to wiadomością podzieliła się z nami wszystkimi Lucy, a jego zarost nie uzasadniał traktowania gładkich policzków golarką. Miał na sobie jedwabną koszulę we wzory i dopasowane, designerskie, czarne dżinsy. Pracował z nami od trzech tygodni i codziennie wkładał dżinsy. W tym czasie nie padła ani jedna uwaga ze strony Lucy na ten temat. Zastanawiałam się, czy to dlatego, że Jackson jest mężczyzną, czy może Lucy czeka, aż ktoś inny (ja?, Anna?) oświeci go w tej sprawie. To Craig wyciągnął CV Jacksona z jednej ze swoich tajemniczych szuflad i wezwał go na rozmowę kwalifikacyjną. Może Jackson został zatrudniony po prostu dlatego, że jest mężczyzną. W jednej ze swoich wiadomości do Craiga podczas procesu rekrutacji Lucy napisała wprost: *Żadnych więcej dziewczyn!*

– Myślę, że ona chce z tobą porozmawiać o tym – powiedział Jackson, wskazując rękopis.

– Okej, świetnie. Dziękuję, Jackson.

Westchnął i wycofał się do swojego biurka. Przez chwilę układał na nim swoje już i tak poukładane stosy papierów, a następnie ponownie na mnie spojrzał z niepokojem w oczach.

– Myślę, że ona chce z tobą o tym porozmawiać już teraz, od razu.

– Zrozumiałam, Jackson, dziękuję.

– Proszę.

Słysząc tę rozmowę, Anna podniosła wzrok znad kanapki z masłem orzechowym, którą jadła, i popatrzyła na mnie z uniesioną brwią.

– Czoto? – Wskazała na notatkę od Lucy.

Nie mogłam patrzeć, jak mówi z pełnymi ustami. Zaczynało mnie to wkurzać.

– Notatka od Lucy.

– Oczochodżi? – spytała Anna.

Przynajmniej przełknij, pomyślałam.

– Nie wiem – rzuciłam, ale naturalnie wiedziałam. Już od kilku dni nie dawałam Lucy raportu dotyczącego *Ślepego posłuszeństwa*, a wiedziałam, że w c z o r a j miała dostać zredagowany tekst. Trochę czasu minęło od momentu, kiedy spłynęło do nas cokolwiek, co było godne choćby drugiego, uważniejszego spojrzenia. Lucy zaczynała już głośno wypowiadać słowo p o s u c h a.

Wyglądało na to, że nie ma dla niej znaczenia to, iż Karanuk przysłał kilka pierwszych rozdziałów dzieła, które miało zaowocować rekordową sprzedażą (a czego nie miałam szansy przeczytać, gdyż Lucy wyrwała tekst ze stosu poczty, kiedy tylko dotarł do biura), ani to, że po zakończeniu redakcji tekstu Damiana Vero pracowałam nad powieścią Shelly Franklin i że będzie mogła dzięki temu sprzedać *Elvisa* za masę pieniędzy. Nawiasem mówiąc, zanosiło się w tym przypadku na licytację. Lucy wydawała się jednak wygłodniała. Głodna czegoś więcej. I nie chodziło tu o pieniądze. Lucy cierpiała z powodu nienasyconej potrzeby następnej rewelacji. I j a byłam osobą, która miała jej ową rewelację dostarczyć. Stałam się córką młynarza z mojej ulubionej bajki, która nocą zamieniała słomę w złoto.

– Hmm, Angel? – Jackson i jego woda kolońska znowu stali przy moim biurku.

– Jackson?

Jackson wskazał na wiadomość od Lucy.

– Hmm, myślę, że, no, że ona chce, żebyś się z nią w tej sprawie spotkała.

– Zrozumiałam to za pierwszym razem, Jackson – rzuciłam. Kątem oka zobaczyłam uniesioną brew Anny i poczułam niechętne spojrzenie Craiga, które posłał mi ze swojego kąta. Jakoś nie mogłam się tym przejąć. Jackson z kolei zupełnie nie wydawał się zniechęcony moim tonem.

Pokiwał uprzejmie głową i wrócił do swojego biurka.

– Angel! – wrzasnęła Lucy przez interkom.

– Już idę – odpowiedziałam. Odnotowałam westchnienie satysfakcji znad biurka Anny i zerwałam się z krzesła.

Kiedy weszłam do biura, Lucy siedziała na swojej kanapie, niecierpliwie stukając watermanem w otulone sztruksem kolano.

– W końcu! – prychnęła.

Nie czekając, aż usiądę, zaczęła:

– Co się dzieje z tą powieścią o agencji literackiej?

– Ja...

– Rozmawiałaś z autorem? Mamy już cały tekst? Mamy raport?

– Nie, nie.

– Dlaczego nie, Angel?

– Autor chce pozostać anonimowy. Nie mam jego numeru telefonu. I pracuję nad *Elvisem*.

– Nadal?

– Tak. Z drugiej strony nie mam tu jeszcze zbyt dużo materiału do pracy. I czy jesteś pewna, że chcesz, żebym poświęciła temu tekstowi czas, zanim będziemy mieli kontrakt agencyjny?

– Jeszcze n i e m a m y kontraktu?

– Nie, ale...

– Lepiej go załatw, Angel.

– Okej, zajmę się tym.

Zanim dotarłam do drzwi, Lucy zatrzymała mnie kolejnym pytaniem:

– A jak tam sprawy z twoim chłopakiem? Wszystko w porządku?

Nie bardzo wiedziałam, dlaczego pyta, i nie chciałam wiedzieć. Prawda była taka, że sprawy z Malcolmem nie wyglądały dobrze, choć nie było też całkiem źle. Po pierwsze, spędzaliśmy ze sobą mniej nocy. Było nam razem fajnie, ale od czasu kłótni na temat jego powieści pojawiła się między nami dziwna pustka, której ani on, ani ja nie umieliśmy wypełnić. Najbardziej się to odczuwało, kiedy byliśmy fizycznie blisko. Właśnie wtedy, kiedy się dotykaliśmy, czułam wyraźnie między nami dystans, coś jakby poduszkę powietrzną czy pole magnetyczne, które nie pozwalało nam się zbliżyć w sposób, jaki dawniej był nam dany. Chciałam odzyskać to, co straciliśmy, ale nie wiedziałam jak.

Czułam też narastający strach. Ale żadną z tych spraw nie chciałam się dzielić z Lucy.

Niezależnie od tego, że mówiła teraz ciepłym tonem dobrej koleżanki, ostatnią rzeczą, jakiej sobie życzyłam, było omawianie z nią mojego życia intymnego.

– Wszystko w porządku – odparłam.

– Naprawdę? Miło mi to słyszeć.

– Dziękuję, Lucy. – Pomyślałam, że skończyła, i byłam już jedną nogą za drzwiami, kiedy jeszcze raz mnie zawołała:

– Angel?

– Tak?

– Chciałabym, żebyście ty i twój chłopak zjedli ze mną kolację.

Chociaż jej słowa wyrażały zaproszenie, znałam Lucy dość dobrze, żeby odebrać je jako polecenie. Nie podobała mi się wizja poświęcenia jej jeszcze większej części mojego prywatnego czasu niż do tej pory, ale odmowa zjedzenia razem kolacji była tak samo niemożliwa jak nieodbieranie telefonów. Po co jej był „mój chłopak", pozostawało tajemnicą, ale byłam pewna, że to się szybko wyjaśni. Tymczasem musiałam odegrać scenę zachwytu perspektywą kolacji.

– To wspaniale, Lucy.

– Dobrze. Sobota, o siódmej.

– Okej, hmm, a w jakiej restauracji?

Lucy spojrzała na mnie z wyrazem najwyższego poirytowania.

– U mnie w d o m u, oczywiście. – Znowu zastukała piórem. Zaczynałam nienawidzić tego dźwięku.

– Wciąż jeszcze jesteś w moim biurze, Angel. Masz coś jeszcze? Jeżeli nie, to wydaje mi się, że powinnaś zapolować na tego autora.

– Okej – rzuciłam i nareszcie mogłam umknąć.

Do: gapisarz@heya.com
Od: angel.robinson@fiammalit.com
Temat: ŚLEPE POSŁUSZEŃSTWO

Drogi G.,
Bardzo dziękuję za przesłanie nam nowego materiału. Nie znalazłam informacji, czy dysponuje Pan ukończonym rękopi-

sem. W każdym razie Pani Fiamma chciałaby porozmawiać o możliwości reprezentowania Pana. Czy może Pan możliwie szybko zatelefonować do nas na numer: 510-555-7666?

Dziękuję,

Angel

Nacisnęłam WYŚLIJ i westchnęłam. Ta cała anonimowość trwała już dość długo i stawała się coraz bardziej... cienka. Już byliśmy z a i n t e r e s o w a n i, czyż nie tego chciał autor? Jaki był powód, żeby dalej to ciągnąć? Miałam nadzieję, że następny e-mail od naszego tajemniczego autora będzie zawierał więcej informacji i będę mogła przestać grać w te zgadywanki. Jeśli nie, będę musiała przycisnąć autora mocniej, a nie byłam pewna, czy wiem, jak to zrobić. Styl twardo grającego agenta bardziej odpowiadał Lucy niż mnie.

– No to prześlij wobec tego całość.

Zwróciłam głowę w kierunku, z którego dobiegał głos Jacksona. Nie byłam jedyna. Anna także gapiła się na niego z ustami otwartymi ze zdumienia.

– Taa, to naprawdę dobrze brzmi – kontynuował Jackson. – Okej, dobra. Tymczasem.

– Kto to był? – zapytałam, kiedy Jackson odłożył słuchawkę.

– Jakiś pisarz, który chce nam coś przysłać. – Jackson mówił obronnym tonem, choć pobrzmiewała w nim też nutka oburzenia.

– I zdecydowałeś, że możesz go zachęcić do przysłania nam c a ł e g o rękopisu? – Miałam zamiar złagodzić nieco swój ton, który nagle stał się bardzo ostry, ale ostatecznie tego nie zrobiłam.

Jackson był przeszkolony. Sama o to zadbałam, po własnych doświadczeniach z metodami Anny. Nie pojmowałam, dlaczego nagle postanowił, powiedzieć autorowi, że może przysłać cały rękopis.

– Ale to naprawdę dobrze brzmiało – usprawiedliwiał się.

– Jeżeli tekst będzie dobry, poprosimy o resztę – odpowiedziałam. – Nigdy im nie mów, żeby od razu przysłali całość. Czy myśmy już tego tematu nie przerabiali?

– Ale... – zaczął Jackson, lecz natychmiast przerwał, powstrzymany przez Craiga:

– Angel, możesz do mnie podejść na chwileczkę?

Miałam wielką ochotę odpowiedzieć Craigowi, że widzi mnie doskonale ze swojego miejsca, ale zamiast tego podniosłam się i podeszłam do jego biurka. Craig wysunął kilka szuflad wysokiej szafy na dokumenty, która stała obok, i w ten sposób częściowo osłonił nas przed spojrzeniami. Tak oto w naszym biurze tworzyło się prywatność. Oczywiście każdy, kto znajdował się w zasięgu słuchu (Anna, Jackson), mógł usłyszeć wszystko, co się mówi. I o to, jak sądzę, chodziło Craigowi.

– Nie uważasz, że jesteś dla niego trochę za ostra? – zapytał, ściszając głos do scenicznego szeptu.

– To są podstawy – odszepnęłam. – To, żeby mówić rozmówcy, że ma przysłać pierwszych pięćdziesiąt stron, jest tutaj podstawową zasadą. Pamiętam, że s a m a mu o tym mówiłam.

– Trochę wychodzisz przed szereg, Angel, nie wydaje ci się?

Oczy Craiga, zazwyczaj wyprane z emocji, były teraz

ożywione ciemnymi iskrami, jakich nigdy wcześniej w nich nie widziałam. Był naprawdę zły, ale czułam, że nie ma to aż tak bezpośredniego związku ze mną, jak się wydawało.

– Co masz na myśli? – zapytałam.

– Tu jest tylko jeden szef – zasyczał – i nie ty nim jesteś.

To mnie omal nie zbiło z nóg. Odsunęłam się od Craiga, jakby mnie popchnięto.

– Przepraszam – powiedziałam. – Sądziłam, że skoro mnie poprosiłeś, żebym szkoliła Jacksona...

– Właśnie – rzucił Craig. – Prosiłem, żebyś go s z k o-l i ł a, a nie wydawała sądy na temat jego charakteru.

– Ja nigdy...

– Czy tobie się wydaje, że stoisz już tak wysoko ponad małymi ludzikami, Angel Robinson? Zapomniałaś, skąd tutaj przyszłaś zaledwie kilka miesięcy temu?

Coś przykuło wzrok Craiga i spojrzał w dół, na okolice mojego dekoltu. Instynktownie podniosłam rękę, spoglądając tam, gdzie gapił się Craig. Zauważyłam, że odpadł mi górny guzik, odsłaniając spory kawałek stanika i dekoltu. I ten cholerny tatuaż. Zebrałam poły bluzki, wściekle się czerwieniąc i rozpaczliwie próbując odzyskać poczucie godności.

– Słucham, Craig? – To było najlepsze, co przyszło mi na myśl.

– Jackson to dobry chłopak – zazgrzytał. – Możesz wrócić do swojego biurka.

Zatrzasnął szuflady szafy, więc nie pozostało mi nic innego, jak wrócić niepewnym krokiem na swoje miejsce. Uniknęłam spojrzenia na Jacksona, ale udało mi się spojrzeć na twarz Anny. Miała bliźniaczą wersję moich rumieńców i przez chwilę byłam całkowicie zaskoczona. Czy to możliwe, że było jej przykro ze względu na mnie?

Jakby odpowiadając na to pytanie, Anna wysłała mi wiadomość, gdy tylko usiadłam.

To nie twoja wina. Ja też mu to powiedziałam. C. nie lubi, kiedy wkracza się na jego terytorium.

Poczułam się jak dzieciak przesyłający sekretne karteczki na lekcji.

Nie wkraczam na niczyje terytorium. On się ubezpiecza przed Lucy.

Usunęłam wiadomości i spojrzałam na Annę, unosząc brwi.

– Masz agrafkę? – zapytałam.

– Jasne! – zawołała i zaczęła przeszukiwać szufladę. – A po co ci?

Czemu ona zawsze musi wszystko wiedzieć?

– Mam problem z bluzką – powiedziałam scenicznym szeptem.

– Uhmm – mruknęła Anna. – Wydawało mi się, że jakąś tu miałam...

– Nieważne – odparłam, patrząc, jak odwija stare czekoladki znalezione w głębiach szuflady. – Po prostu wykorzystam zszywacz.

Sięgnęłam po ciężki zszywacz na moim biurku i rozpięłam go, żeby złapać dziurkę od guzika.

– Angel! – Chociaż słyszałam to niezliczoną ilość razy, głos Lucy w interkomie zawsze powodował, że podskakiwałam. Ledwie uniknęłam zszycia bluzki z odsłoniętym ciałem.

– Tak, Lucy?

– Do mojego biura, proszę!

Kiedy weszłam, wyciągnęła do mnie różową kartkę z notatką.

– Daj to, proszę, Craigowi. Angel?

– Tak?

– Czy już skontaktowałaś się z autorem?

– Wysłałam mu e-maila.

– Dlaczego nie zadzwoniłaś? Wiesz, że nie używamy w takich sprawach poczty elektronicznej.

– Nie mamy numeru telefonu. Pamiętasz, mówiłam ci. To jest całkiem anonimowe.

Lucy sapnęła z oburzeniem.

– Mam nadzieję, że poprosiłaś go o numer. A teraz daj to Craigowi, proszę.

– Okej. – Spojrzałam na notatkę. *C. – do mojego biura – L.*

– Angel?

– Tak?

– Jak idzie temu nowemu? Jacksonowi?

Poczułam, że oblewam się rumieńcem. Lucy nie mogła słyszeć mojej rozmowy z Craigiem, chyba że miała podsłuch w naszym biurze (co nie było całkiem niewyobrażalne). Jednak znacznie bardziej prawdopodobne było to, że jest to przykład specyficznej intuicji Lucy. Takiego mentalnego odpowiednika zjawiska polegającego na synchronizacji cykli menstruacyjnych kobiet, które mieszkają i pracują razem.

– Dobrze.

– Nie wydajesz się co do tego przekonana, Angel.

– Nie, dobrze sobie radzi.

– Bo jeśli on nie wykonuje dobrej roboty, to odpowiedzialność spoczywa na tobie. Ty go szkoliłaś, prawda?

– Tak.

– No, dobra.

Wyszłam z biura Lucy, podałam notatkę Craigowi, a on łypnął na mnie, zebrał plik kartek z biurka i pomaszerował na spotkanie z Lucy. Czułam powyżej karku początki bólu głowy. Zanosiło się, że to będzie porządny ból. Pochyliłam się, żeby wydobyć z torebki wielkie (sto tabletek) opakowanie aspiryny, które już zawsze nosiłam przy sobie, i prawie przewróciłam się o wielkie pudło z Fedeksu stojące przy moim biurku.

– Co to jest? – zapytałam Jacksona, który patrzył na mnie.

– Przyszło, kiedy byłaś u Lucy – powiedział. Poczekał chwilę, a potem przyskoczył do mojego biurka, jak dziecko, które nie może się doczekać prezentu pod choinką.

– Otwórz! – rzucił. – Czemu nie otwierasz?

Wbrew sobie musiałam się uśmiechnąć. To, że paczka tak go ekscytowała, było prawie urocze. Chociaż bardzo niechętnie, musiałam jednak przyznać się przed sobą, że Craig miał rację. Byłam za ostra dla Jacksona. W końcu, w odróżnieniu od Nory/Kelly, Jackson próbował ze mną pracować, a nie działać przeciwko mnie.

– Okej. Ale wiesz, że to może być wielka, złośliwa przesyłka od wkurzonego autora, którego właśnie odrzuciliśmy.

– Nie, nie – zaprzeczył. – Oni nie znają naszego adresu.

Miał rację. Odnotowałam w pamięci: Jackson jest bystrzejszy, niż na to wygląda.

Anna także podeszła do mojego biurka, żeby nie pozostawać poza centrum wydarzeń. Otwierałam pudło, a oni gapili się na mnie z ciekawością. Wyciągałam zawartość sztuka po sztuce. Wszystko było zapakowane z wielką starannością, a miało to duże znaczenie, ponieważ pierwszą rzeczą była niewielka, szklana kula-akwarium, a w niej pływająca w zawiązanej torebce z wodą egzotyczna rybka. W pudle były jeszcze dwie rzeczy: wielkie opakowanie makaronu Angel-hair i butelka likieru Angelica. Do butelki przyczepiono pocztówkę.

Angel,
Coś na twoje biurko, coś na apetyt i coś na sen.
Tuo Damiano

Odwróciłam pocztówkę. Na awersie było zdjęcie Angel Island, parku w San Francisco.

– Och – westchnął Jackson. – Co to za rybka?

– To angelfish – odpowiedziałam.

– Skąd wiesz? – zapytał.

– Tu jest wiele rzeczy z *angel* w nazwie – odparłam. – Żyjąc z imieniem Angel, nauczyłam się je całkiem szybko rozpoznawać.

– Hmm – mruknęła Anna. – Wygląda na to, że masz prawdziwego wielbiciela.

Anna wyglądała, jakby połknęła coś bardzo gorzkiego.

– Dobra robota, A n g e l.

– Trzeba mu przyznać – powiedziałam bardziej do siebie niż do kogokolwiek innego – że jest niewiarygodnie kreatywny.

To był najbardziej przemyślany prezent, jaki kiedykolwiek dostałam, i byłam tak poruszona, że nie umiałam się przejąć nawet jadowitym spojrzeniem Anny.

– Włożę rybkę do wody.

W toalecie nad umywalką napełniłam kulę wodą, umieściłam w niej rybkę i zajęłam miejsce przy swoim biurku.

Kiedy Jackson wyszedł odebrać pocztę, w biurze zapadła niepokojąca cisza. Z biura Lucy nie dochodził żaden dźwięk, a telefony były niezwykle milczące. Anna wyprostowała się na krześle. Miała trochę wydęte policzki, jakby chciała zagwizdać. Po chwili zaczęła uderzać w klawiaturę i nucić. W tej melodii było coś znajomego, ale nie rozpoznałam jej, dopóki Anna nie zaczęła dodawać do melodii tekstu:

– *Just call me... angel... of the morning... baby...*

Pomyślałam, że najwyraźniej zna piosenkę Juice Newton *Angel of the Morning*. Jedyną chyba, której Damiano nie uwzględnił na CD, jakie dla mnie nagrał. Jedyny powód, dla którego rozpoznałam tę piosenkę, był taki, że moja matka mi ją śpiewała. Przypomniałam sobie, jak, kiedy byłam mała, matka szczotkowała moje zawsze długie i wiecznie splątane włosy, i poczułam nieznane ukłucie wzruszenia. Czesanie mnie było zawsze dość długotrwałą procedurą, bo miałam bardzo gęste włosy i było dużo do zrobienia. Matka lubiła je układać, skręcać i związywać i śpiewała przy tym tę piosenkę. W jej wykonaniu toporny tekst przepojony był specyficzną emfazą.

Słuchanie, jak ta piosenka wydobywa się z gardła Anny, było torturą, wstrętnym zniekształceniem słodkiego wspomnienia, i nie wiedziałam, jak długo jeszcze to zniosę.

Na szczęście po jednej czy dwóch zwrotkach zadzwonił telefon i rzuciłam się, żeby go odebrać.

– Agencja Lucy Fiammy.

– Angel?

– Malcolm... – Nigdy nie dzwonił do mnie do biura, więc przede wszystkim byłam zaskoczona, następnie skonsternowana („żadnych prywatnych rozmów") i wreszcie, czułam się winna (chociaż on pewnie nie mógł wiedzieć o prezencie od Damiana). Wszystkie te odczucia skumulowały się w dwóch sekundach, jakie zajęło mi wypowiedzenie jego imienia. – Co jest? Co się stało?

– Nic się nie stało, Angel. Po prostu chciałem ci powiedzieć... Chciałem z tobą porozmawiać.

Po prostu chciał porozmawiać? Czy on zwariował?

– Malcolm, wiesz, że nie mogę teraz rozmawiać. – Ściszyłam głos do szeptu, choć wiedziałam, że Anna prawdopodobnie i tak słyszy każde słowo. – Nie powinnam tutaj odbierać prywatnych rozmów. Wiesz przecież. Myślałam, że stało się coś złego.

– Stało się coś złego. Nie widziałem cię od kilku dni. To jest złe. Czemu szepczesz? Nawet ludzie z CIA czasami prowadzą prywatne rozmowy telefoniczne.

– Nie mogę teraz rozmawiać.

– Jasne, że nie możesz. Dobra, tak tylko pomyślałem, że spróbuję. Zabij mnie za to. Porozmawiamy później.

– Malcolm, poczekaj.

– Tak?

Telefon zadzwonił i Anna odebrała. Mimo to ściszyłam głos do tego stopnia, że sama ledwie się słyszałam.

– Pracujesz w sobotę wieczorem?

– Pracuję we wszystkie sobotnie wieczory, Angel. A czemu?

– Lucy zaprosiła nas na kolację.

– Co? Nie słyszę cię.

– Kolacja u Lucy. Ona chce, żebyśmy przyszli.

– Angel, mogłabyś mówić trochę głośniej? Nie słyszę ani słowa.

– Lucy zaprosiła nas na kolację – powiedziałam, podnosząc głos bardziej, niż chciałam, a moje słowa padły akurat w momencie, kiedy Anna odłożyła słuchawkę. Utrzymywanie sprawy w sekrecie właśnie dobiegło końca.

– Naprawdę? – spytał Malcolm. – Okej, wezmę wolny wieczór. A o której? I w co mam się ubrać?

Westchnęłam do słuchawki.

– Zadzwonię do ciebie później, dobrze? Naprawdę nie mogę teraz rozmawiać.

– Świetnie! Zadzwoń. Zobaczymy się później, prawda?

– Okej.

Malcolm wydawał się niesłychanie szczęśliwy z powodu zaproszenia na kolację i ta jego euforia jakoś mnie przygnębiała. Wszystko było nie tak i wszystko było inne, niż powinno. Mieliśmy być po tej samej stronie, a działo się tak, jakbyśmy czytali książkę z dwóch przeciwnych końców. Zastanawiałam się, kiedy to się stało. Mój komputer zadźwięczał – przyszła wiadomość od Anny.

Damiano Vero czeka na pierwszej linii.

Spojrzałam na nią, odbierając telefon, ale spuściła głowę, znowu grzebiąc w zabałaganionym wnętrzu swojej szuflady.

– Cześć, Dami – powiedziałam nieco zbyt dźwięcznie do słuchawki. – B a r d z o ci dziękuję za prezent. Jest taki... nie wiem, co powiedzieć. Naprawdę piękny.

– Cieszę się – odparł Damiano. – Nie wiedziałem, co mógłbym jeszcze zrobić.

– Mam tutaj moją małą rybkę – mówiłam, obserwując delikatnie opalizujące kolory na jej ogonku.

– *Bene.* Cieszę się.

– Jeszcze raz dziękuję. – Teraz czekałam, aż on coś powie, bo sama już nie wiedziałam, co dodać. Damiano jednak milczał i cisza między nami stała się jakaś... trudna.

– Pracowałem nad moją książką – powiedział w końcu.

– Masz coś... to znaczy, mogłabym ci jakoś pomóc?

– To głupie – powiedział i zaśmiał się niewesoło. – To po prostu... to był bardzo trudny okres w moim życiu. Pomyślałem, że do ciebie zadzwonię. Nie wiem czemu.

Chciałam mu powiedzieć, że nie musi się usprawiedliwiać, że do mnie dzwoni. Że lubię z nim rozmawiać, że chociaż nie doświadczyłam w życiu tego, co on, jednak czuję, że rozumiem, przez co przeszedł. Ale to nie byłoby całkiem w porządku. Damiano był klientem Lucy, a ja u niej pracowałam. Telefon dzwonił, Anna zaś demonstracyjnie nie odbierała.

– Damiano, przepraszam, muszę...

– Wiem, słyszę telefon. Uciekaj, uciekaj. *Ci vediamo,* Angel – powiedział szybko i odłożył słuchawkę.

Nacisnęłam przycisk drugiej linii.

– Agencja Lu...

– Angel, powiedz mi, czy to oficjalna kolacja, czy... chciałem się upewnić, czy...

– N i e   w i e m. – Mój głos zabrzmiał wysoko i piskliwie. Wyciszyłam go do scenicznego szeptu: – Nie mogę teraz rozmawiać, Malcolm.

– Dobra. – Odłożył słuchawkę.

Ledwie zdążyłam nabrać powietrza, kiedy usłyszałam dźwięk kolejnej wiadomości od Anny.

Nie musisz szeptać o kolacji u Lucy. Wiem, że lubi cię bardziej niż mnie.

Poczułam, jak mdląca mieszanka niepokoju, żalu i poczucia winy wywraca mi żołądek. Zaczęłam wystukiwać odpowiedź, ale się powstrzymałam. To było skrajnie śmieszne. Dzieliła nas odległość kilku metrów i w biurze nie było nikogo oprócz nas.

– Anno, nie chodzi o to, kogo ona bardziej lubi. Nie wiem, to znaczy... jestem przekonana, że ta kolacja jest związana z pracą.

– Nieważne – powiedziała Anna z zarumienioną twarzą. – Mówię tylko, że nie musisz się z tym źle czuć. Albo ukrywać przede mną. Chyba rzeczywiście powinnam się od ciebie uczyć. – Tu Anna wydała dziwne cmoknięcie. – Kolacja z szefową. Dobry sposób, żeby pójść wyżej.

– Anno, ja nie prosiłam...

– Okej. Daj spokój, jesteśmy zespołem.

Przyszło mi do głowy określenie: prycza w pryczę. Uniosłam ręce w geście rezygnacji, chcąc pokazać, że z tym stwierdzeniem nie mogę dyskutować.

– Wiesz, co naprawdę fajnego mogłabyś zrobić, Angel?

– Co?

– Byłabym bardzo szczęśliwa, gdybyś... – Anna zamilkła, lekko się wzdrygnęła, a jej policzki znowu się zaróżowiły. Gdyby to nie było absurdalne, pomyślałabym, że zbiera się w sobie, żeby się ze mną umówić na randkę. – Byłoby cudownie, gdybyś czasem pozwoliła mi coś dla ciebie ugotować.

Więc to jednak b y ł a randka. Pomimo aspiryny ból głowy osiągnął najwyższe stadium.

– Jezu, Angel, przepraszam, to nie zabrzmiało zbyt dobrze.

Już siedząc przy swoim biurku, prawie czułam żar bijący z jej twarzy.

– Po prostu pomyślałam, że byłoby fajnie spotkać się poza pracą, a ja jestem naprawdę dobrą kucharką, więc... No w każdym razie wiem, że miałyśmy trochę zły początek, i chciałabym to jakoś zmienić. – Nabrała powietrza i głośno je wypuściła. – Co myślisz?

Pomyślałam, że nie jestem w stanie przebrnąć przez posiłek z Anną, chyba że wcześniej wypiję kilka drinków. Co my mamy ze sobą wspólnego poza pracą? Poza tym czułam, że za zaproszeniem Anny kryje się coś innego niż nagła potrzeba, żebyśmy zostały przyjaciółkami. Oczywiście niczego takiego nie mogłam jej powiedzieć i nie mogłam po raz drugi tego samego dnia odmówić. Obie wiedziałyśmy, że jeśli po tym wzruszającym kwileniu ją odrzucę, będę najgorszą jędzą na świecie.

– Jasne – zgodziłam się. – Byłoby miło. Może jak tu sprawy się trochę uspokoją.

– Cóż, tego się chyba nie doczekamy – powiedziała Anna. – I oby to nigdy nie nastąpiło. Ale dobra. Dzięki, Angel.

To było naprawdę grubymi nićmi szyte. Powstrzymałam odruch, żeby rzucić w nią zszywaczem.

– Nie ma sprawy. Może być miło.

– Teraz jesteśmy jedynymi dziewczynami w biurze – zauważyła i mrugnęła do mnie znacząco. – Musimy się trzymać razem.

A więc było coś jeszcze, co nas łączyło, poza pracą. Kobieca anatomia. W ten sposób zostałam przez Annę skorygowana.

– I ja coś w i e m, Angel. Coś, czego ty nie wiesz. I mogę się tym z tobą podzielić.

– A co?

– Szsz... – uciszyła mnie, jako że Craig wyszedł z biura Lucy.

Spuściła głowę i zaczęła uderzać w klawiaturę. Po chwili dostałam od niej wiadomość:

Powiem ci później.

– Gdzie jest Jackson? – warknął od swojego biurka Craig.

– Wszystko w porządku – zaśmiała się Anna. – Tylko poszedł po pocztę. Nie odszedł.

Świetny dowcip. Punkt dla Anny, pomyślałam.

Nawet jeśli Craig to usłyszał, nie dał tego po sobie poznać.

– Angel, czy mogę cię na chwilę prosić? – Jego ton był teraz znacznie bardziej ożywiony.

Przygotowałam się na kolejny chwyt poniżej pasa. Wyglądało na to, że nastał dzień różnych zagrywek. Kiedy podeszłam, Craig nie kłopotał się już wyciąganiem szuflad szafy.

– Możesz usiąść, Angel – powiedział.

Kiedy usadowiłam się naprzeciw niego, w drzwiach stanął Jackson uginający się pod ciężarem wypełnionego po brzegi pojemnika z pocztą. Craig przez sekundę patrzył na niego, a potem zwrócił się do mnie:

– Mam dla ciebie dobrą wiadomość, Angel.

Posłałam mu szeroki, choć wymuszony uśmiech. Craig zdawał się tak obolały, że prawie na skraju załamania. Uznałam, że mądrze będzie postępować z nim tak ostrożnie, jak tylko się da.

– Zawsze miło usłyszeć dobrą wiadomość – odparłam, zastanawiając się, czy Anna słucha.

Jak na zawołanie rozdzwoniły się telefony. Jackson i Anna odebrali osobne linie i zaczęli prowadzić rozmowy. Biuro znowu ożyło.

– Oficjalnie twój okres próbny jeszcze się nie skończył – zaczął Craig – ale Lucy zdecydowała wystartować nieco przed czasem i oferuje ci podwyżkę. – Craig spojrzał na mnie, oczekując reakcji.

Intuicja podpowiedziała mi, że powinna ona być wylewna.

– Naprawdę? To wspaniale!

– Cóż, nie wiesz nawet jak wspaniale. – Craig odchrząknął. – Lucy jest pod wrażeniem tego, jak szybko wrosłaś w biuro i jak dajesz sobie radę z recenzjami. Pewnie doświadczenie z księgarni procentuje. W każdym razie, jak wiesz, Lucy wierzy w moc nagradzania dobrej pracy i dlatego postanowiła poważnie podnieść ci pensję. – Craig napisał liczbę na skrawku papieru i posunął go w moim kierunku.

Patrzyłam na cyfry zupełnie zaskoczona.

– Ale, Craig, to tyle, ile teraz zarabiam, prawda?

– Nie, Angel, to nie jest twoja nowa pensja. To wysokość twojej podwyżki.

Poczułam, że oczy mi się powiększają. Pokój wydawał się bardzo jasny. Craig patrzył na mnie niewzruszony, z lekko wykrzywionym kącikiem ust. To najwyraźniej nie był jego pomysł i byłam pewna, że lobbował przeciw.

– Ale, ale to dwa razy więcej, niż teraz zarabiam. Tak?

– Tak – przytaknął Craig. – Rozumiem, że jesteś zadowolona?

Mogłam tylko pokiwać głową. Miałam sucho w gardle i nie ufałam swojemu głosowi. Mogę teraz przenieść się do mieszkania z prawdziwą sypialnią. Do diabła, mogę się nawet wyprowadzić z Petalumy gdzieś bliżej centrum. Może do Berkeley? Mogę kupić buty i ciągle jeszcze mieć dość pieniędzy na kolację. I nawet mogę zacząć spłacać mój kredyt studencki. To zobowiązanie wisiało nade mną jak miecz Damoklesa, odkąd skończyłam studia. Nigdy jeszcze nie pozwoliłam sobie na takie podekscytowanie sprawą pieniędzy. Byłam jak dziecko, któremu powiedziano, że może zjeść ciastko, lody i batonik. To było oszałamiające.

– Jest jednak pewien warunek – dodał Craig.

Oczywiście. W końcu to królestwo Lucy Fiammy.

– Taa?

– Jako inteligentna kobieta biznesu, Lucy pragnie zabezpieczyć swoją inwestycję. A to jest dość poważna inwestycja, mam nadzieję, że się z tym zgadzasz.

Znowu pokiwałam głową.

– A więc warunek jest taki, że pozostaniesz w pracy tutaj przez dwa lata, poczynając od dnia dzisiejszego. Jeżeli z własnego wyboru odejdziesz wcześniej, Lucy spodziewa się, że oddasz całą podwyżkę, jaką od niej obecnie otrzymujesz.

Pomyślałam, że to zupełnie, jakby podpisywała ze mną umowę na książkę. Jeżeli książka nie zostanie napisana i dostarczona w ciągu dwóch lat, oczekuje się, że zaliczka zostanie zwrócona. Tylko że w tym przypadku to ja byłam książką. Nie wiedziałam, czy to legalne, ale z całą pewnością było to interesujące, a takiej masie pieniędzy nie mogłam się oprzeć.

– Och – westchnęłam, kiedy rytm mego serca zwolnił. – To naprawdę fantastyczne.

– Pod koniec dnia będę miał napisaną umowę – powiedział Craig. – Możesz ją najpierw podpisać, a potem Lucy. Nie wiem, czy wspomniałem wcześniej, ale mam też uprawnienia notarialne, więc nie będziemy musieli wychodzić z tym na zewnątrz. Oczywiście dostaniesz kopię do swojego archiwum. Zakładam, że przyjmujesz warunki?

Wpatrywałam się w oczy Craiga, szukając błysków, które widziałam w nich wcześniej, ale teraz widniał w nich jedynie blady poblask namokniętego drewna.

– A mogłabym się z tym przespać? Tylko dlatego, że, wiesz, dobrze jest takie rzeczy przemyśleć.

– Lucy będzie chciała znać odpowiedź dzisiaj – powiedział Craig. – Angel, o czym tutaj myśleć? Lucy jest absurdalnie szczodra. Poza tym to prawie jak gwarancja zatrudnienia. Wiesz, jak teraz wygląda rynek pracy. S z c z e g ó l n i e w naszej branży.

Zamknęłam oczy, pozwalając, żeby należący do Craiga dudniący głos Barry'ego White'a mnie opłynął. Patrzenie na Craiga całkowicie niweczyło ten efekt.

– Okej – zgodziłam się. – Masz oczywiście rację. Nie mogłabym być szczęśliwsza.

– Dobrze. I jeszcze jedna sprawa. – Craig pochylił się z grymasem na twarzy i przez chwilę myślałam, że powie, iż cała ta historia była dowcipem – cha, cha. – Lucy chciałaby dać ci podwyżkę za pierwszy rok ryczałtem.

– To znaczy...

– Tak, całość od razu. I chociaż to jest podwyżka, zostanie wypłacona jako nagroda, więc nie zapłacimy podatku. Jeszcze raz: ty będziesz odpowiedzialna za podatki. Mogę mieć dla ciebie czek na koniec tygodnia. I nadal obowiązują te same warunki. Jeżeli odejdziesz przed...

– Craig, rozumiem. Zwrócę całość. Pojęłam.

Dosłownie przeliczałam to w myślach, wyobrażając sobie liczne pliki zielonych dolarów rozłożonych na moim łóżku.

– Więc tak to zapiszę? – upewnił się Craig.

– Tak, dziękuję. Bardzo dziękuję.

– Mnie nie dziękuj – powiedział. – To wszystko ona.

Kiedy wróciłam na swoje miejsce, czekały na mnie dwie wiadomości. Jedna od Anny: *Gratuluję*. Nie mogłam spokojnie pomyśleć nad tym, jaki Anna ma słuch ani jakie mogą być implikacje tego, co usłyszała na temat mojej podwyżki, bo druga wiadomość przykuła moją uwagę.

Do: angel.robinson@fiammalit.com
Od: gapisarz@heya.com
Temat: Re: ŚLEPE POSŁUSZEŃSTWO

Droga Pani Robinson,
jestem naprawdę zadowolony, że Pani Fiamma chce mnie reprezentować. Zapewniam, że w odpowiednim czasie z radością sformalizuję naszą współpracę. Poza tym

potwierdzam, że nie zgłosiłem się nigdzie indziej. Ma Pani moje słowo. Dziękuję za utrzymywanie kontaktu i oczekuję dalszego ciągu korespondencji.

Niedługo prześlę więcej tekstu. Nadaję teraz ostatni szlif kluczowej scenie.

Z najlepszymi życzeniami,

G.

Ten e-mail wydał mi się w równym stopniu napuszony, jak i nieformalny. Paskudne połączenie. Poczułam, że naprawdę zaczynam nie lubić autora, co dla tekstu nie było dobrym znakiem.

Poza tym: gapisarz? Genialny amerykański **pisarz**. Było też coś uderzająco znajomego w języku, którym był napisany e-mail, ale nie mogłam uchwycić co.

Wszystko razem: tekst, e-maile i nieznana tożsamość autora naprawdę zaczynało działać mi na nerwy. Wpadło mi do głowy, że powinnam była odrzucić tekst, kiedy jeszcze miałam możliwość, zanim Lucy go zobaczyła. Pomyślałam jednak, że nawet gdybym to zrobiła, autor znalazłby sposób, żeby się dostać do Lucy. Stało się nagle dla mnie jasne, że ten konkretny autor trochę za dobrze orientował się w tym, jak przebiegają sprawy w naszej agencji.

– Fuj! – Jackson przeglądał pocztę. W jednej ręce trzymał z daleka od twarzy kopertę, a drugą machał, jakby coś odpędzał. – To śmierdzi!

– Co jest? – zapytała Anna.

– Ten rękopis paskudnie pachnie – powiedział Jackson. – Cuchnie!

– Palacze – skomentowała Anna, a ja pokiwałam głową. – Ich dzieła cuchną tak, że nawet nie chce się ich otwierać. Chciałoby się, żeby zdawali sobie z tego sprawę i otwierali okna, zanim wydrukują.

– Tak, ale jeśli znają... – Już byłam przy Jacksonie, wyciągając rękę, żeby potwierdzić swoje mgliste przypuszczenia.

– Co znają? – zapytał Jackson.

Chwyciłam obiekt i mogłam wykrzyknąć:

– Peter Johnson!

– Pisarze mają znać Petera Johnsona? – zapytała Anna. – O czym ty mówisz?

– Kiedy ostatnio mieliśmy od niego wieści? – zapytałam Annę.

– Kim jest Peter Johnson? – dociekał Jackson.

– Już trochę czasu minęło, nie? – zauważyła Anna. – Kiedyś dzwonił codziennie, prawda? Czy ty ostatecznie zdołałaś się go pozbyć? Od dawna nie widziałam jego tekstów. Co to było ostatnio? Czekaj, pamiętam, coś o rosyjskim szpiegu, który...

Wyłączyłam fonię, chociaż Anna nadal mówiła. Doskonale wiedziałam, kiedy ostatni raz odzywał się Peter Johnson. To było tego ranka, kiedy dałam Lucy rękopis Malcolma. Wtedy zaczęła się cała ta historia. Johnson odłożył słuchawkę, ale zanim to zrobił, wygłosił swoją odwieczną deklarację, która była prawie identyczna ze słowami, jakie przeczytałam w ostatnim e-mailu. Anonimowy autor miał literackie DNA Petera Johnsona.

I czy w ostatniej rozmowie, jaką z nim prowadziłam, nie wspomniał, że daje nam ostatnią szansę? To musi być on!

– Hej, Jackson, mogę cię o coś prosić? – spytałam, kiedy Anna nabierała powietrza.

– Jasne, a czego potrzebujesz?

– Możesz odszukać adres i numer telefonu Petera Johnsona na jego zgłoszeniu? Tyle razy coś nadsyłał, że gdzieś musimy mieć zarejestrowane jego dane. Powinniśmy mieć dla niego założoną jakąś osobną historię korespondencji.

– Czemu chcesz się kontaktować z Peterem Johnsonem? – zapytała Anna. Jednak zanim zdążyłam odpowiedzieć, mój interkom zawibrował głosem Lucy:

– Angel, możemy porozmawiać? – Lucy brzmiała jak kiepska imitacja Joan Rivers.

Wiedziała, że rozmawiałam z Craigiem o jej „absurdalnie wysokiej" podwyżce, i czekała na odzew. Wiedziałam, czego chce. Nacisnęłam przycisk interkomu.

– Już idę – powiedziałam i przygotowałam się na łaszenie i płaszczenie się.

Do: angel.robinson@fiammalit.com
Od: gapisarz@heya.com
Temat: Re: Uwagi redakcyjne

Droga Pani Robinson,

dziękuję za szybką reakcję na mój tekst. Już dokonałem niektórych z zasugerowanych przez Panią przeróbek w pierwszym rozdziale. Chcę, żeby Pani wiedziała, że przyjemnie mi się z Panią pracuje, jednak chcę się upewnić, że to Pani Fiamma będzie reprezentowała moją książkę. Zanim prześlę kolejny fragment, chciałbym sprawdzić, czy dobrze rozumiem Pani uwagi. Przede wszystkim pisze Pani, żeby zaraz na początku „wprowadzić wyraźniejszy element intrygi". Czy nie wystarczy, że w agencji literackiej umieściłem sfrustrowaną pisarkę, która w tym miejscu może tylko promować dzieła innych autorów? Może nie. Być może sugeruje Pani, że potrzebne są zwłoki. Może powinienem kogoś uśmiercić? Jeśli tak, mogę to zorganizować, ale potrzebuję jeszcze kilku rozdziałów. Czy to jest kierunek, który dla tej powieści wydaje się Pani odpowiedni?

Pisze Pani także, że Alice potrzebuje dookreślenia, i prosi mnie Pani, żebym wyraźniej powiedział, czego ona pragnie. Odpowiedź brzmi: wszystkiego. Na obecnym etapie Alice chce uzyskać jak największą władzę i będzie bez oporów do tego dążyła. Jest też sfrustrowaną pisarką poszukującą idealnej powieści. Chce mieć bestseller i zrobi wszystko, co się da, żeby go zdobyć. Być może ten aspekt nie jest wystarczająco jasno wypunktowany. (Przy okazji: dziękuję za komplement na temat zgromadzonych przeze mnie szczegółów funkcjonowania agencji literackiej. Moje badania się opłaciły!)

Co do postaci Carol Moore, postaram się, jak to Pani pisze, „ożywić jej charakter".

Ona jest bardzo silną osobą. W istocie ma władzę, jaką Alice chciałaby posiadać, a to powinno być jasne dla czytelnika. W swoich uwagach nie pisze Pani, czy Carol Moore wydaje się sympatyczna czy też nie. Wspomniała Pani, że główny bohater powinien budzić sympatię, ale to się chyba odnosi do Alice, prawda? (Bo rozumiem, że ona nie budzi tego uczucia.) Jestem jednak ciekaw, jak odbiera Pani agentkę Carol, bo ona także jest bardzo ważną postacią.

Będę czekał na odpowiedź, Pani Robinson. Wkrótce może się Pani spodziewać następnego fragmentu, ze zmianami wprowadzonymi w tym, co wcześniej przesłałem.

Z najlepszymi życzeniami,

G.

Ślepe posłuszeństwo, strona 68

Carol Moore każdego ranka robiła zebranie zespołu. Oprócz tego, że chciała nadać bieg sprawom planowanym na dany dzień, lubiła także uzyskiwać informacje o rękopisach, nad którymi pracowali jej ludzie, i dawać im możliwość wypowiedzenia się na tematy uznawane przez nich za ważne. „Świeże pomysły mają podstawowe znaczenie – mówiła Carol. Zatrudniłam was, ponieważ macie świetne pomysły na to, jak lepiej możemy służyć naszym klientom". Żeby wszyscy czuli się komfortowo, a także po to, żeby sprowokować swobodną rozmowę, na każde spotkanie zespołu Carol dostarczała mufinki i kawę. Alice zauważyła, że Jewel każdego ranka zjada co najmniej trzy mufinki. To zaczyna być widoczne, pomyślała. Uda Jewel nie robią się ani trochę szczuplejsze.

Tego ranka na zebraniu zespołu Carol wydawała się szczególnie podekscytowana.

– Łatwo jest pomyśleć, że to taki sam biznes jak inne – mówiła. – Ale prawda jest inna: to jest sztuka. To, co robią nasi autorzy, jest niezwykle ważne i ma wielkie znaczenie. Ich dzieło coś znaczy, książki zmieniają świat. Nasza, jakże ważna, rola polega na tym, żeby je ujawnić światu, zrobić to, czego one same nie mogą uczynić.

Alice w czasie przemowy Carol poczuła, że odpływa. Szefowa oczywiście miała rację. Książki są ważne, ale dla Alice słuchanie pochlebstw wypowiadanych przez Carol pod adresem innych autorów było zbyt bolesne.

– Alice, czy możesz na chwilę zostać?

Alice wystarczająco szybko wróciła do przytomności, żeby dostrzec, że zebranie się kończyło.

– Oczywiście, Carol – powiedziała, zamykając drzwi za Jewel i Ricardem.

– Vaughn Blue jest bardzo zadowolony z twojej pracy nad jego tekstem – oznajmiła Carol, kiedy Alice ponownie usiadła.

Serce Alice zabiło nieco szybciej i spojrzała na twarz Carol, poszukując na niej oznak, że szefowa być może wie, jaka jest prawdziwa natura jej „pracy" dla Vaughna Blue. Ale Carol wydawała się bardzo zadowolona i nie było żadnych symptomów, że coś jest nie tak.

– Z tego powodu – kontynuowała – jestem bardzo zadowolona z twojej pracy. Jesteś naprawdę ważnym ogniwem w tej agencji, Alice.

Ale nie dość dobrą pisarką, żebyś mnie reprezentowała, pomyślała gorzko Alice, a głośno powiedziała:

– Dziękuję, Carol, jestem ci naprawdę wdzięczna.

– Daję ci podwyżkę – obwieściła Carol. – Dostaniesz także własne biuro. To małe, zaraz obok mojego. Małe, ale twoje własne. Uważam, że na to zasłużyłaś.

– Dziękuję, nie wiem, co powiedzieć – rzekła Alice. – Carol, jesteś dla mnie taka dobra.

– Tylko działaj tak dalej – zachęciła Carol. – Dobra robota.

Alice wyszła od Carol i przygotowała się do przeprowadzki do własnego biura. Tak, była jej wdzięczna, ale nie w sposób, którego Carol była świadoma. I będzie dalej działała, ale nie w kierunku, który Carol planuje. Będzie działała, zbierając śmietankę ze wszystkich nadsyłanych projektów i rękopisów. Będzie pracowała, wykorzystując skrypty Carol i z wolna podkopując wysiłki jej zespołu. Będzie nadal działała, wysysając pomysły powstające w głowach klientów Carol i tłumacząc im, że są zupełnie nierynkowe. Nadal będzie grała na Vaughnie Blue prawie tak wirtuozersko, jak on grał na swoim instrumencie. I nadal będzie upewniała Carol, że jej największym marzeniem jest stać się kimś takim jak ona. Bardzo szybko precyzyjne planowanie Alice przyniesie owoce. A Carol właśnie ułatwiła jej zrobienie tego, czego Alice chciała.

Rozdział dziewiąty

Do: angel.robinson@fiammalit.com
Od: gapisarz@heya.com
Temat: Pilne pytanie

Droga Pani Robinson,

z przykrością niepokoję Panią w czasie weekendu, ale zmagam się z ważną decyzją. Okazała mi już Pani tyle pomocy, że powziąłem nadzieję, iż pomoże mi Pani rozwiązać i tę sprawę.

Wydaje mi się, że moja powieść może już być, lub dopiero się stanie, odrobinę klaustrofobiczna.

Chodzi mi o to, że miejsce akcji rzadko wykracza poza wnętrze biura Carol Moore. Sądzi Pani, że to staje się zbytnio ograniczające? Pomyślałem, że może Alice wzięłaby udział w jakimś wydarzeniu literackim poza biurem. Może na przykład podpisywanie książek przez pisarza. A może nawet koktajl na cześć któregoś z autorów Carol? Dodałoby to nieco kolorytu, a czytelnik miałby okazję się dowiedzieć, jaka jest Alice poza agencją.

Co Pani o tym myśli?

Z najlepszymi życzeniami,

G.

Stukałam paznokciem w brzeg klawiatury, zastanawiając się, czy odpowiedzieć na e-mail G. czy nie. Nie chciałam, żeby sobie myślał, że jestem dostępna dwadzieścia cztery godziny na dobę, siedem dni w tygodniu, w celu udzielania porad redakcyjnych. G. z całą pewnością się nie martwił, że zakłóca mi weekendowy odpoczynek, czego ten e-mail był najlepszym dowodem.

Z drugiej strony, G. skądś wiedział, że sprawdzam w trakcie weekendu skrzynkę pocztową, więc po co było udawać, że tego nie robię? Tajemniczy G. jeszcze raz zdołał mnie jednocześnie zaniepokoić i zirytować.

Zastanawiałam się, czy nie wyhodowałam jakiegoś literackiego podglądacza.

A może miałam przypływ paranoi? Nie, to jest autor, który wie nieco za dużo. Ktoś, kto przysyłał wiele rękopisów. Byłam prawie przekonana, że to Peter Johnson, ale nie byłam w stanie się z nim skontaktować, żeby potwierdzić moje przypuszczenia. Nieco wątpliwości w kwestii mojej teorii budził we mnie jedynie fakt, że Peter Johnson nie był dosyć dobrym pisarzem, żeby stworzyć *Ślepe posłuszeństwo*. Ale kto wie? Może te wszystkie odrzucenia obudziły wreszcie jakiś rodzaj ukrytego talentu? Jednak wszystko jedno: czy to jest Johnson czy nie, będzie musiał poczekać. Wyłączyłam komputer. Przede mną była kolacja, do której musiałam się przygotować.

Zgodziłam się, żeby Malcolm prowadził, kiedy jechaliśmy do Lucy. Nie wiedziałam, czy Lucy poda napoje alkoholowe, ale jeśli tak, to się napiję. Nigdy nie byłam szczególnie trunkowa. Coś mocniejszego niż okazjonalny kieliszek wina do kolacji zazwyczaj powodowało, że robiło mi się niedobrze. Jeśli jednak istniała jakaś okazja, która wymagała ode mnie rozstania się z przytomnością, to była nią z pewnością kolacja u Lucy.

Malcolm był uszczęśliwiony z powodu nominacji na kierowcę, gdy udawaliśmy się na to *soiree*, i śmiał się, kiedy mu wyjawiłam powody.

– Chyba nigdy nie widziałem cię pijanej, Angel. – Mrugnął do mnie. – Może być zabawnie.

– Nie powiedziałam, że zamierzam się upić – zaprotestowałam, chociaż zdałam sobie sprawę, że chyba tak właśnie było.

Kiedy znaleźliśmy się w samochodzie, pozwoliłam sobie na dokładniejsze przyjrzenie się strojowi, który Malcolm włożył na tę okazję. Nigdy nie widziałam go tak przyodzianego i nawet nie zdawałam sobie sprawy, że ma tego rodzaju garderobę. Biorąc jednak pod uwagę jego uwielbienie dla Lucy, było całkiem możliwe, że zrobił zakupy specjalnie na ten wieczór. Jego ubranie było skrzyżowaniem inspiracji zaczerpniętych z „Esquire" oraz z „Cat Burglar Quarterly". Miał na sobie przylegającą, czarną, jedwabną koszulę wpuszczoną w równie dobrze leżące czarne spodnie, które ani nie były dżinsami, ani spodniami garniturowymi, ale jakąś szczęśliwą mieszanką jednych i drugich. Całości dopełniały gładkie, czarne mokasyny i okulary słoneczne inspirowane *Matriksem*. Cały ten kostium był może trochę komiczny, ale też robił spore wrażenie. Koszula z długim rękawem opinała i podkreślała każdą krzywiznę jego ramion i torsu, a spodnie

nie były może tak opięte, żeby wyglądać wulgarnie, ale nie były też wystarczająco luźne, żeby pozostawiać jakieś wątpliwości co do tego, co znajduje się pod nimi. Jego gęste blond włosy i naturalnie opalona skóra miło odcinały się od całej tej czerni, którą miał na sobie, a właściwej długości zarost dekorował jego szczęki. Nie było wątpliwości. Malcolm to ciacho.

Po odrzuceniu kilku strojów, które oceniłam jako niewłaściwe (i przypomnieniu sobie mojej pierwszej rozmowy z Lucy), ostatecznie zdecydowałam się na jedyną czarną sukienkę, jaką posiadałam. Należała raczej do krótkich, kończyła się gdzieś w połowie uda i miała tak głęboki dekolt, że mój tatuaż w kształcie anielskich skrzydeł był całkowicie widoczny i niemożliwy do ukrycia. Jednak stanowiła wyśmienitą mieszankę stylu swobodnego i eleganckiego i była najlepszym, na co mogłam liczyć, więc zarzuciłam na szyję leciutki szal, udrapowałam go na dekolcie i uznałam, że wygląda odpowiednio. Od czasu, gdy rozpoczęłam pracę u Lucy, nie miałam przycinanych włosów i przywykłam do ich związywania. Zrobiły się całkiem długie i bardzo kędzierzawe, więc zamiast torturować je jakąś ułożoną fryzurą, pozwoliłam, żeby luźno spłynęły mi na tył sukienki.

Malcolm nabył od nas dla Lucy duży bukiet czerwonych, żółtych i pomarańczowych róż, które trzymałam na kolanach, kiedy jechaliśmy w kierunku San Rafael. Miał wyczucie do kwiatów i nie mogłam dyskutować z jego stwierdzeniem: „Kiedy ktoś zaprasza nas na kolację, nie możemy przyjść z pustymi rękami, prawda?", ale i tak czułam się jakoś wytrącona z równowagi. Pomyślałam, że nie pamiętam, żebym ja coś podobnego kiedyś dostała, a przecież bardziej zasługuję na takie kwiaty niż Lucy.

– Jakbyśmy wieźli węgiel do Newcastle – skomentowałam, zanurzając nos w kwiatach. Miały wyjątkowo silny zapach. – Ludzie stale przysyłają jej kwiaty.

– Zwykła uprzejmość – skwitował Malcolm. – I dziękuję za miłe słowa.

– Jak myślisz, co ona poda na kolację? – zapytałam, podejmując słabą próbę zmiany tematu. Odwróciłam osłonę przeciwsłoneczną po stronie pasażera i obserwowałam swoje odbicie w lusterku. Nadszedł czas, żeby uzupełnić szminkę.

– Kto wie? Na pewno coś dobrego.

– Nie bądź taki pewien. Boże, mam nadzieję, że to nie będzie nic alaskańskiego, jakieś pieczone karibu albo deser z wieloryba.

– No nie, wiesz przecież, że w prawdziwym życiu ona czegoś takiego nie je – powiedział Malcolm.

– W jakim „prawdziwym życiu"? Ona cała jest nastawiona na odżywianie w stylu *Zimno!* Mówiłam ci, że próbowała kiedyś namówić Karanuka, żeby napisał książkę kucharską?

– Tak, wspominałaś.

Nie widziałam oczu Malcolma przez te supertrendy okulary i to mi przeszkadzało.

– A mówiłam ci o jego nowej książce?

– Taaa.

– A powiedziałam, że chce ją nazwać *Odwilż*, tak jak sugerowałam?

– To świetnie, skarbie.

– Lucy mówi, że próbuje go nakłonić, żeby się zjawił. W całkowitej tajemnicy. Zaledwie jakieś pół miliona ludzi będzie o tym wiedziało. Wyobrażasz sobie, jaką liczbę książek można by przy tym sprzedać. Karanuk jak dotąd nie dał się przekonać.

– A może t y zdołałabyś go namówić? Z tego, co mówisz, wynika, że on cię lubi. To byłby wyczyn, co?

– Mhm.

Przez chwilę rozważałam taki scenariusz. Karanuk ukazujący swą twarz, choćby na krótki moment, byłby większym wydarzeniem medialnym niż J. D. Salinger pojawiający się u Davida Lattermana. Gdyby Malcolm nie wspomniał o takiej możliwości, nawet by mi ona przez myśl nie przeszła. Jednak kiedy to wyobrażenie zostało raz wywołane, od razu rozrastało się w mojej głowie. Miało teraz ciężar, głębię i nieprawdopodobny potencjał. W końcu dobrze wyczuwałam Karanuka. Sprawdzę, czy ulegnie sugestiom. Dla takiej sprawy warto podjąć próbę. Oddałam się marzeniom o wielkim przyjęciu na cześć książki Karanuka. Moglibyśmy mieć na nim wielkie rzeźby z lodu, które topniałyby w trakcie przyjęcia, obrazując tytułową „odwilż” i powrót do pierwotnej natury... Wyprostowałam się na siedzeniu. Myślałam d o k ł a d n i e   j a k   L u c y. Było tak, jakby ona wtłoczyła mi do głowy swoje myśli. Dosłownie otrząsnęłam się i spojrzałam przed siebie.

Byliśmy blisko domu Lucy, więc czułam przypływ adrenaliny, jaki pojawiał się zawsze, kiedy zbliżałam się do biura. A potem uświadomiłam sobie, że to nie ja prowadzę. Ścisnęło mnie w żołądku. Nie dałam Malcolmowi żadnych wskazówek. Jak on tu trafił?

– Malcolm?

– Tak, kochanie?

– Jak tu, do diabła, trafiłeś?

– Przyjechałem, kotku. Wiesz, sprzęgło, gaz i tak dalej.

– Nie. Chodzi mi o to, jak znalazłeś to miejsce. Przecież nie powiedziałam ci, jak dojechać, a ty nigdy tu jeszcze nie byłeś, prawda?

– Kurczę – powiedział miękko Malcolm.

– Co? No powiedz mi.

– Wiesz, przepraszam, Angel. Nie chciałem, żebyś wiedziała... Taki jestem głupi.

– Malcolm, o czym ty, do licha, M Ó W I S Z?! – krzyczałam, zupełnie się nie kontrolując, chociaż naprawdę nie wiedziałam dlaczego.

– Śledziłem cię, okej?

– C O?

– Parę razy. Na początku, kiedy rozpoczęłaś pracę i wydawałaś się taka zestresowana, po prostu się o ciebie martwiłem. Byłaś taka zmęczona – cały czas teraz jesteś zmęczona – chciałem się upewnić, że dojechałaś szczęśliwie, okej? To wszystko było takie przesadzone, wiesz? Nie wolno mi było dzwonić ani zabrać cię na lunch, to zakrawało na jakieś niewolnictwo.

Malcolm zachichotał nerwowo, co dziwnie nie pasowało do jego stroju.

– Ale jak to się stało, że nie zauważyłam, że mnie śledzisz?

– Angel... – Tu zrobił długą, dramatyczną przerwę. – Niczego już nie widzisz poza tym, co znajduje się bezpośrednio przed tobą albo wprost w twojej głowie. Jesteś tak skoncentrowana, że mogłoby po tobie przejść stado słoni. Oczywiście, że mnie nie zauważyłaś. Myślę, że niczego nie widzisz.

Nie mylił się. Wiele razy zdarzało się, że dojeżdżałam do biura, nie pamiętając, jak się tam znalazłam. Ale to, że mnie śledził, jechał za mną, wywołało we mnie zimne, nieprzyjemne odczucie, z którego nie mogłam się otrząsnąć.

– Malcolm, nie wiem, co o tym myśleć. Czy to urocze, czy przerażające.

– Próbowałem po prostu na ciebie uważać, Angel. – Malcolm westchnął i podsunął okulary na nosie.

– Uważać czy mnie szpiegować?

– Dlaczego miałbym cię szpiegować? Jaki by to miało sens?

– Nie wiem – rzuciłam głosem, w którym słychać było moje napięcie i frustrację. – To jest dziwactwo. Zrobiłeś dziwną rzecz.

Malcolm znowu zachichotał, a ja uzmysłowiłam sobie, że ten dźwięk mi się nie podoba.

– Tak, dziwną. Słuchaj, następnym razem po prostu... cholera, już jesteśmy.

Malcolm wpłynął na długi, żwirowany podjazd Lucy. Uświadomiłam sobie, że nigdy nie patrzyłam na ten dom z przodu, ponieważ zawsze wchodziłam tylnym wejściem. Na podjeździe stał jeszcze jeden samochód, nieco sfatygowana honda civic. Wiedziałam, że Lucy ma srebrnego jaguara (łączyłam rozmowy z jej mechanikiem, dealerem itp.), choć nigdy nie widziałam, żeby dokądś jechała. Samochód nie należał więc do niej. Ani do nikogo z jej pracowników. Bajecznie, pomyślałam, tajemniczy gość.

– Myślę, że teraz już za późno, żeby się wycofać – uznałam, kiedy wysiadaliśmy z samochodu.

– Daj spokój, będzie fajnie – odpowiedział Malcolm, ale już na mnie nie patrzył. Skupił spojrzenie na domu Lucy i energicznie kroczył w jego kierunku.

– Hej, zechcesz na mnie poczekać?

Malcolm obrócił się lekko i zatrzymał. Wyglądał na zirytowanego.

– Myślę, że ty dasz jej kwiaty?

– Nie, Malcolm. Lepiej ty – stwierdziłam, podając mu bukiet. Kilka szkarłatnych i żółtych płatków odpadło i spłynęło na ziemię. Oczy Malcolma zwęziły się w złote szparki.

– Co ci jest? – wysyczał.

Postanowiłam go zignorować i patrzyłam na drzwi frontowe, które były białe, masywne i ozdobione wielką srebrną kołatką w kształcie Alaski wraz z archipelagiem Aleutów. Podniosłam kołatkę z pewnym wysiłkiem, ponieważ była niewiarygodnie ciężka, i pozwoliłam jej opaść. Z wnętrza nie dobiegał żaden dźwięk. Spróbowałam ponownie, znowu bez odzewu. Spojrzałam na Malcolma rozszerzonymi nagłą paniką oczami. Poczułam, jak pot powoli przesącza się przez cienką tkaninę mojej sukienki.

– Może spróbujesz tego? – rzekł Malcolm, wskazując na dzwonek na framudze. – Najwyraźniej kołatka jest tylko ozdobą.

– Najwyraźniej – przytaknęłam i przycisnęłam palec do dzwonka. Z wnętrza odpowiedział wibrujący dźwięk.

– To na pewno nasza Angel. – Usłyszałam i poczułam w środku echo tych słów, a pod pachami zimny pot.

Drzwi otworzyły się szeroko i stanęła w nich Lucy z jaśniejącymi wokół twarzy włosami i ramionami rozpostartymi, jakby chciała przygarnąć nas oboje. Miała na sobie czarną sukienkę, niepokojąco podobną do mojej, chociaż jej była zapewne od Donny Karan albo Dolce & Gabana, albo czegoś w tym rodzaju (łączyłam także jej rozmowy z drogimi butikami), a moja była bez marki projektanta i zakupiona u Robinsona, którego sklep był równie ekstrawagancki jak ja. Lucy jest wyższa ode mnie i dlatego jej sukienka była krótsza od mojej i ujawniała przerażająco duży odcinek jej bladych, chociaż jędrnych, nagich ud. Miałam nadzieję, że nie będzie się tego wieczoru schylała, ponieważ przewidywałam, że nie zniosę widoku tego, co miała pod spodem, jakakolwiek okazałaby się jej bielizna. Wycięcie jej dekoltu było także nieco głębsze niż moje i odsłaniało górną partię pełnych piersi, jakie widziałam pewnego ranka w biurze. Buty także były wyraziste: wysokie obcasy powleczone satyną i zakończone taśmami opasującymi łydkę na całej długości. Stroju Lucy dopełniało kilka sztuk srebrnej biżuterii, bardzo podobnej do tej, jaką miałam w swoim puzderku. Dziwnie było je zobaczyć na Lucy, bo – niezręcznie się czułam, myśląc w ten sposób – byłyby bardziej odpowiednie dla osoby młodszej. Niezależnie od tego, że jej rzeczy i biżuteria były w doskonałym gatunku, Lucy robiła wrażenie przebranej za kogoś młodszego od siebie.

– Witajcie! – zawołała i ku mojej zgrozie przytuliła mnie do pachnącej chanel piersi. – A to zapewne twój chłopak,

Malcolm, prawda? – Lucy uwolniła mnie, a następnie zwróciła uwagę na Malcolma, którego twarz przybrała brązowo-czerwony kolor mięsa z rusztu.

– To wspaniale spotkać panią. Osobiście – powiedział i wyciągnął kwiaty przed siebie. – Bardzo dziękuję za zaproszenie. To naprawdę przyjemność. Przynieśliśmy... to znaczy, są dla pani. Dla domu.

Nigdy nie widziałam ani nie słyszałam, żeby Malcolm był taki dziwaczny. Lucy spoglądała na niego, jakby chciała sprawdzić, jak głęboko uda mu się wkopać. Byłoby mi go żal, gdyby nie zirytowała mnie ta jego nagła przemiana w podrygującą marionetkę.

– Urocze – szczebiotała Lucy, kiedy Malcolm cofnął rękę. – Zobaczymy, czy Anna znajdzie dla nich wazon. Chodźcie za mną.

A n n a? Więc w końcu została zaproszona. Zastanawiałam się, czemu nie widziałam na podjeździe jej samochodu, ale uświadomiłam sobie, że musiała zaparkować z tyłu. Obecność hondy nadal pozostawała niewyjaśniona.

– Angel, zdaje się, że nie widziałaś wcześniej mojego domu, prawda?

Kiedy Malcolm i ja ruszyliśmy za Lucy, próbowałam dyskretnie uchwycić jego spojrzenie, ale szedł przodem z nieobecnym wyrazem twarzy. Dom Lucy był wielki, znacznie obszerniejszy niż wydawał się z zewnątrz, i stanowił coś w rodzaju stylistycznej kontynuacji jej biura. Przeszliśmy z hallu do salonu, którego jasne, drewniane podłogi były w wielu miejscach przykryte sporym wyborem białych dywaników i który był umeblowany stołami z chromu i szkła oraz zadymką różnych białych obiektów. W całej tej bieli nie było widać ani jednej książki.

– Nie musimy się tam wdrapywać, prawda? – spytała Lucy, machając ręką w kierunku wolno stojących, spiralnych schodów na środku pomieszczenia.

– Jakie piękne schody – zauważył z uznaniem Malcolm.

– Dla mnie są inspiracją – powiedziała Lucy. – Przejdziemy dalej?

Kiedy się odwróciła, żeby kontynuować to przyspieszone zwiedzanie, przypomniał mi się *Charlie w fabryce czekolady*. Oczekiwałam bez mała zastępu Umpa-Lumpów, którzy przemaszerowaliby z piosenką (o jej inspirujących schodach) na ustach.

Lucy ruszyła w lewo, przez zwieńczone łukiem przejście, i poprowadziła nas do otwartej kuchni, za którą znajdowała się skąpana w świetle jadalnia. W kuchni stała Anna, pochylona nad półmiskiem czegoś, co wyglądało na zimne zakąski. Jakiś metr dalej, z białego krzesła w jadalni, podnosił się Damiano Vero.

– Damiano! – zawołała dźwięcznie Lucy. – Twoja Angel właśnie przybyła!

Kiedy moje oczy obserwowały różne stadia dyskomfortu na wszystkich twarzach, z wyjątkiem oblicza Lucy, wiedziałam, że jedno jest pewne: do samej śmierci będę pamiętała tę chwilę jako najbardziej nieprzyjemną w życiu.

Lucy przerwała ciszę, nie osłabiając jednak napięcia, swoim kolejnym posunięciem.

– Anno – powiedziała – uwolnij, proszę, chłopaka Angel od tych róż i włóż je do wody.

Wtedy zrozumiałam, że Anna nie jest w domu Lucy w charakterze gościa. Zobaczyłam, że jest ubrana w białą bluzkę, czarne spodnie, a wokół bioder ma fartuszek. Z nieskończonym zdumieniem odkryłam, że Anna ma tu być służącą.

– Oczywiście – odparła Anna słabym, stłumionym w gardle głosikiem. – Cześć, Angel.

– Cześć, Anno.

– Jestem Malcolm – przedstawił się mój mężczyzna, przekazując jej róże.

– A więc – zaszczebiotała Lucy – Damiano, pozwól, że ci przedstawię narzeczonego Angel.

Po tej wypowiedzi Lucy Damiano wydawał się zaskoczony i dotknięty.

W beznadziejnym przerażeniu patrzyłam, jak próbuje odzyskać równowagę, podczas gdy Lucy ciągnęła:

– Malcolmie, to jest Damiano Vero, autor książki, która niedługo zostanie powszechnie uznana za wielkie dzieło. Ale jestem pewna, że Angel ci o nim opowiadała, prawda? Spędzili mnóstwo czasu, pracując razem.

– Niezupełnie – powiedział Malcolm, kiedy wreszcie odzyskał głos, i dość silnie potrząsnął dłonią Damiana. – Angel właściwie nieco się ukrywa ze swoją pracą. Ale gratuluję. Z pewnością jesteś pod wrażeniem. Ja także jestem pisarzem.

W tym miejscu rzucił nerwowo okiem na Lucy.

– To bywa bardzo trudna droga.

– *Piacere* – powiedział Dami. – Właściwie dopiero zacząłem pisać. Tyle zawdzięczam Angel. Dostrzegła coś w tym tekście i dała go Lucianie. Razem uczyniły cud.

Kiedy się pochyliłam, żeby Damiano mógł mnie pocałować w policzki, czułam na plecach palące spojrzenie Malcolma.

– Jak miło znowu cię zobaczyć – mówił miękko Damiano. Był w tym pokoju jedyną osobą, która nie była ubrana na czarno. Zamiast tego wybrał niebieskawą lnianą koszulę i spodnie khaki. Jego niezbyt formalny strój, zamiast powodować, że on sam wyglądał za bardzo zwyczajnie, podkreślał raczej naszą zbyt wykwintną elegancję. Kiedy jego usta musnęły moją twarz, poczułam ten sam odurzający słodko-cytrusowy zapach, który wniósł tamtego dnia do biura.

Cofnął się, patrząc na mnie ciepło brązowymi oczami. To był dopiero drugi raz, kiedy spotykałam go osobiście, ale dogłębne porozumienie między nami było bardzo mocne. Cały ten czas, który spędziłam, rozmawiając z nim przez telefon, czytając jego tekst, chłonąc jego słowa, uczucia, myśli i doświadczenia, spowodował, że czułam się, jakbym siedziała w jego głowie. To było jakieś dziwnie znajome uczucie, jak déjà vu.

– Żaden cud – rzuciła Lucy. – Książka praktycznie sprzedała się sama, prawda, Angel?

Trochę ryzykowała, ale ja byłam dobrze wyszkolona. Natychmiast złapałam, o co chodzi.

– Ależ nie, Lucy, to wszystko twoja zasługa. Licytacja była wspaniała.

– Założę się, że tak było – wtrącił się Malcolm. – Może pewnego dnia ja też będę miał to szczęście.

– Może rzeczywiście tak się zdarzy – powiedziała Lucy, prześwietlając Malcolma wzrokiem. Położyła dłonie na biodrach i taksowała go, jakby był żywym inwentarzem. Podniosła kącik ust w półuśmiechu.

Przez chwilę wyglądała jak... m i ę s o ż e r c a – tak, to było jedyne właściwe słowo na określenie tego, co widziałam.

– Czy ktoś ma ochotę na drinka? – Anna pojawiła się w środku naszego zgrupowania, niosąc tacę z drinkami.

– Pomyślałam, że na dzisiejszy wieczór dobre będą koktajle z martini – oznajmiła Lucy. – Proszę, częstujcie się.

– Dziękuję – powiedziałam i wzięłam jedną szklaneczkę z tacy. Uniosłam przy tym brwi, wyrażając w ten sposób pytanie, co Anna, u licha, tutaj robi. W odpowiedzi otrzymałam chłodne spojrzenie bez wyrazu. Pociągnęłam spory łyk i omal się nie zakrztusiłam. Koktajl był bardzo mocny, a ja nie znosiłam ginu, ale wstrzymałam oddech i łyknęłam jeszcze.

– Ja też chętnie – powiedział Malcolm i wziął szklaneczkę. Rzuciłam mu wymowne spojrzenie, ale zignorował mnie.

Anna odwróciła się do Damiana, który powiedział:

– Nie, *grazie*. Miałabyś trochę wody mineralnej?

– Ależ oczywiście – powiedziała Lucy. – Zapomniałam, że jesteś na odwyku. Chociaż martini i heroina chyba nie mają zbyt wiele wspólnego, prawda, Damiano? Na pewno możesz sobie czasem pozwolić na odrobinkę. – Lucy wyłowiła oliwkę ze swojej szklanki i umieściła ją w ustach. – To praktycznie jest jedzenie.

– *È vero* – rzucił Dami ze śmiechem. Zachwycała mnie jego swoboda i umiejętność odzyskiwania poczucia humoru mimo obecności Lucy. To był prawdziwy talent. –

Ale to nie dlatego – kontynuował. – Po prostu nie lubię jałowcowego smaku ginu. A co do tamtej sprawy... tyle czasu minęło. To już przeszłość.

– Mhhm... zacmokała Lucy. – Wiesz, Damiano, to nie jest za bardzo sexy. Kiedy ta książka wejdzie z hukiem na rynek, a zapewniam cię, że tak właśnie będzie, pewnie będziesz musiał trochę podkręcić tę opowieść z heroiną w tle.

Lucy odwróciła się od Damiana i przeniosła swoje laserowe spojrzenie na Malcolma.

– Są różne strony bycia pisarzem, zgodzisz się ze mną?

– Z pewnością – przytaknął Malcolm. – Niecierpliwie czekam, żebym i ja niektórych z nich doświadczył.

Posłał Lucy uwodzicielski uśmiech. Od dłuższego czasu nie widziałam u niego tak szerokiego uśmiechu, co wyjaśniało, czemu dopiero teraz zauważyłam, że ostatnio wybielił sobie zęby.

– Tak – mruknęła Lucy. – Masz niezłą prezencję, Mal. Szkoda, że jesteś tylko kelnerem. Moglibyśmy znaleźć ci jakąś płaszczyznę... zrobić jakiś użytek z tej twarzy...

– Dziękuję – powiedział Malcolm. – Jestem naprawdę bardzo wdzięczny.

Wdzięczny z a c o? Dlaczego on jej dziękuje? I poza tym czemu cały czas się w nią wgapia z tym obrzydliwie lizusowskim wyrazem twarzy? Jednym dużym łykiem skończyłam drinka i sięgnęłam po następnego. Alkohol nie zadziałał w sposób, jakiego oczekiwałam, i moje nerwy były coraz bardziej napięte. Patrząc znad brzegu szklaneczki, pochwyciłam wzrok Damiego. Jego rozbawione spojrzenie mówiło, że rozumie. Byliśmy konspiratorami: jedynymi ludźmi w tym pokoju, którzy dostrzegli komizm sytuacji.

– Powinniśmy coś zjeść – ogłosiła Lucy. Wskazała Annę, która stała za wielką, marmurową wyspą na środku kuchni. – Anna będzie gospodynią, choć może powinnam powiedzieć „gosposią". – Lucy zaśmiała się z własnego żartu. – Częstujcie się. Malcolm, widzę, że masz pustą szklaneczkę. Może zostaniesz naszym barmanem?

Lucy poprowadziła Malcolma z powrotem do salonu, gdzie zaaranżowany był bar, a ja ruszyłam w kierunku bufetu Anny. Damian szedł zaraz za mną. Przed nami na białych talerzach piętrzyły się wszystkie znane mi rodzaje mięsa oraz kilka takich, jakich nigdy jeszcze nie widziałam. Płaty szynki, indyka, pieczeni i polędwicy wołowej z ziołami sąsiadowały z talerzami wypełnionymi kotletami cielęcymi i udkami kurczaka. W centrum kompozycji znajdował się wianuszek krakersów, ale w zasięgu wzroku brakowało chleba i jakichkolwiek warzyw, jeśli nie liczyć zielonej pietruszki do przybrania. Wyglądało to jak wytwór szalonej fantazji Atkinsa, albo wcielony koszmar wegetarianina.

– Zjesz jakieś mięso? – zapytała mnie Anna.

– Anno, co ty tutaj robisz? – wyszeptałam.

– Myślisz, że jesteś jedyną osobą, która może przyjść do niej do domu? – odszepnęła, nakładając mięso na mój talerz. – Między mną a tobą nie ma aż tak wielkiej różnicy, jak się spodziewałaś. Obydwie pracujemy.

– O czym ty mówisz? – Spojrzałam dyskretnie na Damiego, który zatrzymał się w pewnej odległości, umożliwiając mi odbycie półprywatnej rozmowy z Anną.

– Mnie przynajmniej za to p ł a c i – sapnęła.

– Co masz na myśli?

– Wiesz – syknęła – powinnaś być dla niej milsza. Trochę dziwnie się zachowujesz.

– Anno, co...

– Bardzo proszę. A przy okazji, to ja przyrządziłam kurczaka. Powinnaś spróbować.

– Ja chętnie spróbuję kurczaka – powiedział Dami, stając przy mnie.

Patrzyłam, jak Anna wrzuca mu na talerz kilka skrzydełek.

– To bardzo interesująca kolacja – powiedział Damiano, ledwie powstrzymując uśmiech igrający w kącikach ust. Patrzyłam na niego i miałam jakieś dziwne, nierealne wrażenie. Przez chwilę wszystko wokół mnie wydawało się fikcją. Lucy, Anna, Malcolm, ten śmieszny korowód mięs, całość zdała mi się nagle wytworem wyobraźni jakiegoś szalonego pisarza. Miałam w tym momencie złudzenie, jakbym najpierw podążała za tekstem, a potem nagle się pogubiła i nie mogła się w nim odnaleźć. W tej przedłużającej się, wyrwanej z kontekstu chwili spojrzałam na Damiana i poczułam, że mam się czego uchwycić. W jakiś sposób wiedziałam, że on rozumie, co czuję. Jego oczy mówiły, że jest ze mną. Powiedziałam sobie, że to może szmerek w głowie spowodował to wrażenie, ale przecież nie byłam pijana. Ani troszeczkę. Co powiedział o kolacji? Co ja powinnam odpowiedzieć?

– Tak – mruknęłam z nadzieją, że to wystarczy.

– Czy ona zawsze jest taka?

– Ona?

– Luciana.

Pociągnęłam kolejny łyk koktajlu i w ten sposób skończyłam następnego drinka. To już były dwie pełne szklaneczki. Kiedy gin wreszcie na mnie podziała, to nie będzie ładny widok. Damiano czekał na odpowiedź, a ja nie wiedziałam, jaka ona ma być. Już, już miałam się zdobyć na uczciwe stwierdzenie, ale się powstrzymałam. On przecież dopiero co wyraził wdzięczność w stosunku do Lucy. Na jego miejscu starałabym się mieć do niej pozytywny stosunek. W końcu on był autorem, k l i e n t e m. Wiedziałam, że chociaż jego ciemno-winne oczy mówią co innego, nie powinnam zawierzać mu tego, co mi chodzi po głowie.

– Ma piękny dom, nie sądzisz? – To była kiepska zmiana tematu i Damiano od razu ją przejrzał. Wzruszył ramionami i ruszył w kierunku stołu w jadalni.

– *Sì, sì* – odparł. – Dom robi wrażenie. Wskazał na szklane drzwi, przez które widziałam obszerny, zupełnie pusty taras. – Szkoda, że na zewnątrz nie ma krzeseł – wyraził żal Damiano. – Na powietrzu byłoby miło.

Usiedliśmy razem przy kolosalnym stole w jadalni Lucy. Damiano zajął miejsce naprzeciw mnie, tak że mogłam patrzeć albo na swój talerz, albo na niego. To były jedyne dostępne mi opcje. Z salonu dobiegał wysoki, dziewczęcy śmiech Lucy.

– Nie wiedziałem, że jesteś... *agganciata* – powiedział Damiano. Spojrzałam na niego, nie rozumiejąc. Wskazał na serdeczny palec lewej ręki. – Zamiar wyjścia za mąż...

– Zaręczona? – spytałam. – Nie jestem.

– Ale Luciana...

– Myli się – powiedziałam.

– Słuchasz tej płyty? – zapytał po chwili Damiano głosem cichszym, niż to było konieczne.

– Tak. Bardzo ją lubię. – To była prawda. Przez ostatnie kilka tygodni, kiedy coraz więcej nocy spędzałam sama, puszczałam „anielską" płytę Damiana późnym wieczorem jako kołysankę.

– A jak się miewa twoja *pesce*? – Jego uśmiech był tak promienny, że oświetlał moją twarz.

– Masz na myśli rybkę?

– *Sì*, rybkę.

– Jest bardzo ładna, Dami. Ustawiłam ją w biurze, bo tam więcej mogę na nią patrzeć. – To też była prawda, ale głównym powodem, dla którego rybka tam pozostawała, była moja niechęć do składania Malcolmowi wyjaśnień związanych z jej obecnością. – To było naprawdę miłe z twojej strony – dodałam.

– Drobiazg – odpowiedział.

– A jak ci idzie pisanie? Tamtego dnia, kiedy dzwoniłeś, chciałeś mi coś powiedzieć, prawda? Wydaje mi się, że już tak dawno nie rozmawialiśmy o twojej książce... Brakuje mi tego.

Damiano uśmiechnął się.

– Myślę, że nikt jej nie rozumie tak jak ty – stwierdził. – Zgodzisz się na to rzucić okiem? Wiem, jaka jesteś zajęta. Ale byłaś... Nie znam tego słowa... *Inspirazione?*

– Inspiracja – podpowiedziałam miękko. – Po angielsku jest tak samo. Z największą radością ją przeczytam.

– *Bravo*. – Znowu się uśmiechnął. – Powinienem coś dla ciebie zrobić. Ty tyle zrobiłaś dla mnie.

Pomyślałam, że najwłaściwiej byłoby powiedzieć, że wykonywałam swoją pracę i że w żaden sposób nie musi mi się odwdzięczać, ale kiedy chciałam wypowiedzieć te słowa, uwięzły mi w gardle.

– Mnie też sprawi to radość – powiedziałam i poczułam, jak fala gorąca rozlewa się po całym moim ciele. Nerwowym ruchem odgarnęłam ręką włosy, jakby to miało osłabić wrażenie upału.

Damiano popatrzył na mnie tym samym rozumiejącym spojrzeniem, którym obdarzał mnie przez cały wieczór.

– Twoje włosy... – powiedział.

– Wiem – odparłam, starając się roześmiać. – To jeden wielki bałagan. Nie mogłam sobie poradzić...

– Nie – zaprzeczył Damiano. – Są jak ogień. Jak warkocz komety spadającej na twoje plecy.

Kiedy skończył, podniosłam nagle wzrok. Lucy i Malcolm właśnie zmaterializowali się przy stole, jakby tu nagle sfrunęli. Zupełnie nie zauważyłam, kiedy podchodzili. Malcolm trzymał w ręce kolejnego drinka. Miał pociemniałą twarz i nie mogłam odczytać wyrazu jego oczu.

– Dobrze! – wykrzyknęła Lucy à propos... nie wiem czego. – Usiądźmy. Chciałabym coś ogłosić.

Lucy usadowiła się obok mnie i przysunęła krzesło bardzo blisko mojego. Malcolm zajął drugą stronę, siadając naprzeciw Damiana. Jednym haustem wypił drinka. To by było na tyle, jeśli chodzi o mojego kierowcę. Czas najwyższy, żebym skończyła pić.

– Toast! – zaproponowała Lucy, unosząc szklaneczkę. – Damiano, podnieś chociaż szklankę, dobrze?

Damiano posłusznie podniósł wodę mineralną.

– Za książki i wszystko, co związane z literaturą! – Wypiła łapczywie, a my zrobiliśmy to samo. – Angel! – zawołała.

– Lucy? – Czułam się, jakbym znowu była w biurze. Moja ręka drgnęła, jakby miała sięgnąć po pióro i natychmiast coś zapisać.

– Jak wiesz, co najmniej raz w roku jeżdżę do Nowego Jorku. – Lucy spojrzała na Damiana i Malcolma. – Serce rynku wydawniczego ciągle bije w Nowym Jorku i to bardzo ważne, żeby od czasu do czasu spotkać się z wydawcami twarzą w twarz.

– Ależ ty odnosisz takie sukcesy w Kalifornii – powiedział Malcolm. Zauważyłam, że lekko sepleni. – A w dobie Internetu i tak dalej, czy wyjazd do Nowego Jorku jest taki potrzebny? No i myślę, że ty jesteś taka sławna, że oni powinni przyjeżdżać d o c i e b i e.

Byłam tak zażenowana dziecinnie idiotyczną wypowiedzią Malcolma, że mogłam tylko spuścić wzrok. Mój mięsny talerz pobłyskiwał ku mnie.

– To bardzo miło, że tak mówisz, Malcolm, i chociaż to opinia indywidualna, to pewnie także i prawda. Ale odpowiadając na twoje pytanie, naprawdę muszę jeździć do Nowego Jorku. Dla mnie Nowy Jork jest ożywczą siłą i zawsze jest coś, czego możemy się nauczyć, prawda? Nikt z nas nigdy nie może powiedzieć, że całkowicie zakończył naukę, czyż nie?

Przy stole rozległ się pomruk akceptacji, chociaż spodziewałam się, że podobnie jak ja, Malcolm i Damiano nie wiedzą, do czego Lucy zmierza.

– Ale – podjęła niecierpliwie Lucy – powodem, dla

którego o tym mówię, nie jest udzielanie wam lekcji na temat rynku wydawniczego. Chciałam powiedzieć, że zabieram cię ze sobą, Angel.

– Mnie?

– Tak, w moją najbliższą podróż do Nowego Jorku. Pojedziesz ze mną do Big Apple. Gotham. Do miasta, które nigdy nie śpi. Wiem, że nigdy tam nie byłaś, ale z pewnością słyszałaś o tym mieście, prawda? – Zaśmiała się leciutkim śmieszkiem do wnętrza swojej szklanki, co miało sugerować, że ta wypowiedź powinna mnie rozbawić. – W każdym razie, Angel, zabieram cię do Nowego Jorku. To właśnie chciałam powiedzieć. Zasłużyłaś na to.

– Och, Lucy, nie wiem, co powiedzieć. – Czułam, że słowa „nie wiem, co powiedzieć" są idealnym wypełniaczem kłopotliwej ciszy. Przebiegałam myślą cały słownik, grając na zwłokę najdłużej, jak mogłam, zanim sformułowałam odpowiedź, jakiej ona oczekiwała, a jaka dała się nałożyć na to, co sama myślałam.

– Angel, co za zaszczyt! – wykrzyknął Malcolm. – Jakie to wspaniałomyślne z twojej strony, Lucy.

Lucy pokiwała głową, po czym przekrzywiła ją na jedno ramię. Patrzyła na Malcolma w bardzo szczególny sposób, jakby nastąpiła na psią kupę i chciała ją zetrzeć z buta. Obróciłam lekko głowę, żeby sprawdzić reakcję Anny, ale ta zniknęła. Damiano pochylił głowę nad talerzem, ale widziałam, że kąciki ust drżą mu w ledwie hamowanym śmiechu.

– Niesłychanie się cieszę, Lucy. Bardzo dziękuję.

– Szczerze mówiąc, Angel, nie wyglądasz na ucieszoną. Powinnaś wiedzieć, że n i g d y nikogo nie zabrałam ze sobą do Nowego Jorku, a już szczególnie asystentki.

Malcolm wpatrywał się we mnie. Damiano podniósł wzrok, żeby spojrzeć mi w oczy.

– Jestem po prostu pod wrażeniem, Lucy. To jest... taka wielka szansa dla mnie.

– Właśnie – skwitowała Lucy.

– Luciana, a co dokładnie się robi w tym Nowym Jorku? Jestem kompletnie nowy w tym wszystkim, jak wiesz. – Damiano odwrócił się całym ciałem w kierunku Lucy. Jego charyzmatyczna siła objawiła się z pełną mocą. Wyglądał, jakby Lucy była najbardziej interesującym stworzeniem na całym świecie. A robił to dla mnie, bo widział, jak ze sobą walczę. To była absolutnie heroiczna obrona. Był odwrócony do Lucy, więc nie mógł widzieć moich oczu, ale i tak wyraziłam spojrzeniem całą moją wdzięczność.

Lucy oddała się opowieści o tym, jak spotyka się z wydawcami i forsuje nowe projekty. Mówiła o tym, jak wykańczające są te spotkania, zaplanowane gęsto, jako że każdy wydawca w Nowym Jorku chce się z nią zobaczyć. No i, oczywiście, bankiety. W Nowym Jorku zawsze są jakieś „eventy" związane z rynkiem wydawniczym. Lucy ma też autorów z Nowego Jorku, którzy wolą być związani z nią, a nie z którymś ze znanych nowojorskich agentów, a ona zawsze musi znaleźć dla nich czas. Lucy jest rodowitą Kalifornijką, ale czuje, że ma nowojorską wrażliwość. Na szczęście nie pochodzi z południowej Kalifornii – tego stereotypu nie byłaby w stanie przezwyciężyć. Ludzi z północy uważa się za bardziej wiarygodnych. Czy Damiano, jako przybysz z Włoch, także odczuł coś takiego? Czy w jego kraju też istnieje przesąd dotyczący podziału na północ i południe? To byłoby zaskakujące, zważywszy na to, o ile Włochy są mniejsze od Kalifornii. Nawiasem mówiąc, jej rodzina pochodzi z północnych Włoch...

Kiedy Lucy mówiła, a Damiano wtrącał włoskie frazy i wykrzykniki, spojrzałam ukradkiem na Malcolma. Siedział pochylony na krześle i z pociemniałą twarzą chłonął każde słowo Lucy. W pewnym momencie poczuł mój wzrok i lekko się odwrócił, żeby na mnie popatrzeć. Czekałam na jakiś przejaw porozumienia, które zachodzi pomiędzy partnerami, na szczególny rodzaj komunikowania się bez słów, opartego na wspólnym przeżywaniu, ale między mną a Malcolmem niczego takiego nie było. Robił wrażenie zniecierpliwionego i nieco mną zirytowanego.

Skupiłam uwagę na Damianie, który konsekwentnie odgrywał przedstawienie najgłębszej fascynacji wszystkim, co mówiła Lucy. Podobnie jak Malcolm, Damiano poczuł mój wzrok i na króciutką chwilę nasze oczy się spotkały. W tym momencie poczułam pożądanie. Runęło na mnie z siłą fortepianu spadającego z drapacza chmur. To nie było nic tak powierzchownego, jak fascynacja, ani tak kobiecego, jak tęsknota. To było fizyczne pożądanie, tak silne, że aż bolesne. Pragnęłam Damiana. Pożądałam go od chwili, kiedy przeczytałam pierwszą stronę jego tekstu. Uświadomiłam sobie wagę tego odkrycia. Towarzyszące temu fizyczne doznanie groziło mi uduszeniem. Damiano w jednej sekundzie dostrzegł wszystko: mój wstrząs, nagłe olśnienie, moje widoczne pożądanie, i jego oczy zajaśniały. Zrozumiał.

– ...i Angel pracuje nad czymś bardzo interesującym, prawda? Mam zamiar ich powalić.

Dosłyszałam głos Lucy, ale byłam kompletnie i dogłębnie zagubiona.

– Powieść związana z Las Vegas – powiedziałam zmieszana. – Zapowiada się naprawdę dobrze.

– Nie to! – warknęła Lucy. – Nasz tajemniczy rękopis.

– Och – westchnęłam. – To!

– Tak, to. Zabieramy to do Nowego Jorku, Angel! Mam przeczucie, że o tym właśnie będzie się mówiło w mieście.

Przepełniło mnie nagłe, niepowstrzymane przerażenie. Wiedziałam, że Lucy jest wystarczająco zaintrygowana *Ślepym posłuszeństwem*, żeby domagać się reszty tekstu, ale nie zdawałam sobie sprawy, jak bardzo jest przekonana, że ta powieść ma potencjał rynkowy. Teraz zabiera ją do Nowego Jorku, a ja mam jej towarzyszyć.

Wrabia mnie w anonimowego autora, którego nie znoszę, i w pracę nad tekstem, przy którym oszaleję. Najgorsze, że sama się w to wszystko wplątałam. Podsunęłam jej rękopis przede wszystkim dlatego, że tak desperacko chciałam ją zadowolić, dostarczając materiał nadający się do sprzedaży.

– To jest wściekle podniecające, Malcolm, nie sądzisz?

– Podniecające? – Wyglądało na to, że Malcolm się pogubił.

– Angel nad tym pracuje. Z pewnością ci mówiła.

– Nie wiem – powiedział sfrustrowany Malcolm, z jeszcze ciemniejszym odcieniem na twarzy. – Angel nie... nie wiem.

– Naprawdę? – zdziwiła się Lucy, unosząc brwi w wyrazie zaskoczenia.

Malcolm zacisnął usta. Damiano wyprostował się na krześle, ze szklaneczką uniesioną jak w toaście. Lucy sprawiała neutralne wrażenie, ale w jej oczach coś migotało. Poczułam w sobie wibrujący i drżący niepokój. Cisza stawała się nieznośnym, drażniącym bytem. Odchrząknęłam, a trzy pary oczu skierowały się na mnie.

– Chętnie wypiję jeszcze jednego – powiedziałam.

Trzymałam ręce na kierownicy w prawidłowej pozycji i wpatrywałam się w drogę przed sobą, sparaliżowana myślą, że jakimś manewrem zwrócę uwagę policji na stanowczo przekraczający wszelkie limity poziom alkoholu w mojej krwi. Nie czułam się podchmielona, sztachnięta albo pijana. Adrenalina w moim organizmie podziałała jak antidotum na gin i czułam się bardziej trzeźwa niż przed pierwszym drinkiem. Czego nie można było powiedzieć o Malcolmie, który, kompletnie pijany, zwisał niedbale z siedzenia pasażera. Znajdowaliśmy się już w odległości dziesięciu minut od mojego mieszkania, a nie zamieniliśmy ani słowa w ciągu minionych dwudziestu. Atmosfera między nami była naładowana wzajemnymi pretensjami.

– Wisz, że mogę, kurrwa, poadzić.

– Nie możesz nawet, kurwa, mówić, Malcolm. Odpuść sobie prowadzenie.

– Maszsz, Angel, niezłe usta – powiedział – którymi możesz robić lepsze rzeczy, niż produkować przekleństwa. A może już zrobiłaś.

– O czym ty mówisz? Zresztą nieważne. Nie mów. Jesteś niewiarygodnie pijany.

– Nije jesztem, kurrwa, pijany, słyszsz? A nawet gdybym był, to co? Jak możesz mnie winić, po tym jak mnie tam traktowałaś?

– Jak cię tam traktowałam? Teraz musisz mi wyjaśnić, o co ci chodzi, bo to nie ma dla mnie żadnego sensu.

– Wiesz, co było, Angel. Kurwa, wieesz.

Zobaczyłam na tle ciemnego nieba przed sobą serię obrazów z minionego wieczoru. Jak Lucy zbliżała się do mnie coraz bardziej, aż nasze nogi się dotknęły, a jej zimne udo napierało na moje. Jak dialog Malcolma z Lucy za jego sprawą przechodził ze stadium bezwstydnych zaczepek, przez etap otwartego flirtu, do ledwie kamuflowanej lubieżności. Jak za każdym razem, kiedy próbowałam coś zjeść, natykałam się na mięso. Jak Lucy zjadała z apetytem spore porcje różnych zwierząt. Jak Malcolm pił i pił i jak Lucy zachęcała go do dalszego picia. Jak Anna stała w przejściu między jadalnią a salonem, miotając wściekłym spojrzeniem, i jak po kilku minutach Lucy powiedziała jej: „Możesz już iść". Jak Lucy zaoferowała nam na deser gigantyczne ciasto zwane anielskim wypiekiem, umieszczone w cukrowym koszu, i wyjaśniła, że Damiano upiekł je specjalnie dla mnie. Jak zaprosiła nas wszystkich do stoliczka z cygarami. C y g a r a m i! Jak Malcolm zgodnie przyjął propozycję, chociaż nigdy w życiu nie palił cygar, i opuścił Damiana i mnie siedzących przy stole. Jak Damiano zbliżył się do mnie tak, że czułam, jak gęsia skórka unosi mi włoski na rękach. Jak spytał: „Wolno mi do ciebie zadzwonić?", a ja doskonale wiedziałam, co to znaczy. Jak powiedziałam mu: „Nie mogę" i jak odrzekł: „Rozumiem". Jak przez przeszklone drzwi obserwowałam Lucy i Malcolma. Jak patrzyłam, jak Malcolm gestykuluje, potem jak jego ręka, swobodniejsza dzięki działaniu ginu i wermutu, dryfuje ku niej, jak wreszcie dotyka jej ramienia, dłoni, pleców. Jak Damiano ogląda ze mną ten obrazek, aż wreszcie mówi, że musi już iść.

Jak wszystko potem szybko przebiegło. Damiano wyszedł, Lucy wcisnęła mi w ręce resztę ciasta z informacją, że musimy opracować nasz nowojorski plan, Malcolm i ja zostaliśmy wypchnięci przez wielkie białe drzwi, ja wzięłam kluczyki z kieszeni Malcolma i włączyłam silnik, nie wierząc, że to wszystko naprawdę się stało. Ciągle jeszcze w to nie wierzyłam.

– Wiem, że zrobiłeś ze mnie idiotkę – powiedziałam Malcolmowi. – Ale nie wiem dlaczego.

– Ty ze mnie zrobiłaś głupca – odpowiedział.

– Nic nie zrobiłam.

Ciężko westchnął, a odór alkoholu wypełnił niewielkie wnętrze samochodu.

Opuściłam szybę.

– Spałaś z nim?

– Z kim? O co ci chodzi?

– Angel, do cholery, nie udawaj kretynki. Uprawialiśśsie seks? Ty i ten włoski kucharz? Hipis? Pisarz czy kto to tam jest? No?

Drżałam z gniewu, poczucia winy, zaskoczenia czy może z wszystkich tych trzech powodów naraz.

Musiałam się opanować, zaciskając dłonie na kierownicy, aż zbielały, zanim zdołałam odpowiedzieć:

– Malcolm, o czym ty mówisz? Czy ty w ogóle wiesz, co wygadujesz? I jakie to wszystko niepoważne?

– Myślisz, k o c h a n i e, że jestem taki głupi? Myślisz, że nie mam oczu? Pierdolone a n i e l s k i e ciasteczko? Twoje włosy jak ogon komety? Jezzu, czy ty myślisz, że to przeoczyłem?

– To nic nie znaczy.

– To on nagrał CD z anielskimi piosenkami czyy nijee? Wiedziałem!

Ostatnie słowa wykrzyczał z goryczą, jakiej nigdy w jego głosie nie słyszałam.

– Redagowałam jego rękopis, Malcolm. Pomogłam mu zarobić duże pieniądze. Jest wdzięczny i to wszystko. Nie spałam z nim. Jak wytrzeźwiejesz, nie uwierzysz nawet, że to mówiłeś.

– Redagowałaś jego rękopis – powtórzył powoli i bez seplenienia Malcolm. – Jego książkę. J e g o książkę. Równie dobrze mogłabyś się z nim kochać. Dla ciebie to jest to samo.

– Dobrze wiesz, że to nie fair. No więc Lucy sprzedała jego książkę, a nie twoją. I co z tego? Czy to znaczy, że ja z nim spałam? A co t y robiłeś z Lucy? Dotykałeś jej, flirtowałeś, nie – uwodziłeś ją na całego. Jezu, Malcolm, ona jest moją szefową. I to jest, Boże, to jest L u c y F i a m m a.

Mówiłam coraz głośniej i zastanawiałam się, czy Malcolm zrozumie, że za mocno protestuję – sama tak właśnie myślałam. Widział przecież, jak patrzyłam na Damiana, i wiedział, co to oznacza. „Równie dobrze mogłabyś się z nim kochać". Czy to było dalekie od prawdy?

Nacisnęłam hamulec. Dotarliśmy do mojego domu,

płynąc w morzu ginu, żywi i nieareształowani. Wzniosłam cichą modlitwę dziękczynną. Siedzieliśmy przez kilka sekund, a potem kilka minut w ciszy, oboje pogrążeni we własnych pogubionych i niespokojnych myślach.

– Wyglądało na to, że i ty jesteś z nią całkiem blisko – powiedział w końcu. Nagle nie wydawał się pijany, tylko smutny i zmęczony.

– Więc myślisz, że z nią też spałam? Nie krępuj się. To też powiedz. To będzie wspaniały finał wspaniałego wieczoru.

– A spałaś? Nie zachowuj się, jakby to było niedorzeczne. Widziałem, jak blisko ciebie siadała. Myślę, że ty ją kręcisz, Angel.

– Malcolm – westchnęłam. – To jest cholernie niesmaczne.

Wyprostowałam się i oparłam głowę na zagłówku, żeby odpoczęła. Malcolm był częściowo odwrócony w moim kierunku. Miał szkliste oczy, a jego dłonie leżały bez życia na kolanach jak dwa martwe ptaki. Przypomniałam sobie, jaki był przystojny na początku wieczoru. Teraz sprawiał wrażenie zagubionego i w rozsypce. Wyglądał, jakby miał na sobie cudze ubranie. Ja najpewniej też tak wyglądałam.

– Dlaczego my to robimy? – zapytał.

– Nie wiem – odpowiedziałam.

Wyciągnął do mnie ręce. Jego ramiona mnie objęły, a dłonie szukały swojego miejsca w falach moich włosów. Pochylił się, żeby mnie pocałować, ale się cofnęłam. Nie mogę tego zrobić. Nie teraz. Wzięłam torebkę i otworzyłam drzwi samochodu, zostawiając kluczyki w stacyjce.

– Dasz radę dojechać do domu? – zapytałam.

Malcolm wpatrywał się we mnie przez dłuższą chwilę. Nawet w ciemności, jaka panowała w samochodzie, widziałam grę emocji na jego twarzy.

– Więc tak teraz będzie, Angel?

– Tylko dzisiaj.

– Dlaczego? Masz jeszcze dzisiaj p r a c ę?

– Malcolm, proszę – prawie go błagałam. – Na pewno możesz prowadzić?

Wyszedł z samochodu, przeszedł na stronę kierowcy, bardzo oficjalnym gestem otworzył drzwi szerzej i wskazał, że mogę wysiąść. Wysiadłam, a on zajął moje miejsce i zatrzasnął za sobą drzwi. Odpalił silnik i spojrzał na mnie ostatni raz przez opuszczoną szybę.

– Tak, Angel – powiedział. – Mogę, k u r w a, prowadzić.

Ruszył szybciej, niż powinien, strzelając za siebie żwirem w ciemność nocy, ale wiedziałam, że całkowicie się kontroluje. Stałam z torebką w ręce i z piekącymi ze zmęczenia oczami, aż tylne światła wozu zniknęły w perspektywie ulicy.

Rozdział dziesiąty

Do: angel.robinson@fiammalit.com
Od: gapisarz@heya.com
Temat: Kolejne strony Ślepego posłuszeństwa

Droga Pani Robinson,
Pani uwagi, jak zawsze, były bardzo przydatne. Pozwolę sobie powiedzieć, że naprawdę zaczynam lubić pracę z Panią. Pojmuję, że, jak Pani to ujęła, tekst musi stać się bardziej ożywiony, i nie bronię się przed tym. Proszę przejrzeć załączone strony i ocenić, czy spełniają oczekiwania. Mam nadzieję, że Pani Fiammie także będą się podobały. Jak zawsze, niecierpliwie czekam na uwagi.
G.

Ślepe posłuszeństwo, s. 102

Alice czekała naga w łóżku.

Hotel był usytuowany na środkowym Manhattanie i robił miłe, ale nie za miłe wrażenie. Nie był tak elegancki, aby zbytnio zwracać uwagę. Nikt nie mógł oczekiwać, że Vaughn Blue zatrzyma się w miejscu, które można określić jako zaledwie „miłe". Tutaj, jeśli ktoś zwróci na niego uwagę, uzna go za podobnego do Vaughna Blue, ale nie za niego samego, nie za symbol seksu i bóstwo rocka. I tego właśnie chciała Alice. Nie chciała, żeby jej twarz znalazła się na jakimś idiotycznym ujęciu w tabloidach. Miała znacznie poważniejsze plany.

Kiedy spotkali się na pierwszym wspólnym lunchu, na życzenie Carol, Vaughn wydał się Alice nieodparcie atrakcyjny. Jego skóra była oliwkowa, a oczy miały barwę dojrzałych śliwek. Vaughn był w trakcie jakiejś dwunastoetapowej terapii odwykowej od heroiny i nie pił zupełnie alkoholu, dzięki czemu był uroczo komunikatywny. Ale tym, co robiło wrażenie na Alice, była jego niezaprzeczalna charyzma, oddziałująca na nią tak, że ledwie mogła to znieść. Wspaniale, że mężczyzna, którego zamierzała uwieść, był dla niej tak atrakcyjny fizycznie. Atrakcyjność nie byłaby konieczna, ale w tym przypadku stanowiła dodatkowy bonus.

Z początku Vaughn nie chciał rozmawiać o swojej książce. Był rozczarowany, że Carol Moore nie przyszła osobiście. Jednak po jakimś czasie Alice go rozgrzała. Wiedziała, jak oddziałuje jej powierzchowność, i potrafiła zrobić z tego użytek. Ale przede wszystkim zdawała sobie sprawę z tego, jaki efekt wywołuje siła, i wiedziała, że to siła jest największym afrodyzjakiem.

Vaughn był inteligentny i umiał pisać, co odróżniało go od prawie wszystkich piszących celebrytów.

Alice nie skupiała uwagi na tym, niestety nienawistnym aspekcie jego osoby i skoncentrowała się na swojej rosnącej fizycznej fascynacji.

Szybko odwiodła Vaughna od tematu książki i przeszła do omawiania spraw bardziej atrakcyjnych, jak ta, gdzie i kiedy znowu mogliby się spotkać.

Vaughn powiedział, że potrzebuje dodatkowych uwag na temat tekstu, a Alice odpowiedziała, że oczywiście, i przedstawiła listę hoteli w okolicy, w których mogliby te uwagi przedyskutować.

Pierwszy raz był zachwycający, ku zdumieniu Alice, która nie oczekiwała dla siebie żadnej przyjemności.

Wcale nie rozmawiali. Spieszyli się do siebie jak zwierzęta. Za drugim razem było inaczej – wolniej, głębiej, a potem Vaughn mówił trochę o swoim życiu. Opowiedział Alice, że była jeszcze jedna książka. Napisał ją całe lata wcześniej. Nikt jej nie czytał. Nikt. Zanim spotkał Alice, nigdy nie czuł, że mógłby komuś naprawdę zaufać. Czy ona zechciałaby to przeczytać?

Tak, powiedziała Alice, o, tak.

A teraz znowu tu była, wyzwolona ze wszystkich elementów ubrania, z włosami rozrzuconymi na poduszce jak złota sieć. Lędźwie pulsowały jej oczekiwaniem.

Nie musiała długo czekać.

Rozległo się pukanie, a Alice otworzyła drzwi, w których ukazał się Vaughn Blue. Miał na sobie kapelusz, okulary słoneczne i sztuczną brodę. Wyglądał śmiesznie i był do siebie niepodobny. Kiedy zobaczył Alice, zwilżył językiem usta i powiedział jej, że wygląda jak Lady Godiva. Alice zapytała, na co czeka i dlaczego jeszcze nie jest nagi.

Celebryci, kiedy się ich spotyka osobiście, zwykle wydają się mniejsi, myślała Alice, kiedy zdzierała ubranie z Vaughna. Ale on, kiedy na nią spadał, był potężniejszy, niż się spodziewała.

Potoczyli się razem na łóżko. Ich pot o zapachu piżma wsiąkał w prześcieradła. Vaughn gryzł piersi Alice i lizał jej szyję. Ona wbijała paznokcie w mięśnie jego ramion. Uniosła biodra na jego spotkanie, a on objął jej plecy i przyciskał ją do siebie, palcami drażniąc skórę. Alice jęknęła z rozkoszy. Sięgnęła po jego imponujący członek i skierowała go w siebie. Jej wilgotne wnętrze pulsowało. Jak dobrze, pomyślała, kiedy orał ją jak pole. Jak bardzo, bardzo dobrze – kiedy napełnił ją, a słodki ogień przebiegł po jej ciele. Chciała, żeby to się nigdy nie skończyło, nawet wtedy, kiedy fala za falą opanowała ją ekstaza.

Vaughn podniósł się znad jej drżącego ciała i lśniący od potu oparł się o poduszki. Zanurzył palce w jej włosach i przytrzymał.

– Nie przestawaj – wydyszała Alice.

– Muszę na ciebie popatrzeć. Muszę – westchnął. Przesunął dłonie na jej piersi i ścisnął je. Jednym palcem zatoczył kółko wokół sutka. – Nigdy wcześniej tego nie zauważyłem – powiedział.

Alice szybko podniosła dłoń, jakby chciała zetrzeć tatuaż, który zrobiła sobie tak dawno, kiedy było w niej jeszcze tyle nadziei.

Niewielki, ale bardzo wyrafinowany tatuaż przedstawiał Alicję w Krainie Czarów siedzącą pod zaczarowanym muchomorem.

– Nie patrz – poprosiła – to nic takiego.

– Jest piękny – powiedział Vaughn. – Jak wszystko w tobie.

Pochylił się i pocałował jej pierś.

– Wpuść mnie teraz.

I Alice znów mu na to pozwoliła.

A więc to był Malcolm.

Miał się u mnie pojawić w ciągu najbliższej godziny. Nie było mi łatwo siedzieć spokojnie i czekać. Czułam, jak wibrująca we mnie złość zaciska mięśnie moich szczęk i karku, tak mocno, że stają się twarde jak kość. Żeby skupić uwagę na czymś innym, odliczałam minuty, patrząc na zegar. Chyba po raz setny czułam, jak moja dłoń wędruje ku piersi i zatacza kółka w miejscu, gdzie mam tatuaż, największą pomyłkę mojego życia, jakby miała go zdrapać paznokciami. Siłą woli opuściłam rękę, ale nie mogłam się zmusić, żeby wciąż od nowa nie myśleć o tatuażu i tym wszystkim, co teraz oznaczał.

Pomyślałam, że od początku powinnam wiedzieć, że agencja literacka ze *Ślepego posłuszeństwa* jest wzorowana na agencji Lucy. Ten wniosek był oczywisty, ale wcześniej nie pozwalałam sobie go sformułować. Tłumaczyłam sobie, że musiałabym przecież znać charakter dziesiątka innych agencji. A pracując tylko dla Lucy, jak mogłam być pewna?

Z początku, kiedy nadchodziły pierwsze rozdziały, byłam tak skoncentrowana na niezgrabnym języku, że nie zwróciłam uwagi na to, w jak oczywisty sposób bohaterowie powieści łączą się ze swoimi odpowiednikami w biurze Lucy. Jednak w miarę jak język się poprawiał pod wpływem moich uwag, stało się jasne, że Carol Moore jest wzorowana na Lucy, Jewel na Annie, Ricardo na Craigu, a Alice na mnie.

Były to jednak odległe podobieństwa. Anna oczywiście zupełnie nie wyglądała jak przepiękna i pełna wdzięku Jewel. Craigowi było daleko do łagodności i wyrafinowania Ricarda. Carol Moore, podobnie jak Lucy, była potężną i odnoszącą sukcesy agentką, ale we wszystkich innych aspektach biegunowo różniła się od niej. Carol Moore była miła, zrównoważona, wspaniałomyślna, uprzejma i dobra. Lucy była... nie miała żadnej z tych cech.

Jednak najbardziej drażnił mnie charakter Alice. Była intrygantką, małoduszną manipulatorką i miała chorą ambicję. I była pisarką. We wszystkich aspektach stanowiła moje przeciwieństwo.

W moich uwagach redakcyjnych nakłaniałam autora, aby stworzył mniej jednoznaczną postać Alice. Jedną z podstawowych zasad konstrukcji powieści, która ma odnieść sukces, jest to, że główny bohater nie może tak zupełnie nie dać się lubić. Jednak kiedy pisałam o tym autorowi, zastanawiałam się, czy nie bronię tutaj s i e b i e. Moje przeczucie się sprawdzało: ktokolwiek pisał tę powieść, znał mnie. I to nie przelotnie.

Z początku to było intrygujące. Być może nawet w jakiś narcystyczny sposób czułam się zafascynowana. Ale już na etapie wieczornego przyjęcia u Lucy podobieństwa stały się zbyt ścisłe i liczne, żebym dobrze się z tym czuła. I nawet wtedy, kiedy starałam się skontaktować z Peterem Johnsonem, czułam podskórnie, że tak naprawdę to nie on jest tym autorem.

Zadzwoniłam do Johnsona, kiedy Jackson wykopał dla mnie jego numer, ale tylko po to, żeby usłyszeć serię kolejnych sygnałów. Nikt nie odebrał, nie było też automatycznej sekretarki, więc nie można było zostawić wiadomości. Spróbowałam nazajutrz, a potem jeszcze następnego i kolejnego dnia. Za czwartą próbą ktoś wreszcie odebrał, ale nie był to Johnson, lecz kobieta podająca się za jego pielęgniarkę. Poinformowała mnie, że pan Johnson odszedł. Od jakiegoś czasu chorował. Zapytała mnie, kim jestem, i kiedy odpowiedziałam, smutno westchnęła.

– On tak długo czekał na telefon z państwa agencji. Ciągle tylko o tym mówił. Jaka szkoda, że statek, na który tak czekał, przypłynął, kiedy on już odszedł z tego świata.

Pośpiesznie przekazałam wyrazy współczucia i rozłączyłam się tak szybko, jak to było możliwe. Chociaż było to zupełnie nieracjonalne, nie mogłam pozbyć się uczucia, że jestem jakoś odpowiedzialna za zgon pana Johnsona. Uwaga Anny: „O gdybyż wszyscy nasi wkurzający autorzy schodzili w tak dogodnym momencie..." spowodowała, że poczułam się jeszcze gorzej. Odejście Petera Johnsona, poza tym że czułam żal, iż nie byłam dla niego milsza, kiedy ostatnio rozmawialiśmy, pozostawiło mnie w poczuciu totalnego zagubienia. Powiedziałam sobie, że po prostu będę pracowała nad tym tekstem jak nad każdym innym. Dosyć miałam w pracy – a po upiornym przyjęciu u Lucy także w życiu – spraw, które zaprzątały mi myśli. Poza tym *Ślepe posłuszeństwo* to w końcu t y l k o k s i ą ż k a. Nie, nie książka, rękopis. A nawet nie rękopis, raczej seria załączników do e-maili. Poza tym tekst wymagał redakcji. Bez mojej pomocy nie będzie się nadawał do czytania i do sprzedaży. Ktokolwiek to pisał, z pewnością w znacznie większym stopniu znał wagę mojej pracy niż m n i e.

No ale ciągle pojawiały się zbieżności między wydarzeniami w *Ślepym posłuszeństwie* i ich odpowiednikami w moim życiu. Była tylko jedna osoba, która znała wszystkie szczegóły wystarczająco dobrze, żeby je opisać. Tekst Alice został odrzucony, tekst Malcolma także. Dostałam podwyżkę – Alice też dostała. Ja pracowałam z Damianem, a Alice z Vaughnem.

Nie miałam jednak pewności, czy też nie chciałam przyznać, że ją mam, aż do momentu, kiedy przeczytałam opis tej sceny. Teraz zrozumiałam, że autorem *Ślepego posłuszeństwa* jest Malcolm.

Nie istniało inne wytłumaczenie. Autorem nie mógł być nikt inny. Gorąca (i stanowczo przerysowana) scena erotyczna Alice i Vaughna idealnie odbijała podejrzenia Malcolma dotyczące moich intymnych zbliżeń z Damianem. Sam Vaughn, ze swoim uzależnieniem od heroiny i kolorem oczu, wydawał się kopią Damiana. Ale to nie było wszystko. Było coś istotniejszego. Ten opis aktu seksualnego spowodował, że serce mi waliło, a ręce miałam lodowate. Kto poza Malcolmem wiedział, jak ja – a tym samym Alice – lubię być dotykana? No i wreszcie to całowanie tatuażu. To mnie zupełnie powaliło. To była n a s z a intymność. Malcolm dał Alice tatuaż przedstawiający Alicję w Krainie Czarów, zamiast moich anielskich skrzydeł, które tyle razy całował. Kiedy to czytałam, poczułam się chora fizycznie. Jeżeli to Malcolm pisał tę powieść, a wiedziałam, że to on, to wszystko, co o nim i naszej wzajemnej miłości wiedziałam, było błędne.

Najzabawniejsze, że zanim to przeczytałam, myśląc, jak go potraktowałam, czułam się źle. Dzień czy dwa po piekielnym przyjęciu u Lucy Malcolm zadzwonił do mnie skruszony. Powiedział, że mu przykro, że nie powinien był tyle pić, że nie wie, co go napadło, że to była dziwaczna sytuacja, że mu z tym źle i że z pewnością to zrozumiem. Zrozumiałam. Nie pojmowałam natomiast, dlaczego nagle stał się taki pokorny. Malcolm, jakiego znałam, zanim rozpoczęłam pracę dla Lucy, mógłby przyznać, że nie miał racji, mógłby nawet po kłótni zainicjować negocjacje, ale nie płaszczyłby się. Nie przede mną.

Zaproponował, żebyśmy poszli na kolację, i zgodziłam się. Poprosiłam, żeby dał mi tydzień albo dwa, a potem ustalimy termin. Wydawał się zadowolony i zaskoczony, że poszło mu tak łatwo. A czemu ja się nie opierałam? Wmawiałam sobie, że to dlatego, że kocham Malcolma i chcę naprawić sytuację i poskładać nasz związek. Ale prawda była taka, że zwyczajnie czułam się winna. Winna, że Lucy odrzuciła Malcolma i że postawiło go to w upokarzającym położeniu. I nieznośnie winna w związku z moimi uczuciami wobec Damiana.

Między Damianem a mną nic się właściwie nie wydarzyło i nie zanosiło się nawet, że do czegoś dojdzie, ale Damiano wypełnił we mnie miejsce, które przez tak długi czas zajmował wyłącznie Malcolm. Nie potrafiłam zaprzeczyć, że ta fascynacja istnieje i że jest silna. Fizycznie pozostawałam wierna Malcolmowi, ale oskarżenie, które rzucił tamtej nocy po przyjęciu u Lucy, miało realne podstawy. Moje pożądanie było zdradą. Oszukiwaniem mężczyzny, którego kochałam.

Ale potem przeczytałam opis tej sceny i wszystko, w co wierzyłam, wariacko się posypało.

W pierwszym odruchu chciałam zadzwonić do Malcolma i wylać swoje żale przez telefon, ale siłą się powstrzymałam. Pozwoliłam, żeby to się we mnie przez kilka dni uporządkowało. Obracałam to w myślach, obserwowałam, wymyślałam argumenty przeciwko jego autorstwu, próbowałam odbudować swoje zaufanie do niego. Miałam nadzieję, że kiedy przyjdzie do mnie przed planowaną kolacją, będę już miała gotowe jakieś rozwiązanie. Ale nie miałam. Czułam natomiast, że owładnęły mną złość i niepokój. Że jestem nimi przesycona.

W takim właśnie stanie czekałam na Malcolma, który miał wpaść po mnie przed kolacją mającą wszystko między nami naprawić. Kiedy w końcu usłyszałam pukanie, miałam tak napięte mięśnie nóg, że trudno mi było przejść przez pokój i otworzyć.

Kiedy otworzyłam, pierwszą rzeczą, którą ujrzałam, był gigantyczny bukiet przeprosinowych kwiatów, trzymany przez Malcolma przed twarzą.

– Co się dzieje? – zapytał, zanim jeszcze przekroczył próg.

– Dlaczego to robisz? – zapytałam tonem znacznie bardziej dramatycznym, niż zamierzałam.

– Co? – spytał, ale jego twarz natychmiast pobladła i wyglądał jak uosobienie poczucia winy.

– Wiesz, o czym mówię. Nie zmuszaj mnie, żebym tego dochodziła, okej? Ja tylko chcę wiedzieć dlaczego. Co ty chcesz przez to osiągnąć. Jak długo możesz to ciągnąć?

– Angel... – przerwał i spojrzał na swoje stopy. Kwiaty w jego ręku robiły wrażenie przywiędłych. – Naprawdę nie wiem, co myśleć... nie wiem, o czym ty mówisz.

Cofał się przede mną. Ten widok mnie zasmucił i jednocześnie rozsierdził.

– Daj spokój. Przestań. Kiedy zamierzałeś mi powiedzieć? Czy w ogóle chciałeś mnie poinformować? Ona

chce to sprzedać. I sprzeda. Wiesz to doskonale. Jak sądzisz, jak długo możesz pozostać anonimowy? – Mój głos
przeszedł w przenikliwy pisk.

Patrzyłam, jak twarz Malcolma z bladej robi się purpurowa. Przed chwilą miał opuszczony wzrok, teraz jego
oczy były rozszerzone i błyszczały. Wcześniej kurczył się,
teraz stał wyprostowany. Nabrał powietrza.

– Angel, cholera! – Jego głos wyzbyty z niepewności
teraz brzmiał złością. – Nie. Wiem. O czym. Mówisz.
Wyrażaj się jaśniej.

– *Ślepe posłuszeństwo* – powiedziałam. – Wiem, że ty
jesteś autorem. Przeczytałam t e n rozdział.

– Angel, powiedz, o c o c h o d z i. – Malcolm spojrzał
na mnie. Na jego twarzy walczyły różne emocje, jakby
nie wiedział: śmiać się, płakać czy wybuchnąć. Podniósł
ręce, upuszczając kwiaty na podłogę. Bukiet wylądował
ciężko, formując przy moich stopach rozrzucony wzór
z łodyg i płatków. – Masz fioła – powiedział w końcu. –
T e n rozdział? Czy ty się słyszysz? Angel, ty zwariowałaś.

Zaczęłam mówić, podkręcana przez nagromadzony
w ostatnich dniach gniew. Upierałam się, że on jest jedyną osobą, która mogła napisać ten tekst. Malcolm nadal
utrzymywał, że go nie napisał, i zmusił mnie do przeana-
lizowania wspólnie z nim wszystkich szczegółów. Zmusił
mnie, żebym powiedziała to głośno – nakłonił mnie, żebym
powiedziała o Damianie i o tym, że scena erotyczna między Vaughnem i Alice była kolejnym oskarżeniem. Kiedy wspomniałam Damiana, twarz Malcolma pociemniała. Kiedy przeszłam do opisu sceny erotycznej i wreszcie
do niezbitego dowodu – tatuażu, Malcolm się skrzywił.

– Czy ty uważasz, że jesteś jedyną kobietą, która lubi, jak się to robi w ten sposób? I, proszę cię, naprawdę wierzysz, że jesteś jedynym kociakiem z tatuażem na cycku?

Zamurowało mnie. Czułam się jak postacie z kreskówek, które, nawet kiedy podłoga się pod nimi zapada, jeszcze przez jakiś czas, zanim spadną, unoszą się w powietrzu. Ale Malcolm nie potrzebował mojej odpowiedzi. Ciągnął dalej:

– Uważasz, że mam tak mało dumy, żeby anonimowo wysyłać powieść dla pozyskania ciebie jako redaktora? Sądzisz, że mam tak mało wiary w mój talent jak ty? Angel, ja jestem a r t y s t ą. Nigdy tego nie rozumiałaś. Jak chociaż przez chwilę mogłaś myśleć, że mogę zrobić coś takiego?

– No, bo...

– Skąd wiesz, że to nie twój chłopak, Damiano? Może to jest twój tajemniczy autor. Wydaje się, że całkiem dużo o tobie wie. Prawda?

– Niemożliwe, że ciągle myślisz...

– Ja już nie wiem, co myśleć.

– Damiano nie musi sprzedawać następnej książki! – rzuciłam. – Jedną już pisze. Bardzo dobrą. Za bardzo dobre pieniądze. '

– Nie to co ja, prawda, Angel? To chciałaś powiedzieć?

Staliśmy, wpatrując się w siebie przez kilka kolejnych długich sekund.

Nie wiedziałam, co mu odpowiedzieć, i nie wiedziałam, czy on ma rację czy nie.

Oczy zaczęły mi się napełniać łzami, ale byłam tak zdezorientowana tym, co się działo w tej chwili, i wszystkimi zakrętami w moim życiu, że nie wiedziałam, czy zaczynam płakać, czy tylko oczy, tak szeroko i tak długo otwarte, po prostu łzawią.

Odwróciłam wzrok od Malcolma i spojrzałam na chaotyczną kompozycję z kwiatów u moich stóp. Nie wiedziałam, co powiedzieć. Nie wiedziałam już nawet, co czuję.

– Myślisz, że ja cię potrzebuję, Angel, prawda? – kontynuował Malcolm. W jego głosie ostro brzmiało oburzenie. – Nie. Nie potrzebuję ciebie i nie potrzebuję twojej litości.

– Jasne – zgodziłam się łagodnie. – Z pewnością nie potrzebujesz.

– Otóż to – powiedział mocniejszym tonem. – I coś ci powiem, k o t k u, to ty mnie potrzebujesz.

– Co przez t o rozumiesz?

– Pomagałem ci, odkąd się poznaliśmy.

– Pomagałeś mi?

– Poważnie. Czy byłabyś w tym punkcie, w którym teraz jesteś, beze mnie? Gdybym cię nie popychał, prawdopodobnie siedziałabyś teraz na tyłku bez pracy i bez widoków na karierę. I gdzie byś wtedy była? Otóż przy mnie. Nie wydaje mi się, że miałabyś jeszcze kogoś, kto by cię wspierał.

– Nie przypominam sobie, Malcolm, żebyś mnie wspierał. Utrzymuję się sama od lat.

– Mam na myśli wsparcie emocjonalne. Tym zajmuję się ja. Odkąd cię znam.

– Co masz na myśli?

Malcolm wzruszył ramionami.

– Przez kilka ostatnich lat w swoim kątku nie miałaś nikogo poza mną i nawet się za nikim innym nie rozglądałaś. I ja myślę... że opierasz się na mnie. To właśnie chciałem powiedzieć.

Dokładnie to chciał powiedzieć. Ani słowa o miłości.

– Dziękuję za wyjaśnienie, Malcolm – odparłam. – Może nadszedł czas, żeby to zmienić. – Głos mi drżał.

– Co masz na myśli? – zapytał, a w jego pewnym tonie pojawiła się lekka nutka wahania.

– Myślę, że powinniśmy... – Całe moje ciało było nieznośnie zimne, skute lodem. Ale serce mi waliło. Ledwie wierzyłam, że chcę zrobić ten krok, chwiałam się na nogach, jakbym stała na brzegu pomostu.

– Uważasz, że powinniśmy zerwać? – Malcolm nie dowierzał. – To chcesz powiedzieć?

– Tak. Chyba właśnie to chcę powiedzieć. – Zaczęłam się trząść.

Staliśmy przez chwilę, zmrożeni wymową moich ostatnich słów, a potem Malcolm zrobił krok w moim kierunku i pochylił się, tak że nie miałam innego wyjścia, jak spojrzeć w jego gniewne oczy.

– Nie sądzę, żebyś wiedziała, c o mówisz, ale coś ci powiem: kiedy się obudzisz i o tym pomyślisz, zrozumiesz, jak wielki błąd właśnie popełniłaś.

– Myślę... lepiej już idź, Malcolm. – Musiałam wyprowadzić go ze swojego mieszkania, zanim zmienię zdanie i wszystko odkręcę. Czułam, że doszłam do kresu. I że nietrudno byłoby mnie zawrócić.

– Jeszcze jedno powinnaś wiedzieć, Angel.

– Po prostu wyjdź – poprosiłam, modląc się, żeby wyszedł, zanim lody stopnieją i zaleję się łzami.

Malcolm wzruszył ramionami i odwrócił się do wyjścia.

– Nie jestem dla ciebie odpowiednim facetem – powiedział na odchodnym. – Powinnaś szukać gdzie indziej. Nie wiedziałam, czy nawiązuje do naszego związku czy do *Ślepego posłuszeństwa*, ale kiedy wpadłam na to, żeby go zapytać, już dawno go nie było.

Za dziesięć dni Lucy i ja miałyśmy wyjechać do Nowego Jorku. Kiedy jechałam do biura w bladym świetle świtu, wyobrażałam sobie, że każdy z czekających mnie dni będzie wypełniony ustalaniem, odwoływaniem i ponownym ustalaniem spotkań, wysyłaniem informacji i e-maili do różnych wydawców, asystentek i szefów domów wydawniczych, niekończącymi się rezerwacjami lotów i hoteli, naturalnie także odwoływanymi i ponownie umawianymi, aż do etapu powrotu do pierwotnego konceptu.

Od chwili, kiedy Lucy ogłosiła, że wyjeżdża do Nowego Jorku i zabiera mnie ze sobą, szczegółowe ustalenia dotyczące rezerwacji wypełniały cały czas. W miarę odliczania godzin i zbliżania się pory wylotu Lucy wykazywała coraz większą obsesję na punkcie najdrobniejszych szczegółów dotyczących planów, samej podróży i wszystkiego, co jej dotyczyło. Trzy dni wcześniej otrzymałam instrukcję, że mam jej dwa razy w ciągu dnia dostarczać informację o stanie pogody w Nowym Jorku (i pamiętaj, że chodzi mi o miasto Nowy Jork, Angel. Nie jestem zainteresowana warunkami narciarskimi w Adirondacks). Miałam też dostarczać najnowsze wskazania służb prewencyjnych odnoszące się do tego, co wolno zabierać na pokład, a czego nie.

Oczywiście żadne z tych zajęć nie mogło mi zakłócać wykonywania normalnych obowiązków, w szczególności ostatecznej redakcji książki Shelly Franklin, którą Lucy miała (za niezłą fortunkę) sprzedać w Nowym Jorku, oraz (obecnie prawie nie do zrobienia) opracowywania *Ślepego posłuszeństwa*. Obfitość moich zajęć zawodowych miała jednak pewną dobrą stronę: nie pozwalała mi myśleć, jakim szambem stało się moje życie prywatne.

Kiedy przykulałam się do biura, samochód Craiga był jedynym na podjeździe. Miałam nadzieję, że dojadę jako pierwsza i będę mogła spokojnie przetrawić listę zadań od Lucy, ale Craig również przeżywał szalone chwile, odkąd zaczęliśmy przygotowania do wyjazdu do Nowego Jorku, więc nie byłam specjalnie zdziwiona, że wyprzedził mnie w wyścigu do biura.

Uzbroiłam się na nadchodzący dzień: przygotowałam torebkę, masę rękopisów i wciąż jeszcze parującą kawę, wyszłam z samochodu i odwróciłam się, żeby zabrać wszystko, co musiałam zanieść do biura.

Kiedy się wyprostowałam i odwróciłam, stanął przede mną jak zjawa, z wazonem wypełnionym kaliami, Damiano. Podskoczyłam, stłumiłam okrzyk zaskoczenia i upuściłam kawę oraz sporą porcję rękopisów.

– Damiano! Śmiertelnie mnie przeraziłeś. – Serce mi waliło, a kolana się uginały.

– Przepraszam, Angel, myślałem, że słyszysz, jak podchodzę. Pozwól, że ci pomogę.

Pochylił się, żeby pozbierać rękopisy, i w tym samym

momencie ja także się schyliłam, więc zderzyliśmy się głowami, odgrywając scenę, która świetnie pasowałaby do filmu.

– Przepraszam, przepraszam – powtarzał Damiano i zaczął się śmiać. Nasze twarze były bardzo blisko siebie i kiedy podniosłam oczy, znowu odczułam silną i niekłamaną fizyczną fascynację.

Fala gorąca zalała moją szyję i twarz. Poczułam, że się pocę. Straciłam równowagę i prawie się przewróciłam. Damiano wyciągnął rękę, żeby mnie podtrzymać, i kiedy poczułam na ramieniu jego dotknięcie, przebiegł mnie dreszcz. Musiałam wstać i wyrwać się z tej spirali pożądania, zanim kompletnie się zatracę.

– Masz spotkanie z Lucy? – zapytałam, kiedy staliśmy już w odpowiedniej odległości od siebie i kiedy mogłam zaufać swojemu głosowi. Pytanie było idiotyczne, ponieważ gdyby Damiano miał umówione spotkanie z Lucy, to ja byłabym osobą, która by je zaaranżowała. Jednak to było najlepsze, co mogłam na początek wymyślić.

– Niezupełnie. Mam do podpisania umowy i pomyślałem, że wraz z nimi przywiozę to.

Damiano podniósł kwiaty. Miał na sobie białą koszulkę i niebieskie dżinsy i wyglądał, jakby właśnie skończył sesję fotograficzną do reklamy marki Levi's. Patrzenie na niego było dla mnie prawie nie do zniesienia. O tyle łatwiej było rozmawiać z nim przez telefon, kiedy nie musiałam zmagać się z szaleństwem pulsującej w żyłach krwi.

– Mogłeś przysłać umowy. Nie musiałeś przyjeżdżać – powiedziałam.

– *È vero* – rzucił, a twarz mu spochmurniała. – Ale chciałem też przywieźć kwiaty. Żeby podziękować za kolację. – Kącik jego ust lekko się uniósł w półuśmiechu i Damiano patrzył na mnie, jakby w tym, co powiedział, tkwił pewien podtekst, który powinnam zrozumieć. Ale to było niebezpieczne, czułam się zdemaskowana, a oboje znajdowaliśmy się w orbicie oddziaływania grawitacyjnego Lucy.

– Za kolację. Jasne – powiedziałam, starając się, by mój głos brzmiał lekko. – To dopiero było przyjęcie! Oczywiście rozumiem, że chcesz jej za nie podziękować.

Damiano uniósł w zdumieniu brwi, a uśmiech zniknął mu z twarzy. Nie rozumiał mojego gorzkiego tonu i nie mogłam go za to winić. Sama nie umiałam sobie tego wytłumaczyć.

– Myślę, że powinieneś wejść do środka – powiedziałam. – Nie ma sensu, żebyś tu stał.

– Angel... – zaczął Damiano. – Czy ja zrobiłem coś, co cię uraziło? Na przyjęciu... przykro mi, jeżeli...

– Nie, nie, Dami, nic takiego. Nie myślałam...

– Bo ja nie wiedziałem, że masz...

– Chłopaka. Nie mam. To znaczy miałam, ale już nie mam.

Odwróciłam od niego wzrok, desperacko broniąc się przed tym, w co przeradzała się nasza rozmowa.

– Okej – poddał się w końcu Damiano. – Wchodzimy?

– Tak. – Miałam nieodparte wrażenie, że odpowiadam na więcej niż jedno pytanie.

Kiedy weszliśmy, Craig spojrzał ostro, a wyraz jego twarzy przeszedł kolejne fazy: zaskoczenia, kiedy mnie zobaczył, zdziwienia na widok Damiana i wreszcie niezadowolenia, kiedy zrozumiał, że przyszliśmy razem.

– Dzień dobry – powiedział. – Miło cię widzieć, Damiano. Angel, Lucy na ciebie czeka. Ona potrzebuje...

– Wiem – powiedziałam i podeszłam do biurka. Na moim krześle leżała karteczka. To było ulubione miejsce Lucy, gdzie zostawiała polecenia, których miałam nie przeoczyć. Karteczka krzyczała: GORDON HART!!! KIEDY SIĘ Z NIM SPOTYKAM?!?! ZAŁATW TO DZISIAJ OSTATECZNIE!!!!

– Dobra – rzucił Craig. – Damiano, w czym mogę ci pomóc?

Damiano spojrzał na Craiga, na mnie i ponownie na Craiga. Miał ten sam zdziwiony wyraz twarzy, jaki pamiętałam z jego poprzedniej wizyty w biurze. W tym domku trzech świnek nic go nie onieśmielało.

– Chciałbym się widzieć z Lucianą – powiedział. – Przyszedłem z umowami i przyniosłem kwiaty.

– Umowy, znakomicie! – ucieszył się Craig fałszywie. – Mogę je od ciebie przyjąć.

– *Bene* – powiedział Damiano i spojrzał na mnie z wyrazem rozbawienia. – Ale kwiaty chciałbym sam dać Lucianie, jeśli można.

Dostrzegłam, że twarz Craiga poczerwieniała.

– Jasne. Zaprowadzę cię. – Wstał tak raptownie, że potrącił swoje stare biurko, z którego spadło kilka kartek.

– *Grazie* – powiedział Damiano i poszedł z Craigiem do biura Lucy. Kiedy obaj weszli, usłyszałam podniesiony głos Lucy, ale nie zrozumiałam, co mówiła, jako że Craig natychmiast zamknął drzwi. Zaraz po tym, jak Damiano zniknął w igloo Lucy, poczułam, jak napięcie opuszcza moje ciało. Co mnie opętało, żeby od razu się wygadać, że zerwałam z Malcolmem? W głowie mi się kręciło, a mój interkom już dzwonił.

– Och, Damiano, cha, cha, jesteś po prostu szalony! Angel?

– Tak?

– Gordon Hart?

– Już, zaraz, Lucy.

– Proszę! – Rozłączyła się, ciągle ćwierkając z Damianem.

Wyłowiłam z torebki aspirynę, połykając tabletki na sucho, podniosłam słuchawkę i wykręciłam numer biura Gordona Harta.

Nie będzie go. Nigdy go nie ma, chyba że sam dzwoni. Nie ma go głównie wtedy, kiedy Lucy czeka na linii, żeby z nim porozmawiać.

– Gordon Hart.

Usłyszawszy go, byłam tak zaskoczona, że zaczęłam się jąkać.

– Yyy, yy, dzień dobry.

– O – westchnął. – Domyślam się, że to Angel Robinson. – Znowu słyszałam w jego głosie uśmiech, ten sam, który pobrzmiewał w czasie naszej pierwszej rozmowy.

– Przepraszam – powiedziałam. – Jestem po prostu zaskoczona, że pan odebrał telefon.

Gordon Hart zaśmiał się.

– Tak, czasami to robimy, tak dla pikanterii. Co mogę dla pani zrobić, pani Robinson? Czy o n a chce ze mną rozmawiać?

– Niezupełnie. Próbuję tylko domknąć plan spotkań Lucy w Nowym Jorku. Ona, a właściwie my, będziemy tam nie w przyszłym, ale w jeszcze następnym tygodniu i chciałabym ustalić, w jakim dniu i o której godzinie pan i Lucy moglibyście się spotkać.

– Angel, naprawdę bardzo chciałbym ci pomóc, ale nie mam pojęcia, kiedy się z nią spotykam. U mnie zajmuje się tym Sarah, moja asystentka. Ona zarządza moim czasem. Szczerze mówiąc, nie wiem, jak jej się to udaje.

– Oczywiście. Jasne. – Nie miałam ochoty przerywać tej rozmowy. Nie wiedziałam, kiedy znowu uda mi się go złapać.

– Wiesz co? Mnie wolno pisać notatki służbowe i obiecuję, że napiszę coś takiego do Sarah, jak tylko wróci. Spodziewam się jej tutaj w ciągu godziny. Na pewno jej przekażę, żeby do ciebie zadzwoniła i wszystko ustaliła, dobrze?

– Byłoby wspaniale. Lucy niecierpliwie...

– Z pewnością – powiedział, cedząc słowa. – Powiedz, Angel, czy ciebie także zobaczymy, kiedy przyjedziecie do Nowego Jorku?

– No... nie wiem – wahałam się, zaskoczona pytaniem.

– Cóż, mam nadzieję, że będziesz miała szansę nas odwiedzić – powiedział. – Byłoby miło cię spotkać.

– Dziękuję. Byłoby wspaniale.

– Trzymaj się – powiedział i się rozłączył.

Odłożyłam słuchawkę. Gordon Hart chce się ze mną spotkać. Jeden z najważniejszych ludzi w świecie wydawniczym. Nie mogłam powstrzymać uśmiechu, który wypłynął mi na usta.

Do: angel.robinson@fiammalit.com
Od: gapisarz@heya.com
Temat: Re: ŚP/redakcja

Droga Pani Robinson,

jak zawsze, Pani uwagi redakcyjne były bardzo dobre: jasne i trafne. Całkowicie się z Panią zgadzam, z jednym wszakże wyjątkiem. Nie uważam, aby scena erotyczna między Vaughnem i Alice była, jak to pani napisała: przerysowana i jednocześnie sprawiała wrażenie kliszy czegoś, co już się czytało. Być może ma Pani rację w tym, że w moim opisie uczuć Alice są jeden czy dwa znane motywy (prawdopodobnie nie jestem tak dobry w przywoływaniu odczuć kobiety, jak myślałem), ale nie mogę się zgodzić z Pani określeniem „przerysowana". Alice jest typem nienasyconym – to pożeraczka. Wydaje się prawdopodobne, że pochłonie Vaughna Blue. Alice nie wie nawet dokładnie, w czym Vaughn może jej pomóc, wie tylko, że jest on środkiem do osiągnięcia celu. Być może się w nim zakocha, co nieco skomplikuje sprawę. Przy takim przebiegu wypadków Alice stanie się trochę delikatniejsza w obejściu. Co Pani o tym myśli? Każda powieść potrzebuje dobrego wątku miłosnego, prawda? W każdym razie oczyszczę nieco scenę erotyczną, ale nie wymiotę jej kompletnie. I potem przyślę ją ponownie.

Tymczasem załączam następny fragment tekstu dla Pani. Zauważy Pani, że wziąłem sobie do serca radę, aby „sprawy nabrały tempa", i teraz wszystko zaczyna się toczyć znacznie szybciej.

Jak zawsze, niecierpliwie czekam na komentarz,

G.

Alice szła na codzienne spotkanie zespołu, kiedy Ricardo zawrócił ją, żeby z nią porozmawiać na osobności. Alice miała wielkie plany związane z tym zebraniem i właśnie przygotowywała się mentalnie do przedstawienia „swojej" powieści jako godnej reprezentowania przez Carol Moore. Tę powieść Carol na pewno przyjmie i nastąpi jeden z wielu momentów, w których Alice zabłyśnie.

Alice nie znosiła, kiedy przerywano jej tok myślenia, i była zirytowana, że Ricardo ją odciąga, ale zachowała zimną krew. Dla Alice bardzo ważne było, aby każdy w biurze postrzegał ją jako osobę spokojną i pogodną jak letnie morze. Nie bacząc, że Ricardo będzie ostatecznie miał takie znaczenie jak byle sprzęt kuchenny, Alice musiała poświęcić mu uwagę.

– Tak, Ricky? – Ricardo nienawidził, kiedy nazywano go Ricky, i Alice o tym wiedziała. Regularnie grali w tę grę. Ricardo poprawiał Alice, a ta, na modłę Scarlett O'Hary, prosiła o wybaczenie. Teraz czekała, aż Ricardo wypowie właściwą kwestię, ale tym razem tego nie uczynił. Alice pomyślała, że wygląda na wzburzonego. Jego gładka skóra w kolorze karmelu była pokryta lśniącą warstewką potu, a koszula była pognieciona. Zwykle Ricardo starannie dbał o swój wygląd i ubranie.

– Alice... – zaczął powoli z zażenowaniem.

– No, o co chodzi? – zapytała Alice niecierpliwym tonem, który odzwierciedlał jej prawdziwe uczucia.

– Wiem, że Carol po twojej rozmowie kwalifikacyjnej była pod wielkim wrażeniem. Podobałaś jej się wystarczająco, żeby przyjęła cię do pracy, mimo że tak naprawdę nie miałaś doświadczenia – powiedział Ricardo.

Alice zmarszczyła brwi dokładnie w taki sposób, jaki Vaughn określił tego ranka jako „uroczy". Nie miała pojęcia, do czego Ricardo zmierza, ale jego zdenerwowanie wskazywało, że z pewnością do niczego, co miałoby jej się spodobać.

– Tak? – spytała, pilnując się, żeby to nie zabrzmiało zbyt niespokojnie.– To znaczy, oczywiście byłam uszczęśliwiona, że Carol mnie przyjęła, ale przecież mam doświadczenie, Ricardo.

– Czy myślisz, że Carol Moore osiągnęłaby pozycję, którą ma dzisiaj, gdyby była głupia? – zapytał Ricardo, pocąc się już na dobre.

– Oczywiście, że nie.

– A nie pomyślałaś, że sprawdzi twoje referencje i doświadczenie? – Ricardo nie czekał na odpowiedź. – I nie wpadło ci do głowy, że ona odkryje, że prawie wszystko w twoim życiorysie zawodowym było sfabrykowane?

– Nie wiem, o czym mówisz – powiedziała Alice. Jej palce nagle oziębły i uczucie chłodu objęło całe jej ciało, jak wolno topniejący śnieg.

– Oczywiście, że wiesz, o czym mówię. Istotnie, Carol polubiła cię tak, że zdecydowała się przyjąć cię do pracy, mimo że odkryła, że na rozmowie kwalifikacyjnej kłamałaś.

Przerwał, a Alice czekała na ciąg dalszy, nie reagując. Jej zwyczajną reakcją w tego typu sytuacjach było powolne odsłanianie nóg albo piersi, albo jakiejś innej części jej fantastycznego ciała, która mogłaby podziałać na mężczyznę. Ale Alice wiedziała, że to nie zadziała w przypadku Ricarda, ponieważ jedyną kobietą, która dla niego istniała, była Carol.

– Carol powiedziała mi, że przypominasz jej ją samą z czasów, kiedy była w twoim wieku – kontynuował Ricardo. – Podoba jej się twoja ambicja i to, że jesteś wystarczająco umotywowana, żeby zmienić swoje życie.

Alice coraz bardziej niecierpliwiło kazanko Ricarda.

– Do czego zmierzasz, Ricky? – powiedziała.

Ricardo ściszył głos.

– Ona ci ufa, Alice. Carol Moore była dla mnie zawsze bardzo dobra i nie chcę być świadkiem, jak ktoś ją w jakiś sposób krzywdzi.

– Kto ją krzywdzi? O czym ty mówisz?

– Widzę, co wyrabiasz. Widziałem, jak przeglądasz jej prywatne pliki, widziałem, jak zbierasz informacje, słyszałem, jak rozmawiasz z autorami.

– Niczego nie wyrabiam, z wyjątkiem wykonywania mojej pracy – syknęła Alice. – Robię, co do mnie należy. – Ricardo nie mógł wiedzieć o powieści. Była w tej sprawie bardzo ostrożna. Chyba że...

– Czy to, co robisz z Vaughnem Blue, jest częścią twojej pracy?

Alice cofnęła się, jakby ktoś ją uderzył w twarz. Tego się nie spodziewała. Nie doceniła Ricarda i jego zmysłu obserwacji. To był pożałowania godny, ale nie tragiczny błąd w ocenie sytuacji. Ricardo nie wiedział o wszystkim. Vaughn był tylko małą cząstką dużo większego planu.

– Carol musi się o tym dowiedzieć – kontynuował Ricardo. – Jednak daję ci możliwość, żebyś sama ją o tym poinformowała. Jeżeli się w tej sprawie oczyścisz, jestem pewien, że Carol da ci dobre referencje. Prawdziwe referencje.

– Oszalałeś – skwitowała jego słowa Alice i roześmiała się. – Niczego takiego nie zamierzam zrobić. I ty też nie.

Ricardo wyprostował się i poluzował kołnierzyk koszuli.

– Cóż, nie dajesz mi wyboru. Sam to powiem Carol.

– Naprawdę? – wysyczała Alice. – A zamierzasz także powiedzieć swojej żonie o Carol?

W jednej chwili wszystkie barwy odpłynęły z twarzy Ricarda. Alice wiedziała, że wymierzyła celny cios, i z satysfakcją obserwowała, jak blady ocean strachu zalewa twarz mężczyzny.

– Tak, Ricky. Wiem wszystko o tej sprawie.

– Ty nic... – Ricardo musiał odchrząknąć i zakaszlał. – Ty o niczym nie wiesz.

– Doprawdy? – Alice posłała mu szeroki uśmiech.

– Hej, wy tam. – Przed Ricardem i Alice stanęła Jewel. – Tak się składa, że mamy zebranie zespołu. Lepiej już chodźmy. Ricardo, co się stało? Wyglądasz okropnie.

Alice z rezerwą spoglądała na olśniewającą twarz Jewel. Jest jeszcze jedna osoba, z którą trzeba się będzie rozprawić w najbliższym czasie. Bo z tego, co Alice wiedziała, Ricardo pewnie już rozpoczął proces samobójczy.

– Zjadłem wczoraj wieczorem nieświeże małże – powiedział Ricardo. – Zaraz przyjdę.

– Ja też już idę – dodała słodko Alice i ruszyła za Jewel, ale Ricardo chwycił ją za ramię.

– Nie dotykaj mnie – szepnęła, wyswobadzając rękę.

– Nie masz żadnych dowodów – rzucił chrapliwie Ricardo.

– Ricardo – wymruczała Alice, przeciągając sylaby – ja wiem wszystko.

– Ale... skąd? – wyjąkał.

– Sam powiedziałeś, Ricardo, ona mi ufa. Zwierza mi się. Jesteśmy jak s i o s t r y. Widziałam nawet dowody twojej, jak to powiedzieć... męskości. A przy okazji: Carol przechowuje jak skarby te twoje listy. Osobiście uważam, że są nieco niedojrzałe, ale w końcu co ja wiem o prawdziwej miłości?

Alice czekała na efekt swoich słów.

– Czy nie powinniśmy już pójść na to zebranie? – zapytała, kiedy stało się jasne, że Ricardo nie odpowie. – Carol zacznie się zastanawiać, co nas tak długo zatrzymuje.

Ricardo wyglądał na całkowicie pokonanego, a o to właśnie Alice chodziło. Odwrócił się, a ona poszła za nim. Zanim jednak weszli do biura Carol, Alice zatrzymała się, żeby dodać jeszcze jedną małą kwestię:

– Nieświeże małże? – zapytała. – Chyba nie całkiem, prawda, Ricardo?

Rozdział jedenasty

Lucy bała się latać. Gdyby podzieliła się tym z kimkolwiek w biurze, wiedziałabym. Craig, gdyby był świadomy jej strachu przed lataniem, z pewnością poinformowałby mnie o tym, zanim Lucy i ja rozpoczęłyśmy wspólny lot transkontynentalny.

Kiedy zajęłam swoje miejsce na pokładzie i zignorowałam prowadzony bez przekonania przez obsługę instruktaż bezpieczeństwa, uświadomiłam sobie, że pewnie to właśnie ów lęk spowodował, że Lucy nigdy nie zabierała ze sobą nikogo w swoje liczne podróże służbowe. Nienawidziła okazywać słabości i ani razu nikomu nie wspomniała o swoim strachu.

Mnie też właściwie o nim nie powiedziała, ale nie trzeba było być geniuszem, żeby pojąć, co się dzieje. Już zanim weszłyśmy na pokład, zaczęła łykać tabletki Xanaksu, jakby to były cukiereczki. Kilka dni wcześniej realizowałam dla niej receptę i przeczytałam instrukcję na opakowaniu. Mówiła ona wyraźnie, że w razie niepokoju należy przyjmować jedną tabletkę co sześć godzin. Dzięki tej wiedzy mogłam wyliczyć, że kiedy wchodziłyśmy do samolotu, Lucy miała w sobie zapas na osiemnaście godzin.

Chociaż mogła wejść na pokład przede mną (dla siebie zakupiła miejsce w klasie business, a dla mnie w turystycznej), czekała, aż wywołano moją grupę. Kiedy szłyśmy korytarzem prowadzącym do drzwi samolotu, Lucy stawiała niepewne i chwiejne kroki, jakby zmagała się z jakąś niewidzialną siłą. W pewnym momencie oparła się o mnie i tak mocno złapała mnie za ramię, że jej paznokcie prawie przecięły mi skórę.

– Mam nadzieję, Angel, że nie zamierzasz spać podczas lotu – powiedziała przez zaciśnięte zęby. – Mamy masę pracy w Nowym Jorku i podróż będzie wspaniałą okazją, żeby wszystko omówić.

Popatrzyłam na nią i milcząco pokiwałam głową. Xanax jeszcze nie zadziałał. Twarz Lucy miała kolor papieru i na jej czole lśniły kropelki potu. Musiałam podziwiać, jak próbuje utrzymać swój zwykły, rozkazujący ton, będąc pod wpływem zaawansowanej fobii. Zostawiłam ją w pierwszej klasie, gdzie od razu zażądała od stewardesy dodatkowych koców, dodatkowych poduszek i „natychmiast” kieliszka wina, a sama zajęłam miejsce przy końcu samolotu, wdzięczna za dzielącą nas przestrzeń. Ale kiedy kołowaliśmy, oddalając się od terminalu w kierunku pasa startowego, poczułam, że zaczynam się denerwować. Nie dlatego, że boję się latać. Martwiłam się o Lucy. Zwykle postrzegało się ją raczej jako uosobienie mocy niż jako człowieka. Taki obraz siebie kultywowała. Ale teraz zobaczyłam w jej oczach blady strach i zrodziło się we mnie współczucie i chęć chronienia jej. Strach przed lataniem uczynił ją ludzką, choćby na krótko. Mimo że odczuwałam ulgę dzięki dwudziestu rzędom foteli dzielących moje i jej miejsce, chciałam się upewnić, że u niej wszystko w porządku. Oderwaliśmy się od ziemi, unosząc te niewiarygodne tony żelastwa, a ja czułam w swoim ciele strach Lucy. Żołądek mi się kurczył, a adrenalina spowodowała przyspieszone bicie serca. Ścisnęłam podłokietniki tak mocno, że palce mi zbielały, co zwróciło uwagę kobiety siedzącej obok mnie, po lewej stronie. Odłożyła książkę w miękkiej okładce, którą czytała, i uśmiechnęła się do mnie uspokajająco.

– Przejdzie ci – powiedziała. – Start jest zawsze najtrudniejszy do zniesienia.

– Nic mi nie jest – zapewniłam ją.

– Wyglądasz na trochę przestraszoną – odpowiedziała.

Zwolniłam podłokietniki z uścisku.

– Naprawdę nic mi nie jest – powtórzyłam. – Nie boję się latać.

Zabrzmiało to tak, jakbym sama chciała się w tym upewnić.

– W porządku. – W jej głosie dźwięczało niedowierzanie. Podniosła książkę. Zgodnie z długoletnim przyzwyczajeniem spojrzałam na okładkę, żeby sprawdzić, co czyta. To było ostatnie wydanie *Zimna!*

– Dobra książka – powiedziałam, zanim zdążyłam się powstrzymać.

– Słucham? Ach, to? – Pomachała książką. – Tak, znakomita. Czytałam ją już trzy razy, ale jest jedną z moich ulubionych.

– I moich także – powiedziałam.

– On jest takim niesamowitym pisarzem – westchnęła. – Szkoda, że nie napisał kolejnej książki.

– Pisze... – wymknęło mi się. – Tak, pisze niesamowicie.

– Ale człowiek się zastanawia, prawda? – kontynuowała, w miarę jak się wznosiliśmy coraz wyżej w niebo.
Widać było, że cieszy ją możliwość pogadania z kimś. –
Mam na myśli to, że człowiek zadaje sobie pytanie, d l a -
c z e g o on jeszcze nie napisał następnej książki. Może
nie umie. Może nie napisał nawet tej. Może w ogóle nie
ma prawdziwego Karanuka. Takie rzeczy się przecież
zdarzają, prawda?

Nie tylko się zdarzają, ale są dość częste. Podrobione
teksty, fałszywi autorzy, nawet sfabrykowana tożsamość
pisarza, wszystko to spotykało się coraz częściej, więc moja towarzyszka podróży nie myliła się zbytnio. Wiedziałam, że powinnam po prostu potwierdzić i się uśmiechnąć i w ten sposób zakończyć temat, ale coś mnie podku-
siło. Czułam, że nie potrafię się powstrzymać...

– Zapewniam, że Karanuk istnieje – powiedziałam. –
I pracuje nad następną książką.

Kobieta odwróciła się do mnie. Jej oczy rozbłysły ciekawością.

– Z n a s z go? – zapytała.

– Nie, to znaczy tak, ale... – Uświadomiłam sobie, że
jestem w kropce. To będzie długi lot. – Jestem jego agentką – wydukałam w końcu. I zamiast natychmiast skory-
gować własne słowa, pozwoliłam im zawisnąć w powietrzu i nabrać kształtu. Niech tak zostanie, ona w końcu
jest tylko czytelniczką. Szybko się przekonałam, jak bardzo się myliłam.

– Jesteś agentką literacką? – zawołała.

– Pracuję w agencji literackiej. – Na takie uściślenie się zdobyłam.

– Pracujesz dla Lucy Fiammy? – spytała tak głośno, że obawiałam się, iż zaalarmuje służby pokładowe. Byłam mocno przestraszona. Udało mi się usiąść obok osoby, która wiedziała o światku wydawniczym na tyle, żeby kojarzyć, kto jest agentem Karanuka. Czy mogłam zaprzeczyć?

– Tak – przyznałam.

– Co za niesamowity zbieg okoliczności – mówiła podekscytowana. – Ja jestem pisarką. Ostatnio zakończyłam pracę nad moją pierwszą książką i właśnie zamierzałam ją przesłać do waszej agencji.

Teraz byłam przestraszona już na dobre. Znalazłam się w pułapce. Wiedziałam, co teraz nastąpi: szczegółowy opis rękopisu tej pani połączony z listą przyczyn, które zadecydują o tym, że to będzie bestseller. No i prawdopodobnie także nieokrojona wersja jej życiorysu. A ja będę musiała grzecznie słuchać. Będę zmuszona nakreślić, jaka jest nasza procedura przyjmowania rękopisów, i obiecać, że zwrócę uwagę na jej tekst, jak tylko zostanie nadesłany. Gorąco i z nadzieją modliłam się, żeby nie miała przy sobie egzemplarza, bo wtedy byłabym zmuszona przynajmniej część przeczytać.

Na szczęście nie wie, że Lucy też jest na pokładzie. Gdyby wiedziała, mogłoby dojść do naprawdę nieprzyjemnej sytuacji.

– Cóż – zaczęłam z nadzieją, że nie brzmi to w sposób zbyt wymuszony. – Mam nadzieję, że to naprawdę zbieg okoliczności.

– Jak najbardziej – powiedziała moja sąsiadka i uśmiechnęła się szeroko. Wyciągnęła rękę. – Solange Martin – przedstawiła się – ale wszyscy mówią do mnie Sunny.

– Angel Robinson. – Wytarłam spoconą rękę o nogawkę spodni, zanim uścisnęłam jej dłoń.

– Miło cię poznać, Angel.

Czekałam, aż przejdzie do opowieści o swojej książce, ale ku mojemu zdziwieniu na tym poprzestała, podniosła swój egzemplarz *Zimna!* i wróciła do lektury.

Popatrzyłam na nią kątem oka. Po raz pierwszy zobaczyłam, jak wygląda. Była opalona i całkiem atrakcyjna. Wszystko w niej było złoto-brązowe, począwszy od włosów i oczu, a skończywszy na jedwabnym kostiumie. Trudno było określić jej wiek, ponieważ skórę miała gładką i bez zmarszczek, ale z całej jej postaci emanowała dojrzałość. Po trzydziestce, oceniłam. Przyjrzałam się jej dokładniej i uznałam, że jest bardzo piękną kobietą. Na okładce prezentowałaby się znakomicie.

Pilot ogłosił, że osiągnęliśmy ostateczny pułap lotu i że można już włączyć dopuszczone urządzenia elektroniczne. Wyjęłam laptop. Chciałam przejrzeć jeszcze raz rozkład zajęć Lucy teraz, kiedy była zbyt daleko, żeby go znowu zmienić, no i oczywiście ponownie zająć się redakcją *Ślepego posłuszeństwa*. Lucy naciskała mnie, żebym przygotowała „pięćdziesiąt najświeższych stron" powieści, tak żeby można je wysłać wydawcom. Zamierzała je ostro promować w Nowym Jorku, mimo że powiedziałam jej, że mogą nie być ostatecznie wygładzone. Od czasu mojego zerwania z Malcolmem kilkakrotnie byłam bliska oświadczenia jej, że prawdopodobnie to on jest autorem.

Jednak stanowcze zaprzeczenie Malcolma, które trudno mi było tak od razu odrzucić, jakoś mnie powstrzymywało.

No bo co, jeśli on mówi prawdę i nie jest autorem *Ślepego posłuszeństwa?*

Trudno mi było przyznać, że mężczyzna, którego kochałam i któremu ufałam tak długo, wykorzystał mnie w tak nikczemny i samolubny sposób. Okazywało się to chyba nawet trudniejsze niż uznanie, że tego nie zrobił. No ale jeśli to nie był Malcolm (a trochę na to wskazywał inicjał „G."), to nie potrafiłam sobie wyobrazić, kto inny mógłby znać tak intymne szczegóły mojego życia, jakie pojawiły się w powieści, i jak ta osoba mogłaby wejść w posiadanie tych informacji.

Lucy natomiast zupełnie nie wydawała się przejęta faktem, że autor pozostaje anonimowy. Zaprzątało ją jedynie to, abym zajmowała się redagowaniem tekstu natychmiast po jego otrzymaniu i żeby autor nie zgłosił się do żadnego innego agenta. Zapewniłam ją, że tego nie zrobi. Sądzę, że trzymając Karanuka przez całe lata w tajemnicy, Lucy była obyta z kalamburami, tajemnicami i niebezpieczeństwem.

– Przepraszam, czy pani Angel Robinson?

Podniosłam wzrok i zobaczyłam pochylającą się nade mną stewardesę. Zauważyłam, że na szyi nosi medalik ze świętym Krzysztofem i srebrny samolocik.

– Tak? – spytałam, czując uderzenie adrenaliny.

– To dla pani. – Podała mi znajomo wyglądającą różową karteczkę z notatką. Lucy najwyraźniej nie traciła czasu.

– Dziękuję.

– Proszę bardzo. – Stewardesa ściągnęła brwi i spojrzała na mnie z mieszaniną przykrości i współczucia. W odpowiedzi posłałam jej słaby uśmiech.

A – rozmowa konieczna – L.

Zgniotłam karteczkę i włożyłam do kieszeni na oparciu siedzenia przede mną. Notatka była lakoniczna, ale znałam Lucy wystarczająco dobrze. Dla mnie mówiła ona: *Przyjdź natychmiast do pierwszej klasy i weź ze sobą notatnik i listy przewodnie do wszystkich naszych projektów. Musimy to omówić. Natychmiast. Nie traćmy ani minuty.*

Zebrałam wszystkie potrzebne dokumenty i rozpięłam pas bezpieczeństwa. Personelowi nie będzie się podobało, że pasażer z klasy turystycznej wchodzi do części samolotu przeznaczonej dla pierwszej klasy, ale i tak będę musiała tam pójść. Mogłam tylko marzyć, żeby mnie szybko wyrzucono albo żeby Xanax podziałał. I żeby Lucy odpłynęła. Zajmowałam środkowe miejsce, więc musiałam przejść obok Sunny, żeby się wydostać. Posłała mi ciepły uśmiech, patrząc, jak się gramolę z moimi dokumentami i dozwolonymi urządzeniami elektronicznymi.

– Przepraszam – powiedziałam.

– Nic nie szkodzi.

Nagle poczułam, że ona rozumie i wie, że robię to wszystko wbrew woli. Sprawiło mi to dziwną przyjemność.

Kiedy weszłam do kabiny pierwszej klasy, Lucy trzymała w ręku kieliszek wina, a na kolanach miała rękopis. Była pochylona w kierunku okna. Ciągle jeszcze była bardzo blada, ale pigułki sprawiły, że jej twarz przybrała wyraz odprężenia, tak że Lucy robiła wrażenie lekko nie-obecnej.

– Usiądź, Angel – powiedziała, wskazując na siedzenie obok siebie.

– Lucy, wiesz, nie wydaje mi się, żebym mogła tu prze-bywać – odparłam przyciszonym głosem.

– Po prostu usiądź, na Boga. Nikt tu nie siedzi... A ty nie zostaniesz długo.

Mówiła znacznie wolniej niż zazwyczaj, robiąc długie przerwy między słowami. Zastanawiałam się, czy od cza-su, kiedy się ostatnio widziałyśmy, wzięła jeszcze więcej tabletek.

– W każdym razie zapłaciłam za te miejsca – dodała.

– Dobrze się czujesz, Lucy? – zapytałam, układając pa-piery na kolanach.

– A dla-czego... miałabym... się... źle czuć?

– Wyglądasz trochę blado.

Lucy spojrzała na kieliszek.

– Nie tak źle jak na pijaczkę – rzuciła z większą swobo-dą. Podała mi kieliszek. – Masz, wypij to.

Doszłam do wniosku, że po prostu chce się pozbyć drinka, więc odstawiłam kieliszek na podłogę w nadziei, że nie będzie większych turbulencji.

– Jak słodko, że się o mnie troszczysz – powiedziała, wykrzywiając usta w głupawym, xanaksowym uśmiechu.

Także się uśmiechnęłam, nie bardzo wiedząc, jak re-agować na zamroczoną wersję Lucy.

– Musimy omówić mój rozkład zajęć – powiedziała.

– Tak. Tu go mamy. – Wyciągnęłam wydruk.

Lucy bywała bojowniczką na rzecz tradycyjnych metod

pracy. Miałam wrażenie, że po prostu woli żywych asysten-
tów od cyfrowych. Nieprzewidywalność ludzkich emocji
była tym, czego Lucy potrzebowała, żeby rozkwitnąć.

Spojrzała na rozkład zajęć i poprosiła o pióro. Ale kiedy jej podałam, upuściła je na kolana i przygwoździła
mnie spojrzeniem o dużym ładunku szczerości.

– Nie chcę znowu o tym mówić – powiedziała.

– Nie musimy. Wszystko jest dopracowane.

– Tak naprawdę chcę porozmawiać o... – Pochyliła się
w moim kierunku. Jak zwykle poczułam zapach chanel
nr 5. – Dlaczego jesteś tak daleko, Angel?

– Siedzę tuż obok ciebie.

– To jest najściślej poufne – zamruczała Lucy i wolno
uniosła brwi. Uświadomiłam sobie, że prawdopodobnie
jest już całkiem na haju, i ta myśl mnie rozbawiła i zarazem przeraziła.

– Dobrze. – Trochę bardziej się do niej przysunęłam.
Siedziałyśmy teraz tak blisko siebie, że czułam, jak jej
włosy kłują mnie w czoło.

– Karanuk – powiedziała.

– Co z nim? – spytałam, nagle zdając sobie sprawę, że
zniżyłam głos do szeptu.

– Nie wiem, czy on sobie z tym poradzi.

– Mówisz o *Odwilży?*

Słyszałam, jak Lucy rozmawiała przez telefon, kusząc
wydawców aluzjami i wzmiankami, chociaż było wiadomo, że pierwszy wydawca Karanuka ma prawo pierwszeństwa także przy wydawaniu jego kolejnej książki.
Lucy trzymała jednak nowy tekst ukryty gdzieś w biurze
i nikomu nie pozwoliła go czytać. Nie zastanawiałam się

nawet nad powodem niechęci Lucy do ujawniania tekstu. Było dla mnie oczywiste, że nowe dzieło Karanuka jest dla niej projektem bardzo prywatnym. W dodatku nadal nie rozumiałam charakteru jej relacji z Karanukiem i chyba nie chciałam rozumieć.

– To się nawet nie zbliża do poziomu *Zimna!* – powiedziała Lucy. – Ale nie w tym rzecz. I tak to kupią. Ale, Angel, to nie jest d o b r e! Coś się z nim stało. Jakby umiejętność pisania z niego spłynęła.

Pomyślałam o Sunny czytającej egzemplarz *Zimna!* „Dlaczego on jeszcze nie napisał następnej książki? Człowiek się zastanawia..."

– Będzie z tym dużo pracy – kontynuowała Lucy i przygwoździła mnie spojrzeniem. – Ty tu jesteś potrzebna, Angel.

– Och! – Ciężar wypowiedzianych właśnie słów mnie uderzył. Popatrzyłam uważnie na Lucy, zastanawiając się, czy rozumie, co mówi.

– No więc teraz wiesz, dlaczego jeszcze tego nie sprzedałam – ciągnęła. – Gdyby to nie było takie słabe, ubiłabym interes już dzień po tym, jak przyszła do nas pierwsza strona.

– Oczywiście – przytaknęłam, uświadomiwszy sobie, jak prawdziwe jest to stwierdzenie.

– Wzięłam tekst ze sobą – powiedziała Lucy – i chcę, żebyś go przeczytała. Kiedy wrócimy do domu, to będzie twój priorytet, Angel. I nie muszę ci mówić, że sytuacja jest nad wyraz delikatna. Chodzi o bardzo duże pieniądze, nie mówiąc o reputacji. – Lucy głośno odetchnęła. – Nie wiem, jak Karanuk podejdzie do twoich w s k a z ó w e k, więc muszą one wyjść ode mnie. Rozumiesz, prawda?

Oczywiście. Ja wykonam pracę, a ona będzie ciągnęła zyski. Naprawdę nie mogła wyrazić się jaśniej. Ale dla mnie to się nie liczyło. Znacznie bardziej liczył się Karanuk. Nie wyobrażałam sobie, że mógł napisać coś s ł a b e g o. Nie po *Zimnie!* Zastanawiałam się, czy jest może jednym z tych słynnych twórców jednego dzieła. Dzieła, po którego stworzeniu następuje koniec.

– Jasne, Lucy.

– Świetnie, że się rozumiemy. – Wskazała na oparcie siedzenia przed sobą. – Tam jest – powiedziała. – Weź go.

Sięgnęłam i wyciągnęłam zwinięty i pomięty rękopis. Lucy go popisała, gryzmoląc uwagi na okładce. Ledwie widziałam tytuł i nazwisko Karanuka. Lucy odchyliła się na oparcie fotela i oddychała bardzo wolno. Miała ciężkie powieki i byłam pewna, że zaraz odpłynie. Podniosłam oczy i napotkałam wzrok stewardesy, która wcześniej przyniosła mi karteczkę. Po jej minie poznałam, że mój czas w pierwszej klasie dobiega końca.

– Lucy? – Nie poruszyła się ani w żaden sposób nie zareagowała. – Myślę, że muszę wracać na swoje miejsce.

– Był jednym z najgorszych kochanków, jakich miałam – wymamrotała Lucy głosem somnambuliczki. Brzmiało to, jakby recytowała urywek powieści. – I co tu mówić o zimnie! Co? Wielki pisarz. Cienias. Nie pomyślałabyś, nie? Wyobrażałaś sobie, że Eskimos potrafi rozgrzewać.

Z przerażeniem uzmysłowiłam sobie, że Lucy mówi o Karanuku, i szczęka mi opadła. Poczułam się tak, jakbym nakryła rodziców, jak się biją, albo jakbym wpadła

315

na nauczyciela poza szkołą. To było coś złego, skrajnie niewłaściwego i niewygodnego.

– Oni nie wiedzą – kontynuowała Lucy. – Nie rozumieją, jakim zaszczytem jest dla nich to, że się ich publikuje. Wielu z nich nawet na to nie zasługuje.

– Proszę pani? – Stewardesa pochylała się nade mną, pobrzękując wisiorkami. – Muszę panią poprosić, aby wróciła pani na swoje miejsce.

– Nie ma sprawy – powiedziałam i zabrałam swoje rzeczy.

– Dokąd idziesz? – zapytała Lucy.

– Muszę wracać...

– Ta pani powinna siedzieć na swoim miejscu. Jeśli potrzebuje pani...

– Powiem ci, czego potrzebuję. Czy ty wiesz, kim ja jestem?

Nigdy dotąd nie słyszałam, żeby ktoś wypowiedział takie zdanie, i musiałam stłumić śmiech narastający w krtani.

Wyszłam tak wdzięcznie, jak tylko się dało w tak ciasnej przestrzeni, i zostawiłam za sobą Lucy kłócącą się ze stewardesą. Miałam tylko nadzieję, że nie zrobi takiej sceny, że po przylocie do Nowego Jorku obie nas aresztują.

Po raz drugi przeskoczyłam ponad Sunny, uważając, żeby trzymać *Odwilż* złożoną we dwoje, i umościłam się na swoim miejscu. Już byłam wyczerpana, a nie minęła jeszcze godzina lotu. Wpadło mi do głowy, że i mnie przydałby się Xanax.

– Wszystko w porządku? – zapytała Sunny, której głos niósł zrozumienie i ukojenie.

– Tak. – Spojrzałam na nią, oczekując, że zacznie mówić o swojej książce, ale znowu tylko się uśmiechnęła i wróciła do lektury. Może czekała na odpowiednią chwilę, może chciała rozbudzić moją ciekawość? Rzuciłam nerwowe spojrzenie w kierunku pierwszej klasy. Nie dostrzegłam żadnych sił porządkowych maszerujących między rzędami foteli, więc pomyślałam, że być może Lucy się uspokoiła. Wyciągnęłam laptop i włączyłam. Ostatni rzut *Ślepego posłuszeństwa* czekał na mnie. Ten rozdział wraz z trzema innymi (G. obecnie nieco przesadził) nadszedł, kiedy właśnie miałyśmy wyjeżdżać, więc nie miałam jeszcze okazji tego przeczytać.

Bezsprzecznie tekst stawał się z biegiem czasu coraz lepszy. Wydawało się, że G. (albo cholerny Malcolm) doświadczył po naszych ostatnich rozważaniach jakiegoś przełomu i wreszcie odnalazł swój głos. Tekst wymagał jeszcze nieco pracy, szczególnie kiedy autor stosował swoje dziwaczne i wyszukane metafory, ale postacie stawały się coraz bardziej wyraziste. Alice także miała teraz określony sposób wyrażania się. Fakt, że był to język innego autora, którego tekst ukradła i zamierzała przedstawić jako własny, dodawał historii smaczku. Może *Ślepe posłuszeństwo* zawdzięczało to mnie, ale z pewnością było coraz lepsze.

– Pani Robinson?

Stewardesa znów była przy mnie. Spięłam się, gotowa na jej gniewne zachowanie, wywołane jakimś wybuchem Lucy, ale ku mojemu zdumieniu ciepło się uśmiechała.

– Tak?

– Czy zechce pani pójść ze mną na chwilkę?

A teraz o co chodzi? – zastanawiałam się, po raz trzeci przeciskając się ponad biedną Sunny. Nagle zaczęłam się bać, że stewardesa jest miła i uprzejma tylko dlatego, żeby nie robić sceny, a tak naprawdę zaraz zamknie mnie w jakimś odosobnionym pomieszczeniu na dziobie samolotu.

– Coś się stało? – zapytałam cichutko, kiedy szłyśmy w kierunku pierwszej klasy.

– Nie. Nic się nie stało. Pani matka wszystko mi wyjaśniła. Może pani z nią zostać na trochę, jeśli pani chce. – Tu obdarzyła mnie miłym uśmiechem. – Będę jednak wdzięczna, jeśli wróci pani na swoje miejsce przed zakończeniem lotu.

Moja m a t k a? Jezu, Lucy jest niesamowita. Ciekawe, czy zaproponowała stewardesie reprezentowanie tekstu jej autorstwa.

– Dziękuję – powiedziałam. – Ona...

– Nie przejmuj się, kochana. – Stewardesa poklepała mnie po ramieniu, co było trochę dziwne. – Ona mi już wszystko wyjaśniła.

Drżałam na myśl, co mogło oznaczać „wszystko".

Kolor i faktura twarzy Lucy powodowały, że wyglądała ona jak woskowa replika samej siebie.

Od czasu mojej poprzedniej wizyty nałożyła na usta niesamowitą ilość jaskrawoczerwonej szminki, co tylko spotęgowało efekt bladości. Usiadłam obok niej i z przerażeniem odkryłam, że nie wzięłam z sobą laptopa i notatek. Powiedziałam sobie, że to nie szkodzi, ponieważ nie istniał żaden temat, jaki Lucy mogłaby poruszyć, a którego ja nie miałabym w pamięci.

– Angel. – Lucy pochyliła się ku mnie, jakby powodowana zawrotem głowy. Jej intensywnie zielone oczy były przymglone. Znowu zaniepokoiłam się, ile tabletek skonsumowała. Stewardesa zajmowała się teraz pasażerem naprzeciwko nas, ale wydawało mi się, że nie spuszcza z nas zaciekawionego spojrzenia.

– Mamo? – Pomyślałam, że to słowo w moich ustach brzmi niezwykle dziwacznie i to nie tylko dlatego, że kierowałam je do Lucy.

– Książki są jak dzieci, wiesz? – powiedziała bardzo poważnie.

Włosy mi się rozsypały i poczułam na twarzy uwolniony kosmyk. Po raz pierwszy w życiu pożałowałam, że nie jestem pisarką. Byłam zamknięta w pułapce samolotu ze zwariowaną szefową, która podawała się za moją matkę i przystępowała właśnie do dyskusji na temat rodzenia dzieła literackiego. Ta sytuacja kryła w sobie niesamowity ładunek możliwości literackich.

– Trudzisz się, sprowadzasz je na świat, a potem już żyją gdzieś w tym świecie i nie wiesz nawet, co się z nimi dzieje.

Tyle razy już to słyszałam. Zastanawiałam się, do czego Lucy zmierza.

– Przy wielu książkach akuszer... byłam akuszerką. Nie narodziłyby się beze mnie.

Lucy przesunęła językiem po wargach, rozmazując nieco szminkę. Pomyślałam, że dam jej chusteczkę, żeby mogła osuszyć usta.

– To prawda – zgodziłam się, nie wiedząc, dlaczego nagle poczułam potrzebę, żeby coś powiedzieć.

Lucy przez chwilę patrzyła przeze mnie w jakiś niewidoczny punkt gdzieś ponad przestrzenią kabiny pierwszej klasy. Pomyślałam, że zaraz całkiem odpłynie, ale z wolna się pozbierała. Prawie widziałam, jak myśli.

– *Ślepe posłuszeństwo* – rzekła nagle z wielką mocą. – Jest mi potrzebne.

Spojrzałam na nią zaniepokojona, próbując wyczytać z jej twarzy dodatkowe informacje. Dopiero po chwili dotarło do mnie, że mówi o tekście pod tym tytułem, a nie o relacji między nią a pracownikami.

– Właśnie nad nim pracuję – powiedziałam lekko łamiącym się głosem. – Tekst jest naprawdę coraz lepszy. Sądzę, że nowy materiał będzie już wymagał mniej mojej pracy. Nie skończyłam jeszcze czytać ostatniej partii, ale...

– Naprawdę? – Głos Lucy brzmiał monotonnie, ale na jej twarzy dostrzegłam cień ożywienia. – Muszę sprzedać tę książkę, Angel. C h c ę ją sprzedać tak szybko, jak tylko się da. Jak daleko z tym jesteśmy?

– Już blisko. Myślę, że wprowadzenie uwag redakcyjnych do ostatnich dwóch rozdziałów i tego nowego...

– Angel, nie oczekuję, że przedstawisz mi szczegóły. Chcę wiedzieć k i e d y. Jesteśmy o całe godziny od Nowego Jorku, a rano mam śniadanie z...

– Natalie Weinstein.

– Z Natalie Weinstein. Ona jest ciągle bardzo rozczarowana z powodu straty *Parco Lambro*. I niecierpliwie oczekuje nowego projektu. Ode mnie. Mogę jej powiedzieć, że go dla niej mam, czy nie mogę?

Toczyłam wewnętrzną walkę, formułując odpowiedź.

– Wiesz, myślę...

– Mamy wydruk?

– Tekst jest w moim komputerze. Ale ja jeszcze...

– W twoim komputerze?

– Tak. Ja go jeszcze...

– Jeszcze go piszesz? – Lucy posłała mi krzywy, pozbawiony radości uśmiech, któremu rozmazana szminka przydawała groteskowego wyrazu.

– Słucham?

– Jeszcze go piszesz? I to jest powód, że dotąd nie mamy tekstu?

Wiedziałam, że Lucy jest półprzytomna, może nawet niebezpiecznie zamroczona, ale nawet w takim wypadku trudno mi było wyobrazić sobie, że ona sądzi, że za tym tekstem ukrywa się moja siła twórcza. Chyba że... Wpatrując się w Lucy, nagle zdałam sobie sprawę, że w pewnym sensie rzeczywiście p i s z ę *Ślepe posłuszeństwo*. Czyż nie pracowałam nad każdym słowem tego tekstu, zmieniając go i przeobrażając, jak w bajce, gdzie słoma zamienia się w złoto? Czy moje „uwagi", które przekazuję G., stały się czymś więcej? Czy tworzyłam tekst, jeszcze zanim G. go napisał? Moje myśli krążyły i wpadały na siebie w całkowitym zagubieniu. Miałam idiotyczne wrażenie, że Lucy mnie przejrzała. Że przyłapała mnie na czymś, z czego sama nie zdawałam sobie sprawy. Potrząsnęłam głową i chwila minęła.

– Ja go r e d a g u j ę.

– Chcę żebyś... – Lucy wpatrywała się we mnie ciężko, starając się skupić na mnie spojrzenie nieprzytomnych oczu. – Chcę, żebyś t y... – Samolot podskoczył, zanim zdołała dokończyć. Na ekranikach rozbłysły napisy ZAPIĄĆ PASY i rozległ się gong.

Lucy skuliła się i jakby zapadła w siebie z wyrazem przerażenia na twarzy.

– Pierdolone samoloty – wycedziła przez zaciśnięte zęby.

Czułam się zagubiona. Nie wiedziałam, czy mam ją uspokajać, wołać stewardesę czy szukać Xanaksu.

Lucy zasłoniła oczy rękami i pochyliła się do przodu. Przez pięć minut czekałam, aż coś powie albo zmieni pozycję, ale potem uświadomiłam sobie, że ona zasnęła albo, co bardziej prawdopodobne, odpłynęła. Wyciągnęłam rękę i poklepałam ją lekko po ramieniu. Żadnej reakcji.

Złapałam ją za ramiona i starałam się wyprostować do wygodniejszej pozycji. Lucy zadrżała i poruszyła się. Nie otwierając oczu, wyciągnęła rękę, odnalazła moją dłoń i mocno złapała.

– W porządku, Lucy. Chcesz, żebym tu z tobą została?

Nie otworzyła oczu i nie odpowiedziała. Czekałam następnych kilka minut, aż puściła moją rękę i stało się jasne, że zobojętniała na wszystko. Pomyślałam, że to dobry moment, żeby wrócić na swoje miejsce. Kiedy odwróciłam głowę, uchwyciłam spojrzenie stewardesy. Patrzyła na mnie ciężko, poprawiając koc na cielesnej powłoce Lucy. Wiedziałam, co sobie myśli: „niedobra córka". Sunny też nie robiła wrażenia zadowolonej, kiedy przechodziłam nad nią po raz – miałam nadzieję – ostatni.

– Chciałabyś zamienić się miejscami? – zapytała. – Dla mnie to nie ma znaczenia, ale gdybyś znowu musiała wyjść...

– Mam nadzieję, że już nie będę musiała. Ale jeżeli możesz się ze mną zamienić, będę bardzo wdzięczna.

Przesiadłyśmy się i w czasie tej zamiany nagle poczułam, że muszę zrobić sobie przerwę. *Ślepe posłuszeństwo* będzie musiało poczekać. Chociaż cieszyły mnie postępy w pracy nad tą książką, to jednak ciągle przypominała mi o Malcolmie. A ja po prostu nie chciałam o nim myśleć. Nie chciałam roztrząsać, co się między nami zepsuło ani co od początku było nie tak.

Od celu podróży dzieliły nas jeszcze długie godziny. Jeśli teraz nie zabiorę się do pracy, pozostanie mi jeszcze do wykorzystania czas po lądowaniu. I pomyśleć, że zanim zaczęłam pracować u Lucy, zawsze marnowałam czas między pracą a snem...

Wyłączyłam laptop, schowałam go pod fotelem i oparłam się wygodnie. Wyciągnęłam odtwarzacz CD i starałam się odprężyć. Od razu popłynęły przez słuchawki pierwsze dźwięki *Angel* Jimiego Hendriksa. To była płyta od Damiana. Zdjęłam słuchawki i nacisnęłam klawisz STOP. Damiano był kolejnym człowiekiem, o którym nie chciałam myśleć. Myślenie o nim było w tylu aspektach niewłaściwe. Nie mogłam poddawać się fantazjom, które nachodziły mnie od czasu pamiętnego przyjęcia u Lucy. Tłumaczyłam sobie, że byłam tak nieszczęśliwa i rozczarowana swoim związkiem z Malcolmem, że wyobraziłam sobie, że Damiano jest romantycznym bohaterem, którym Malcolm nie był. W dodatku Damiano to klient agencji. Uwaga, którą mi poświęcił, była prawdopodobnie niczym więcej jak tylko wyrazem wdzięczności za pracę nad *Parco Lambro*. Myślenie, że kryło się za tym coś więcej, mogło mi tylko przynieść kłopoty. Od czasu naszego spotkania przed biurem nie rozmawialiśmy. Nie zadzwonił do mnie, ani do biura, ani do domu, i to przynajmniej była jakaś informacja.

Otworzyłam oczy, które najwyraźniej same się zamknęły, i zmusiłam się do skupienia uwagi na czymś innym niż obrazy w mojej głowie. Sunny upchnęła egzemplarz *Zimna!* do kieszeni fotela przed nią i siedziała z założonymi rękami, kręcąc młynka kciukami. Wyglądało na to, że czuje się tak jak ja: znudzona i złakniona rozmowy.

Czułam się niezręcznie, bo tyle razy się nad nią przepychałam, a poza tym byłam ciekawa jej książki, a szczególnie tego, dlaczego jeszcze nie próbowała mi jej wcisnąć.

– Opowiedz mi o swojej książce – zaproponowałam.

Sunny uśmiechnęła się do mnie szeroko i pokiwała głową, jakby czekała, aż to powiem.

– Jest o astrologii – powiedziała. – I o tarocie.

– Och... – Byłam rozczarowana. Podręczniki metafizyki nie sprzedają się za dobrze.

– Ale to nie jest żaden techniczny podręcznik czy coś takiego.

– Aha?

– To opowieść o kobiecie-astrologu, która zostaje wplątana w wyjaśnienie, na podstawie astrologii i tarota, zagadki serii rytualnych mordów. Udaje się jej przez analizę znaków i symboli powiązać wiele morderstw ważnych i potężnych ludzi na różnych etapach historii, aż wreszcie, bazując na tej wiedzy, zaczyna przewidywać wypadki tego rodzaju, które dopiero mają nastąpić.

– Brzmi ciekawie – powiedziałam. – Jak *Kod Leonarda da Vinci*.

Sunny lekko zmarszczyła brwi.

– Czasem mi to mówią.

– Nie czytałaś *Kodu*?

– No, nie. Ale moja książka nie jest właściwie powieścią. To pamiętnik, a ta astrolożka to ja.

– Naprawdę? – Nagle straciłam zainteresowanie dla całej sprawy. Kolejny pamiętnik. Czy ktoś pisze coś innego niż pamiętniki?

– Z początku nie chciałam o tym pisać. Nie chciałam być jedną z tych osób, które wykorzystują to, że są znane z mediów, żeby wydać książkę. Chciałam mieć pewność, że ta książka będzie czymś autentycznym. I z punktu widzenia astrologii to nie był dobry moment. Jowisz...

– Jesteś znana z mediów? – przerwałam jej, nagle zainteresowana. Przecież pozyskanie autora, który już ma wypracowane nazwisko, jest przedmiotem modlitw agentów literackich i wydawców.

– No jasne. Nie widziałaś mnie w telewizji? Byłam w programie Larry'ego Kinga, we wszystkich dziennikach informacyjnych, miałam nawet własny godzinny program. I muszę ci powiedzieć, że to było coś.

– Trudno uwierzyć, ale nigdy cię nie widziałam.

– Cóż, pewnie masz lepsze rzeczy do roboty, niż siedzieć w domu i oglądać telewizję – uznała wspaniałomyślnie Sunny.

Zaśmiałam się. Gdyby tylko wiedziała!

– Więc masz opowieść w rodzaju *Kodu Leonarda da Vinci*. Zapewne nie wozisz jej ze sobą...

Oczy Sunny rozbłysły.

– Otóż wożę – powiedziała. – Nie chciałam tylko cię

zamęczać. Podejrzewam, że takie rzeczy ciągle ci się przytrafiają. Ludzie pewnie zarzucają cię rękopisami. Zapewne masz wrażenie, jakby każdy miał co najmniej jedną gotową książkę w szufladzie?

– Nawet nie wiesz, jak bliska jesteś prawdy. – Lubiłam tę kobietę.

– No właśnie. Dlatego powiedziałam, że to wspaniale, że cię spotykam. Planowałam to do was wysłać w przyszłym tygodniu.

– Bardzo mnie to interesuje. Z radością to przeczytam. Masz wizytówkę?

W opowieści Sunny było coś, co zapaliło czerwoną lampeczkę w mojej głowie, pobudziło szósty zmysł, i kiedy ona wyławiała z torebki swoją wizytówkę, nagle uświadomiłam sobie, że chcę tę książkę dla siebie.

Wizytówka Sunny wyglądała jak niebo nocą, z białymi gwiazdami i symbolami astrologicznymi na czarnym tle. Jej nazwisko, numer telefonu i e-mail były w kolorze srebrnym. Zapisałam swoje nazwisko i numer komórki na rewersie jej wizytówki i podałam jej ze słowami:

– Bezpośrednio do mnie.

– Świetnie – stwierdziła i wręczyła mi rękopis.

– *Balsamiczny księżyc* – przeczytałam głośno tytuł. – Już mi się podoba.

– Bardzo dziękuję – powiedziała Sunny. – To wspaniale.

Spojrzałam na pierwszą klasę. Spokój. Nie byłam pewna, czy to długo potrwa, ale miałam chwilę wyłącznie dla siebie. Odwróciłam się do Sunny.

– Powiedz mi coś więcej o swojej książce.

Rozdział dwunasty

Nie potrzebowałam budzenia, które zamówiłam na siódmą rano. Lucy zadzwoniła do mnie o szóstej.

Wydawało się, że jest na nogach od wielu godzin.

– Angel, czekam na ciebie w swoim pokoju – powiedziała głosem, który nie nosił najmniejszych śladów rozchwiania i zmęczenia lotem, jakie ja odczuwałam. Pomyślałam, że może Lucy ma jakiś farmakologiczny odmładzacz albo jej organizm produkuje specyficzny enzym, który umożliwia jej aktywne funkcjonowanie po odbyciu lotu nad całym kontynentem i przyjęciu tych wszystkich Xanaksów.

– Okej – mruknęłam, odchrząknąwszy. – Muszę tylko wziąć szybki prysznic.

– Jeszcze się nie obudziłaś? – Lucy mlasnęła niecierpliwie. – Lepiej się pospiesz. Nie mamy czasu, Angel. Spóźnimy się. J a się spóźnię. Mamy dzisiaj bardzo ważne spotkania.

– Zaraz będę.

– Angel?

– Tak, Lucy?

– Z pewnością nie muszę ci mówić, że powinnaś dobrze się prezentować. Mam nadzieję, że przywiozłaś odpowiednią odzież. To Nowy Jork, a nie Petaluma. – Słowo Petaluma wymówiła tak, że zabrzmiało jak nazwa jakiegoś kraju Trzeciego Świata.

– Już idę – powiedziałam i rozłączyłam się.

Pokój Lucy znajdował się kilka pięter nad moim. Kiedy do niego weszłam, zobaczyłam, że jest większy i lepiej wyposażony od tego, który ja zajmowałam. W pokoju Lucy była kanapa i niski stolik, a na nim pozostałości śniadania. Zapach kawy natychmiast obudził we mnie głodowy skurcz żołądka.

– Mam dla ciebie filiżankę – powiedziała Lucy, jakby wiedziała, co czuję. – Jednak z jedzeniem będziesz musiała poczekać. Miałam jeszcze dodatkowy rogalik, ale zjadłam go, czekając na ciebie. Kto rano wstaje...

– Jasne, naturalnie. – Sięgnęłam po kawę, wdzięczna, że jest coś, co mogę od razu skonsumować. Przypomniałam sobie, że pierwsze spotkanie, które będzie miała Lucy, to śniadanie z Natalie Weinstein. Ciekawa byłam, dlaczego Lucy już jadła.

– Natalie Weinstein nie jada – wyjaśniła Lucy, jakby czytała w moich myślach. – Nigdy nie widziałam, żeby ta kobieta włożyła do ust choćby okruch pożywienia. W jej przypadku termin „śniadanie" oznacza poranne spotkanie. – Lucy posłała mi olśniewająco biały uśmiech. – Tyle jeszcze musisz się nauczyć, Angel... – Przerwała i taksowała mnie z rękami na biodrach. – Dobrze wyglądasz – stwierdziła. – Niezbyt oryginalnie, ale dobrze.

– Mmm – mruknęłam, popijając chłodnawą kawę i bezwiednie prostując dłonią załamania nogawek spodni. Lucy była ubrana jak stylowa bizneswoman. Miała na sobie dopasowane czarne spodnie i czarną bluzkę z pomarańczowym kołnierzem. Przez oparcie krzesła był przewieszony odpowiedni czarny prochowiec. Włosy Lucy były zaczesane do tyłu i spięte w kok, a z jej szyi zwieszał się efektowny turkusowy wisior. Mimo nieco pogrzebowego stylu, jaki prezentowała, wyglądała naprawdę nieźle.

– Chcę, żebyś zadzwoniła do biura i poprosiła do telefonu Craiga.

Już zaczęłam wybierać numer w mojej komórce, kiedy nagle uświadomiłam sobie różnicę czasu.

– Chcesz, żebym zostawiła wiadomość? – zapytałam. – O tej porze nie ma jeszcze nikogo w biurze. W Kalifornii jest czwarta rano.

Przez twarz Lucy przebiegł skurcz niecierpliwego niezadowolenia.

– To bardzo niewygodne – powiedziała. – Cóż, wobec tego wyślij faks albo e-mail czy coś takiego. Muszę mieć numery.

W poleceniach Lucy zawsze brakowało istotnej informacji. Na przykład jakie numery musi mieć. Dokąd Craig ma je wysłać. Dawno temu przestałam pytać Lucy o tego rodzaju szczegóły. Zamiast tego zgadywałam, o co jej chodzi, i miałam nadzieję, że dobrze trafiłam. Im dłużej dla niej pracowałam, tym łatwiej było mi odgadnąć, czego ona oczekuje. Jednak ciągle jeszcze udawało jej się mnie zaskoczyć. Teraz wysłałam do Craiga e-mail z informacją, że Lucy musi mieć numery i że proszę, żeby się skontaktował ze mną, dzwoniąc na moją komórkę, jak tylko będzie je miał. Uznałam, że to rozwiąże sprawę na tym etapie.

– Mam nadzieję, że on sprawnie je dostarczy. Ostatnio był taki rozkojarzony – mówiła Lucy. – Pewnie znowu ma kłopoty w domu. Ta jego żona... musiałabyś ją zobaczyć. – Lucy zrobiła pauzę i popatrzyła na mnie ciężko. – Małżeństwo to ograniczenie, Angel. Musisz to dobrze przemyśleć, zanim podejmiesz poważne kroki z tym swoim *fiancé*.

Zastanawiałam się, czy powiedzieć jej o Malcolmie. Właściwie nie wiedziałam czemu, ale jednak byłam przekonana, że ucieszy ją wiadomość, że nie jesteśmy już razem. Na szczęście tym razem nie dała mi okazji, żebym to wyznała.

– Połącz się też z tym nowym – poleciła. – Przypilnuj, żeby wiedział, co ma robić z nadsyłanymi tekstami.

– Pokazałam mu... – zaczęłam, wiedząc, że Lucy mówi o Jacksonie, który jako członek zespołu przyjęty niedawno w oczach Lucy nie zasłużył jeszcze na imię. Pomyślałam, że to i tak lepsze niż bycie „Norą". Przez chwilę zastanawiałam się, co się dzieje z Kelly.

– Po prostu przypilnuj, żeby wszystko wiedział – przerwała mi Lucy.

Popatrzyłam na Lucy, która zwieszała się nade mną jak ciemna chmura, i przez głowę przemknął mi jakiś niejasny obraz. Miałam wrażenie déjà vu, jakby coś z tego, co Lucy powiedziała, poruszyło zasoby mojej pamięci, ale nie umiałam uchwycić, co to było.

– A teraz opowiedz mi, jakie są moje plany na dzisiaj – zażądała Lucy. – Niestety nie miałam listy wydawców i projektów. Nawiasem mówiąc, Angel, to bardzo irytujące, bo gdybym miała odpowiednie wydruki, już dawno mogłabym się przygotować.

Wiedziałam, że Lucy ma kilka wydruków ze swoim planem dnia i załączonymi uwagami dotyczącymi projektów oraz wszelkimi odpowiednimi listami, ale nie bawiłam się w przypominanie jej o tym. Sięgnęłam po prostu po jedną z dodatkowych kopii, które ze sobą przyniosłam, i podałam jej.

– No a co z *Elvisem*? – zapytała Lucy.

– Mam dwa egzemplarze.

– D w a? A co ja, do cholery, mam zrobić z dwiema kopiami, Angel?!

– Nie chciałaś przecież więcej. Powiedziałaś, że...

– No dobra, możemy zrobić kopie w ciągu dnia, ale doprawdy, Angel...

Tak to mniej więcej przebiegało przez kolejną godzinę. Lucy beształa mnie za wykonanie jej wcześniejszych poleceń, a ja udawałam, że ich nie było. Lucy z kolei znajdowała rozwiązania nieistniejących problemów. Swoją drogą, ciekawa byłam, jak udawało jej się to wszystko opanować, kiedy dawniej podróżowała bez asystentki.

Przepisywałam jej plan po raz dwudziesty, jak sądzę, kiedy Lucy nagle powiedziała:

– Angel?

– Tak?

– Na co ty czekasz? Musimy ruszać.

Załadowała na mnie tyle toreb z tkaniny, wypełnionych rękopisami i dokumentami, że wyglądałam jak juczny muł.

– Powinnaś mieć teczkę – stwierdziła, patrząc, jak walczę z ładunkiem.

Wskazałam na moją torbę do laptopa, która obecnie była przykryta torbą od Lucy z napisem *Miłośnicy książek nigdy nie zasypiają samotnie*, i powiedziałam:

– To moja teczka.

Lucy przewiesiła przez ramię pasek swojej obszernej, skórzanej torby.

– Powinnaś mieć raczej coś takiego – powiedziała, ujmując czarną teczkę ze skóry aligatora. – Wystarczająco dużo ci płacę, Angel. Nie możesz jęczeć z powodu ubóstwa.

– To prawda.

– Chyba że wydałaś już te wszystkie pieniądze, które ci dałam?

Pytanie tak mnie zaskoczyło, że zaniemówiłam. Skąd ona mogła wiedzieć, że rzeczywiście wydałam większą część mojej premio-podwyżki, spłacając pożyczkę zaciągniętą na studia i debet na koncie?

Zachowałam tylko tyle, żeby zapłacić podatki wynikające ze wspaniałomyślności Lucy, i niewielką sumę, jaką zamierzałam posłać matce, która notorycznie była bez pieniędzy, a także bez telefonu.

Lucy nie czekała na odpowiedź.

– Musimy cię posłać do fryzjera, żeby ci podciął włosy, i może stylisty, skoro już tu jesteśmy. Chętnie ci w tej kwestii doradzę. W końcu mnie reprezentujesz.

– Och, ja...

– No dobrze, chodźmy.

Spojrzałam tęsknie na resztki jedzenia na stoliku i poszłam za Lucy do drzwi.

– Musisz wiedzieć, że nie korzystam z taksówek, chyba że jest to absolutnie konieczne – powiedziała Lucy, maszerując przede mną przez marmurowe lobby naszego hotelu. Przepchnęła się przez szklane drzwi wyjściowe, a ja utknęłam w nich beznadziejnie, objuczona torbami. Walczyłam, żeby się oswobodzić, kiedy usłyszałam słowa Lucy.

– W Kalifornii nikt nie chodzi pieszo. Tu można sobie pospacerować.

Uwolniłam się wreszcie z drzwi i wydostałam na ulicę w samym środku Manhattanu. Moje zmysły natychmiast zostały zaatakowane przez niesamowitą ilość różnorodnych bodźców: klaksony, podmuch, okrzyki, spaliny, perfumy, śmieci, muzykę, czosnek, śmiech, słońce i ogromne cienie wysokich budynków. Trudno było to wszystko ogarnąć.

– Angel! – Głos Lucy przypłynął do mnie przez fale powietrza i dźwięków. – Ruszajmy.

Grupa Wydawnicza TRIADA miała siedzibę w odległości dziesięciu przecznic od naszego hotelu. Mogłam to określić z całą precyzją, ponieważ przebyłam ten dystans, starając się nadążyć za Lucy. Miała rację. To było miasto idealne do przemierzania piechotą. Każdy centymetr powierzchni był tu wypełniony działaniem i czymś ciekawym do oglądania. Niestety, nie mogłam się zatrzymać, by popatrzeć. Trzymałam się tak blisko Lucy, jak tylko mogłam z moim obciążeniem. Gdybym ją straciła z oczu choć na sekundę, od razu bym się zgubiła.

Kiedy dotarłyśmy na miejsce, nie mogłam złapać tchu i byłam spocona jak mysz.

Na placu przed budynkiem stał gigantyczny betonowy obelisk z nazwą TRIADA i logo wydawnictwa, którego koło, trójkąt i kwadrat symbolizowały nieskończoność. Gapiłam się na rzeźbę i czułam dreszcz. Taki sam, jaki owładnął mną, kiedy po raz pierwszy stanęłam w biurze Lucy i od razu intuicyjnie wiedziałam, że znajduję się we właściwym miejscu. W miejscu, do którego jestem stworzona. Tu był sam środek, bijące serce świata wydawniczego, miejsce, gdzie wszystko kręciło się wokół liter, słów, książek. A ja kocham ten świat tak bardzo, że aż dech mi zapiera. Lucy zapewne wyczuła mój nagły przypływ wydawniczej manii. Stanęła i odwróciła się do mnie z uniesionymi brwiami i karminowymi ustami, których jeden kącik wyginał się w sardonicznym półuśmiechu.

– No co? – spytała.

– To takie... ekscytujące – odpowiedziałam.

– Cóż, to twój dziewiczy rejs, prawda? Nie daj się za bardzo ponieść emocjom. Mam dla ciebie mnóstwo pracy. – Lucy była jak zawsze bardzo skupiona na biznesie, ale widziałam w jej oczach błysk zrozumienia, a jej uśmiech był nieco bardziej symetryczny. W końcu czy to nie moja miłość do edytorstwa i wszystkiego, co się z nim wiąże, zadecydowała o tym, że dostałam tę pracę?

Ona też musiała to kiedyś kochać. A może ciągle kocha...

Jak to zwykle bywa, dom wydawniczy TRIADA wchłonął przez lata wiele mniejszych wydawnictw, które miały teraz swoje biura w tym budynku. Kiedy weszłyśmy do środka, zdziwiło mnie, jak pusta i niekojarząca się z książkami jest przestrzeń holu. Gabriel Press, gdzie Natalie Weinstein prowadziła Weinstein Books, było ulokowane na ósmym piętrze. W ciągu następnych kilku dni Lucy miała wiele spotkań na różnych piętrach tego budynku. C & P Publishers mieściło się na szóstym piętrze, First Wave na jedenastym i tak dalej. Mniejsi wydawcy specjalizowali się w jakimś rodzaju książek. C & P na przykład wydawało literaturę piękną, podczas gdy First Wave publikowało wyłącznie masowo sprzedawane w marketach i kioskach tomiki w miękkich okładkach. Tym, co łączyło te mniejsze wydawnictwa, była jakaś forma zależności od TRIADY.

„Kiedy myślisz, że w sprzedaży książek masz wiele różnych opcji, wiedz, że to złudzenie" – powiedziała kiedyś Lucy.

Często narzekała na aktualną kondycję rynku wydawniczego i twierdziła, że to środowisko było „bogatsze duchowo" w przeszłości, zanim jeszcze wkroczyły wielkie korporacje. Jednak tego typu uwag nie mógł brać poważnie nikt, kto był w tym biznesie dłużej niż pięć minut, poczynając od sprzedawców i agentów, a na wydawcach skończywszy. Nic bowiem nie utrudniało Lucy sprzedaży książek, a wydawcom kupowania ich od niej.

– Nie odzywaj się do niej, chyba że zada ci jakieś pytanie – powiedziała Lucy, kiedy jechałyśmy windą na ósme piętro. – Ona jest bardzo wrażliwa, jeśli chodzi o te sprawy. Ma też dosyć cięty język, więc nie wchodź jej w paradę i nie próbuj nawiązać konwersacji.

– Masz na myśli Natalie Weinstein? – Byłam całkowicie zaskoczona. Rozmawiałam z Natalie telefonicznie wiele razy i pomijając sytuacje, kiedy była ona zdenerwowana czymś, co Lucy zrobiła lub czego nie zrobiła, Natalie była zawsze bardzo przyjazna i uprzejma.

– No wiesz, Angel, a o kim innym mogę mówić, do diabła? Szczerze mówiąc, czasami poważnie się obawiam o tempo twoich procesów myślowych.

Nie było potrzeby, żeby na to odpowiadać, więc po prostu wyszłam z windy za Lucy.

Przeszłyśmy przez szklane drzwi opatrzone logo Gabriel Press (trąbką) i wkroczyłyśmy do poczekalni, która w odróżnieniu od sterylnego lobby była przepełniona książkami. Jest coś strasznie odurzającego w zapachu nowych książek. Kiedy pracowałam w Blue Moon, bardzo lubiłam odpakowywać kartony, które nadchodziły do księgarni. Nowa książka ma czysty, ostry zapach, który niesie trudną do zdefiniowania obietnicę. Przypomina to wrażenie wywołane dotknięciem świeżej pościeli, kiedy się pod nią wsuwasz. Powietrze w Gabriel Press było wypełnione takim zapachem, pomieszczenia wypełniały książki, papier i paczki. Na ścianach wisiały okładki książek, a podłogę pokrywał gruby, kremowy dywan. I było tu cicho, spokojnie, dobiegał tylko odgłos stukania w klawiatury komputerów, stłumione dźwięki telefonów i przyciszone głosy. Tak właśnie wyobrażałam sobie raj.

Kiedy szłyśmy przez korytarze, Lucy przesyłała pozdrowienia przez każde otwarte drzwi i w każdy kącik, zakłócając ciszę. Wciąż jeszcze było wcześnie i z tego, co mogłam zaobserwować, pokoje w większości były puste, ale Lucy zdołała zaanonsować swoje nadejście każdemu, kto już był obecny.

– Daniel, nie mogę się doczekać, kiedy pokażę ci tę fantastyczną powieść. – A zaraz potem: – Susan, mam coś, co sprawia wrażenie, jakby twoje nazwisko miało być na okładce. – I dalej: – Jason, powiedz swojej szefowej, że umieram z niecierpliwości, żeby się z nią zobaczyć, jak tylko dotrze. – Lucy powtarzała też w wielu odmianach: – Będziecie zachwyceni... to cię zachwyci... zobaczysz, jest zachwycająca.

Natalie Weinstein zajmowała obszerne, narożne pomieszczenie na końcu korytarza. Jej biuro było otoczone niewielkimi wnękami, z których największą zajmowała jej asystentka. Kiedy dotarłyśmy, asystentki nie było, więc Lucy wydała kilka mlasków znamionujących niezadowolenie.

– Ona ma sporo kłopotów z asystentami – powiedziała. – Mogę sobie wyobrazić dlaczego. Sądzę, że jest niełatwą szefową. Wiesz, co przez to rozumiem.

Pokiwałam głową, żeby jakoś zareagować, ale znowu byłam zaskoczona. Asystentka Natalie, Wendy, wiele razy rozmawiała ze mną przez telefon. Była bardzo sprawna i robiła przyjemne wrażenie. No i nie miała w głosie tego napięcia, które mieliśmy wszyscy w naszej agencji, o czym doskonale wiedziałam.

– Naaatalie – zawołała Lucy. – Halooo!

– Wejdź, Lucy – odezwał się głos zza drzwi.

Lucy właściwie już weszła, a ja toczyłam się za nią.

Wydawało mi się, że Natalie Weinstein siedzi za swoim wielkim, błyszczącym biurkiem, więc kiedy je obeszła, żeby nas powitać, byłam zaskoczona tym, że ona jednak stała. Była maleńka. Nie tyle niska czy drobnokoścista, ile po prostu maleńka w każdym znaczeniu tego słowa. Patrzyłam, jak Lucy się pochyla, żeby ją objąć. Uznałam, że Natalie ma mniej niż metr pięćdziesiąt wzrostu. Jej ciało wyglądało jak zbiór obciągniętych skórą patyczków. Platynowoblond włosy Natalie były tak krótko ostrzyżone, że kojarzyły się z fryzurą rekruta. Poza tym Natalie miała wielkie, jasnoniebieskie oczy i bardzo opaloną skórę. Może to nieładnie, ale pomyślałam sobie, że wygląda jak przybysz z kosmosu.

– Zawsze miło cię widzieć, Lucy – powiedziała. – Dobrze wyglądasz.

– Ty także, kochanie – odrzekła Lucy, a następnie przez kilka chwil wypowiadała kolejne uprzejme kwestie, podczas gdy ja patrzyłam przez wielkie, narożnikowe okno biura Natalie na wspaniałą panoramę miasta.

– A ty pewnie jesteś tą słynną Angel – zwróciła się do mnie Natalie, odrywając się od Lucy i wpatrując we mnie swoimi nieziemskimi oczami.

– Słynną... – warknęła Lucy.

– Bardzo mi miło, że mogę panią spotkać osobiście – odparłam, ściskając małą, kościstą dłoń Natalie.

– Mnie także – powiedziała Natalie, a potem przekrzywiła głowę i przyglądała mi się z wyrazem, którego nie potrafiłabym zdefiniować. Za jej plecami Lucy kręciła głową, jakby chciała mi pokazać, żebym się nie odzywała.

– Przejdziemy do interesów, moja droga? – spytała Lucy ostro. – Wiem, jak cenny jest twój czas.

– I twój oczywiście – przytaknęła Natalie. – Ale czy nie chciałybyście napić się kawy?

– Moja asystentka może się tym zająć. – Lucy machnęła ręką w moim kierunku. – I, jeśli pozwolisz, Natalie, mam tutaj rękopis... Chciałam go ujawnić za kilka tygodni, ale wiem, że będziesz nim zachwycona. To doskonałe połączenie dobrej literatury i walorów sprzedażowych. Poza tym wiem, że szukasz czegoś zorientowanego na Las Vegas. No, w każdym razie zdecydowałam, że musisz to zobaczyć. Moja asystentka zrobi ci szybko kopię, jeżeli powiesz jej, gdzie u was jest ksero.

– To zabrzmiało intrygująco – stwierdziła Natalie i spojrzała na mnie. – Wendy pomoże ci wszystko znaleźć, Angel. Dziękuję ci.

– Czy... – zaczęłam. Czułam, że moja twarz poczerwieniała i paliły mnie uszy po tym, jak zredukowano mnie do roli kawiarki i dostarczycielki kopii. – Czy przynieść pani kawę?

– Nie, dziękuję – odparła Natalie. – Jestem na diecie opartej na zielonej herbacie. Kawa jest zabroniona.

– Wobec tego z przyjemnością przygotuję dla pani zieloną herbatę – powiedziałam i wyszłam, zanim Lucy zdołała coś jeszcze o mnie lub do mnie powiedzieć.

Moja komórka zadzwoniła, kiedy rozważałam, jak wejść z powrotem do wnętrza budynku, trzymając kawę, zieloną herbatę, kopię *Elvisa* i mufinkę, którą sobie kupiłam. Byłam zmuszona to wszystko położyć na ziemi, żeby wykopać ze swojej torebki komórkę. Numer osoby, która do mnie telefonowała, zaczynał się od 212.

– Tu Angel, słucham.

– Angel, nam tu za chwilę brody wyrosną. Co cię zatrzymało tak długo?

Zadzwoniła z telefonu w biurze Natalie. Musiałam stłumić chichot, bo przez głowę przemknęło mi odległe wspomnienie jakiegoś starego horroru: „to dzwonią telefony z wnętrza domu..." Zabić opiekunkę do dziecka. Zabić asystentkę.

– Już idę – powiedziałam i zatrzasnęłam klapkę komórki. Telefon zadzwonił ponownie, zanim zdołałam go włożyć z powrotem do torebki.

– Angel.

– Tu Craig. Odebrałem twoją wiadomość.

Spojrzałam na zegarek. W Kalifornii nie było jeszcze siódmej.

– Jesteś w biurze?

– Oczywiście, że jestem w biurze. Jak inaczej odebrałbym wiadomość? Możesz mi podać Lucy do telefonu?

– Jestem na dole, to znaczy Lucy jest na górze. Poproszę ją, żeby do ciebie oddzwoniła. Ma teraz spotkanie z Natalie Weinstein.

– Zapisz te numery – powiedział. – Będziesz je mogła przekazać Lucy. A ona może oddzwonić.

– Craig, w tej chwili nie mogę nic zanotować. Stoję na ulicy.

– Wobec tego powiedz jej tylko tak „bez siedemnastu". Ale musi do mnie oddzwonić.

– Okej. Dzięki. Craig, posłuchaj, muszę porozmawiać z Jacksonem.

– A CO JACKSON MIAŁBY ROBIĆ W BIURZE TAK WCZEŚNIE RANO?! – wrzasnął Craig i rozłączył się.

Craig najwyraźniej się pogubił. A może cierpiał z powodu nieobecności Lucy i jego wiernopoddańcza jaźń nie wiedziała, co począć bez szefowej? Nie, no, litości, b e z s i e d e m n a s t u. To jakby cytat z *Reguły czterech*. Świat zwariował. A już z pewnością mój kawałek świata.

Kiedy wreszcie dotarłam na górę, Natalie była w biurze sama. Zastanawiałam się, czy to możliwe, że Lucy po prostu mnie zostawiła i poszła na następne spotkanie.

– Twoja szefowa jest w toalecie – poinformowała Natalie tonem, jakim przemawia się do zagubionego dziecka: „Nie bój się. Mamusia zaraz wróci". – Bardzo dziękuję za herbatę.

– Proszę – powiedziałam. – Ma pani piękne biuro.

Natalie uśmiechnęła się do mnie.

– I chciałabym powiedzieć, że pani książki są fantastyczne – dodałam, wskazując na półki wypełnione tytułami Weinstein Books. Książki, które wydawała Natalie, były n a p r a w d ę wyjątkowe. Zdobyły ogromnie dużo różnych nagród literackich, ale nieczęsto pojawiały się na listach bestsellerów. *Parco Lambro* to był tytuł, który idealnie by do niej pasował. Damiano potrzebował właśnie takiego wydawcy, ale Natalie nie mogła zaproponować sumy, która usatysfakcjonowałaby Lucy.

– Znam Lucy Fiammę od dawna – powiedziała Natalie.

– Lucy też tak mówi. – Ujęła to tak: Znam Natalie Weinstein z czasów, kiedy jeszcze nie była N a t a l i e W e i n s t e i n. Odbierała wtedy wiadomości dla Gordona Harta.

– Nigdy wcześniej nie przywiozła nikogo z sobą do Nowego Jorku – mówiła dalej Natalie. Potem zamilkła na chwilę i pozwoliła, żeby te słowa wybrzmiały. – Musisz być kimś wyjątkowym – dodała, a potem się zaśmiała: – Chyba że po prostu coś na nią masz.

Roześmiałam się uprzejmie.

– Założę się, że miałaś do czynienia z tą ostatnią, włoską książką. Lucy od dawna nie wyszła z czymś tak dobrym. Nie mylę się, prawda?

Znowu się zaśmiałam, bo cóż innego mogłam zrobić.

– I mam wrażenie, że we wszystkim, co Lucy dzisiaj prezentuje, jest twoja ręka.

Wzruszyłam ramionami.

– Myślałaś kiedyś o przeprowadzce do Nowego Jorku, Angel?

– Nie – odparłam. – Właściwie nigdy.

– Może powinnaś. Pomyśl o tym. No a teraz powiedz mi, czy powinnam się ożywić w związku z tym tekstem, który trzymasz...

Spojrzałam na *Elvisa*, który trochę się już pogniótł i zwinął od moich wilgotnych rąk. Wiedziałam, że powinnam jej powiedzieć, że „będzie zachwycona", ale myślałam jednocześnie o Sunny Martin i jej *Balsamicznym księżycu*. Przeczytałam część poprzedniej nocy, kiedy byłam zbyt skołowana, żeby zasnąć. Tekst bardzo mi się podobał. Wiedziałam, że właśnie o taką książkę chodzi Natalie Weinstein.

– Cóż... – zawahałam się. Ciągle jeszcze miałam otwarte usta, gotowa coś powiedzieć...

– No, Angel, co tam masz? Zaprezentuj mi to.

Spojrzałam w przeogromne oczy Natalie Weinstein i podjęłam decyzję. Miałam nadzieję, że nie będę jej żałować, bo wiedziałam, że kiedy wypowiem te słowa, nie da się ich już cofnąć. To była wielka szansa. Lucy mogła wejść w każdej chwili i wtedy zostanę przyłapana na... zdradzie.

– To świetna książka – powiedziałam, podnosząc *Elvisa* – ale sądzę, że powinna pani poczekać, aż Lucy ją zaprezentuje. Jest w to bardzo zaangażowana i nie chciałabym jej tego popsuć. Ale mam coś jeszcze. Natknęłam się na ten tekst sama, to znaczy poza Lucy, i teraz nad nim pracuję...

W napięciu spojrzałam na Natalie, czekając na jakiś znak, czy powinnam kontynuować czy nie.

– Rozumiem. Mów dalej – zachęciła mnie Natalie.

– Tekst nosi tytuł *Balsamiczny księżyc* – mówiłam szybko, żeby zdążyć przed nadejściem Lucy. – To na wpół dokument napisany przez kobietę-astrologa. Ma prawdziwy pazur. Coś w rodzaju *Kodu Leonarda da Vinci*, z tym że ta historia jest oparta na prawdziwych wydarzeniach. To o tyle ważne, że wszyscy co prawda chcą nowego *Kodu Leonarda da Vinci*, ale nie jakichś popłuczyn. Myślę, że się zgodzimy, że ten statek już odpłynął. W tym tekście jest fantastyczna historia napisana znakomitym językiem. Bezpretensjonalnym. Wiem, jaki rodzaj książek pani publikuje, i jestem pewna, że będzie się to pani bardzo podobało.

– No tak. A jak się nazywa autorka?

– To właśnie jest najlepsze – powiedziałam, zbliżając się do najważniejszego. – To osoba, która jest już znana z mediów. Nazywa się Sunny – Solange – Martin. Z pewnością ją pani zna.

– Rzeczywiście – przytaknęła Natalie. – Czy tekst jest gotowy?

Już miałam odpowiedzieć, kiedy do biura Natalie wpłynęła na fali chanel nr 5 Lucy.

Przez chwilę zamarłyśmy wszystkie trzy, jak na jakimś dziwacznym obrazku. Natalie wyglądała jak kot, który pożarł kanarka, Lucy spojrzała groźnie, widząc mnie siedzącą przy biurku Natalie, a ja zamilkłam i zamarłam z otwartymi ustami. Natalie odezwała się pierwsza:

– Ach, Lucy, twoja asystentka właśnie opowiadała mi, jaką wspaniałą pogodę macie w Kalifornii. Brzmi to bosko. – Natalie spojrzała na mnie, uśmiechnęła się i mrugnęła.

– Coś jak Valhalla – powiedziałam, wstając, żeby ustąpić miejsca Lucy.

Do: anna.anderson@fiammalit.com
Od: angel.robinson@fiammalit.com
Temat: rękopisy/wydawcy/pytania

Cześć Anno,

mam nadzieję, że u Was wszystko w porządku. Wróciłyśmy teraz na chwilkę do hotelu, zanim wyjdziemy na kolację – a dokładniej Lucy zje kolację z Susie Parker, a ja będę czekała w barze. Mam więc teraz chwilę, żeby przesłać Ci wiadomość. Wiem, że dzisiaj rozmawiałyśmy już 50 x, ale Lucy wciąż dodaje nowych wydawców do listy każdego projektu, więc muszę na bieżąco ją aktualizować. Uważam, że najważniejszym projektem jest *Elvis zatańczy na waszym weselu*. Lucy proponuje ten tekst wszystkim, z którymi się spotyka, a że nie wszędzie mogę zrobić kopię, proszę Cię, żebyś wysłała egzemplarze do następujących wydawców: Susan Jones (C & P), Lydia Smith (Long Greene), a także do wszystkich, którym proponowaliśmy *Parco Lambro* (masz kopię tej listy, prawda?). Jestem pewna, że jutro przybędą następni, ale na dzisiaj to wszystko.

Lucy poważnie rozmawia o *Ślepym posłuszeństwie* i wszyscy są tym tekstem bardzo zainteresowani. Nie jest jeszcze gotowy, ale Lucy chce, żebyś sporządziła listę wydawców. Myślę, że możesz po prostu zrobić listę wszystkich wydawców w Nowym Jorku i będzie dobrze. Skoro już mowa o ŚP, to Lucy chce wiedzieć, czy wszyscy przeczytali ten materiał. Daj mi, proszę, od razu znać, albo może przyślij raporty z lektury. Będę bardzo wdzięczna.

Kilka ważnych pytań od Lucy (odczytuję je z moich odręcznych notatek, więc liczę na Twoją współpracę, ponieważ notowałam, biegnąc za Lucy na spotkania!):

– Zainteresowanie filmem w związku z *Parco Lambro*?

– Zaległości w zgodach na *Zimno!*?

– Obieg lektury podczas naszej nieobecności? (Chyba ma na myśli to, czy Jackson odbiera zgłoszenia.)

– Zmiana tematu muzycznego przy oczekujących rozmowach. Lucy chce, żeby Craig go zmienił, ale powiedziała także, że nie życzy sobie, żeby ktokolwiek, kto do nas telefonuje, musiał czekać i słuchać muzyki. Lucy dzwoniła kilka razy i była bardzo niezadowolona, ponieważ musiała czekać na połączenie. Tak czy inaczej, Lucy chce, żeby zmienić ten motyw na *Some Girls* Rolling Stonesów (nie wiem czemu).

Myślę, że na teraz to wszystko. Będę tutaj jeszcze mniej więcej czterdzieści pięć minut i będę miała włączony komputer, więc jeśli możesz mi odpisać, to Lucy z pewnością będzie zadowolona.

Dzięki!

Angel

Do: angel.robinson@fiammalit.com
Od: anna.anderson@fiammalit.com
Temat: Re: rękopisy/wydawcy/pytania

Cześć Angel,

co za WSPANIAŁE wieści o *Ślepym posłuszeństwie*! Powiedz, proszę, Lucy, że Z NAJWIĘKSZĄ RADOŚCIĄ natychmiast przygotuję listę. Czy chce także list przewodni? Też mogę go przygotować. I jeśli Lucy chciałaby, żebym pozbierała ten tekst, to oczywiście też mogę.

Jeśli chodzi o listę wydawców *Parco Lambro*, to naturalnie ją mam. Wyślę teksty do wydawców jak najszybciej. Jednak musisz wiedzieć, że kiedy Ty masz wakacje, jesteśmy tutaj bardzo zajęci, więc ja zajmuję się wszystkim, w tym także czytaniem, i dlatego prawdopodobnie nie zdołam wysłać tekstów wcześniej niż jutro rano. Przy okazji odpowiadam na inne Twoje pytanie dotyczące Jacksona. Nie wygląda na to, że sobie radzi. Po powrocie powinnaś go chyba jeszcze raz przeszkolić. Z tego powodu nie mogłam się jeszcze zająć ani sprawą zgód (wydawało mi się, że Ty miałaś to zrobić?), ani sprawdzeniem zainteresowania filmem na podstawie PL. Ale powiedz, proszę, Lucy, że nad tym pracuję i że mam nadzieję, że kiedy wróci, będę miała dla niej dobre wiadomości.

Re: muzyka. Możesz przekazać Lucy, że *Exile on Main Street* jest uważany przez wielu krytyków za jeden z najlepszych albumów Rolling Stonesów? Jeżeli Lucy chce, mogę przygotować zestawienie wszystkich ważniejszych recenzji tego albumu i *Some Girls* i wtedy Lucy będzie mogła podjąć ostateczną decyzję.

No a jak się czujesz w Nowym Jorku? Jadłaś już w „Michael's"? Tam się spotykają wszyscy literaccy wyjadacze.

Powinnaś tam pójść. Pobyt tam jest pewnie niesamowicie podniecający. Wyciągnij z tego, ile się da. Powinnaś robić rzeczy inne niż zwykle i nawet skandaliczne! Do przodu, dziewczyno, jak powiedziałaby Oprah.

Przekaż Lucy ucałowania ode mnie.

Pa, pa!

AA

PS Skoro już mowa o Oprah, powiedz, proszę, Lucy, że właśnie się dowiedziałam, że kuzyn koleżanki pasierbicy mojej ciotki pracuje przy produkcji jej programu. Przekaż Lucy, że z radością użyję moich kontaktów, żeby wkręcić naszych autorów do tego show.

Do: anna.anderson@fiammalit.com
Od: angel.robinson@fiammalit.com
Temat: Re: Re: rękopisy/wydawcy/pytania

Anno,

nie sądzę, żeby Lucy chciała dostać raport na temat tego, jaki album Rolling Stonesów został najlepiej odebrany – jestem przekonana, że po prostu chce, żebyśmy zmienili temat muzyczny dla oczekujących rozmów.

Przy okazji – nie jestem na wakacjach. Odkąd tu przyjechałyśmy, wyłącznie pracuję (i śpię, choć niedużo). To tylko tak, dla jasności.

Przekażę Lucy Twoje informacje o Oprah. A ze wszystkimi pozostałymi sprawami wrócę do Ciebie jutro. Teraz muszę już iść.

Dzięki,

Angel

Do: angel.robinson@fiammalit.com
Od: anna.anderson@fiammalit.com
Temat: jeszcze jedna sprawa

Pijesz sobie teraz pewnie drinka, albo coś takiego, ale chciałam Ci przekazać tę wiadomość, póki pamiętam. Dzwoniła dzisiaj do Ciebie do biura jakaś Sunny Martin. W sprawie książki. Powiedziała, że spotkałyście się w samolocie. Powiedziała, że dałaś jej swój prywatny numer telefonu, ale go zgubiła. Dzwoniła tutaj, bo wiedziała, że pracujesz z Lucy. Musiałam chyba czegoś nie zrozumieć, bo wydawało mi się, że powiedziała, że masz ją reprezentować. W każdym razie powiedziałam jej, że będziesz w biurze w piątek i że może przesłać pierwsze 50 stron, żebyś mogła je przekazać Lucy. Pomyślałam, że dobrze będzie Cię o tym poinformować.

Dzwoniła też Twoja była szefowa z księgarni i pytała o Ciebie. Nie powiedziałam jej, gdzie jesteś. Powiedziała, że ma Twój numer.

To tyle.

Mam nadzieję, że dobrze się bawisz. Opiekuj się Lucy!

AA

Do: solange@sunstar.com
Od: angel.robinson@fiammalit.com
Temat: BALSAMICZNY KSIĘŻYC

Droga Sunny,

piszę, żeby Ci powiedzieć, jak fantastycznie było Cię spotkać. Co to za zrządzenie losu dla nas obu! Chciałam Ci też podziękować za to, że tyle razy wstawałaś, żeby mnie przepuścić – to naprawdę bardzo miło z Twojej strony. No, ale przede wszystkim chcę Ci powiedzieć, jak bardzo jestem poruszona Twoją książką. Przeczytałam już sporą część i uważam, że jest świetna. Spotykam się właśnie w Nowym Jorku z wydawcami i myślę, że wielu z nich, jeżeli nie wszyscy, mogą być zainteresowani taką książką jak Twoja. Wspomniałam już o niej jednej z najbardziej utalentowanych osób w tej grupie i wygląda na to, że jest bardzo zainteresowana (nawet nie znając tekstu!). To dobry moment dla takiej książki jak *Balsamiczny księżyc*.

Skoro już mowa o nieznajomości (tym razem nie tekstu, ale osoby), jak wiem, rozmawiałaś dzisiaj z Anną, asystentką Lucy. Bardzo przepraszam, jeśli nie wiedziała, kim jesteś. Z pewnością możesz sobie wyobrazić, jak wiele zgłoszeń mamy codziennie, i autorzy często mówią, że kogoś z nas znają, żeby łatwiej się im było do nas dostać. Mogło się zdarzyć, że Anna potraktowała Cię trochę obcesowo. Jeszcze raz przepraszam.

Z niecierpliwością czekam, aż wszystkie sprawy już niedługo omówimy. Załączam mój prywatny numer, bo wiem od Anny, że go zgubiłaś. Jeżeli masz jakieś pytania, dzwoń, proszę. Jeszcze raz dziękuję.

Pozdrawiam,

Angel

Do: angel.robinson@fiammalit.com
Od: jackson.stark@fiammalit.com
Temat: Anna

Cześć, Angel,

mam nadzieję, że u Ciebie wszystko dobrze. Jesteś z pewnością bardzo zajęta, a do mnie tutaj trudno się dodzwonić, ale uważam, że powinnaś wiedzieć, że od twojego wyjazdu Anna regularnie przegląda Twoje biurko. No właściwie siedzi przy Twoim biurku. I – wiem, że to może brzmi trochę dziwacznie – ale kilka razy odebrała telefon, mówiąc: „Tu Angel". Powiedziała, że jej się pomyliło, bo siedzi przy Twoim biurku, a siedzi tam, bo musi wykonywać Twoją pracę, skoro Cię nie ma, ale ja nie jestem co do tego przekonany. Tak jak powiedziałem, to wygląda trochę dziwnie. I Anna karmi Twoją rybkę. CIĄGLE. Rybka nie wygląda dobrze. Powiedziałem jej, żeby przestała, ale odparła, że obiecała Ci opiekować się rybką. To brzmi groźnie, bo myślę, że jedyne, co Anna umie robić z rybami, to je zjadać. Może nie chciałabyś tego wszystkiego wiedzieć i może reaguję nieco przesadnie, ale jednak uważam, że powinienem Ci powiedzieć.

Jackson

Do: jackson.stark@fiammalit.com
Od: angel.robinson@fiammalit.com
Temat: Re: Anna

Cześć, Jackson,

wcale nie uważam, że przesadzasz, i bardzo dziękuję, że mi to wszystko powiedziałeś. Możesz mi wyświadczyć przysługę i przestawić moją rybkę na swoje biurko, zanim Anna ją uśmierci? Powiedz Annie, że prosiłam Cię, żebyś zajął się rybką, żeby ją trochę odciążyć. Co do pozostałych spraw, to bardzo Cię proszę, informuj mnie na bieżąco, co ona robi. Mam nadzieję, że nie muszę Ci mówić, że to jest sprawa między Tobą a mną? I koniecznie usuń tę wiadomość, gdy tylko ją przeczytasz. Dziękuję.

Angel

Do: angel.robinson@fiammalit.com
Od: jackson.stark@fiammalit.com
Temat: Re: Re: Anna

Cześć, Angel,

nie martw się. Usuwam wiadomości i zachowuję wszystko w tajemnicy. Cieszę się, że nie jesteś zła. Tutaj nigdy nic nie wiadomo... I jeszcze jedna sprawa. Słyszałem, jak Anna rozmawiała przez telefon (ale nie wiedziała, że ja słyszę). To była kłótnia i Anna płakała. Dosłownie łkała. W każdym razie rozmawiała z kimś o imieniu Malcolm. Czy nie tak ma na imię Twój chłopak? Wiem, że nie jeden Malcolm jest na tym świecie, ale jednak...

Do usłyszenia wkrótce.

J.

Rozdział trzynasty

Do: angel.robinson@fiammalit.com
Od: gapisarz@heya.com
Temat: ?

Droga Pani Robinson,

ciekaw jestem, czy dostała Pani moją ostatnią pocztę? Zazwyczaj działa Pani bardzo szybko, więc trochę się niepokoję, co się z Panią stało! Poza tym chciałbym się dowiedzieć, jakie są wrażenia Pani Fiammy z lektury tej części tekstu. I na koniec jeszcze jedno: czy Pani albo Pani Fiamma zastanawiałyście się nad możliwością sfilmowania mojej książki?

Niecierpliwie czekam na odpowiedź.

G.

Do: gapisarz@heya.com
Od: angel.robinson@fiammalit.com
Temat: Re: ?

Drogi G.,

przykro mi, że przez ostatnich parę dni nie mogłam odpowiedzieć, ale jestem z Lucy Fiammą w podróży służbowej do Nowego Jorku i rzadziej sprawdzam pocztę. Będę z powrotem w biurze w piątek.

Dostałam Pański tekst i właśnie skończyłam go czytać. Uważam, że ta część jest bardzo dobra. Najlepsza ze wszystkiego, co Pan dotąd nadesłał. Moim zdaniem zmierza Pan w dobrym kierunku i odnalazł Pan swój styl. Wyślę Panu szczegółowe uwagi, gdy tylko wrócę do biura. Tymczasem jednak chciałabym zadać kilka pytań, które mi się nasunęły:

Nie do końca rozumiem, dlaczego Carol tak bardzo lubi Alice. Wydaje mi się, że Alice nie dała jej zbyt wiele powodów do sympatii. Pytanie brzmi: Co Alice daje Carol Moore?

Co się stało z własną twórczością Alice? Czy jej ostatecznym celem jest opublikowanie własnego dzieła, czy tylko umieszczenie swojego nazwiska na okładce? Nie jestem pewna, do czego Pan w tym wątku zmierza. Pisze Pan o wydawniczym „biznesie" i roli pisarza w tym wszystkim, więc uważam za potrzebne i ważne, żeby pojawił się określony wątek, który by to doprecyzował. Czy jasno się wyrażam? Jeśli nie, to być może z powodu zmęczenia. Mam dziś za sobą długi dzień.

Ponadto pokazałam nową część tekstu Lucy i ona także go przejrzała, niemniej dokładniej będzie mogła to zrobić po naszym powrocie do domu. Jest jednak zachwycona książką, i to tak bardzo, że rozmawiała o niej z wydawcami podczas naszego pobytu w Nowym Jorku i oni także się nią zainteresowali. Im prędzej dostarczy nam Pan cały tekst, tym prędzej będziemy mogły go zaprezentować! Nie rozmawiałyśmy jeszcze na temat możliwości sfilmowania tej historii (jest na to za wcześnie), ale jak Pan zapewne wie, Lucy ma doskonałe doświadczenia w sprzedaży projektów również na tym polu.

Muszę już kończyć, ponieważ jest bardzo późno, a jutro zaczyna się dla mnie już za kilka godzin. Jeszcze tylko jedna sprawa... Tak między przyjaciółmi (uważam, że już nieco się zaprzyjaźniliśmy, i mam nadzieję, że Pan też tak to postrzega), kim Pan jest? Obiecuję nikomu nie zdradzić! No może tylko Lucy! A poważnie, G., czy bierze Pan pod uwagę możliwość rychłego ujawnienia się? Ta książka nie zawiera chyba żadnych tajemnic państwowych, prawda? Uważam, że ta anonimowość jest trochę dla zabawy, ale nie do końca ją rozumiem. Zbliżamy się już do końca pracy i jeżeli chce Pan, żebyśmy Pana reprezentowali, musimy TROCHĘ więcej o Panu wiedzieć. Choćby po to, żeby gdzieś wysłać czek...

Skontaktuję się wkrótce.

Angel

Do: angel.robinson@fiammalit.com
Od: gapisarz@heya.com
Temat: Re: Re: ?

Droga Pani Robinson,
jestem pod każdym względem poruszony.

Czekam na Pani uwagi (naprawdę czekam, bo to takie miłe doświadczenie, kiedy się je czyta i odkrywa Pani talent do odgadywania wszystkich ukrytych intencji), ale tymczasem chciałbym się odnieść do Pani pytań. Co Carol widzi w Alice? Jak powiedział Ricardo, Carol widzi w Alice siebie i to odbicie siebie samej jej się podoba. Jak napisałem w rozdziale drugim, droga Carol na szczyt odbyła się nie bez pewnych posunięć, które można by kwestionować, ale Carol musiała je zrobić, żeby osiągnąć swój cel. Teraz widzi tę samą determinację i ambicję u Alice. Oczywiście Alice jest owładnięta czymś, od czego Carol jest wolna: potrzebą pisania. Alice jest pisarką o bardzo niskiej samoocenie i z pewnością niezbyt dobrą. Dlatego jej plan jest taki, żeby zajść jak najwyżej, osiągnąć tak wysoką pozycję, jak tylko się da, a potem zdobyć rynek wydawniczy szturmem. Kluczem jest to, co piszę w rozdziale pierwszym, że Alice chce być uznaną pisarką. Chce napisać bestseller, ale pragnie także dowodów uznania. I wie, że Carol Moore jest kluczem do tego wszystkiego. Co do jej twórczości – cóż, wydawało mi się, że jasno to powiedziałem – Alice niezbyt dobrze zniosła odrzucenie tekstu. Oczywiście jeżeli Pani tego wszystkiego nie dostrzega, to znaczy, że ja nie dość dobrze piszę, prawda? Wracam więc do pracy.

A nawiązując do Pani pytania o moją tożsamość, to, jak mówią, wszystko w swoim czasie.

Mam powody, aby pozostawać anonimowym, i jako że Pani Fiamma jest zadowolona z moich postępów w pisaniu, pragnę takim pozostać jeszcze przez jakiś czas. Co do określenia mnie przez Panią mianem przyjaciela – myślę, że oboje czujemy podobnie.

Here's to you, Ms. Robinson; tu, rutu tu...

Serdecznie pozdrawiam,

G.

Nie miałam siły się ruszyć. Leżałam na hotelowym łóżku, na które padłam pół godziny wcześniej. Nie miałam nawet siły, żeby zdjąć narzutę, na której były, co przecież wiedziałam, ślady wszystkich ludzi, jacy padli tu przede mną. Zanim się położyłam, odsunęłam ciężkie, purpurowe zasłony i zobaczyłam podłużny kawałek szaroniebieskiego nowojorskiego nieba za spiętrzonymi betonowymi i ceglanymi murami. Głowa i stopy mi pulsowały, ale wizja zejścia na dół do lobby w celu zakupienia za osiem dolarów małego opakowania aspiryny była zniechęcająca. To był mój ostatni wieczór w Nowym Jorku i pierwsza (nie licząc snu) przerwa w stałym obcowaniu z Lucy w ciągu minionych kilku dni.

Ona sama została zaproszona na kolację wydawaną wspólnie przez HartHouse i HBO z okazji emisji serialu opartego na książce jednego z ich autorów. Lucy zdecydowała, że pójdzie s a m a. Właściwie z wielką konsekwencją odsuwała mnie od jakichkolwiek zajęć i spotkań, które mogłyby zaowocować ujrzeniem Gordona Harta. I choć bardzo chciałam go spotkać, to nie byłam rozczarowana, że Lucy trzyma mnie z daleka. Z łatwością mogłam sobie bowiem wyobrazić, jakie żenujące rzeczy Lucy mogłaby powiedzieć, i stanowczo wolałam nie spotkać tego człowieka, niż przeżyć upokorzenie w jego obecności.

– Idź sobie na kolację w mieście – zasugerowała, kiedy wychodziłam z jej pokoju po uporządkowaniu notatek, wysłaniu odpowiedzi na jej pocztę i przygotowaniu jej do spotkań. – Jeżeli w Nowym Jorku nie umiesz sobie znaleźć miejsca, gdzie mogłabyś coś zjeść, to znaczy, że nie wiesz, czym jest dobre jedzenie. Chociaż może lepiej zamów sobie coś do pokoju i trochę podziałaj. Masz pewnie dużo pracy. – Lucy nie musiała zgadywać, żadna moja praca nie pozostawała bez związku z nią. – W każdym razie baw się dobrze, to twoje wakacje! Tylko nie zaszalej za bardzo, bo jutro czeka cię długi dzień, a potem musisz się dostać na lotnisko.

Lucy zdecydowała, że spędzi jeszcze jeden dzień na Manhattanie w pojedynkę (co dla mnie oznaczało jakieś dwie godziny telefonowania w celu zmiany terminu jej odlotu oraz negocjacji z hotelem jeszcze jednej doby na tych samych warunkach), ale nie powiedziała mi, dlaczego zostaje ani co w tym czasie zamierza robić. Byłam z tego zadowolona. Nigdy w życiu nie pracowałam tak ciężko jak w ciągu ostatnich dwóch dni ani nie pozostawałam w bezustannym kontakcie z drugą osobą w takim wymiarze czasowym. Powalał mnie poziom energii Lucy. Była stale na najwyższych obrotach. Musiała przecież się męczyć, musiała odczuwać skutki swoich wariackich marszów, ale nigdy tego nie okazywała. Zaczynałam się zastanawiać, czy nie wysysa energii ze mnie. Jednak poza obawą, że Lucy jest jakimś psychicznym wampirem, byłam pod ogromnym, zniewalającym wrażeniem jej nowojorskich występów. Nie wszyscy ją lubili (niektórzy nawet nie udawali, że lubią), ale każdy wydawca, szef czy pracownik poświęcał jej nieograniczony i niczym niezakłócony czas, tak długo jak ona chciała. Z tego, co mogłam zaobserwować, Lucy nie miała w Nowym Jorku przyjaciół. Nikt o niej nie mówił jak o koleżance czy kumpelce. Nikt nie pytał o jej hobby, rodzinę czy szczegóły z jej życia. Ale wszyscy, włączając w to nawet Gordona Harta, chcieli wiedzieć, co ona m a.

A Lucy dla każdego coś miała. Dysponowała encyklopedyczną wiedzą na temat historii każdego z wydawców, doskonale wiedziała, jakie książki każdy z nich lubi i na jakie szaleństwo mogą sobie pozwolić przy zakupie. To szaleństwo często nie było zbyt wielkie, ale w oczach Lucy za każdym razem widziałam, że dostaje dokładnie to, co przewidziała.

Wyszłyśmy z Long Green, gdzie Lucy właśnie zakończyła spotkanie z Julią Swann, wydawcą z wielką liczbą słów na tabliczce (wiceprezes, starszy, zarządzający itp.), ale z bardzo zawężonym zakresem książek, które mogłaby kupić. Julia westchnęła, kiedy Lucy powiedziała jej o *Elvisie*, uznała, że to wszystko brzmi cudownie, ale wątpi, żeby zarząd się zgodził. Ona szuka następnego *Kodu Leonarda da Vinci*. Czy Lucy ma coś w tym rodzaju? No i co się dzieje z Karanukiem, na Boga? W tym przypadku Julia miała *carte blanche* na złożenie oferty.

– W branży wydawniczej nastał bardzo trudny okres – powiedziała Lucy, kiedy szłyśmy Piątą Aleją na kolejne spotkanie. – Nikt już nie ma wyobraźni i wszyscy boją się kupić coś, co nie byłoby całkowicie bezpieczne albo nie byłoby repliką czegoś już znanego. Jezu, ile można wydawać książek dla dzieci napisanych przez rozmaite gwiazdy?! Albo książek kucharskich stworzonych przez wybitnych i nagradzanych pisarzy?

Ten rzadki moment zwątpienia minął jednak równie szybko, jak się pojawił. Kiedy dotarłyśmy na następne spotkanie, Lucy z całą energią powróciła do gry, zachwalając swoje książki dla dzieci napisane przez rozmaite gwiazdy i stworzone przez wybitnych pisarzy książki kucharskie (bo oczywiście je miała), a także wszystkie inne pozycje ze swojej listy. Naprawdę było na co popatrzeć. Lucy wiedziała, że jej prezentacje robią wrażenie, bo chociaż wszędzie, gdzie byłyśmy, kazała mi robić kawę i kserokopie, rzadko eliminowała mnie ze spotkań. Chciała, żebym zobaczyła ją w akcji. Wszędzie podkreślała, że jestem jej asystentką, ale jednak, kiedy tak krążyłyśmy po Nowym Jorku jak dwa polujące rekiny, zdałam sobie sprawę, że pragnie zaznać mojego podziwu. I oczywiście zaznała.

Jednak po trzech dniach permanentnego towarzystwa Lucy nie mogłam już na nią patrzeć. Niedobrze mi się robiło od jej nieustępliwości i uporu, byłam chora, patrząc, jak w każdym kolejnym biurze udaje jej się kreować mnie na ignorantkę i nie powierzać mi żadnych innych zadań poza najprostszymi zajęciami biurowymi, nie mogłam już zdzierżyć dźwigania wszystkich ciężarów (dosłownie i w przenośni). Ale przede wszystkim nie wytrzymywałam już tego, jak bardzo b l i s k o mnie jest Lucy. Wydawało się, że zajmuje całą moją przestrzeń, nawet podskórną i wewnątrz czaszki.

Miałam też wrażenie, że Lucy skądś wie o mojej rozmowie z Natalie Weinstein i tylko czeka na odpowiedni moment, żeby wytoczyć armaty. Chociaż Natalie pokazała, że nie zamierza wtajemniczać Lucy, mój niepokój nie był całkiem irracjonalny. Anna rozmawiała z Sunny Martin i, jak mogłam się domyślić, pospieszyła z tą informacją prosto do Lucy. Jeśli wierzyć Jacksonowi (a wierzyłam mu, bo uznałam, że komuś muszę zaufać), to Anna zachowywała się wystarczająco dziwnie, żeby dać powód do podejrzeń. Tych i wielu innych.

Nie wymyśliłam, co powiem, jeśli Lucy zapyta mnie wprost o Sunny Martin. Nie wykombinowałam jeszcze, jak właściwie będę s p r z e d a w a ć tę książkę bez wiedzy Lucy. Ale wiedziałam na pewno, że chcę to robić. Ta książka jest m o j a. Ostatnią rzeczą, jakiej bym sobie życzyła, było ofiarowanie jej Lucy.

Przekręciłam się na łóżku i spojrzałam na drzwi. Mój laptop tkwił na małym biureczku, podłączony, czekając na e-maile. Ekran rzucał blade, niebieskie światło na moją walizkę, która robiła wrażenie, jakby eksplodowała i wyrzuciła z siebie papiery i ubrania, leżące wszędzie dokoła. Dbanie o organizację Lucy pociągało za sobą nieustanne wyciąganie i przeorganizowywanie moich własnych rzeczy. Utrzymywanie ich w porządku nie było priorytetem. *Balsamiczny księżyc* leżał obok egzemplarza *Odwilży*. Ten tekst też już przeczytałam i okazał się dokładnie tak słaby, jak to powiedziała Lucy. Miałam jednak pomysł, jak Karanuk może go poprawić. Chociaż akcja była nieskładna, a poszczególne części niezwiązane ze sobą, proza Karanuka nadal zawierała ziarna geniuszu, które uczyniły *Zimno!* wielką powieścią. Wiedziałam, że potrafię to wydobyć i że Karanuk będzie umiał ze mną pracować. Może na tym polega rozwiązanie, pomyślałam. Może przehandluję moją pracę z Karanukiem i redakcję *Ślepego posłuszeństwa* za *Balsamiczny księżyc*?

Ale nie. Ona nigdy na to nie pójdzie.

Po wszystkim, co Lucy dla niego zrobiła, Karanuk nie da mi pierwszeństwa. A *Ślepe posłuszeństwo*, chociaż może nie byłoby tak dobre, to jednak beze mnie też by przeżyło. Znacznie bardziej prawdopodobne jest to, że Lucy po prostu mnie wyrzuci. Nie, tego też nie zrobi. Jeżeli te dni czegoś mnie nauczyły, to tego, że dla Lucy jestem cenna. Oczywiście nie bezcenna. Nikt nigdy nie jest bezcenny. Ale byłam wystarczająco ważna, żeby mnie nie zwalniać, jeśli nie byłoby to absolutnie konieczne. Lucy raczej postarałaby się tak mnie umęczyć, że sama złożyłabym wypowiedzenie, a wtedy musiałabym oddać całą sumę, jaką mi dała wraz z tą upiorną umową, której, teraz to wiem, nigdy nie powinnam podpisywać. A na to mnie nie stać. Więc nie mogę złożyć wypowiedzenia, a Lucy mnie nie wyleje. Biorąc pod uwagę każdy scenariusz, Lucy wygrywa.

Pomyślałam, że może wstanę i posprzątam trochę w moim pokoju, co być może ułatwiłoby mi odzyskanie jasności myślenia. Byłam jednak za bardzo zmęczona. Uświadomiłam sobie, że to dziwne uczucie pustki, którego doświadczam, bierze się z głodu i że powinnam coś zjeść. Postanowiłam, że gdy tylko odbiorę wiadomości, zamówię coś do pokoju. Najpierw sięgnęłam po komórkę, która leżała na nocnym stoliku, i wybrałam swój numer domowy. Miałam nagraną jedną wiadomość: „Cześć, Angel, tu Elise. Nie oddzwoniłaś. Czy u ciebie wszystko w porządku? Wilki cię nie zjadły? Właściwie powinnam powiedzieć wilk. Próbowałam cię złapać w pracy, ale ten dziwoląg, który odebrał telefon, nie chciał mi powiedzieć, gdzie jesteś. Posłuchaj, Angel, dużo ostatnio myślałam i planowałam i – jak sama wiesz – nie jestem w stanie wytrzymać poza książkowym biznesem. Tak czy inaczej, zdecydowałam się do niego wrócić. Chcę znowu otworzyć Blue Moon – tu następowało głębokie westchnienie – mniejszy i w bardziej odpowiedniej skali. Może, no, nie wiem... w kierunku rynku specjalistycznego, chociaż nie bardzo wiem, co to oznacza. Ciągle nad tym myślę. Zastanawiałam się też, czy chciałabyś poprowadzić ze mną księgarnię. Nie byłoby mnie stać... no, nie wiem, ile teraz zarabiasz, ale bardzo chciałabym cię

mieć u siebie. Pomyśl o tym, Angel. Tęsknię za tym. I za
tobą, Angel! Gadam i gadam. Pewnie zapcham ci całą
automatyczną sekretarkę. Proszę, zadzwoń, jak będziesz
mogła. No i mam coś, co może cię bardzo zainteresować.
Teraz nie powiem ci co, niech to będzie niespodzianka.
Ale mogę ci powiedzieć, że uważam, że to coś bardzo in-
teresującego. Zadzwoń! Pa, Angel".

Przesłuchałam wiadomość jeszcze raz i wymazałam.
Nie byłam w stanie myśleć trzeźwo na temat propozycji
Elise. Jakaś część mnie była bardzo poruszona tym, że
Elise wraca do księgarstwa, ale inna część czuła frustrację, że robi to t e r a z i że składa mi propozycję, na którą zaledwie kilka miesięcy wcześniej z pewnością bym
się rzuciła. Ja także za nią tęskniłam, ale w taki sposób,
w jaki się tęskni za bezgrzesznym czasem dzieciństwa,
o którym wiadomo, że nie ma do niego powrotu. Prawda
jest taka, że niezależnie od tego, jak trudno było wytrzymać z Lucy, to jednak jeden dzień w jej biurze był bardziej ekscytujący niż wszystkie lata w Blue Moon razem
wzięte i że zaczynałam być uzależniona od tego pędu.
Wiedziałam, że powrót do czegoś, co robiłam, zanim
znalazłam się u Lucy, będzie dla mnie wielką porażką.
Żeby powrócić do normalności, potrzebowałabym jakiejś terapii odwykowej. No i nie do końca wiedziałam,
co znaczy „normalność".

Niezależnie od swoich wątpliwości, postanowiłam, że
wezmę pod uwagę propozycję Elise. Dobrze było wiedzieć, że ciągle mogę na nią liczyć i że, jakkolwiek wiatry
powieją, ona pomoże mi się pozbierać. Zapisałam sobie,
żeby zadzwonić do niej, gdy tylko wrócę do domu.

Zamknęłam komórkę i odłożyłam ją na stół. Czułam się spocona i nieświeża. Pomyślałam, że potrzebny mi prysznic. Przynajmniej to jedno można łatwo zrealizować. Z wielkim wysiłkiem podniosłam się z łóżka, zsunęłam narzutę, odsłaniając czystą pościel, i zdjęłam ubranie. Byłam już prawie pod płynącą z prysznica ciepłą wodą, kiedy usłyszałam pukanie do drzwi. Lucy. Wynalazła dla mnie jeszcze coś albo nagle zdecydowała, że jednak muszę z nią pójść, żeby podtrzymywać rąbek jej sukni, kiedy będzie krążyła wśród gawiedzi. To dla niej typowe: wybrała najmniej odpowiedni moment, żeby po mnie przyjść. Zgarnęłam z łazienki ręcznik i jak najdokładniej owinęłam wokół ciała.

– Lucy? – spytałam, kładąc rękę na klamce. Miałam nadzieję, że słychać, jaka jestem wyczerpana i niezdolna do entuzjazmu.

– Angel? Czy to ty?

S e r c e   p o d s k o c z y ł o   m i   d o   g a r d ł a. Tyle razy słyszałam i czytałam tę frazę, ale nigdy jej nie rozumiałam, nigdy nie doświadczyłam tego naprawdę, aż do tej chwili, kiedy uświadomiłam sobie, że po drugiej stronie drzwi stoi Damiano.

Uchyliłam drzwi i ręcznik zsunął się na podłogę. Zastygłam, niezdolna uczynić żadnego ruchu, żeby go podnieść. Damiano wszedł, zamknął za sobą drzwi, a ja stałam przed nim kompletnie naga. Przez długą chwilę po prostu patrzył na mnie, nic nie mówiąc. Kiedy podniosłam wzrok i spojrzałam mu w oczy, zobaczyłam w nich najprawdziwszy zachwyt i pożądanie. Ale było w nich coś jeszcze: empatia, odrobina smutku, głęboka tęsknota.

Czułam się, jakbym zaglądała do własnego serca. To jego pragnęłam. Oczywiście.

Zbliżył się do mnie tak, że prawie się dotykaliśmy, i przystanął. Nie spuszczając ze mnie swoich ciemnych oczu, przesunął prawą ręką po moim biodrze takim ruchem, jakby je rzeźbił w jakimś miękkim materiale. Podniósł lewą rękę, ujął mój policzek i przyciągnął moją twarz tak blisko siebie, że czułam jego oddech na ustach. Staliśmy tak przez chwilę, przez wieczność oczekiwania na pocałunek. Chciałam tak trwać w nieskończoność i pragnęłam przyciągnąć Damiana i wtulić w siebie. Moje napięcie przerodziło się w drżenie i poczułam, że się trzęsę.

– *Angelina mia* – wyszeptał. Objął mnie ramionami i przytulił. Pocałował mnie. Jego usta były delikatne, miękkie, pyszne... Przywarłam do niego, rozchyliłam wargi, przesuwałam dłońmi po jego plecach, które teraz niecierpliwie poznawałam. Pociągnęłam jego koszulę, desperacko szukając drogi do ukrytej pod nią gładkiej skóry. Nasze ramiona się splotły, usta mocno do siebie przywarły. Damiano podniósł mnie, jakbym nic nie ważyła, i zaniósł na łóżko. Potknął się, zachwiał i razem upadliśmy ciężko na pościel. Damiano wylądował na moich włosach i musiał je spod siebie wyciągnąć. Wypowiedział coś, co zabrzmiało jak przekleństwo, więc się roześmiałam. Usiadł, pozbył się butów i zaczął niezgrabnie rozpinać guziki i zamki swojego ubrania.

– *Vieni qua* – powiedział, podnosząc mnie. – Pomóż mi.

Otoczyłam go ramionami i zdjęłam mu koszulę przez głowę, a on wyswobodził się z dżinsów. Wtedy przyszedł ten moment zdziwienia, w którym kochankowie widzą się po raz pierwszy nago. Ale wówczas Damiano pochylił się ku mnie i zaczął delikatnie całować moją szyję, w miejscu, gdzie czuło się mój przyspieszony puls. I cały pokój wokół jakby zapłonął.

Cudowne wrażenie wyparło z mojej głowy wszystkie myśli. Czułam na sobie ciężar jego ciała, dotyk jego gładkiej skóry i napiętych mięśni. Moje ciało unosiło się do jego warg. Całował moje uda, piersi, brzuch. Czułam, że się otwieram, i westchnęłam z rozkoszy. Poczułam oddech Damiana w uchu i usłyszałam, jak szepcze: *Che ricco*, poznawałam słony smak jego potu, zmieszanego z moim. Zamknęłam oczy i „patrzyłam" teraz czubkami palców i języczkiem. Poczułam go głęboko w sobie i zatraciłam się w cudownym kołysaniu, które trwało i trwało.

Kiedy znowu otworzyłam oczy, w pokoju było ciemno. Przez szparę w zasłonach nie widziałam nieba, tylko poblask sztucznego światła na ścianach budynków. Damiano leżał przytulony do mnie, z mocno zaciśniętymi wokół mnie ramionami. Zamrugałam, żeby przyzwyczaić oczy do półmroku. Poczułam, że jestem pokryta potem, a prześcieradła i poduszki są wilgotne. Plecy Damiana pod moimi dłońmi były śliskie i mokre. Jego oddech był delikatny, równy i tak spokojny, że pomyślałam, że zasnął. Poruszyłam ręką uwięzioną pod jego głową, a on się podniósł i pocałował mnie w usta.

– Dziękuję – powiedział. Przesunął palcem wzdłuż moich brwi i kości policzkowej, aż do ust. – Jesteś taka piękna. Tutaj – dotknął wnętrza mojego uda – tutaj – pogłaskał skórę na moim brzuchu – i tutaj – położył delikatnie rękę na moim czole.

– Ja nie... – zaczęłam, ale musiałam odchrząknąć, żeby oczyścić gardło z tych wszystkich emocji, które nagromadziły się, odkąd ostatni raz coś powiedziałam. – Ja zwykle nie otwieram drzwi pukającym panom kompletnie naga.

Śmiech Damiana zabrzmiał radosnym echem w pokoju.

– Ale tym razem to było bardzo na miejscu – stwierdził. – Nigdy mnie tak nie witano. Myślę, że zapamiętam to na całe życie.

– Chciałam wziąć prysznic – wyjaśniłam. – I myślałam, że to Lucy.

– Ależ możesz wziąć prysznic. Tylko jeszcze nie teraz. Proszę, nie odchodź teraz ode mnie. Muszę... och, *Angelina*... – Westchnął i znów mnie pocałował. – Zastanawiałem się... Nie wiedziałem, czy się ucieszysz na mój widok. Ostatnio byłaś taka obca. Myślałem, że może zrobiłem albo powiedziałem coś złego. Nie wiem. Ale...

– Ale?

– Ale wiedziałem, że będziemy razem, zanim po raz pierwszy cię zobaczyłem. Czułem cię w sobie, Angel. Ty też wiedziałaś?

Gdybym mogła mówić, powiedziałabym, że tak, ale usta mi za bardzo drżały i nie byłam w stanie wypowiedzieć słowa. Zaczęłam płakać, nie wiedząc nawet dlaczego. Łzy płynęły mi obficie po policzkach i spadały we włosy. Próbowałam przestać, starałam się powstrzymać wzbierające w piersi łkanie, ale to tylko pogarszało sprawę.

– Nie, nie – zamruczał Damiano, gładząc mnie palcami po policzku. – *Non piange.* Co ja powiedziałem? Dlaczego płaczesz?

– N... nie wiem. Prze-eepraszam.

– Nie, nie. Nie przepraszaj.

Znowu objął mnie ramionami, szeptał w moje włosy słowa, których nie rozumiałam, gładził moje plecy i ramiona. A potem pochylił się nade mną i całował łzy na mojej twarzy.

– *Angelina* – wyszeptał. – Widzisz? Piję twoje łzy. Nie płacz.

Pomyślałam, że jeśli miałabym teraz umrzeć w jego ramionach, z jego ustami na policzku, byłabym szczęśliwa.

Musiałam zasnąć, chociaż nie na długo. Kiedy się ocknęłam, światło było zapalone, a Damiano, oparty o poduszki, uśmiechał się do mnie.

– Chciałem na ciebie popatrzeć – powiedział. – Jesteś taka piękna. Po prostu trudno uwierzyć.

Uśmiechnęłam się do niego.

– Dobrze się czujesz? – zapytał.

– Tak. – Wyciągnęłam rękę i przyciągnęłam go do siebie.

– Chcę się z tobą kochać, Angel. Tutaj, w tym pokoju. Bez końca.

Przekulałam się na niego i spojrzałam w jego brązowe oczy.

Było w nich pożądanie. Damiano pragnął m n i e.

– Myślę, że mogę ci w tym pomóc – powiedziałam, obejmując dłońmi jego twarz, czując pod palcami jego włosy. – Ale najpierw powiedz mi, skąd wiedziałeś, że tu jestem. Skąd się wziąłeś w Nowym Jorku? – Chciałam, nie – m u s i a ł a m usłyszeć, że nie mógł przestać o mnie myśleć, że pragnienie kazało mu mnie szukać, rzucić wszystko i przejechać cały kraj, żeby się ze mną spotkać.

– Rozmawiałem z Lucianą. Ona podała mi nazwę hotelu.

– L u c y?

– *Sì*. Co się stało?

Ześlizgnęłam się z niego i usiadłam. W porywie teraz już niepotrzebnego wstydu osłoniłam piersi prześcieradłem.

– Ale czemu L u c y miałaby cię informować, gdzie mieszkam?

– Powiedziała mi, gdzie o n a się zatrzyma. A wiedziałem, że ty z nią będziesz. Byłem na tym słynnym przyjęciu, pamiętasz?

Damiano patrzył na mnie z wyrazem zdziwienia, czemu te sprawy tak mnie zaprzątają. Wziął między palce pasmo moich włosów.

– Wtedy po raz pierwszy zobaczyłem te piękne włosy rozpuszczone. Jak ogień.

– Ciągle nie rozumiem, Damiano. Zadzwoniłeś do Lucy, żeby się dowiedzieć, gdzie mieszkamy w Nowym Jorku? A ona się nie dziwiła, czemu chcesz to wiedzieć?

– *Bella* – powiedział spokojnie i usiadł. Teraz siedzieliśmy obok siebie na łóżku. – Nie zadzwoniłem do Luci... – do Lucy. To ona zadzwoniła do mnie jakiś tydzień czy dwa tygodnie temu. Powiedziała, że jedzie do Nowego Jorku i że byłoby dobrze, żebym też pojechał. Żeby się spotkać z moim wydawcą. *Capisce?* Myślałem, że o tym wiesz. Zapytała, czy mogę kupić bilet do Nowego Jorku, i oczywiście to zrobiłem. Umówiliśmy się z moim wydawcą na pojutrze. A dzisiaj jestem tu z tobą.

Pojutrze – dodatkowy dzień Lucy w Nowym Jorku. Beze mnie. Zastanawiałam się, dlaczego wydawcy Damiana nie ma na liście naszych spotkań, a nawet pytałam ją o to.

– Nie ma potrzeby – odpowiedziała. Teraz to nabrało sensu.

– Jutro wyjeżdżam – powiedziałam.

– Tak, wiem. Dlatego przyjechałem wcześniej. – Wzruszył ramionami, jakby to wszystko było oczywiste, i zaczął mnie lekko do siebie przyciągać. W jego oczach widziałam namiętność.

– *Ecco. Vieni qua*, Angel. Chodź tu, *amore*.

– Poczekaj – rzuciłam, instynktownie odsuwając się od niego, aż znalazłam się na drugim końcu łóżka. Coś w tym zbiegu okoliczności zaczynało mi się wydawać przerażająco niewłaściwe. Miałam wrażenie, jakbym przez czyjąś wprawną manipulację stała się uczestniczką jakiegoś żartu.

– Skąd wiedziałeś, w którym p o k o j u jestem. To także powiedziała ci Lucy?

– Nie, oczywiście, że nie. Rozmawiałem z Anną. Była bardzo miła. Powiedziała mi, gdzie jesteś.

– A n n a   w i e?

Damiano nie zauważył zdziwienia w moim głosie i mówił dalej. Uśmiechał się kącikami ust.

– Nie martw się. Wszedłem bardzo dyskretnie – zachichotał. Obniżył głos do konspiracyjnego szeptu i dodał: – Nikt mnie nie widział. Przysięgam. Włożyłem ciemne okulary. – Znowu się zaśmiał. – Jak gwiazdor rocka.

– Jak Vaughn Blue – powiedziałam. Mój głos brzmiał dziwnie, jakby dochodził z drugiego końca pokoju.

– *Che?* – Z twarzy Damiana zniknął już wyraz troski

i lekkiego zniecierpliwienia. Zastąpiło je znów pożądanie. Przesunął się na moją stronę łóżka.

– Och – westchnął – jakie piękne.

Nakrył moje piersi dłońmi, pochylił się i pocałował mój anielsko-skrzydlaty tatuaż. Wyskoczyłam z łóżka, pociągnęłam prześcieradło i szczelnie owinęłam je wokół nagiego ciała. Cofałam się tak długo, aż oparłam się o okno.

– Czemu tam stoisz, Angel? Co ty robisz?

Wpatrywałam się w Damiana i wszystkimi mocami rozumu, jakie mi jeszcze pozostały, próbowałam się przekonać, że nie jestem osadzona w jakimś złym śnie. K i m j e s t t e n c z ł o w i e k? W kilka sekund stał mi się zupełnie obcy. Znam jego słowa zapisane na kartkach. J e g o wcale nie znam. Ale on mnie zna. Wie, co zrobię, co ze mną będzie, co lubię... i p o c a ł o w a ł t a t u a ż. Wie wszystko. To gorsze niż zły sen, pomyślałam. To zły sen kogoś innego.

– Angel?

– Myślę, że powinieneś już iść. – Moje słowa brzmiały słabo i nieco histerycznie. W jakimś zakamarku mojego mózgu, którego jeszcze nie wypełniło kompletne zmieszanie, czaiła się myśl, że właśnie wypowiedziałam kwestię z rodzaju tych, które padają tylko w filmach.

– Co? Dlaczego? *Che cosa c'è?*

– Ja... – Podniosłam dłoń do piersi, odruchowo zasłaniając tatuaż. – Wiedziałeś o tym. Skąd?

– Wiedziałem? Nie rozumiem, Angel...

– Czy możesz po prostu... W y j d ź, p r o s z ę. – Histeryczne brzmienie mojego głosu się pogłębiło.

Damiano szukał oczami mojego wzroku. Jego twarz pociemniała. Malowały się na niej zaskoczenie, zagubienie, niedowierzanie i wreszcie coś, co wyglądało, jak niechętna akceptacja. Pokręcił głową, chciał coś powiedzieć, ale się powstrzymał. Zamknął usta i zacisnął, aż stały się wąską linią. Wstał, bardzo wdzięcznym ruchem, zważywszy na okoliczności, podniósł swoje rzeczy z podłogi i ubrał się w ciągu mniej niż minuty. Już był przy drzwiach, z jedną ręką na klamce, kiedy jeszcze raz się do mnie odwrócił.

– Angel?

Potrząsnęłam głową, zaciskając w dłoniach prześcieradło, i odwróciłam wzrok.

– *Mi dispiace* – powiedział i już go nie było.

Trwałam w zawieszeniu. Mijały sekundy, minuty, a ja wsłuchiwałam się w dźwięki ruchu ulicznego dobiegające zza okna. W pokoju zrobiło się zimno. Miałam dreszcze. Stało się nagle strasznie ważne, żeby się ubrać. Nie chciałam już ani przez chwilę patrzeć na swoje nagie, zdradzieckie ciało. Ciągnąc za sobą prześcieradło, podeszłam do walizki i wtedy zobaczyłam, że w skrzynce poczty elektronicznej czeka nowa wiadomość. Chciałam najpierw się ubrać, a potem ją przeczytać, a jednak natychmiast sprawdziłam, kto ją przysłał.

Do: angel.robinson@fiammalit.com
Od: gapisarz@heya.com
Temat: Alice

Droga Pani Robinson,
mam do Pani pytanie. Uświadomiłem sobie właśnie, że od dość dawnej sceny, w której Alice i Vaughn poznają się

w sensie biblijnym, nie mieliśmy już w tekście tej pary w podobnych okolicznościach. Myślę, że powinienem dopisać małą scenę z udziałem Alice i jej ogiera, opisującą ich spotkanie w ulubionym hotelu (to może być na przykład Whitman na 54 Wschodniej; czy to jakiś problem, że podam w tekście nazwę prawdziwego hotelu? Pomyślałem, że to będzie dobry literacko akcencik.). Co Pani o tym myśli? Osobiście uważam, że doda to trochę pikanterii. Seks dobrze się sprzedaje, prawda? No i tym dwojgu może być razem naprawdę bardzo gorąco. No ale Pani jest tu szefem: dopiszę tę scenę, tylko jeśli Pani uzna, że to dobry pomysł.

Czekam na odpowiedź

G.

Przeniosłam wzrok z laptopa na leżącą obok hotelową papeterię z emblematem Whitman Hotel. On wiedział, gdzie jestem. Obserwował mnie. Stałam przy komputerze. Moje ciało paraliżował strach, ale przez umysł przebiegały w dzikim tempie dziesiątki myśli. Jaką byłam idiotką, myśląc chociaż przez chwilę, że Damiano miał coś wspólnego ze *Ślepym posłuszeństwem*! Moja paranoja okazała się uzasadniona – e-mail był tego najlepszym dowodem. Popełniłam jednak straszną pomyłkę i skierowałam podejrzenia na niewłaściwą osobę. Wyrzuciłam Damiana, a było to posunięcie godne zimnej Alice. Wyrzuciłam po wszystkim, co mi ofiarował. Teraz go nie było. Przez tę powieść stałam się taka rozchwiana, że nie umiałam odróżnić fikcji od rzeczywistości. Byłam Alice i przeszłam właśnie na drugą stronę lustra. Ale moje uczucia do Damiana musiały być prawdziwe. Nie przyśniło mi się to, co rozegrało się między nami. W ciągu godziny miałam go i utraciłam. Teraz nie wiedziałam nawet, czy kiedykolwiek uda mi się go odzyskać. W tej chwili on pewnie roztrząsa, jak bardzo się pomylił. A wszystko to z powodu książki. Książki M a l c o l m a oczywiście. Malcolm wiedział, gdzie jestem. Anna z radością podzieliła się wszystkimi szczegółami z Damianem, równie dobrze mogła je podać Malcolmowi. Tak jak ja, Damiano także stał się pionkiem w grze prowadzonej przez Malcolma. Rozwijanej z pomocą Anny. Anny siedzącej przy moim biurku, przeglądającej moje rzeczy, prowadzącej przez telefon rozmowy z kimś o imieniu Malcolm...

Czy to możliwe, że Malcolm i Anna pracują nad tym r a z e m?

Popatrzyłam na zegar i odjęłam trzy godziny. Na Zachodnim Wybrzeżu była dopiero piąta. Wszyscy powinni jeszcze być w biurze.

Do: jackson.stark@fiammalit.com
Od: angel.robinson@fiammalit.com
Temat: bez tematu

J.,
jesteś jeszcze w biurze? A Anna? Co ona teraz robi? Muszę wiedzieć.
A.

Czekając na odpowiedź Jacksona, próbowałam wymyślić, co powinnam odpowiedzieć G. Oczywiście jakoś muszę odpowiedzieć. G. tego oczekiwał. Nie chciałam jednak ryzykować, że wpłynę na scenariusz, który G. planuje... dla mnie. Nie myślałam jednak długo, bo kilka chwil później nadeszła odpowiedź Jacksona.

Do: angel.robinson@fiammalit.com
Od: jackson.stark@fiammalit.com
Temat: Re: bez tematu

Cześć A.,
jestem na miejscu, ale Anny nie ma. Wyszła wcześnie, chyba już kilka godzin temu. Powiedziała, że czuje się chora. A czemu? Co się dzieje? Potrzebujesz czegoś?
J.

Anna nie opuściła ani jednego dnia pracy, odkąd byłam w agencji, i nigdy nie wyszła wcześniej. Czuła się chora? Jeżeli moje podejrzenia się potwierdzą, a na to się zanosi, to Anna rzeczywiście j e s t c h o r a. Nie traciłam czasu na wysyłanie wiadomości do Jacksona. Zamiast pisać, chwyciłam komórkę i wybrałam jego biurowy numer.

– Agencja Lucy Fiammy. Tu Jackson.

– Cześć, Jackson, tu Angel. Zachowuj się tak, jakby ktoś dzwonił w sprawie zgłoszenia tekstu, dobrze?

– Przykro mi, jest obecnie poza biurem. W czym mogę pomóc?

Dobry jest. Poczułam ulgę, że doceniłam jego inteligencję.

– Potrzebny mi numer komórki Damiana Vero. Możesz go dla mnie zdobyć?

– Tak, chętnie się z nim zapoznamy. Czy w czymś jeszcze możemy być pomocni?

– Na teraz to wszystko. Dziękuję, Jackson.

– Nie ma za co.

– Później ci wszystko wyjaśnię. Wiem, że się zastanawiasz... Już niedługo będę w biurze, to sobie pogadamy.

– Chętnie to przeczytamy – powiedział i w tym momencie nadszedł od niego e-mail zawierający numer komórki Damiana.

– Dostałam. Jeszcze raz dziękuję.

Kiedy tylko skończyłam rozmowę z Jacksonem, wybrałam numer Damiana. Desperacko chciałam go odszukać. Musiałam mu wszystko wyjaśnić. Powinnam to była zrobić, zanim go wyrzuciłam. Musiałam mu powiedzieć, jak bardzo mi przykro, i błagać go, żeby wrócił. Serce tak mi waliło, że kiedy trzymałam telefon i wybierałam numer, komórka wibrowała mi w ręce. Już, już miałam wypowiedzieć jego imię, kiedy operator poinformował mnie, że użytkownik jest poza zasięgiem. Damiano odszedł. Po prostu odszedł. I to ja go odesłałam.

Drugi raz w ciągu tego wieczoru moje oczy napełniły się łzami. Tylko że tym razem to były łzy złości. Było mi tak siebie żal, jakbym padła ofiarą jakiejś wyrafinowanej manipulacji. A jednak prawda była taka, że sama zachowałam się jak bohaterka nie mojej bajki. Byłam na siebie wściekła, kiedy to sobie uzmysłowiłam. Na odzyskanie tego, co mogliśmy zbudować z Damianem, było już pewnie za późno, ale spojrzałam na komputer i pomyślałam, że przynajmniej na to mam jeszcze jakiś wpływ:

Do: gapisarz@heya.com
Od: angel.robinson@fiammalit.com
Temat: Re: Alice

G.,

nie chcę się w to dłużej bawić. Mam dosyć. Rozmawiałam z Lucy i ona się ze mną zgadza. W sprawie dalszego postępowania proszę się kontaktować z Lucy.

Angel

Usiadłam przy komputerze i czekałam. To prawda, że nie wiem, kim jest G., ale w pewnym sensie go z n a ł a m – znałam osobę ukrywającą się za *Ślepym posłuszeństwem*. Wiedziałam, jak sformułować uwagi i jak on na nie zareaguje. Przynajmniej z redakcyjnego punktu widzenia zdawałam sobie sprawę, czego on ode mnie chce i co mam robić. Jemu bardzo się podoba nasza dziwna współpraca. Wysłałam e-mail, bo wiedziałam, że G. będzie poważnie zaniepokojony tym, że porzucam *Ślepe posłuszeństwo*. Że szybko odpisze i poda jakieś wytłumaczenie albo nawet przeprosi, że posunął się za daleko. Tak czy inaczej, mój e-mail da mu powody, żeby trochę przystopować. Taką miałam nadzieję. Oczywiście ryzykowałam. Istniała przecież możliwość, że G. skontaktuje się bezpośrednio z Lucy, wszystko jej powie i będę musiała ponieść konsekwencje, jednak nie sądziłam, że to zrobi. G. mnie potrzebuje.

Kiedy w ciągu półgodziny nie nadeszła odpowiedź, wstałam, włożyłam spodnie i z powrotem usiadłam. Po kolejnej półgodzinie wpatrywania się w ekran podniosłam telefon i zamówiłam u obsługi hotelowej kanapkę. Przyniesienie jej zabrało im czterdzieści pięć minut, a mnie kolejne dwadzieścia zjedzenie jej i wystawienie tacki za drzwi. Odpowiedzi od G. ciągle nie było. Usiadłam, a potem położyłam się na łóżku. Prześcieradła miały zapach Damiana. Wtuliłam twarz w poduszkę i wdychałam ostatnią pamiątkę po nim. Nie czułam nawet, że zasypiam, kiedy zadzwonił hotelowy telefon, wyrywając mnie ze stanu nieświadomości. Była północ. Na wpół śpiąc, podniosłam słuchawkę.

– Słu... słucham?

– Angel, nie śpisz? – Głos Lucy wypłoszył resztki mojego snu i postawił mnie w stan pełnej gotowości.

– Umm. Teraz już nie.

– Dobrze. Co mamy w planach na jutro?

– No, mamy... – Nie pamiętałam szczegółów jej rozkładu zajęć, więc zaczęłam zsuwać się z łóżka, żeby wyjąć mój egzemplarz wykazu spotkań, kiedy mnie powstrzymała.

– Muszę zmienić plany na rano, Angel. Chcę, żebyś przełożyła wszystkie spotkania na popołudnie.

– Ależ, Lucy, nie mogę tego zrobić. Jest zbyt późno, żeby zadzwonić...

– Znajdziesz jakiś sposób, Angel. Jesteś bystrą dziewczynką, a to nie jest zadanie o stopniu trudności budowy statku kosmicznego.

Westchnęłam do słuchawki. Spieranie się z Lucy nie miało sensu.

– Okej – powiedziałam. – Czy zamiast tego mam ci coś wpisać w rozkład zajęć?

Pomyślałam, że może mam uzgodnić spotkanie z szefem domu wydawniczego albo zrobić coś równie nieprawdopodobnego.

– Rano idziemy do spa, Angel! Włosy, paznokcie, stylizacja!

– Co?

– Właśnie sobie uświadomiłam, że to twój ostatni dzień tu w Nowym Jorku, a kiedy przyjechałyśmy, obiecałam ci, że cię wystylizujemy. A więc, Angel, dotrzymuję słowa. *Voilà.*

Byłam przekonana, że tak jak wszystkie wspaniałomyślne gesty Lucy, także ten skrywa jakiś podstęp. Jednak Lucy wydawała się naprawdę podekscytowana perspektywą zabrania mnie do salonu, a ja byłam za bardzo zwiotczała, żeby wymyślić, o co jej chodzi.

– Świetnie – powiedziałam. – Do zobaczenia rano.

Lucy odłożyła słuchawkę bez pożegnania, do czego już zdążyłam się przyzwyczaić. Ten manewr oszczędzał czas i wykluczał wrażenie zakończenia rozmowy. Skoro nie powiedziała do widzenia, w jakimś sensie nadal pozostawała obecna, a osoba, z którą rozmawiała, zachowywała pełną gotowość do wykonywania poleceń. Odłożyłam słuchawkę i wstałam łóżka. Teraz jedynie słuszną rzeczą będzie wysłanie informacji do wszystkich wydawców, z którymi Lucy miała się spotkać rano. Zamiast jednak sięgnąć po rozkład spotkań, jeszcze raz usiadłam przed laptopem. Cały czas był włączony.

Nie czekała na mnie żadna nowa wiadomość.

Rozdział czternasty

Mój samolot wylądował w San Francisco tak późno, że zdążyła się już zmienić data. Zanim wydostałam się z lotniska, przebiłam przez miasto i wjechałam na drogę prowadzącą do mojego apartamentu, była już prawie piąta rano. Pospałam troszkę w samolocie, ale to tylko wzmogło wrażenie kompletnego wyczerpania. Naprawdę chciałam spędzić całą noc we własnym łóżku. Byłam tak zmęczona, że nie wiedziałam, czy nie zasnę, prowadząc samochód w długiej drodze do domu. Biorąc pod uwagę różnicę czasu, mój niekończący się dzień liczył dwadzieścia cztery godziny.

Zaczęłam go z Lucy, jak tyle innych ostatnio. Przedtem jeszcze obsesyjnie sprawdzałam swoją skrzynkę e-mailową i stwierdziłam, że nie mam nowych wiadomości, a G. najwyraźniej się przyczaił.

Spotkałam się z Lucy, a ta dosłownie skoczyła do taksówki, która miała nas zawieźć do jednego z najlepszych salonów w Nowym Jorku.

– Zawsze tu przychodzę, kiedy jestem w Big Apple – powiedziała. – Oni są bajeczni. Musiałam pociągnąć za niejeden sznurek, żeby cię tu wepchnąć. To, co tutaj robią, jest l e p s z e od chirurgii plastycznej. Trudno ci będzie uwierzyć. Angel Robinson ulegnie t r a n s f o r m a c j i!

– Lucy, a co dokładnie będziemy we mnie transformować? – złagodziłam to pytanie jasnym uśmiechem, ale zaczynałam odczuwać nieprzyjemną obawę co do planów Lucy odnoszących się do naszego dnia w spa.

– No, między innymi twoje włosy.

– A co z nimi jest nie tak?

– Przede wszystkim k o l o r. Nie powinnaś być ruda, Angel, to jest podstawowa sprawa. Osobną historią jest długość. Dorosłe kobiety nie noszą długich włosów. Taka jest zasada.

Naszło mnie bolesne wspomnienie Damiana. Przypomniałam sobie, jak gładził mnie po włosach, jak szczerze je podziwiał i jakie piękne były dla niego. Lucy wyczytała z mojej twarzy, że nad czymś się zastanawiam, zupełnie inaczej to zinterpretowała.

– Nie martw się, jak mają je obciąć. Poinstruowałam ich, żeby obcięli tak jak moje. To jest świetna fryzura i daje różnorodne możliwości. Myślę też, że mój kolor, no może ton czy dwa ciemniejszy, będzie dla ciebie doskonały.

Na tym etapie uznałam, że fazę naszej rodzącej się komitywy należy zakończyć.

– To bardzo wspaniałomyślne z twojej strony, Lucy, ale ja jestem przyzwyczajona do moich włosów, takich jakie są.

– Nie mówisz poważnie – uznała. – Jeżeli to sprawa kosztów, nie martw się. Ja płacę. A teraz chodźmy, dobrze?

– Niezupełnie. Ja nie chcę farbować włosów. Nie ufarbuję ich i nie obetnę.

Lucy posłała mi długie spojrzenie intensywnie zielonych oczu otoczonych bladą skórą.

– Nie chcesz wyglądać tak jak ja, o to chodzi?

– Nie. Ja po prostu... – Nie wiedziałam, co mam powiedzieć. Jej oczy błagały mnie, żebym wyznała, że niczego na świecie nie pragnę tak bardzo jak tego, żeby wyglądać dokładnie tak jak ona, i że jestem przepełniona wdzięcznością. Czułam, że nic innego jej nie usatysfakcjonuje, a jednak nie byłam gotowa dać jej tego, czego chciała. – Po prostu nie uważam, żeby to do mnie pasowało – powiedziałam.

– I tu się mylisz – stwierdziła Lucy. – Nie wiesz, co do ciebie pasuje. Dlatego wyglądasz tak, jak wyglądasz. Sądziłam, że mogę ci pomóc, ale najwyraźniej się myliłam.

– Przykro mi, Lucy. Nie chciałam...

Sztylety migające w jej oczach ucięły moją wypowiedź w pół słowa. Odwróciła się ode mnie i ruszyła w stronę salonu. Poszłam za nią. Spodziewałam się, że wejdziemy razem, ale ona wyciągnęła rękę, żeby mnie powstrzymać.

– Na dzisiaj to już wszystko, Angel. Zostajesz sama. Nie spóźnij się na samolot.

Zrozumiałam, że w ten sposób Lucy okazuje, że została zraniona.

Stałam oszołomiona przez jakąś minutę i myślałam, czego Lucy ode mnie oczekuje. Mam za nią iść? Przeprosić? Przez chwilę zmagałam się z myślą, żeby to zrobić. Jednak wystarczyła chwila refleksji i zrozumiałam, że nareszcie jestem w o l n a od Lucy, po raz pierwszy od kilku dni, jestem uwolniona z poddaństwa i mogę iść, dokąd zechcę. Złapałam taksówkę i pojechałam do hotelu. Wiedziałam, że zabiorę swoje rzeczy i pojadę prosto na lotnisko. Jedynym bowiem miejscem, gdzie chciałam się znaleźć, był mój dom.

Rozjaśniało się, kiedy wciągnęłam walizkę po schodach do mojego apartamentu. Nigdy jeszcze nie doceniałam tak wygody własnego łóżka. Tylko o tym byłam zdolna myśleć, kiedy rzuciłam torby, zamknęłam za sobą drzwi i zwaliłam się na narzutę.

Coś było nie w porządku.

Usiadłam i rozejrzałam się. Wszystkie znajome przedmioty stały spokojnie w miejscach, gdzie je zostawiłam. Ale w powietrzu było coś dziwnego. Miałam wyraźne wrażenie, że rzeczy zostały poruszone, a potem odstawione na swoje miejsce. Coś, jakieś przemieszczenie cząsteczek, nieuchwytny, obcy zapach, który wyczuwałam, powodował, że pomyślałam, że ktoś tu był całkiem niedawno. Wstałam i zapaliłam światło, chociaż słońce zaczynało się już przesączać przez szyby. Wrażenie obecności intruza nasiliło się, mimo że nie znajdowałam niczego, co by ją potwierdzało. Nieumyty kubek stał w kuchni dokładnie tam, gdzie go zostawiłam. Pliki papierów i rękopisy przy moim łóżku pozostawały niezmiennie w stanie bałaganu. Umywalka w łazience była sucha. Łóżko było pościelone, dokładnie tak jak przed moim wyjazdem. Czy wtedy pościeliłam łóżko? Próbowałam sobie przypomnieć szczegóły tamtego poranka i nie mogłam. Zazwyczaj nie przywiązywałam wagi do ścielenia łóżka rano i gdy nie mogłam się tym zająć, czyli w połowie przypadków, pozostawiałam je rozgrzebane.

Złapałam narzutę i pociągnęłam, choć raczej nie spodziewałam się, że coś na mnie wyskoczy.

Jednak pod spodem nie było nic poza pościelą i poduszkami.

Wytłumaczyłam sobie, że jestem po prostu bardzo zmęczona. To jedyne sensowne usprawiedliwienie takiej paranoi. Od totalnego braku snu do halucynacji droga niedaleka. Z drugiej jednak strony, funkcjonowałam całkiem sprawnie nawet przy mniejszych dawkach snu. Wrażenie, że jestem inwigilowana, zaczęło się razem ze *Ślepym posłuszeństwem*.

Wyjęcie laptopa z torby i podłączenie go zabrało mi tylko minutę. W skrzynce czekała na mnie wiadomość. Od G.

Do: angel.robinson@fiammalit.com
Od: gapisarz@heya.com
Temat: Fragment

Droga pani R.,
mam tutaj pewien fragment i nie wiem, gdzie go włożyć. Jakieś sugestie?
Serdeczności,
G.

Alice traktowała swoje łóżko jak sanktuarium. Uwielbiała dotyk bawełnianych prześcieradeł i miękkość puchu. Bardzo poważnie podchodziła do ścielenia łóżka. Przeczytała gdzieś, że Jackie Onasis powiedziała, że naprawdę zamożni ludzie o dobrym guście używają wyłącznie białej bawełnianej pościeli. Alice nigdy tego nie zapomniała.

Dawniej trudno jej było zapewnić sobie łóżko, a co dopiero bawełniane prześcieradła, ale gdy tylko uzyskała odpowiednie środki, zaczęła kupować płótna i pościel.

Nie było łatwo odpowiednio udrapować wysokiej jakości prześcieradło. Alice umiała się jednak poświęcić dla luksusu. Prasowała pościel żelazkiem parowym, tak skoncentrowana, że osiągała prawie stan medytacji. Prasowała tak długo, aż z powierzchni zniknęła najmniejsza zmarszczka. Potem poświęcała dużo wysiłku, rozkładając prześcieradło na łóżku i naciągając wokół materaca. I wtedy mogła się wsunąć pomiędzy białe, płócienne powierzchnie. W żadnym innym momencie Alice tak bardzo nie tworzyła książki. Prześcieradła były jak białe kartki, a ona zawierała w nich siebie. Stawała się tekstem.

Miękkie, białe prześcieradła były tłem dla jej twardych, czarnych myśli.

Spojrzałam na swoje łóżko, na białą, puchową kołderkę i białe prześcieradła z płótna najwyższej jakości, na których przed chwilą tak bardzo chciałam się położyć, że dałabym się za to zabić... I zaczęłam płakać.

On mnie inwigilował i to zaczynało działać.

Ślepe posłuszeństwo sprawiło, że zaczęłam wariować, zupełnie jak występująca w nim Alice.

Trzeba powiedzieć Lucy. Czytała rękopis i moje uwagi, ale nie ma pojęcia, do jakiego stopnia G. posunął swoją grę ze mną. Trzymałam ją od tego z daleka powodowana... czym? Dumą? Iluzją, że potrafię sama kontrolować i książkę, i autora? A może strachem? Obawą, że autorem jest Malcolm, mój zgorzkniały ekschłopak. Najwyższy czas, żeby sprawę ujawnić. Powiedzieć Lucy o Malcolmie i o moich podejrzeniach w stosunku do Anny. Nie wiedziałam, jak dokładnie to zrobię, ale miałam trochę czasu, żeby się nad tym zastanowić. Kiedy Lucy wróci z Nowego Jorku, będę gotowa.

Uświadomiłam sobie, że dzwoni mój telefon. Damiano! Wczoraj wybierałam jego numer co najmniej dziesięć razy i za każdym razem wysłuchiwałam komunikatu o użytkowniku poza zasięgiem. Rzuciłam się do słuchawki i podniosłam ją, zanim zdążyła się włączyć automatyczna sekretarka.

– Halo? – rzuciłam z niepokojem i bez tchu.

– Angel? Tu Jackson. – Szeptał.

Sprawdziłam godzinę. 8.15 rano.

– O co chodzi, Jackson? Co się dzieje?

– Przyjeżdżasz?

– Dopiero dotarłam. Mój samolot miał opóźnienie. Miałam zamiar dojechać do biura później.

– Myślę, że powinnaś teraz przyjechać.

– Ale po co ten pośpiech? Co się dzieje?

– Lucy zaraz zaczyna zebranie zespołu. Mam tylko chwileczkę, bo Craig jest w toalecie. Ale Anna już przyszła. Powiedziała Lucy, że cię nie będzie i...

– Ale jak Lucy może robić zebranie zespołu – zapytałam głupkowato – skoro jest w Nowym Jorku?

– Nie jest w Nowym Jorku. Tylko tutaj.

– Ależ ona spędza ten dzień, dzisiaj, w Nowym Jorku. Nie wróci przed wieczorem. – Co umożliwi jej uczestniczenie w spotkaniu Damiana z jego wydawcą i wszystko, co jeszcze planuje.

– Nie – powiedział z naciskiem Jackson. – Lucy jest tutaj. Julia Swann złożyła ofertę na *Elvisa* i Lucy planuje zaaranżowanie niewielkiej licytacji. Wiedziałaś o tym?

– D z i s i a j? Ależ Julia Swann powiedziała... nie sądziłam nawet, że ona jest zainteresowana tą książką. Jak Lucy może robić licytację d z i s i a j?

– Nie wiem, Angel, ale jednak to r o b i. Sądziłem, że o tym wiesz. Lucy spodziewała się, że będziesz w biurze. Na twoim biurku leży karteczka od niej.

– I co jest napisane?

– Angel, muszę iść. Powiem jej, że już jedziesz.

Jak to możliwe, że Lucy jest w biurze, choć ja ledwie zdążyłam dojechać? I gdzie jest Damiano?

Kiedy pół godziny później weszłam do siedziby agencji, nasze biuro było puste. Usłyszałam głosy dochodzące z gabinetu Lucy i pomyślałam, że zebranie już trwa. Rzuciłam torebkę i rękopisy obok krzesła i z ulgą stwierdziłam, że moja rybka żyje i pływa w swojej kuli. Do szkła przyklejona była mała, żółta karteczka zapisana pismem Jacksona: *Witaj w domu!*

Obok na biurku czekała karteczka od Lucy. Złapałam ją i idąc na zebranie, szybko przebiegłam wzrokiem.

Angel,
Priorytety na dzisiaj:
    1. Jak najszybciej telefon do autorki Elvisa. *Trzeba jej powiedzieć o nowym wątku w jej książce.*
    2. Karanuk – spotkanie ze mną!!!

3. *Moje notatki z NJ – na twoim biurku do upo-rządkowania.*
4. *Co się dzieje ze* Ślepym posłuszeństwem?
5. *Zrób listę wszystkich książek w opracowaniu wraz ze statusem.*

LF

Próbowałam sobie wyobrazić, jak Lucy znalazła czas, żeby pomyśleć o tych wszystkich sprawach i jeszcze prze-łożyć je na zorganizowane zadania dla mnie.

Weszłam do jej biura i wszystkie oczy w jednej chwili zwróciły się na mnie.

– No – mruknęła Lucy – cieszę się, że do nas dołą-czyłaś, Angel. Anna powiedziała, że jesteś chora, w co trudno mi było uwierzyć, jako że wczoraj cię widziałam i czułaś się dobrze.

Lucy mówiła w zwykłym u niej, suchym stylu, ale nie wyglądała na rozdrażnioną. Robiła wrażenie wypoczętej i wyglądała zaskakująco szykownie w czarnym garnitu-rze w prążki. Jasna chmura włosów okalających jej twarz wyglądała dokładnie tak samo jak poprzedniego dnia, kiedy ją widziałam.

– To interesujące – powiedziałam i rzuciłam Annie ostre spojrzenie – bo nigdy nic takiego nie mówiłam.

– Hmm, po prostu zgadywałam – broniła się Anna. W jej wyglądzie było coś nowego i zabrało mi chwilę, żeby odkryć, że zmiana polegała na makijażu. Anna nałożyła zbyt dużo kosmetyków i wybrała kompletnie niewłaści-wy kolor cienia do powiek (jasny błękit). Użyła też jakiejś tłustej substancji, za pomocą której utrwaliła przygładzone włosy, i włożyła kostium w kolorze khaki. Nie miałam pojęcia, jaki styl chciała reprezentować, ale jej nie wyszło. Wciśnięta w kanapę Lucy między Craigiem i Jacksonem, wyglądała jak pomalowana porcja mięsa mielonego.

– Myślę, że równie ciekawa jak semantyka twoich rozmów, Anno, będzie nasza praca – powiedziała Lucy. – Czy muszę przypominać, że mam bardzo ograniczony czas?

Anna ze spąsowiałą twarzą spojrzała na podłogę. Craig, który wyglądał jeszcze bardziej blado i bezkształtnie niż zazwyczaj, spoglądał na plik papierów, które trzymał na kolanach. A po Jacksonie widać było po prostu ulgę, że mnie widzi. Usiadłam na jedynym wolnym krześle, które akurat stało obok Lucy.

– Nie planowałaś dzisiaj zostać w Nowym Jorku? – spytałam.

Lucy uniosła brwi i posłała mi półuśmiech.

– Moje plany uległy zmianie. Chyba nie masz nic przeciwko temu?

– Tylko się zastanawiam, bo...

– Właściwie miałam się spotkać z autorem – przerwała mi Lucy – tym twoim Włochem. – Spojrzała na mnie okiem przenikliwym jak laser. Serce podskoczyło mi w piersi i zaczęło gwałtownie walić. Niekontrolowany rumieniec zalał moją twarz aż po cebulki włosów. Spuściłam oczy na notatnik, starając się nad tym zapanować.

– Damiano Vero – pisnęła Anna ze swojego miejsca na kanapie.

– Tak – powiedziała Lucy. – Damiano Vero. Ale się nie pokazał. Co albo jest objawem skrajnego lekceważenia, albo wskazuje, że coś mu się stało.

– Ale jak... – Mój wymęczony mózg próbował zrozumieć, jak Lucy mogła czekać na Damiana w Nowym Jorku przed kilkoma godzinami, a teraz siedzieć w swoim biurze. Jedyne rozwiązania, jakie przyszły mi do głowy, to użycie czarnej magii i podróż w czasie.

– Ale czy nie miałaś się z nim spotkać d z i s i a j? – zapytałam, zanim uświadomiłam sobie, że w ogóle nie powinnam o tym spotkaniu wiedzieć.

– Właściwie – zaczęła Lucy, strzepując pyłek ze spodni – mieliśmy się spotkać wczoraj wieczorem na drinku. – Dramatycznie wzruszyła ramionami. – Dałam mu półtorej godziny. Uważam, że to masa czasu. Nie przyszedł. Rozumiem, Angel, że się z tobą nie kontaktował?

– No... nie. – Nie musiałam widzieć swojej twarzy, żeby wiedzieć, że jest purpurowa.

– Hej! – wykrzyknęła Anna, jakby coś ważnego nagle jej się przypomniało. – A nie widziałaś go poprzedniego wieczoru, Angel?

Byłam jak zwierzę w potrzasku. Nie mogłam nic powiedzieć, nie mogłam się wyrwać z pułapki. Na twarz Lucy z wolna wypłynął wyraz prawdziwego zaskoczenia. Gdzieś pod nim czaił się błysk satysfakcji. Czułam, że muszę coś powiedzieć, ale słowa uwięzły mi w gardle.

– Co jest? – zapytała Lucy.

Widziałam, jak Anna się nadyma jak podgrzana kukurydza. Naturalnie. Długo czekała na tę chwilę.

– On tu dzwonił i pytał o Angel. Chciał wiedzieć, w którym pokoju się zatrzymała. W Nowym Jorku. Myślałam, że macie jakieś spotkanie czy coś takiego. – Anna uśmiechnęła się do Lucy szerokim, tłustym uśmiechem.

Chciałam ją zamordować: złapać w ręce jej wielki, gruby kark i dusić, aż się zakrztusi.

– Zrobiłam coś złego? – spytała słodko.

– Angel, rozmawiałaś z nim? – W głosie Lucy pobrzmiewała echo, jakby mówiła w tunelu.

Nie umiałam się skupić. Tak bardzo waliło mi serce, a przed oczami skakały rozmazane obrazy.

Odchrząknęłam i wkładając w to całe przekonanie, na które mnie było stać, powiedziałam:

– Od tygodni nie rozmawiałam z Damianem Vero.

– Doprawdy – mruknęła Lucy. – W takim razie nie mam pojęcia, co się mogło z nim stać.

– A czy on nie jest uzależniony od heroiny czy coś? – spytała Anna. – Może... no wiesz...

Wszyscy odwróciliśmy się do niej, a nasze twarze wyrażały różne stadia zaskoczenia i niesmaku. Anna poczuła, że się nieco zagalopowała, i kolory na jej twarzy się ożywiły.

– Mówię tylko, że... – Ale tu wreszcie Lucy jej przerwała.

– Znajdź go, Angel – nakazała tonem, który ostatecznie zamykał sprawę. – Ale nie teraz. Musimy porozmawiać o *Elvisie*. Widziałaś moją karteczkę? Rozmawiałaś już z autorką?

– Jeszcze nie. Nie miałam kiedy.

– Cóż, może to dobrze, chociaż naprawdę nie wiem, co masz ważniejszego do roboty. Sprawa jest następująca: Julia Swann jest bardzo zainteresowana projektem. Proponuje nam sto dwadzieścia tysięcy dolarów. – Tu Lucy zrobiła dramatyczną przerwę, w której stukała watermanem o kolano.

– To świetnie – wtrąciła się Anna.

– Wydawało mi się, że Julia powiedziała, że taka książka nie przejdzie w jej zarządzie – przypomniałam. – Skąd ta zmiana?

Czułam ulgę, że zakończyliśmy wreszcie temat Damiana, i byłam zdecydowana tak sterować rozmową, żeby ominąć także inne tematyczne pułapki.

– Zmiana została spowodowana przeze m n i e – powiedziała Lucy. – Słuchałaś, Angel, ale widocznie nie dość uważnie. Ta książka posiada elementy, którym Julia Swann nie może się oprzeć, podobnie jak Long Greene. Oni tak pragną tej książki, że są skłonni nam za nią zapłacić naprawdę duże pieniądze.

– A co to za elementy?

– Poker.

– P o k e r?

Lucy westchnęła, jakby moje pytania ją męczyły.

– Tak, Angel, poker. A jeżeli to jest teksańska odmiana pokera, to nawet lepiej. Nie pamiętam, o jakiej grze ona pisze w tej książce.

– To dlatego, że wcale nie pisze o pokerze. To jest opowieść o związku, o miłości we współczesnych czasach, zaufaniu i małżeństwie, z Las Vegas w tle. To powieść drogi. Nie ma nic wspólnego z pokerem.

Lucy spojrzała na mnie. Może to była tylko gra światła, ale przysięgłabym, że widziałam w jej oczach iskierki. Jej twarz pozostała jednak niewzruszona.

– Teraz już ma – powiedziała.

– Więc to jest ten nowy wątek, o którym mam porozmawiać z autorką? – spytałam po chwili.

– Właśnie – potwierdziła.

– Ależ Lucy... – Nie mogłam się powstrzymać, chociaż chciałam. W końcu to nie m o j a książka i cóż mi zależy, czy Shelly Franklin będzie przepracowywała całą powieść, czyniąc z pokera główny wątek? A jednak nie mogłam do tego dopuścić. Praktycznie nie martwiłam się o samą Shelly Franklin, choć może przydałoby jej się kilka wizyt u dobrego terapeuty w celu poprawienia umiejętności społecznych i komunikacyjnych, ale uwielbiałam jej książkę. Włożyłam wiele pracy w to, żeby osiągnęła obecny kształt. Myśl o jej rozwaleniu i rozdarciu po to, żeby ją dopasować do przejściowej potrzeby komercyjnej, była dla mnie nie do zniesienia.

– A jeżeli autorka nie będzie chciała nadać książce nowego kierunku? – zapytałam. Słyszałam w swoim głosie ostry ton i nie zrobiłam nic, żeby go złagodzić.

Lucy machnęła ręką i zaśmiała się.

– Proszę cię... Oczywiście, że z e c h c e. To nie jest problem. Angel, wiesz równie dobrze jak ja, że poker jest teraz arcymodnym tematem. Pojawiło się mnóstwo książek instruktażowych, całe serie fabularne, ale c z e g o ś t a k i e g o jeszcze nie ma. I uczciwie mówiąc, Angel, myślę, że autorka woli sprzedać książkę raczej Long Greene, które cieszy się dużym uznaniem, jakiego ona potrzebuje, a nie jakiemuś maleńkiemu wydawnictwu, które nie będzie nawet miało pieniędzy, żeby jej zapłacić, nie mówiąc o środkach na zapewnienie szerokiej dystrybucji? Po to do n a s przyszła, Angel.

– No nie wiem. Już od jakiegoś czasu z nią pracuję. Nie jestem pewna, czy ona będzie w stanie zmienić książkę w tak radykalny sposób.

Lucy przekrzywiła głowę i spojrzała na mnie uważnie. Jeszcze nigdy tak jej się nie sprzeciwiłam i obie uświadomiłyśmy to sobie w tym samym momencie. Zaskoczeniem było dla mnie odkrycie, że Lucy nie przejęła się tym zbytnio. Właściwie wyglądało na to, że sprawę zignorowała.

– No cóż, Angel, za chwilę do niej zadzwonisz i zobaczymy, prawda?

Lucy wolno skrzyżowała nogi i założyła kosmyk włosów za ucho. Zauważyłam, że ma na nogach parę nowiutkich czółenek, które pasowały do jej stylowej teczki z aligatora, jaką widziałam u niej w Nowym Jorku.

– Teraz musimy się zastanowić – kontynuowała – czy zaakceptujemy ofertę Julii dotyczącą zakupu tej książki, czy może robimy licytację, żeby uzyskać więcej. A może mniej. Julia zażyczyła sobie, żeby jej oferty nie traktować jako punktu wyjścia, więc musimy zacząć niżej. Mamy co prawda dowody zainteresowania książką, ale nigdy nie wiadomo, jak to się rozegra. Szczególnie w tych czasach. No więc jaką drogę wybieramy?

Pytanie Lucy miało charakter retoryczny, ale i tak odpowiedziałam:

– Czy nie powinniśmy zapytać autorki?

Prawdopodobnie to było o jedno pytanie za dużo.

– Angel, powtarzam jeszcze raz: po co ona do nas przyszła? Jeżeli umiałaby sama podejmować takie decyzje, nie potrzebowałaby agenta, prawda? Nie potrzebowałaby m n i e. Czy ktoś jeszcze ma coś do powiedzenia na ten temat? Musimy to uzgodnić natychmiast.

– Fajnie by było zrobić kolejną licytację – powiedziała Anna. – Tak fantastycznie je prowadzisz.

– Okej – zgodziła się Lucy. – Ktoś jeszcze?

– Oferta od Long Greene jest bardzo poważna – zauważył Craig. – Myślę, że jeżeli ograniczysz zakres praw do Ameryki Północnej, możemy potem zarobić jeszcze na sprzedaży zagranicznej. I na innych polach eksploatacji. To by mogło zostać nagrane na płycie jako książka do słuchania. Można też dużo zyskać na wydaniu w miękkiej oprawie.

Jak to się stało, że Craig dostał tę pracę?– zastanawiałam się. Brakowało mu choćby najmniejszych przebłysków fantazji. Jego wystąpienie było tak tępe i pozbawione wszelkich emocji, że istniało ryzyko, że wszyscy obecni popadną w śpiączkę. Być może to przeczuwając, Lucy zabrała głos:

– No a ty, Jason? Co myślisz?

Jackson, najwyraźniej nieprzywykły do tego, że nazywa się go cudzym imieniem, wahał się przez chwilę, zanim odpowiedział. Czułam, prawie słyszałam, jak wzmaga się irytacja Lucy.

– No? – warknęła.

– Hmmm... – Jackson spojrzał na mnie, jakby poszukiwał wsparcia. – Wydaje mi się, że Angel ma rację. Może powinniśmy zapytać autorkę, czego chce.

– Co ty powiesz – Lucy skwitowała wypowiedź Jacksona. – W Nowym Jorku jest już popołudnie. Kończymy to spotkanie. Do pracy, ludzie. Angel, ty zostań. Połącz się z autorką.

Kiedy wszyscy wychodzili z jej gabinetu, Lucy rozsiadła się za swoim biurkiem.

– Zadzwoń z mojego aparatu – poleciła. – I przełącz na system głośno mówiący.

Wystukałam numer Shelly Franklin, a ona odebrała po pierwszym sygnale.

– Cześć, Shelly, tu Angel Robinson.

– Cześć?

– Lucy chciałaby z tobą porozmawiać.

– Okej? – W opcji głośno mówiącej intonacja Shelly wydawała się jeszcze bardziej zaskakująca. Ta kobieta jest beznadziejna. Nie ma mowy, żeby dała radę przerobić *Elvisa* na książkę o pokerze. Lucy przeżyje zaskoczenie, a ja będę mogła się tym z całego serca cieszyć.

– Witaj, kochana – uderzyła Lucy. – Bardzo ciężko pracowaliśmy nad twoją książką. Angel i ja właśnie wróciłyśmy z Nowego Jorku, w którego pejzażu pozostawiłyśmy owoce naszej pracy. – Skrzywiłam się na tę niezwykłą figurę retoryczną. – Co o tym myślisz?

– Och? – Shelly zachichotała nerwowo. – To wspaniale?

– Posłuchaj, kochana. Mamy dla ciebie naprawdę radosne wieści. Siedzisz?

– Czy siedzę?

Lucy spojrzała na mnie, wskazała na telefon i przewróciła oczami. Wzruszyłam ramionami. Lucy podniosła ręce, wnętrzami dłoni do góry, a ja pokiwałam głową na znak, że się zgadzam. W ten sposób, nie mówiąc ani słowa, odbyłyśmy całą konwersację.

– Uzyskaliśmy spore zainteresowanie dla twojej powieści, moja droga – śpiewała Lucy do słuchawki – ale najlepsze jest to, że udało mi się zainteresować Julię Swann, wydawcę z Long Greene. Spodziewam się, że o nich słyszałaś?

Zanim Shelly znowu się odezwała, przez jakiś czas trwała cisza.

– Long Greene? O, tak, słyszałam o nich. Oni są... to cudowne!

– Poczekaj. Najlepsza w tym wszystkim jest suma, jaką oferują. Sto dwadzieścia tysięcy dolarów, kochanie. O takich pieniądzach w naszej branży teraz prawie się nie słyszy. Rozumiesz, co powiedziałam?

– Och... – mruknęła Shelly. – Och, och... – Wyglądało na to, że mdleje.

– No właśnie – potwierdziła Lucy. – Ale teraz, proszę, posłuchaj uważnie. Mamy dwie opcje. Albo akceptujemy ofertę Long Greene, albo szukamy szczęścia, próbując sprzedać książkę gdzie indziej. Oczywiście nie ma gwarancji, że od innego wydawcy dostanę takie same pieniądze. Nie mówiąc już o tym, że Long Greene z pewnością zrobi dobrą robotę jako wydawca. Wiesz, że to dom wydawniczy, który kreuje swoich autorów. Rozumiesz? Ja w tym widzę przyszłość.

– Chcę przyjąć ich ofertę – powiedziała Shelly bez wahania. Z jej głosu całkowicie zniknął ton nieśmiałości i niepewności.

– Nie musisz się spieszyć z decyzją – uspokajała ją Lucy. – Chociaż muszę ci wyznać, że obiecałam Julii Swann, że dam jej odpowiedź dzisiaj, no i... mamy tutaj wspaniałą propozycję. Ale może chcesz wziąć pod uwagę inne opcje i oddzwonić do mnie?

– Nie! – wykrzyknęła Shelly. – Proszę, zadzwoń do niej i powiedz, że przyjmuję jej ofertę.

– Jesteś pewna? – zapytała Lucy. Odwróciła się do mnie i uśmiechnęła.

– Tak! – zawołała Shelly. – Jestem pewna. Och, proszę, zadzwoń do niej, zanim zmieni zdanie.

– Bardzo się cieszę – powiedziała Lucy. – Nic nie mogłoby mnie bardziej uszczęśliwić. A teraz posłuchaj. Jest jeszcze jedna sprawa.

– Jaka? – Shelly wydawała się oszalała z radości.

– Julia Swann, która, nawiasem mówiąc, jest znakomitym wydawcą, chce, żebyś w swojej powieści umieściła wątek gry w pokera. Dla niej to bardzo ważne. Niespełnienie tego warunku może unieważnić umowę. Myślisz, że możesz to zrobić?

– Ona... co? Przepraszam – bąkała Shelly. – Chyba nie dosłyszałam.

No właśnie tego się spodziewałam. Uśmiechnęłam się do siebie. Moim zdaniem Shelly nigdy nawet nie grała w pokera. Jak ktoś mógł wpaść na pomysł, żeby włączyła go do swojej powieści.

– P o k e r – rzuciła Lucy krótko. – W tej książce musi być poker. A dokładnie jego teksańska odmiana.

Po drugiej stronie zapanowała na długo cisza.

– Jesteś tam? – zapytała Lucy. – Już wydajesz zarobione pieniądze? – Odchrząknęła i zaśmiała się. – Kochanie, muszę do niej oddzwonić. Weź to pod uwagę.

– Dobrze – zgodziła się Shelly. – Mogę to zrobić. Mogę napisać o pokerze.

Poczułam, jak moje serce przepełnia rozczarowanie i żałoba po artystycznej spójności Shelly.

– Cudownie – westchnęła Lucy. – Naprawdę myślę, że poprowadzenie książki w tym kierunku przyniesie wspaniałe efekty. Będzie mi bardzo miło oznajmić Julii, skoro już o niej mówimy, że bardzo się cieszysz z tego pomysłu. Praca z nią bardzo ci się spodoba, kochanie. Ona nawet wymyśliła bajeczny nowy tytuł. Poczekaj, mam to gdzieś zapisane. – Lucy wyprostowała się na krześle, nie podejmując najmniejszej próby odnalezienia czegoś. – *Czerwone asy i obietnice*. No właśnie. Jak „czerwone róże i obietnice". Ten tytuł daje możliwość zachowania wątku ślubnego.

Po drugiej stronie usłyszałam dźwięk, który przypominał głuchy jęk albo chrząknięcie. Lucy to zignorowała i kontynuowała:

– Naprawdę, kochana, im więcej o tym myślę, tym większe wrażenie robi na mnie ta oferta. Mam nadzieję, że rozumiesz, jakie masz szczęście?

– Och, tak, tak, mam wielkie szczęście.

– Rzeczywiście. Fortuna zagląda ci przez ramię. – Lucy, kończąc rozmowę, przywołała iście karcianą wizję.

– Tak, wiem, ale... – Shelly drżała.

– No co, kochana? – Zauważyłam, że Lucy, mówiąc „kochana", użyła intonacji jak przy „ty suko".

– Ja nic... JA NIC NIE WIEM O POKERZE!

Lucy i ja skuliłyśmy się pod wpływem nagłego wybuchu Shelly. Co, u licha, jej się stało? Pięć sekund wcześniej była skłonna przehandlować swoje pierworodne dziecko za kontrakt z wydawcą.

– To nie jest trudna gra – powiedziała Lucy głosem, w którym dominował niesmak. – Włączysz tylko telewizor i na każdym kanale natkniesz się na jakiś turniej pokera. A jeszcze lepiej, jak sobie kupisz książkę na ten temat.

– Ale ja nie wiem, jak to zrobić. Jak to napisać, żeby ta książka była o pokerze. Nie wieem, coo mam zrobić. – Shelly Franklin zaczęła chlipać.

Było mi jej żal. Reakcja Lucy była skrajnie odmienna.

– Wiesz, moja droga, ja ciężko pracowałam, żeby doprowadzić do tego kontraktu. Jak w przypadku każdej umowy, tak i tutaj w grę wchodzi moja reputacja. Nie pociłam tyłka na Manhattanie, żebyś ty siedziała nieszczęśliwa, podczas kiedy milion utalentowanych pisarzy tylko czeka, żebym ich odkryła. Mam zadzwonić do Julii Swann i przyjąć jej ofertę, czy też mam jej powiedzieć, że autorka się załamała i nie będzie w stanie napisać o grze, w którą nawet ośmiolatek umie zagrać?

– Uaa, baa, baa... – Shelly Franklin właśnie się załamywała. Walił się także jej kontrakt. Ale ja miałam pomysł.

– Shelly? Słyszysz mnie?

– A-A-Angel?

– Tak. Posłuchaj, tak sobie pomyślałam... Michael ukrywa przed Jennifer swój alkoholizm, a ona ukrywa przed nim ciążę. Więc czy ona albo on nie mogliby ukrywać uzależnienia od hazardu, szczególnie od pokera, a potem, kiedy już dojadą do Las Vegas, to wszystko oczywiście wyjdzie na jaw? Michael może ją zostawić, żeby iść na turniej. Albo ona może zostawić jego, żeby iść sobie pograć... potem on idzie do baru, znowu się upija, a potem oboje próbują rozwiązać swoje problemy, ale ona akurat wygrywa i to ich wciąga. I tak możesz zrobić z pokera wiodący motyw. Dwoje bohaterów może o nim myśleć w drodze do Las Vegas, tak samo jak myślą o innych rzeczach, które przed sobą ukrywają. Bo – to też jest jakiś pomysł – może oboje żywią ukrytą pasję do pokera. No i co, Shelly?

Na linii zapadła cisza. Lucy gapiła się na mnie. Jej brwi tworzyły idealny łuk, a usta były zaciśnięte w wąską linię.

– Mogę to zrobić – powiedziała wreszcie Shelly. – Z pewnością umiem to napisać.

– Więc mogę zadzwonić do Julii Swann? – zapytała Lucy, korzystając z tego, że Shelly wróciła do rozmowy.

– Tak. Tak bardzo się cieszę – powiedziała Shelly. – Możesz przyjąć ofertę. Zrobię to. Umiem napisać to, czego oni chcą.

– Oni chcą cię opublikować! – wykrzyknęła Lucy.

– Oczywiście, oczywiście. Dziękuję, Lucy, bardzo dziękuję. Dzięki tobie to się ziściło.

– A ja dziękuję t o b i e, moja droga. Ale może lepiej się już rozłącz, żebym mogła zatelefonować do Julii. Jeszcze raz: bardzo się cieszę. Baw się dobrze. Angel do ciebie zadzwoni, jak to już zamkniemy. – Tu Lucy rozłączyła się, nie dając Shelly czasu nawet na „do widzenia". Natychmiast też zwróciła się do mnie z ciągle uniesionymi brwiami.

– Załatwione.

– Tak. Gratuluję.

– Dziękuję – powiedziała Lucy. Zanim wypowiedziała kolejne słowa, które zresztą brzmiały, jakby ktoś je z niej siłą wyciągał, upłynęło trochę czasu.

– No i brawo dla ciebie, Angel. W końcu zrobiłaś coś dobrego. Najwyraźniej jednak uważnie słuchałaś.

To była cała nagroda czy też pochwała, którą miałam otrzymać. Najwyraźniej bardzo dużo ją kosztowały te słowa.

Założyłam ręce na piersiach, starając się opanować wyraz niesmaku, jaki wypływał mi na twarz. Naresztcie zrozumiałam, dlaczego tylu autorów Lucy nigdy nie napisało drugiej książki. Ona ich nienawidziła. I prawdopodobnie nienawidziła także mnie za to, że czuję coś innego.

Lucy wstała, wygładziła zagięcia na nogawkach, spojrzała na mnie i kompletnie niewłaściwie odczytała moje myśli.

– Chyba się nie spodziewałaś, że o n a ci podziękuje – powiedziała, wskazując na telefon. – Nie ona. To kolejna osoba, która nie zasługuje na to, co wpada jej w ręce. Pomyśleć, że j a musiałam j ą przekonywać. Co za ironia losu, że tylu zbzikowanych na swoim punkcie, narcystycznych typów jest publikowanych i uznanych, podczas gdy o pisarzach, którzy na to zasługują, nigdy się nie usłyszy.

Lucy wzięła głęboki oddech.

– Rozniosą cię, jeśli im na to pozwolisz. Wiem, Angel, że kiedy cię zatrudniałam, byłaś adwokatem pisarzy. To pomaga, ale jednak wiele musisz w sobie ulepszyć. Przede wszystkim musisz się nauczyć oddzielać pisarzy od ich pracy. Bo to jest twój problem.

Wzruszyła ramionami i położyła dłonie płasko na powierzchni biurka. Paznokcie miała pomalowane jasnym, opalizującym lakierem.

– Naprawdę szkoda, że autora nie da się wyeliminować, kiedy książka jest już napisana – stwierdziła.

Przez chwilę wydawało się, że Lucy unosi się na fali myśli, którymi nie chciała się podzielić. A potem westchnęła i powiedziała ostrym tonem:

– A skoro już o autorach mowa, połącz mnie z Karanukiem. Przeczytałaś tekst?

– Tak.

– Więc widzisz, w jakim on jest stanie.

– Tak, ale myślę...

– A ja wiem, jak to naprawimy. – Lucy przerwała mi, splotła dłonie i oparła o nie podbródek. – Karanuk napisze *Zimno!-Gotowanie*. – Uśmiechnęła się szeroko. – Przepisy kulinarne z Alaski. Świetny pomysł.

Spojrzała na mnie, oczekując potwierdzenia. Starałam się przywołać na twarz wyraz entuzjazmu, ale mi się nie udało. To był całkowicie chybiony pomysł. Jeszcze gorszy niż przerobienie *Elvisa* na książkę o pokerze. Ona to oczywiście sprzeda, ale to całkowicie złamie karierę Karanuka. Lucy zobaczyła niezadowolenie na mojej twarzy i zapytała:

– No co jest?

– Wiem, że *Odwilż* nie wygląda dobrze – powiedziałam. – Myślę jednak, że mogę nad nią pracować. Tekst ma potencjał. Karanuk jest niesamowicie utalentowanym pisarzem.

– Olać *Odwilż*. Połącz go ze mną. Napisze *Zimno!--Gotowanie*, jeśli mu każę.

– Dobrze – powiedziałam i odwróciłam się, żeby wyjść z biura.

– Czekaj. Najpierw połącz mnie z Julią Swann, póki nie zmieniła jeszcze zdania.

– Dobrze – powtórzyłam.

– I, Angel?

– Tak?

– Mamy dzisiaj wiele do zrobienia, więc lepiej już idź.

Rozdział piętnasty

Kiedy tylko połączyłam Lucy z Julią Swann, poczułam, jak cała pokrywam się zimnym potem. Było mi jednocześnie strasznie gorąco i zimno. Przyłożyłam dłonie do czoła i nacisnęłam. Wmanewrowana między ekstremalny brak snu, całkowite owładnięcie *Ślepym posłuszeństwem*, kontrakt Shelly Franklin i niepokój o zaginionego Damiana, byłam na skraju ataku paniki. Damiano nigdy świadomie nie uraziłby Lucy. To po prostu nie było w jego stylu. Poza tym taki brak poszanowania nie byłby dobrym posunięciem w budowaniu kariery. Kiedy się z nim widziałam, był już w Nowym Jorku i miał w planie spotkanie z Lucy. Co mogło się stać między naszym spotkaniem a kolejnym wieczorem? Spojrzałam na Annę, tego węża w terrarium, jakim się okazała, i pomyślałam o jej uwadze na temat uzależnienia od heroiny. A jeżeli to, że go wyrzuciłam, popchnęło Damiana do... Nie. Chyba przypisuję sobie za dużą moc sprawczą.

Więc g d z i e o n j e s t?

– „Znajdź go" – powiedziała Lucy i to mi wystarczyło. Najpierw spróbowałam zadzwonić na jego numer domowy. Dzwonek zadzwonił dziesięć razy, zanim się rozłączyłam. W czasie naszych całonocnych sesji redakcyjnych przekonałam się, że Damiano nie ma automatycznej sekretarki ani skrzynki, na której można by zostawić wiadomość. Jeszcze raz spróbowałam zadzwonić na jego komórkę, ale ciągle był poza zasięgiem. Ostatni numer, który miałam, był numerem do pracy, ale już wybierając go, wiedziałam, że Damiana tam nie zastanę.

– „Dolce i Pane". – Ktoś przynajmniej odebrał.

Ktoś, kto mógł wiedzieć, gdzie może być Damiano. Męski, ochrypły głos, który się odezwał, nie robił jednak wrażenia, jakby należał do krasomówcy.

– Dzień dobry. Czy jest Damiano?

– Damiano? Nie.

– A wie pan, czy przyjdzie? I kiedy?

– Damiano? Nie.

– Damiano Vero. Tak. On tu pracuje, prawda?

– Damiano? Tak, tak. On pracuje tu.

– Wie pan, gdzie on jest? – drążyłam.

– Damiano? Nie. Spróbuj później – powiedział głos i połączenie zostało przerwane.

Odwróciłam się do komputera, żeby nikt w biurze nie zauważył łez, które napłynęły mi do oczu. Gdziekolwiek jest Damiano, nie chce, żeby go znaleziono. A przynajmniej, żebym ja go znalazła. Muszę się opanować. W czasie spotkania zespołu moje rumieńce i jąkanie się z pewnością i tak rzucały się w oczy, ale teraz, kiedy siedziałam kompletnie rozbita przy komputerze, mój stan już na pewno nie ujdzie niczyjej uwagi. W odpowiedzi na moje myśli przyszła wiadomość od Anny:

Wszystko w porządku?
Zastanawiałam się, czy odpowiedzieć. W jakiś sposób Annie udało się zorientować we wszystkich aspektach mojego życia. Próbowałam odgadnąć, kiedy to nastąpiło i dlaczego to przeoczyłam. Być może „przeoczyłam" nie jest właściwym słowem. „Nie doceniłam" lepiej by pasowało.
Odpisałam:
Musimy porozmawiać.
Usłyszałam sygnał przychodzącej wiadomości i z radością powitałam przerwę w tym wątku.

Do: angel.robinson@fiammalit.com
Od: solange@sunstar.com
Temat: Re: BALSAMICZNY KSIĘŻYC

Witaj, Angel!
Bardzo Ci dziękuję za wiadomość. Wybacz, że nie odpisałam wcześniej, ale mój komputer przez ostatnich kilka dni niedomagał. Dopiero co odebrałam go z naprawy i uruchomiłam (zawsze mi się zdarzają takie rzeczy, kiedy Merkury się cofa, więc pewnie powiesz, że powinnam się już przyzwyczaić)! W każdym razie bardzo się cieszę, że się ze mną skontaktowałaś. Wierzę, że nasze spotkanie było sprawą przeznaczenia. Oczywiście gwiazdy i przeznaczenie to mój biznes, więc nie powinno Cię dziwić, że w nie wierzę.
Jestem w niebie (sic!) z powodu Twojego zainteresowania moją książką i nie mogę się doczekać, kiedy będziemy mogły porozmawiać o kolejnych etapach działań. Niecierpliwie czekam na wieści od Ciebie.

Pozdrowienia dla Ciebie i Pani Fiammy,
Sunny

PS Jeżeli chcesz, z przyjemnością wyślę Ci Twoją kartę astrologiczną. Potrzebuję tylko daty, miejsca i dokładnej godziny Twoich urodzin. Pomyśl o tym. To czasami prawdziwa iluminacja!
SM

W wariactwie ostatnich dwudziestu czterech godzin prawie zapomniałam o książce Sunny. Było więc jeszcze coś, co należało dopisać do coraz dłuższej i bardziej skomplikowanej listy spraw pod tytułem „powiedzieć Lucy".

Zaczęłam odpisywać Sunny. Wiadomość miała ją trzymać na dystans do czasu, aż nie będzie jej groził los Shelly Franklin, jednak sygnał innej odebranej wiadomości kompletnie wybił mnie z rytmu.

Do: angel.robinson@fiammalit.com
Od: gapisarz@heya.com
Temat: Re:Re: Alice

Najmilsza Pani Robinson,
    boję się, że w jakiś sposób Panią obraziłem, jednak nie mogę sobie uświadomić jak. Wydawało mi się, że tak dobrze nam się razem pracuje. Przeczytałem właśnie Pani ostatnią wiadomość (przepraszam za opóźnienie) i uznałem, że oznacza ona, że nie zgadza się Pani na to, w jakim kierunku chciałem pójść. Po zastanowieniu postanowiłem więc przerobić tekst. Załączam owoce mojej pracy. Jestem pewny, że poświęci im Pani uwagę, Pani Robinson. Nie

mogę uwierzyć, że nie chce się Pani dowiedzieć, co się
dzieje z naszą Alice.

Z najgłębszymi ukłonami,

G.

Poderwałam się z krzesła jak wariatka, przebiegłam
kilka kroków do biurka Anny i odwróciłam do siebie jej
monitor, zanim zdołała przerwać to, co właśnie robiła.

– Hej! – krzyknęła i odskoczyła, jakbym ją uderzyła.
Okrzyk był na tyle głośny, że zaalarmował zarówno Craiga,
jak i Jacksona, którzy jednocześnie rzucili nam zaniepo-
kojone spojrzenia. Chwyciłam monitor Anny i wpatrzyłam się w niego. Samotnik. Grała w Samotnika.

– Co ty robisz? – zapiszczała.

Sprawdziłam otwarte okna w jej komputerze, żeby
stwierdzić, czy przed chwilą wysłała do mnie e-maila, ale
niczego nie znalazłam. Siedziała sobie i grała w Samotnika.
Nic dziwnego, że nigdy nie mogła skończyć żadnej pracy.

– Jakiś problem, Angel? – Głos Craiga zadźwięczał
w mojej świadomości i skłonił mnie do odwrócenia się.

– Nie, wszystko w porządku – powiedziałam i wróciłam do swojego biurka, gdzie szalał interkom.

– Angel!

– Lucy?

– Do mnie, proszę.

– Już idę. – Zanim wyszłam, wyłączyłam swoją pocztę
elektroniczną i zebrałam dokumenty z biurka. Nie chciałam niczego za sobą zostawić.

– Angel – syknęła Anna, kiedy mijałam jej biurko.

– Co?

– Co się z tobą dzieje?

– Nic – odpowiedziałam scenicznym szeptem. – Miło, że pytasz.

– No więc załatwione – poinformowała Lucy, kiedy weszłam do jej biura. – *Elvis* nas opuścił.

Uśmiechnęłam się. Musiałam ją jakoś za to pochwalić.

– Viva Las Vegas – powiedziałam, trzymając się konwencji.

– Właśnie. Będzie sto pięćdziesiąt tysięcy. – Spojrzała na moją zaskoczoną minę i pokiwała głową. – Zgadza się. Jeszcze trochę ją podbiłam. I załatwiłam też naszej dziewuszce premię za bestseller. Miejmy nadzieję, że p o k e r ciągle jeszcze będzie modny, kiedy dojdzie do publikacji. – Lucy najwyraźniej była na fali.

– Zadzwoniłaś do autorki, żeby jej powiedzieć?

– Angel, jestem bardzo zajętą kobietą. Gdybym poświęcała czas na wysłuchiwanie gaworzenia i gruchania wdzięcznych autorów, nie miałabym już czasu na sprzedawanie ich książek. No więc co tam mamy?

Lucy wpadła już w swój zwykły, drapieżny rytm i pożerała wszystko na swojej drodze.

– Karanuk? – zasugerowałam.

– Tak, ale najpierw musimy porozmawiać o *Ślepym posłuszeństwie*. – Lucy obeszła biurko, podeszła do kanapy i usiadła. Poklepała miejsce obok siebie. – Nie mogę rozmawiać, kiedy tak stoisz, Angel. Chodź i usiądź.

Zajęłam miejsce na kanapie tak daleko od Lucy, jak tylko mogłam, i położyłam papiery na stoliczku. Opanowała mnie taka fala osłabienia, że musiałam się zmobilizować, żeby nie upaść. Zdałam sobie sprawę, że dawka adrenaliny, która utrzymywała mnie w przytomności, właśnie się wyczerpała. W biurze Lucy, gdzie zazwyczaj panowała co najwyżej rześka temperatura, teraz było ciepło, duszno i sennie. To mi nie pomagało.

– Nie jesteś wykończona? – zapytałam. – Po podróży i zmianie strefy czasowej?

Lucy uśmiechnęła się do mnie, ukazując niezwykle liczny garnitur olśniewająco białych zębów.

– Spałam w samolocie – powiedziała. Pomyślałam, że reszta Xanaksu mogła mieć z tym coś wspólnego. – Zmiana czasu nigdy na mnie nie działa. Przecież to tylko trzy godziny, a jak wiesz, ja i tak żyję w czasie nowojorskim.

– Ale przecież musiałaś lecieć nocą. To jedyna możliwość.

– Angel, jestem ci wdzięczna za zainteresowanie moim zdrowiem, ale idźmy dalej, dobrze? *Ślepe posłuszeństwo*. Co się z nim dzieje?

Na sam dźwięk tego tytułu gardło mi się zacisnęło. Musiałam jej przecież powiedzieć.

– Tak. Muszę o nim z tobą porozmawiać. Sprawy trochę się skomplikowały.

Po raz drugi tego ranka Lucy wyglądała na zaskoczoną. Nie byłam przyzwyczajona do takiego wyrazu jej twarzy i czułam się z tym niekomfortowo.

– Naprawdę? – zapytała. – W jakim sensie?

– Nie mogę już nad tym tekstem pracować – wyznałam w końcu.

– A to dlaczego?

– Ponieważ myślę, że wiem, kto go pisze, i wiem także dlaczego.

– Cóż, najbardziej chciałabym usłyszeć d l a c z e g o – powiedziała Lucy. – Ale najpierw powiedz mi k t o.

Wydawało się, że ta konwersacja niezwykle ją bawi. Jej głos nie brzmiał tak ostro jak zwykle. Ten jedyny raz wydawała się zadowolona, że trwamy przy jednym wątku dłużej niż pięć sekund.

– To Malcolm – powiedziałam i wstrzymałam oddech, czekając na odzew.

Byłam przygotowana na różne możliwe reakcje: złość, zniecierpliwienie, udawany brak zainteresowania, ale nie na to, co nastąpiło: całkowite i autentyczne zaskoczenie.

– Co za Malcolm?

– Mój były chłopak. Malcolm.

– Twój kto?

Patrzyłam na Lucy próbującą sobie coś poukładać w głowie. Czy to możliwe, że nie wie, o kim mówię? Gapiłyśmy się na siebie z tym samym wyrazem oszołomienia na twarzach, aż wreszcie w jej mózgu coś się połączyło.

– Och, Malcolm. N a r z e c z o n y. – Na jej twarzy malował się teraz niesmak. – P i s a r z – mruknęła z okrutnym naciskiem. – Naprawdę? Ogłaszasz mi, że twój narzeczony jest autorem powieści, nad którą pracujesz, no, jak już długo? I którą prezentowałam w Nowym Jorku?

– On nie jest moim narzeczonym – zaprzeczyłam. – I nie jest już także moim chłopakiem.

– Czy to twój sposób nakłonienia mnie, żebym go reprezentowała, Angel? Muszę cię poinformować, że to nie zadziała.

– A ja mogę cię zapewnić, że tak nie jest.

Przez chwilę wydawało mi się, że dostrzegam na jej twarzy cień uśmiechu, ale nie miałam pewności. Jej oczy stały się nagle większe, jasne i patrzyły przeze mnie na wylot. Nagle wydało mi się, że siedzimy na huśtawce, na której nie możemy już utrzymać równowagi.

– Aan-gel – powiedziała Lucy, przeciągając sylaby – chcesz mi oznajmić, że twój Malcolm wyznał ci, że jest autorem tej powieści? Dlaczego, u diabła, nie powiedziałaś mi wcześniej?

– Ponieważ nie byłam pewna. Dalej nie mam stuprocentowej pewności, ale to m u s i być on.

– A to dlaczego?

– Myślę, że od początku miał taki plan – zaczęłam. Spojrzałam na Lucy, chcąc wysondować jej gotowość słuchania. Czekała cierpliwie, aż znowu zacznę mówić, i robiła wrażenie autentycznie zainteresowanej. Jej wyraz twarzy dodał mi sił i słowa zaczęły same płynąć z moich ust.

– Przede wszystkim to on chciał, żebym tu pracowała. Wyobraził sobie, że dam ci jego powieść, a ty będziesz go reprezentowała. A kiedy to nie zadziałało, zaczął pisać ten nowy tekst, anonimowo, żebyśmy nie wiedzieli, że to on, i nie odrzucili go automatycznie. Zawsze liczyło się dla niego tylko pisanie. Ja się nie liczyłam. A potem z nim zerwałam. To już nie było częścią jego planu.

Lucy stukała palcami po kolanie. Jej niecierpliwość powróciła.

– Ale jak to się ma do *Ślepego posłuszeństwa*?

Przez chwilę milczałam, rozpatrując, czy mam jej powiedzieć o Damianie czy nie. W tej jednej sprawie zdecydowałam się nie wypowiadać.

– Lucy, czytałaś ten tekst. Nie wydało ci się dziwne, że przebieg zdarzeń i bohaterowie są tak podobni do nas i naszej agencji?

Wzruszyła ramionami.

– Może – mruknęła. – Ale dlatego właśnie tekst jest interesujący. I inny od tego całego gówna. Ale nadal nie rozumiem, czemu uważasz, że to twój Malcolm.

– Pewne cechy Alice – zaczęłam i przerwałam, szukając odpowiednich słów. – Istnieją pewne bardzo osobiste elementy tej postaci, identyczne z moimi. I nikt poza Malcolmem ich nie zna.

– A skąd M a l c o l m wiedziałby tyle o tym, co się dzieje w agencji literackiej?

– No, opowiadałam mu pewne rzeczy, które mógł wykorzystać. Ale sądzę, że ma dodatkowe wsparcie ze strony...

– K o g o, Angel?

– Anny – powiedziałam. – Myślę, że on i Anna... są albo byli w jakiś sposób związani.

– Co? – Lucy wyglądała na kompletnie zaskoczoną.

– Nie mam całkowitej pewności.

– Cóż, Angel, muszę powiedzieć, że jestem tobą bardzo rozczarowana. – Pokręciła głową, żeby podkreślić znaczenie tych słów.

– Jesteś...

– Jeśli sobie przypominasz, kiedy cię zatrudniałam, zapewniłaś mnie, że twoje życie prywatne nie będzie ci przeszkadzało w pracy. To właśnie jest scenariusz, którego chciałam uniknąć. Nie byłaś wobec mnie uczciwa. I muszę powiedzieć, że to mnie boli. Naprawdę uważam, że ofiarowałam ci tutaj coś więcej niż pracę. Podarowałam ci karierę, nie mówiąc już o pensji, która jak na standardy w branży wydawniczej jest astronomiczna. I szczerze mówiąc, czuję, że byłam dla ciebie jak matka.

Przypomniałam sobie, jak w czasie lotu do Nowego Jorku Lucy poinformowała stewardesę, że jestem jej córką. Być może, chociaż to wydawało się absurdalne, wmówiła to również sobie. Przez chwilę myślałam, jaka musiałabym być, będąc rzeczywiście jej córką, i to wydało mi się w jakiś nieokreślony sposób przerażające. Obiecałam sobie, że zadzwonię do matki, gdy tylko będę miała możliwość.

Lucy nadal mówiła:

– Wiesz, ilu aspirujących pisarzy przeszło przez to biuro w przebraniu pracowników?

– Ależ, Lucy, ja n i e j e s t e m pisarką.

Podniosła dłoń, żeby mnie powstrzymać.

– Nie. To, co zrobiłaś, jest jeszcze bardziej nieuczciwe. To jest biznes, Angel. Ja tutaj sprzedaję książki. No i mam tu książkę, która spotkała się z szerokim zainteresowaniem, z którą wiąże się moja reputacja, a teraz z powodu twojego osobistego zaangażowania mam z niej zrezygnować?

– Nie, tego nie mówię. – Zaprotestowałam, próbując pojąć, c o właściwie powiedziałam. – Ja tylko nie chcę nad nią dalej pracować.

– Czy muszę ci przypominać, że to ty byłaś osobą, która „odkryła" – tu Lucy wykonała palcami w powietrzu cudzysłów – tę powieść?

– Tak, ale...

– Czy książka nagle stała się kiepska?

– Nie.

– Więc jedynym powodem, dla którego nie chcesz nad nią dłużej pracować, jest to, że pisze ją twój były chłopak? C h c i a ł a ś, żeby został opublikowany, i wykorzystywałaś w tym celu swoje zatrudnienie tutaj, a teraz, po tym jak z nim zerwałaś i n i e c h c e s z, żeby został opublikowany, zrobisz, co w twojej mocy, żeby zniszczyć tę książkę? Tak?

– Nie – zaprzeczyłam.

Musiałam jednak przyznać przed sobą, że argumentacja Lucy ma sens. Prawdą jest, że *Ślepe posłuszeństwo* stało się znacznie lepszą książką. Prawdą jest, że kiedyś chciałam pomóc Malcolmowi. I prawdą jest, że nie chcę już z nim mieć nic wspólnego. Kilka dobrze dobranych argumentów Lucy spowodowało, że zaczęłam wątpić, czym właściwie się kieruję.

– Nie sądziłam, że wiedząc, że to on pisze, będziesz jeszcze chciała reprezentować tę książkę – powiedziałam.

– Ale dlaczego, Angel? Tu nie chodzi o n i e g o, tylko o książkę.

Kiedy tylko z jej ust padły te słowa, zrozumiałam, że to prawda. Mnie zawsze chodziło o książkę. W taki czy inny sposób zawsze, odkąd pamiętam, żyłam książką. A teraz żyję w *Ślepym posłuszeństwie,* które j e s t książką o książkach i w jakiś perwersyjny sposób także o mnie. Żyję na tych stronach, dostosowuję tekst tak, żeby do mnie pasował. Ona ma rację. Ani jej, ani mnie nie chodzi o Malcolma.

– Naprawdę uważasz, że ta książka jest tak dobra? – zapytałam.

– Będzie, jak ją ukończysz, Angel. Byłaś ze mną w Nowym Jorku. Słyszałaś, co mówią. Chcą jej.

– Nie widzieli jej – zauważyłam.

Lucy wzruszyła ramionami.

– To bez znaczenia. Kupią ją i wydadzą dużo pieniędzy. To będzie coś wielkiego.

– A co z Malcolmem? – zapytałam.

Lucy uśmiechnęła się do mnie lekko i założyła ręce na piersiach.

– A co, jeśli się mylisz? Jeżeli to nie on jest autorem? Chcesz sobie odpuścić z powodu swoich osobistych problemów?

– No...

– Jednak załóżmy na chwilę, że Malcolm jest autorem. Czemu nie mamy pozwolić, żeby pozostał anonimowy? Skoro to jest sposób, który sam wybrał, żeby zaistnieć. Teraz myślę, że to może też być najlepszy sposób, żeby go sprzedać: jako postać z naszego środowiska, która musi ukrywać swoją tożsamość. To nieźle pasuje, prawda? On sprzeda swoją książkę, ale nie zyska sławy. Wszyscy wygramy. Jak myślisz?

Pomysł Lucy podobał mi się bardziej, niż byłam skłonna przyznać. Pomyślałam, że Malcolm nigdy by na to nie poszedł, a – co było jeszcze lepsze – będzie musiał. I ja będę osobą, która przekaże mu te wieści.

– Niech tak będzie – powiedziałam.

– Dobrze – rzekła Lucy. – Cieszę się, że to ustaliłyśmy. Czy jest jeszcze coś, od czego chciałabyś uwolnić serce?

– Nie.

– Więc połącz mnie z Karanukiem. Nie. Nie wychodź,

Angel. Zadzwoń z mojego telefonu i przełącz na system głośno mówiący. Musisz to usłyszeć.

Byłam już w połowie drogi do jej biurka, kiedy zdecydowałam się dorzucić jeszcze jedną kwestię.

– Właściwie mam coś jeszcze, Lucy.

– Co? – spytała z całą charakterystyczną dla siebie niecierpliwością.

Wzięłam głęboki oddech.

– Wiem, że chcesz, żebyśmy wykazywali inicjatywę i żebyśmy byli a k t y w n i... – Starałam się uśmiechnąć, chociaż serce biło mi dwa razy szybciej na myśl o tym, co chcę powiedzieć. – Tyle się od ciebie nauczyłam, Lucy. Wiem, że nigdy nie byłabym taka dobra jak ty, ale zastanawiałam się... czy zgodziłabyś się, żebym spróbowała sama poprowadzić projekt. Oczywiście dla agencji.

Lucy była rozbawiona.

– W jakim momencie sprawiłam wrażenie, że jestem zainteresowana dołączeniem do mojego zespołu kolejnego agenta, Angel?

– Powiedziałaś, że mam dobre oko. Mogę robić nadal to, co robię, ale będę lepsza, bardziej produktywna...

– Jak w ogóle mogłaś pomyśleć, że nauczyłaś się już dosyć, żeby być efektywną agentką? W tym świecie jesteś dzieckiem.

Przełknęłam tę zniewagę i brnęłam dalej. Nadal się uśmiechając, powiedziałam:

– Miałam świetną nauczycielkę. Najlepszą.

Lucy zrobiła przerwę na rozważenie możliwych opcji.

– Muszę nad tym pomyśleć – powiedziała w końcu.

– Byłoby wspaniale.

I to by wystarczyło, żeby ruszyć ze sprawą Sunny Martin, pomyślałam.

– To twój dobry dzień, Angel. A teraz, jeśli nie masz nic przeciwko temu, połącz mnie z Karanukiem.

Byłam prawie przy telefonie, kiedy mnie powstrzymała.

– Nie. Poproś wszystkich – powiedziała. – Chcę, żeby to słyszeli. Nieczęsto można być świadkiem narodzin pomysłu na książkę, która osiągnie siedmiocyfrową cenę.

– Karanuk – wrzasnęła Lucy do mikrofonu, kiedy już wszyscy ponownie zgromadziliśmy się w jej biurze.

– Tak – odpowiedział z charakterystycznym dla siebie brakiem emocji.

– Mój drogi, mam dla ciebie bajeczne nowiny – świergotała Lucy, zerkając na naszą czwórkę.

– Nowiny – powtórzył Karanuk.

– Wiem, że jesteś rozdarty i myślisz nad tym, co teraz napisać, po prostu nie mogę się doczekać, żeby ci powiedzieć, że byłam w Nowym Jorku i wróciłam ze wspaniałym pomysłem dla ciebie.

– Piszę *Odwilż* – powiedział Karanuk. – Wysłałem ci tekst.

– *Zimno!-Gotowanie!* – krzyknęła Lucy do mikrofonu, nie mogąc się już powstrzymać. – Przepisy prozą. Albo eseje i przepisy. Nowy gatunek książki kucharskiej. To będzie powalające, Ka, po prostu zniewalające.

Ciągłe syczenie na linii było jedyną oznaką, że Karanuk się nie rozłączył. Rozgrzana z niecierpliwości Lucy pochyliła się bardziej do mikrofonu.

– Karanuk? Cieszysz się?

– Piszę *Odwilż* – powiedział w końcu. – Pracuję z twoją asystentką, Angel. Porozmawiaj z nią. Ona rozumie.

Lucy rzuciła się do słuchawki i podniosła ją, żeby pozostałe osoby nie mogły już słyszeć Karanuka. Jej oczy, co odnotowałam, były teraz zwrócone na mnie.

– Posłuchaj, Ka – powiedziała. – To jest dobry pomysł. Powinieneś go przemyśleć. Co? Tak. Uczciwie mówiąc, *Odwilż* wymaga trochę pracy. Tak. Jest tutaj. Tak, zrobię to. Ja jestem twoją agentką, Ka, nie ona. Nie. Cóż, mam nadzieję, że to jeszcze przemyślisz.

Lucy odłożyła słuchawkę i spojrzała przez biuro na naszą czwórkę. Trudno było odczytać, co chce wyrazić.

– *Odwilż* – powiedziała cicho. – Angel, będziesz musiała z nim nad tym pracować.

Przez chwilę nikt nic nie mówił i nikt nie wstał. Zrozumiałam, że każdy z nas się obawiał, że jeśli się poruszy, to Lucy eksploduje.

– Czemu, kurwa, wszyscy tu jeszcze siedzą? – spytała wreszcie. – Nie macie nic do roboty?

Kilka sekund później siedzieliśmy przy swoich biurkach.

Rozdział szesnasty

Do: gapisarz@heya.com
Od: angel.robinson@fiammalit.com
Temat: Ślepe posłuszeństwo

Cześć G.,

chciałabym Cię poinformować, że uznaliśmy, że mamy już dosyć tekstu, żeby rozpocząć sprzedaż Twojej powieści. Nie możemy jednak tego zrobić, dopóki nie podpiszesz umowy agencyjnej. Wiem, że chcesz pozostać anonimowy, ale obawiam się, że nadszedł czas, żeby się ujawnić. Zarówno Lucy, jak i ja wiemy, kim jesteś, dalsze utrzymywanie tajemnicy nie ma więc sensu. Nic złego się nie stało, prawda? Po prostu do mnie zadzwoń – znasz numer – i załatwimy sprawę jak należy.

Dziękuję,

Angel

Zbliżało się sobotnie południe, kiedy włączyłam komputer, żeby sprawdzić pocztę. Podczas gdy laptop się rozgrzewał, wybrałam jeszcze raz numer Damiana i kilkakrotnie wysłuchałam sygnału, zanim odłożyłam telefon na stojaczek. Już piąty raz próbowałam się z nim połączyć, odkąd wyszłam z pracy. Przyniosłam do domu rybkę i umieściłam obok komputera. Pogłaskałam dłońmi akwarium, jakby to była szklana kula wróżki, i starałam się wierzyć, że nie straciłam Damiana na zawsze. Kiedy jednak połączyłam się z serwerem i zalogowałam w outlooku, natychmiast stało się dla mnie oczywiste, że nie będzie to dzień poświęcony mglistym nadziejom i beznadziejnym marzeniom.

Czekała na mnie kolejna wiadomość od mojego piekielnego autora.

Do: angel.robinson@fiammalit.com
Od: gapisarz@heya.com
Temat: Re: Ślepe posłuszeństwo

Droga Pani Robinson,
wygląda na to, że oboje, niczym konie, czujemy już stajnię. Ja pędzę już do mety, z Pani pomocą, oczywiście. Nie mam czasu na pisanie długiej wiadomości, bo muszę przecież wracać do pracy. Chcę tylko Pani powiedzieć:
Nadszedł czas morderstwa.
Długo nad tym myślałem i chociaż napisanie bezkrwawej historii zasługiwałoby na pochwałę, to jednak wystarczy przejrzeć listę bestsellerów, żeby uznać, że gust publiczności wymaga mordu.
Wygląda na to, że śmierć dobrze się sprzedaje. A więc morderstwo. Znajdzie je Pani w załączonych rozdziałach. Tymczasem pracuję nad poprawą starego tekstu, ale także nad nowym, wprowadzam Pani sugestie i zbliżam się

do finału. Mam nadzieję, że następny e-mail w tej sprawie będzie ostatni.

Przyjemnej lektury!

G.

PS Wkrótce porozmawiamy.

ŚLEPE POSŁUSZEŃSTWO

Rozdział 9

Alice obawiała się spotkania z Carol Moore. Wiedziała, po co mają się spotkać, i chociaż miała kilka gotowych wersji alibi, to jednak bardzo jej zależało, żeby Carol na pewno jej nie podejrzewała. Naprawdę nie było wielkich powodów do podejrzeń. Carol na pewno nic nie wie o jej romansie z Vaughnem od Ricarda – o to Alice już zadbała. Co do Jewel, Alice uważała, że jakkolwiek iloraz inteligencji tej kobiety był wysoki, to jednak nie przekładało się to w najmniejszym stopniu na życiowy spryt. Oczywiście sama Alice miała mnóstwo życiowego sprytu i od jakiegoś czasu z powodzeniem go używała. Ostatnio na przykład wykorzystała swoje doświadczenie, kupując narkotyki. Doskonale wiedziała, dokąd pójść, i w ciągu kilku godzin miała wszystko, co potrzebne.

Ale teraz nie zamierza o tym myśleć. Musi się skupić na spotkaniu z Carol. Agentka była roztrzęsiona i Alice widziała nawet, jak ocierała łzy z twarzy po otrzymaniu tamtej wiadomości. Cóż, to zrozumiałe, myślała Alice. Carol ledwie go znała i nie miała nawet okazji, żeby zareko-

mendować jego książkę, a teraz on już całkiem
zniknął z horyzontu.

Śmierć Vaughna Blue oznaczała dla Carol Moore
rezygnację z potencjalnie pokaźnych zysków. Alice
zastanawiała się nad tym. Pomyślała, że było możliwe, a nawet całkiem prawdopodobne, że Carol
rzeczywiście lubiła tego faceta. Tego akurat nie
umiała w niej zrozumieć: wydawało się, że Carol
żywi do swoich klientów szczere uczucia. Anga-
żowała się, cierpiała z powodu ich idiotycznych
twórczych zapaści, wysłuchiwała narzekań z powodu poświęcania się dla sztuki (jakby to była
prawda!), słuchała ich uważnie, kiedy przychodzili do niej z opowieściami o utraconych mężach
i żonach, niewdzięcznych dzieciach, alkoholizmie
i tak dalej, i tak dalej. Byli nieznośni, myślała
Alice. Chcieli ciągle tylko rozmawiać, rozmawiać
i rozmawiać. A jednak Carol miała dla nich nie-
ograniczoną cierpliwość i prawie bezgraniczny
zapas współczucia dla wszystkich ich nieszczęść.

A może Carol ma to w dupie, pomyślała Alice.
Jeśliby tak było, to Alice podziwiałaby Carol jeszcze bardziej niż teraz. A już bardzo ją podziwia-
ła. Nie można było nie podziwiać tego, co Carol
osiągnęła w świecie wydawniczym. Alice jednak
wolałaby, żeby Carol tylko udawała, że jest tak
emocjonalnie związana z pisarzami. Ten Vaughn
Blue, na przykład. Czy Carol naprawdę mogła
się przejąć jego śmiercią? Jeżeli już ktoś miał
po nim płakać, to Alice. Jeśli to utrata książki Vaughna tak zmartwiła Carol, to dobrze, bo
książka Alice będzie tu lekarstwem.

Alice zrobiła poważny błąd w sprawie z Vaughnem. Zaufała mu. Głupio mu się zwierzyła, że
pomysł na swoją książkę zaczerpnęła od inne-

go autora. Vaughn wyciągnął z tego bardzo niepoprawny wniosek o występku przeciw moralności. Cholerni pisarze – wszyscy są tacy sami! Powiedział jej, że musi się oczyścić. Upierał się, że jest na to za dobra. Powiedział, że będzie przy niej. Pomoże jej. Kocha ją.

Alice udawała, że żałuje. Powiedziała, że powie Carol. I że powie Carol o nich. Ogłoszą, że są parą. Powiedziała mu, że powinni świętować. Powinni zrobić coś... szalonego.

Alice potrząsnęła głową. Tak łatwo było go przekonać. Jakby tylko czekał, żeby skorzystać z okazji i powrócić w objęcia Morfeusza. Jeżeli się nad tym zastanowić, nie zrobiła niczego, czego on sam by nie uczynił. Właściwie nawet nie odwróciła jego ramienia, żeby odsłonić żyły.

Jedna z tych głupich pracowniczek biura, Brie czy Sarsaparilla, czy jakie tam było to śmieszne imię, nagle podeszła do Alice i zakłóciła jej myśli.

– Co? – spytała Alice. Dawno już porzuciła starania o to, by być miłą dla podwładnych. Teraz, kiedy była ważniejsza dla Carol, nie musiała ich już traktować jak równych sobie. To nie było ani konieczne, ani odpowiednie.

– Carol czeka na ciebie – powiedziała dziewczyna. – Prosiła, żebym po ciebie przyszła.

– Po mnie?

– Prosi, żebyś do niej przyszła.

– Powiedz jej, że zaraz będę.

Dziewczyna zawahała się. Alice spojrzała na nią niecierpliwie.

– O co chodzi?

– To okropne, co się stało z Vaughnem Blue.

– Okropne – zgodziła się bez wahania Alicja. – Bardzo smutne.

– Był taki utalentowany.

Bardziej niż myślisz, pomyślała Alice.

– Tak, był.

– I taki wspaniały – powiedziała dziewczyna, wzdychając.

– Tak – przyznała Alice, chociaż naprawdę nie tak go zapamiętała. Kiedy ostatni raz widziała Vaughna Blue, miał kolor odpowiadający nazwisku i był całkiem martwy.

– Powiedz Carol, że zaraz przyjdę – powiedziała i odprawiła dziewczynę ruchem ręki.

Nie, pomyślałam. Nie, nie, nie. To zbyt okrutne. Dlaczego on mnie tak torturuje? On nie mógł, nie pozwolił sobie zrobić krzywdy Damianowi. Fakt, że Damiano zaginął, nie ma nic wspólnego z tym fikcyjnym morderstwem, a wiąże się jedynie z tym, że autor myśli, że ja wariuję. Może o to mu chodzi. Może to morderstwo ma znAczenie metaforyczne. Doprowadzając mnie do szaleństwa, jak Alice, on „morduje" mój związek z Damianem. Czy on – o Boże! – rozmawiał z Damianem? Czy odnalazł go, zanim mnie się to udało? Tekstu było znacznie więcej, sądząc z objętości pliku, ale musiałam przerwać czytanie. Z trudem koncentrując się na tym, co piszę, wystukałam odpowiedź i wysłałam.

Do: gapisarz@heya.com
Od: angel.robinson@fiammalit.com
Temat: Re: Re: Ślepe posłuszeństwo

Malcolm, wiem, że to Ty piszesz tę książkę. Co teraz próbujesz udowodnić? Próbujesz mnie przestraszyć tym „morderstwem"? W kontekście tej książki to nie ma najmniejszego sensu. Nie bądź idiotą. Próbujesz do czegoś wrócić? I jeszcze jedno: Lucy wie. Ona wie.

Po chwili w mojej skrzynce pojawiła się odpowiedź. Najwyraźniej pozostawał na linii, czekając, jak zareaguję. Nie umiałam się do niego przebić. Nie wiedziałam, skąd bierze ten tupet.

Do: angel.robinson@fiammalit.com
Od: gapisarz@heya.com
Temat: Re: Re: Re: Ślepe posłuszeństwo

Pani Robinson, nie chodzi o to, co próbuję udowodnić, tylko czy to jest dobra proza czy nie. Jaka jest Pani opinia? Jeśli przestraszyło Panią to morderstwo, to chyba oznacza, że to działa.

Do: gapisarz@heya.com
Od: angel.robinson@fiammalit.com
Temat: Re: Re: Re: Re: Ślepe posłuszeństwo

Nie powiedziałam, że mnie przestraszyło, tylko zapytałam, czy miało mnie przestraszyć. Wiem, kim ma być „Vaughn", i wiem, co chcesz tutaj wcisnąć. Nie wmawiaj mi, że on nie żyje i że jestem w jakiś sposób za to odpowiedzialna, bo nie robi to na mnie wrażenia. Zamierzałam w to grać i cały czas grałam, ale więcej już nie chcę. Skończyłam z tą Twoją szaradą.

Stuknęłam w klawisz WYŚLIJ z taką siłą, że laptop przesunął się na biurku. Czekałam na kolejny trucicielski e-mail od Malcolma i jeszcze raz wybrałam numer Damiana. Cisza. Tłumaczyłam sobie, że to nic nie znaczy i że tekst jest wytworem zgorzkniałego umysłu Malcolma. Nie ma żadnego związku z rzeczywistością. Muszę przestać, muszę się wyswobodzić od tej książki. W końcu to tylko k s i ą ż k a. Jesteś tylko książką – powiedziałam głośno i pomyślałam, gdzie już słyszałam te słowa. Przez chwilę moje wspomnienie szybowało gdzieś daleko, ale potem załapałam. *Alicja w Krainie Czarów.* To jest to. *Kto by się wami przejmował?* – mówi Alicja pod koniec książki. – *Jesteście tylko zwyczajną talią kart i tyle*[*].

Wstałam i rozprostowałam nogi. Próbowałam nieco rozluźnić napięte mięśnie. Starałam się nie wgapiać w komputer, nie naciskać ikonki ODŚWIEŻ częściej niż raz na sekundę i powstrzymać strach przed wdarciem się do mojej świadomości. W końcu, po kilku kolejnych minutach czekania i wpatrywania się w monitor, nie mogąc już tego znieść, wzięłam długi, prawie parzący prysznic. Wytarłam włosy i ubrałam się. Ciągle nie było odpowiedzi od G.

– To śmieszne – powiedziałam głośno i złapałam telefon. Niedobrze mi od tej zabawy – zadzwonię do niego.

– AAANGEEL!

Nieludzki ryk dochodził z zewnątrz mojego apartamentu. Towarzyszyło mu walenie do drzwi.

---

* L. Carroll, *Alicja w Krainie Czarów*, przeł. R. Stiller, Częstochowa 2008.

– Cholerna, szuko! Otwórz te pieprzone drzwi! – To
był Malcolm. Nie przy komputerze. Przed moimi drzwiami. Sądząc po brzmieniu, był pijany w trupa.

– Aaaangeel! Otwieraj!

Znowu zaczął walić w drzwi. Kiedy wstałam i podeszłam, żeby otworzyć, uświadomiłam sobie, że t e r a z
powinnam się bać. Historie o szalonych, pijanych byłych
chłopakach walących do drzwi nigdy nie mają happy endu.
Otworzyłam, choć wiedziałam, że zastępy kobiet, które
zrobiły to przede mną, wpłynęły na statystykę zbrodni.
Byłam jednak całkowicie spokojna. W głosie Malcolma
była desperacja, ale nie agresja. I robił piekielną scenę na
zewnątrz. Gdybym go nie wpuściła, w ciągu paru minut
przed moimi drzwiami stanęłaby policja.

Malcolm wyglądał jak ruina gwiazdy wieczornej. Nie
próbował nawet maskować swojego zapuszczenia. Włosy
miał tłuste, brudne i przyklejone do jednej strony głowy.
Miał na sobie parę wyciągniętych, workowatych dżinsów,
których nigdy u niego nie widziałam, i poplamiony, szary
T-shirt z napisem Canada złożonym z bladoczerwonych
liter. Jego ubranie wyglądało tak, jakby było przemoczo-
ne i wyschło na nim, kiedy w nim spał. Malcolm był nie-
ogolony, nieumyty, a na policzku miał długie zadrapanie,
wyglądające, jakby przejechał twarzą po żwirowanej drodze. Oczy miał zaczerwienione i pociemniałe od rzucają-
cej się w oczy nędzy. I nie dość tego: Malcolm cuchnął –
alkoholem, papierosami i kilkoma innymi substancjami,
których wolałam nie identyfikować.

– Co ci się stało? – spytałam.

Malcolm spojrzał na mnie z pięściami wciąż podniesionymi, jakby chciał uderzyć w drzwi, które właśnie otworzyłam, i zaczął płakać.

– Szuko – zajęczał. – Zrujnowałaś mi życie.

Odsunęłam się i pozwoliłam mu wtoczyć się do środka.

– Co się stało? – zapytałam ponownie, kiedy już zamknęłam za nim drzwi. – Co ty ze sobą zrobiłeś?

Malcolm ruszył w kierunku biurka, żeby usiąść, ale był za bardzo pijany, żeby wykonać tak precyzyjny manewr jak opuszczenie się na krzesło. Nie trafił w siedzisko i osunął się na podłogę, łapiąc po drodze kabel komputera. Musiałam się nad nim schylić, żeby uratować laptop przed upadkiem na głowę Malcolma. Kiedy odstawiałam go na miejsce, zauważyłam, że mam nową wiadomość. To była odpowiedź, na którą czekałam.

Do: angel.robinson@fiammalit.com
Od: gapisarz@heya.com
Temat: Re: Re: Re: Re: Re: Ślepe posłuszeństwo

Taka jest Pani pewna, że to szarada?
Czy to nie przypomina życia?

Malcolm leżał rozwalony na podłodze, podejmując słabe próby pozbierania się.

– Aaangeel – jęknął. – Jestem oczadziały...

Pochyliłam się nad nim i wpatrywałam w jego twarz. Opary, które dobywały się z jego ust, były toksyczne i musiałam wstrzymywać oddech.

– Malcolm, posłuchaj. Jak długo tu jesteś?

Już zadając to pytanie, wiedziałam, że odpowiedź nie

ma znaczenia. Teraz tu był i raczej nie mógł wysłać tego e-maila. Moje ręce i nogi stały się nagle zimne, a dreszcz przebiegł mnie od stóp i dłoni do kręgosłupa.

– Ni wiem – powiedział. – Wyypiłem parę drinków.

– Parę drinków? Tak ci się wydaje?

Sięgnęłam do laptopa, kliknęłam na ODPOWIEDZ i napisałam: Kim jesteś? Co robisz? Nacisnęłam WYŚLIJ i czekałam.

– Aaangeel – jęczał Malcolm do moich stóp.

– Wstań i powiedz mi, co się dzieje?

Malcolm podniósł się do pozycji siedzącej.

– Zrujnowałaś mi życie – powtórzył. – Dlaczego, Angel? Dlaczego musiałaś to zrobić? – Czknął i złapał się za głowę. – Chyba zwymiotuję.

– Nie! – wrzasnęłam. – Nie waż się rzygać w moim domu! Malcolm, powiedz, do diabła, o czym ty mówisz?

Malcolm zakrył usta dłonią i jeszcze raz czknął.

– Ona mi powiedziała... ty jej powiedziałaś... nigdy nie zrobię kariery... Będę kelnerem przez resztę życia. To twoja wina, Angel. Jaki aniołek. Żaden cholerny aniołek.

Kiedy Malcolm kończył swoje oskarżycielskie przemówienie, w mojej skrzynce pojawiła się następna wiadomość.

Do: angel.robinson@fiammalit.com
Od: gapisarz@heya.com
Temat: Ślepe posłuszeństwo

Angel Robinson napisała: Kim jesteś? Co robisz?

Droga Pani Robinson,
piszę książkę, którą Pani redaguje (dodam, że całkiem

dobrze) i którą ma reprezentować Pani Fiamma. Jest dla mnie co prawda oczywiste, że przeczytała Pani część tekstu, który ostatnio przysłałem, ale nie sądzę, żeby doczytała Pani do końca. Zachęcam do kontynuowania lektury – będzie się Pani podobało. I choć potok Pani e-maili jest dość zabawny, nie powinienem chyba zabierać Pani czasu rozrywkami. Oboje mamy pracę do wykonania, prawda? Teraz się wyłączam, ale obiecuję, że szybko znowu się odezwę. Jestem prawie pewien, że w ciągu dnia lub dwóch skończę książkę.

Do usłyszenia,

G.

– Nigdy nie powinienem załatwiać ci pracy – mówił Malcolm. – Sam bym miał więcej szczęścia. Mój aniołek... zostawił mnie dla gościa z umową sprzedaży książki. Zrujnował moją karierę. – Malcolm zaczął się śmiać i zakaszlał. – Jak w piosence country – dodał. – A ona mnie ostrzegała. Powinienem był słuchać.

– Kto cię ostrzegał? – zapytałam. Mówiłam cichym i spokojnym głosem, jednak dość wyraźnie, żeby się przebić przez jego pijackie zamroczenie. – Kto cię ostrzegał i przed czym?

– Lucy. Ona mi powiedziała, że nie zależy ci na mojej karierze.

– Kiedy Lucy ci to powiedziała? Czemu w ogóle miałaby coś takiego mówić?

Malcolm zaskomlał:

– Posuwałem ją, Angel. Nie powinienem... Myślałem, że ona we mnie wierzy.

– Czego nie powinieneś, Malcolm?

– Nie rozumiesz? – zapytał żałośnie. – Posuwałem ją.

To ona mi powiedziała o tobie i tym Włochu. Wiedziałem, ale nie chciałem w to uwierzyć.

– Uprawiałeś s e k s z Lu c y? To chcesz powiedzieć?

– Powiedziała, że mam talent – jęczał Malcolm. – Powiedziała, że mnie oszukujesz.

Popatrzyłam na niego i zrozumiałam, że mówi prawdę. Pomyślałam, jak spoufalał się z Lucy na tym wieczornym przyjęciu, jaki był podniecony i jak ona na niego patrzyła. Jak na jeszcze jeden kawał mięsa na jej stole. Wiedział, jak trafić do jej domu nie dlatego, że jechał za mną do pracy, ale dlatego, że już tam był. No i kwiaty, ofiarowane jako przeprosiny za rzeczy, za które nigdy wcześniej nie trzeba było przepraszać. Wszystko się zgadzało. Zaczęłam odczuwać mdłości. Gula rosła mi w gardle.

– Jak długo... – zaczęłam, ale musiałam przełknąć gorycz narastającą w ustach – czy ty ciągle...

– To byył błąd – czknął Malcolm. – Koocham cię, Angel. Zawsze cię kochałem.

– Jasne. I dlatego bzyknąłeś moją szefową.

– Z nią nie było ani trochę tak jak z tobą, Angel.

– To obrzydliwe.

– Wiem. Ja jestem obrzydliwy. Przyjmij mnie z powrotem.

Spojrzałam na komputer, a potem znowu na Malcolma.

– Anna – powiedziałam raczej do siebie niż do niego. – Malcolm. – Pochyliłam się znowu, żeby spojrzeć mu w oczy. – Spałeś też z Anną?

Popatrzył na mnie. Moje słowa płynęły przez morze alkoholu w jego mózgu. Zobaczyłam, że zrozumiał, i dostrzegłam w jego zamglonych oczach przebłysk wstydu.

– Tak jakby – powiedział.

– Tak jakby?

– Byłem pijany. Ona próbowała... – Malcolm potrząsnął lekko głową i skrzywił się z powodu bólu. – Ona była dla mnie miła – powiedział w końcu.

– Lucy?

– Anna. Ona rozumie, jak to jest.

– Czy razem pracujecie nad tą książką?

– Jaką książką?

– *Ślepe posłuszeństwo*.

– Mówiła mi... – Malcolm przerwał i próbował zwilżyć usta językiem. – Nie powinnaś być wobec niej taka podła, Angel. Ona po prostu chce być tobą. Powinnaś jej współczuć.

– Co powinnam?

– Ty nie wiesz, Angel. Wydaje ci się, że wiesz, ale naprawdę nie wiesz, jak to jest być pisarzem.

Malcolm znowu się zachwiał i uderzył pięściami w podłogę. To pewnie miał być dramatyczny gest, ale wyszło mu zaledwie słabe pacnięcie o drewno.

– Angel, kooocham cię. – Malcolm otoczył ramionami moje nogi, pozbawiając mnie równowagi.

– Malcolm, puść mnie i wstań. Zrobię ci kawę. Wypijesz ją i otrzeźwiejesz. Porozmawiamy. A potem odwiozę cię do domu. Rozumiesz?

Leżał przez chwilę spokojnie z głową na moich stopach.

– Okej – zgodził się.

– Boże, Angel, myślałam, że już nigdy cię nie zobaczę!

Elise stała w drzwiach swojego małego domku w San Anselmo i patrzyła na mnie z serdeczną troską.

– Mogę wejść? – zapytałam z uśmiechem.

– O, cholera. Przepraszam, kochanie. Nie chciałam tak zacząć. Bardzo się cieszę, że cię widzę.

Przytuliła mnie mocno.

– No, chodź. Zrobimy coś do jedzenia. Jadłaś już lunch?

– Wiesz, że nie – powiedziałam, idąc za nią do kuchni. – Właściwie jest jeszcze rano.

– Będziesz musiała wszystko mi opowiedzieć.

Elise wyglądała lepiej niż kiedykolwiek. Obcięła długie włosy do krótkiej, swobodnej fryzurki, która odmłodziła ją o dziesięć lat, i porzuciła swoją księgarnianą bladość na rzecz lekkiej, złotej opalenizny. Z pewnością wykonywała jakieś ćwiczenia, czyli coś, na co wcześniej nigdy nie miała czasu. Efektem było jędrne, szczuplejsze ciało. Wyglądała jak okaz zdrowia. To, że nie pracowała, a przynajmniej nie w księgarni, wyraźnie jej służyło.

– Dobrze wyglądasz, Elise.

– Dziękuję, kochanie, ale ja muszę powiedzieć, że ty wyglądałaś lepiej. Może z d r o w i e j byłoby lepszym słowem. Jesteś trochę blada.

– Tak, nie za dużo teraz wychodzę – powiedziałam.

– Mogę sobie wyobrazić, skoro pracujesz u n i e j. Chodź do kuchni. Zrobimy coś do jedzenia, a potem wszystko mi opowiesz. Kuchnia jest najlepszym miejscem domu. To jego serce i dusza, nie sądzisz? – Prowadząc mnie za rękę, Elise mówiła dalej: – Żywienie, wychowywanie, które wiąże się z gotowaniem... dawniej kobiety zazwyczaj trzymały dzieci na kuchennych stołach.

– Elise, kobiety dawniej n i e trzymały dzieci na kuchennych stołach – powiedziałam ze śmiechem.

– A skąd to wiesz? – spytała, sadowiąc mnie na wygodnym, tapicerowanym krześle przy własnym kuchennym stole. – Jedno jest pewne. Dobre rzeczy dzieją się w kuchni.

Odgarnęłam włosy z twarzy i westchnęłam. Wierzyłam, że w uroczej kuchni Elise dzieją się dobre rzeczy. Czułam się wygodnie i bezpiecznie. Mogłabym tu siedzieć w nieskończoność.

– Elise – zaczęłam, kiedy wydobyła puszkę z herbatą ze spiżarni i napełniła imbryk wodą – jak dobrze cię widzieć. Tęskniłam za tobą.

– Ja też, kotku. Bardzo się cieszę, że zadzwoniłaś.

– Dawno powinnam do ciebie zadzwonić. Jeszcze zanim zostawiłaś mi wiadomość. Przepraszam cię. To niewybaczalne.

– Angel, proszę, nie przepraszaj. Nie ma za co. Mogę sobie wyobrazić, jaka byłaś zajęta... – Przerwała i zerknęła na mnie. – W każdym razie teraz tutaj jesteś i tylko to jest ważne. – Elise otwierała lodówkę i szafki, podzwaniała talerzami, filiżankami i sztućcami.

– Dziękuję, że pozwoliłaś, żebym dziś przyszła – powiedziałam. – Wiem, że nie dałam ci za dużo czasu.

– Nie bądź głuptaskiem, Angel. Wiesz, że możesz wpadać zawsze, kiedy chcesz. Chcę, żebyś się tutaj zadomowiła.

Kiedy Elise zajmowała się układaniem jedzenia na talerzach i przygotowywaniem herbaty, czułam, jak moje ciało z wolna się odpręża.

Ten stan nie zaliczał się do gatunku sennej półprzytomności, jaka się zdarza pod koniec szalonego dnia. Należał do tych, jakie osiągamy w jodze. Był świadomym spokojem. Czułam się, jakbym powoli wracała do siebie.

– Proszę – powiedziała Elise, stawiając przede mną parujący kubek. – Wypij to. Ma dużą moc regenerującą.

– A co to jest? – zapytałam.

– Zwykła, stara, dobra english breakfast. Nie ma nic lepszego – stwierdziła Elise i wskazała na kubek. – Pamiętasz te kubki?

Odwróciłam gruby, biały, ceramiczny kubek i zobaczyłam napis *Księgarnia Blue Moon* umieszczony pod wypukłym, kobaltowym księżycem. Wiele lat temu, w kolejnej próbie zwiększenia sprzedaży, Elise zamówiła dla księgarni kilka kartonów takich kubków. Sprzedałyśmy tylko parę sztuk, ale prawie wszystkie pozostałe zniknęły.

– Jeden zdołałaś uchronić – zauważyłam. – Nie widziałam ich już tak dawno.

– Pomyślałam, że on doda ci sił – powiedziała Elise i postawiła obok kubka pełen talerz. – A tu masz d o m o-w e ciasto marchewkowe. Naprawdę. Sama upiekłam. Ostatnio dużo gotuję. Tak długo sprzedawałam książki kucharskie, a nigdy nie sprawdziłam przepisów. No, jedz, Angel.

Elise usiadła obok mnie ze swoim kubkiem i patrzyła, jak zabieram się do jedzenia. Nie zdawałam sobie sprawy, jaka jestem głodna, aż poczułam pyszny smak pierwszego kęsa. Potem nie mogłam już przestać. Jadłam jak wilk, jakby wszystko mogło zniknąć, jeśli wystarczająco szybko tego w siebie nie wrzucę.

– Dobre? – zapytała Elise.

– Cudowne – odpowiedziałam z ustami pełnymi ciasta i rodzynek.

– Mam więcej. Jedz, ile chcesz.

W połowie drugiego kawałka odetchnęłam i wyprostowałam się. Przesunęłam palcami po księżycu na kubku.

– Naprawdę chcesz jeszcze raz spróbować?

Elise wzruszyła ramionami.

– Z księgarnią? Muszę. Zawsze to wiedziałaś, prawda? Mam to we krwi, więc co mogę...

– Ale jesteś taka odprężona. Musi być fajnie nie martwić się ciągle sklepem. Książki...

– Tak, to prawda. I było fajnie. Nie zamierzałam wracać do tego bałaganu. Ale... powiem ci, co mnie znowu do tego popchnęło. Byłam w pewnej księgarni, która niech pozostanie anonimowa – zaczęła z udaną powagą Elise, po czym wybuchnęła śmiechem. – Węszyłam tam po prostu. Wiesz, jak to jest. Stare przyzwyczajenia nie znikają tak łatwo. W każdym razie był tam dzieciak, który wyraźnie potrzebował książki do szkoły i zwrócił się do sprzedawcy. Ten nie był dużo starszy od swego klienta i wyraźnie wolałby być gdzie indziej i robić coś innego, niż tkwić w księgarni. Jeśli to można nazwać księgarnią. Mieli tam wszystko z wyjątkiem może narzędzi hydraulicznych. Praktycznie mogłabym tam zrobić zakupy spożywcze... W każdym razie dzieciak miał kartkę z wypisanym tytułem książki. Powiedział do sprzedawcy: „Szukam książki Victora Hugo pod tytułem *Nędznicy*. Może mi pan powiedzieć, gdzie ją znajdę?", a sprzedawca na to: „Nigdy o takiej książce nie słyszałem. Ale sprawdź w dziale samoobsługowym".

Zachichotałam, a Elise przyłączyła się do mnie.

– Śmiejemy się, Angel, ale tak naprawdę to smutne. Wiesz, czym innym jest ogłupianie, a czym innym... o g ł u p i a n i e.

Mój śmiech przeszedł w długie westchnienie.

– Ach, Blue Moon, to były czasy.

Elise uśmiechnęła się do mnie.

– Bardzo chcę jeszcze raz zacząć. Z Tobą, Angel. Nie wiem, czy w ogóle o tym myślałaś. Wiesz, kiedy zostawiłam ci tę wiadomość, uświadomiłam sobie, jaka byłam zarozumiała, prosząc cię, żebyś choć pomyślała o rezygnacji z obecnej pracy na rzecz czegoś tak niepewnego jak księgarnia. Pomyślałam jednak... Po prostu chyba bardzo za tobą tęskniłam, Angel.

– Ja za tobą też – odparłam. – Myślałam o tobie, Elise. Wygląda na to, że będę potrzebowała pracy i prawdopodobnie także pożyczki.

Popatrzyłam na stół, na talerz z okruszkami, na pusty kubek Blue Moon i poczułam, jak łzy złości napływają mi do oczu. Zamrugałam i zacisnęłam dłoń w pięść. Elise to zauważyła i delikatnie przykryła moją dłoń ręką.

– Angel, co się dzieje? – zapytała. – Coś z Malcolmem? Co u niego?

U niego wszystko dobrze, jak sądzę, pomyślałam, jeśli już się umył i odespał kaca. Odwiozłam go do domu bezpośrednio przed tym, jak zadzwoniłam do Elise i przyjechałam do niej. Po kilku filiżankach kawy Malcolm był wystarczająco trzeźwy, żeby dotrzeć do swojego mieszkania, chociaż ciągle jeszcze zagubiony, brzydki i przepełniony pretensjami, jak to zrujnowałam mu życie. Z powodu jakiejś dziwacznej potrzeby opiekowania się nim poczekałam w samochodzie, aż otworzy drzwi mieszkania i wejdzie do środka. Kiedy jednak obserwowałam, jak znika za drzwiami, zadałam sobie pytanie, jak to możliwe, że chciałam za niego wyjść. Że kiedyś wierzyłam, że go kocham.

– Zerwaliśmy – powiedziałam.

– Och, kochanie, przykro mi.

– Niech ci nie będzie przykro. To z pewnością jest zmiana na lepsze. On... och, Elise, nie wiem nawet, od czego zacząć.

Elise wstała i nalała więcej wody do czajnika.

– Zacznij od początku, Angel. Nie musimy się spieszyć, prawda? Mamy tyle czasu, ile trzeba.

Otworzyłam usta i słowa popłynęły. Niczego nie opuściłam. Żadnego szczegółu dotyczącego Lucy, Malcolma czy Damiana i wszystkiego, co sobie lub ze sobą robiliśmy. Opowiedziałam jej o książkach, sprzedaży i o tym, co dzieje się w biurze. Powiedziałam jej o piekielnym kontrakcie wiążącym mnie z Lucy, który najprawdopodobniej będę musiała zerwać, bo nie mogę dalej dla niej pracować po tym, co się stało. I opowiedziałam jej, rozdział po rozdziale, *Ślepe posłuszeństwo*.

Skończyłam mówić dopiero, kiedy na zewnątrz przygasło słońce i w kuchni zrobiło się ciemno.

Elise włączyła światło, a ja zamrugałam, przyzwyczajając oczy do elektrycznego blasku. Stół był zapełniony filiżankami i szklankami po niezliczonych kolejkach herbaty, kawy i wody, które przygotowywała nam Elise. Zebrała je teraz na środku stołu i zaczęła przenosić do zlewu.

– I myślisz, że to A n n a pisze ten tajemniczy tekst? – zapytała.

– Już nie jestem pewna, co myślę, Elise. Teraz sądzę, że to któreś z nich dwojga. Tylko to wydaje się mieć sens – tylko któreś z nich mogło mieć wystarczające informacje.

Opowiedziałam Elise, jak po dwóch filiżankach włoskiej kawy Malcolm pozbierał się na tyle, żeby mi powiedzieć, że on i Anna przy wielu okazjach rozmawiali. Anna za którymś razem wzięła jego egoistyczne próby uzyskania wiadomości za romantyczne zainteresowanie nią. I zareagowała odpowiednio. Malcolm porzucił ją tak szybko, jak Lucy rzuciła jego, co wyjaśniałoby tę łzawą rozmowę telefoniczną, o której opowiedział mi Jackson.

– Nie chodzi nawet o to, co zrobił Malcolm – mówiłam Elise – ale o to, jak siedziała i z przyganą w spojrzeniu wysłuchiwała całej tej historii z Malcolmem. Masło by się nie rozpuściło w jej ustach. Raczej by zamarzło.

– Pozwól, Angel, że najpierw ci powiem, że nie jestem zmartwiona, iż skończyłaś z Malcolmem. Żal mi ze względu na ciebie, że to się tak brzydko skończyło, ale nigdy go nie lubiłam. Nie uważałam, że jest właściwym facetem dla ciebie.

– Szkoda, że mi nie powiedziałaś. Dlaczego to przemilczałaś?

– Niektóre rzeczy trzeba odkryć samemu, Angel. Wiesz przecież. – Elise przerwała, dając mi chwilę, żebym to zrozumiała. – Mogłam ci też powiedzieć o Lucy. Zawsze wiedziałam, że ona jest... trudną kobietą.

– Delikatnie mówiąc.

– No, z pewnością nie wiedziałam, że aż do tego stopnia, ale... Jednak co dobrego przyszłoby ze zniechęcania cię, Angel? Cieszę się, że tego nie zrobiłam.

– Dlaczego?

– Naprawdę tego nie widzisz?

– Czego?

– Jaka dobra jesteś w tym, co robisz. Popatrz, jak daleko zaszłaś w tak krótkim czasie. Odnalazłaś swoje prawdziwe powołanie, Angel, nawet jeśli odbyło się to pewnym kosztem. Na przykład Karanuk! Czy myślałaś, że będziesz współpracowała z jednym z najsławniejszych autorów?

To mnie zastanowiło i nie wiedziałam, co odpowiedzieć. Elise umyła ręce i wytarła je jasnym, cytrynowej barwy ręcznikiem kuchennym. Podeszła do mnie i położyła mi rękę na ramieniu.

– Damiano wydaje się dobrym człowiekiem – powiedziała. – I znacznie lepszym dla ciebie niż Malcolm. Tak się cieszę, że go znalazłaś. I nie mogę się doczekać, żeby przeczytać jego książkę.

Elise zamilkła, zastanawiając się nad czymś.

– Może go namówisz, żeby rozważył wizytę w mojej nowej księgarni, gdy już ją otworzę.

– Ale... czy nie myślisz...

– Że go przepłoszyłaś? Że on naprawdę jest Vaughnem Blue? – Elise westchnęła przy tym nazwisku i zachichotała.

– No, skoro tak na to patrzysz. Wiem, Elise, że to brzmi śmiesznie, ale próbowałam go złapać... – Nie umiałam powstrzymać krótkiego szlochu, który dobył się z mojego gardła. – A co, jeśli... jeśli...

– On wróci, Angel – zapewniła mnie Elise. – Wcześniej niż sądzisz. Jestem tego pewna.

– Skąd wiesz? Też znasz jakieś sekretne informacje? – Kiedy to mówiłam, uśmiechnęłam się do niej, żeby pokazać, że żartuję, ale Elise nagle stała się bardzo poważna.

– O co chodzi? – spytałam.

Elise wzięła głęboki oddech.

– Pamiętasz, jak powiedziałam, że mam coś, co chciałabym ci pokazać?

– Tak, przypominam sobie. Co to jest?

– Poczekaj, zaraz przyniosę.

– Czy to jest większe niż pojemnik do chleba? – zażartowałam, kiedy Elise wyszła z kuchni. Czekałam, rysując na stole wilgotne koła, zanim wróciła po minucie, niosąc starą, wygniecioną książkę w miękkich okładkach.

– Kiedy to znalazłam, pomyślałam, że to po prostu zabawna ciekawostka – powiedziała Elise – i dlatego nie robiłam z tego wielkiej sprawy. Myślałam, że to ci doda odwagi. Ale teraz to nabrało całkiem nowego znaczenia. Będziesz musiała zdecydować, co z tym zrobić. Proszę. – Podała mi książkę.

Popatrzyłam najpierw na pogniecioną okładkę i stwierdziłam, że książka jest tak stara, że jej wydawca już nie istnieje. Odwróciłam ją i zobaczyłam, że okładka niegdyś purpurowa wyblakła i ma teraz kolor zszarzałej czerwieni. Tytuł, *Płonące serce*, był wypisany masywnymi wersalikami i otoczony pomarańczowymi płomieniami. Poniżej jaskraworóżowy napis głosił:

Powieść Lucy Fiammy.

Wydaje mi się, że trzymałam książkę w rękach bardzo długo, wpatrując się w litery, aż zaczęły mi się rozmazywać w oczach, a potem odwróciłam okładkę jeszcze raz, żeby przeczytać streszczenie.

*Urodziła się do życia na ulicy, ale jej przeznacze-
niem było wznieść się wyżej, do pałaców, które codziennie oglądała...*

*Eden Summer nie była zwykłą prostytutką. Mia-
ła twarz bogini i seksapil modelki z rozkładówki.
Pożądali jej i rywalizowali o nią najbogatsi i najpo-
tężniejsi mężczyźni z całego świata. Używając swoich
sztuczek i rozumu, Eden wykorzystywała mężczyzn
do zdobycia pieniędzy i pozycji. Zmierzała do poślu-
bienia najbogatszego mężczyzny na świecie i prowadzenia życia osoby potężnej i wpływowej, kiedy nagle
zdradziło ją... jej płonące serce.*

Otworzyłam książkę i znalazłam czarno-białą fotografię znacznie młodszej, ale i tak łatwo rozpoznawal-
nej Lucy. Strona tytułowa wypadła albo została wydarta
i przez to strona z dedykacją znalazła się na początku.

Dla Eden, która jest w każdej kobiecie.

Przerzuciłam kruche, wypłowiałe kartki, aż zatrzymałam się na przypadkowym fragmencie.

*Eden używała swego ciała jak noża, którym wycina-
ła serca pożądających jej mężczyzn. Uwielbiała trzymać ich na dystans, przetrzymywać, a potem dawko-
wać seks, aż drżeli w beznadziejnej pasji.*

Zamknęłam książkę i spojrzałam na Elise, która stała
nade mną jak posąg. Wskazałam na okładkę.

– Dobrze dobrany kolor, prawda? Literatura nie zniosłaby więcej purpury. Gdzie to znalazłaś?

– Zakopane w Blue Moon. Znalazłam to przy sprzątaniu. Angel, mam nadzieję, że wiesz, że gdybym wiedziała, co się u ciebie dzieje, znalazłabym sposób, żeby ci to dać dużo wcześniej.

– Oczywiście – powiedziałam. Jeszcze raz spojrzałam na nazwisko Lucy na okładce, żeby się upewnić, że ciągle tam jest. – Z pewnością sprzed Karanuka – stwierdziłam.

– Naturalnie, stylowo sprzed Karanuka. Ona nie ma pojęcia, że ja mam to jej... dzieło. Gdyby wiedziała, z pewnością chciałaby je odzyskać.

– Niech ją cholera! – wybuchłam. – Powinnam to była zauważyć, Elise. Powinnam się domyślić.

– Jak? Niby jak miałaś do tego dojść?

– I pomyśleć, że się bałam, że ona wyrzuci mnie z pracy – powiedziałam. – Mogę to zatrzymać? – zapytałam, unosząc książkę.

– Oczywiście – powiedziała Elise.

Wstałam i bardzo ostrożnie włożyłam książkę do torebki.

– Wiesz, Angel – zaczęła Elise – *Ślepe posłuszeństwo* rzeczywiście zawiera całkiem intrygujący koncept. – Elise mówiła tonem szelmowskim i konspiracyjnym, jakby dzieliła się ze mną jakimś wyjątkowo soczystym sekretem.

– No, Lucy z pewnością wzbudziła duże zainteresowanie w Nowym Jorku – powiedziałam. – Ale...

– Przy odpowiedniej rekomendacji – kontynuowała Elise – i z twoją redakcją... mogłabyś to sprzedać, Angel. Spojrzałam na nią i zobaczyłam, że kiwa głową.

– Możesz sprawić, by to pracowało dla ciebie.

– Ale ja już nie mogę pracować dla Lucy. A jeśli odejdę, będę musiała zapłacić...

– Kotku, za nic nie będziesz musiała płacić. Pomyśl. Tym razem naprawdę to wszystko przemyśl. Z radością bym z tobą pracowała, ale to chyba nie jest to, czego chcesz, no nie?

Spojrzałam na nią i uśmiechnęłam się.

– To niesamowite szczęście, że jesteś w moim życiu, Elise.

– I zawsze będę, kochanie. Teraz powinnaś iść do domu, wziąć gorącą kąpiel i jeszcze raz przeczytać ten tekst. Spojrzysz na niego świeżym okiem. Wszystko ci się wyjaśni. Zobaczysz.

Wstałam i wzięłam torebkę. Trzymałam ją ostrożnie, jakby zawierała bombę. W pewnym sensie tak było. Pochyliłam się i mocno uścisnęłam Elise.

– Dziękuję ci – wyszeptałam jej do ucha – za wszystko.

– Już ci lepiej, prawda? – zapytała. Wyciągnęła rękę i założyła mi pasmo włosów za ucho. – Nie muszę się o ciebie martwić?

– Już dobrze – potwierdziłam i pocałowałam ją lekko w policzek. – Czuję się lepiej niż kiedykolwiek w ostatnich czasach.

Elise nie wydawała się jednak przekonana.

– Na pewno? Robisz wrażenie trochę za... spokojnej.

– Naprawdę czuję się dobrze – zapewniłam. – Pójdę do domu. Zadzwonię do matki. Wezmę gorącą kąpiel. A potem... zobaczymy, co się wydarzy.

Rozdział siedemnasty

ŚLEPE POSŁUSZEŃSTWO

Rozdział 13

Alice usiadła przy biurku Carol i porządnie ułożyła swoje rzeczy. Nie było tego zbyt wiele: butelka dobrego scotcha, opakowanie żyletek i mały plik korespondencji od jednego z najbardziej prestiżowych wydawców w kraju. Chociaż Alice znała jego zawartość lepiej, niż byłaby skłonna przyznać, otworzyła go jeszcze raz i przejrzała. Był tam początkowy list wyrażający zainteresowanie „jej" powieścią. Alice ponownie go przeczytała, bo mimo narastającego odrętwienia budził w niej lekki, radosny dreszczyk.

„Jesteśmy bardzo zainteresowani tą książką" – pisano w liście – „i czujemy, że styl autora jest prawdziwie wyjątkowy. Ta powieść jest jedyna w swoim rodzaju".

Alice wiedziała, że nie ma nic wspólnego z prawdziwym autorstwem powieści. Czuła jednak przypływ tego samego uczucia tryumfu, które było jej udziałem, kiedy pierwszy raz jej oczy spoczęły na tych słowach. Pod listem były ułożone liczne kartki z odręcznymi notatkami dotyczącymi warunków sprzedaży. Alice także uważnie je przeczytała. Jeszcze raz zachwyciła się wspaniałą umiejętnością Carol budowania idealnego kontraktu. Kopia właściwej umowy leżała pod notatkami. Carol zadbała, żeby umowa została przygotowana i podpisana w rekordowym czasie. Alice nie mogła się zmusić, żeby znowu na nią spojrzeć. Co by było, gdyby ona jako autorka dostała wszystko, czego Carol dla niej zażądała... Teraz to już skończone. Kontrakt został zerwany, zniweczony. Wydawca nie tylko odmawiał publikacji, ale przedsięwziął kroki prawne przeciwko Alice i Carol. To był ostatni dokument w pliku. Alice miała go przed sobą.

„Jesteśmy zszokowani i do głębi poruszeni" – pisano w liście. Alice przebiegła oczami tekst. Kartka parzyła jej palce. „Kradzież tekstu jest sama w sobie podłością, ale narażenie dobrego imienia naszego wydawnictwa jest wręcz niewybaczalne".

Alice nie czuła nawet odrobiny wyrzutów sumienia. Wszystko, co zrobiła, było w jej rozumieniu usprawiedliwione. To fakt, że jej książka nie zostanie opublikowana, ranił ją, rozdzierał jej duszę i powodował, że siedziała przy biurku z butelką scotcha i kompletem żyletek. Teraz już nigdy nie zobaczy swojego nazwiska na okładce książki. Nigdy po wejściu do księgarni nie ujrzy swojego zdjęcia na obwolucie. A najgorsze, że nigdy, przenigdy nie będzie mogła wypłynąć na usankcjonowaniu jej jako autorki bestsellera. A to byłby bestseller. Alice zdawała sobie z tego sprawę. I Carol także.

Alice wiedziała, że Carol mogła to rozegrać inaczej, ale ta suka była kompletnie opętana swoją durną etyką. To Carol odkryła, że powieść należy do innego autora. Alice była przebiegła, ale Carol także. Nie powiedziała jej o swoim odkryciu, dopóki nie skontaktowała się z wydawcą.

Suka!

Oczywiście Carol była bystra. Nie wiedziała i nigdy nie mogłaby udowodnić, że Alice miała coś wspólnego ze śmiercią Vaughna, ale czuła, że coś tu śmierdzi. Gdyby Carol porozmawiała z Alice, zanim to wszystko stało się wydawniczym skandalem, ta pewnie by ją przejrzała. Ale Carol nawet nie otworzyła ust w tej sprawie.

– Jestem tobą głęboko zawiedziona – powiedziała jej w końcu. – Tak bardzo ci ufałam. Pomyśleć, że zrobiłam z ciebie wspólniczkę w mojej agencji. Miałaś przed sobą obiecującą karierę, Alice, ale wszystko zaprzepaściłaś.

Carol „uprzejmie" pozwoliła Alice zabrać swoje rzeczy i opuścić agencję bez rozgłosu. Cóż, Alice miała w planie znacznie bardziej spektakularne odejście.

Złożyła papiery i ułożyła je równo w skrzynce z korespondencją Carol. Już czas. Odkorkowała scotcha i pociągnęła spory łyk. Płyn palił jej gardło, ale przełknęła. Potrzebowała rozgrzewki i kurażu, które nadejdą, gdy tylko alkohol zacznie krążyć w żyłach. Kiedy Alice otworzyła opakowanie żyletek i wzięła jedną z nich w lekko drżące palce, wpadła na pewien pomysł. Podniosła się chwiejnie zza biurka Carol, wyciągnęła kartkę papieru z faksu i używając grubego markera, napisała: „Zrobiłam to dla Vaughna. Kochałam go i on mnie kochał. Teraz będziemy razem w niebie". Niech suka znajdzie to, kiedy natknie się rano na moje ciało, pomyślała.

Alice pociągnęła jeszcze raz z butelki i ciężko usiadła na krześle. W biurze było cicho i ciemno. Uśmiechnęła się do siebie. Carol nie miała pojęcia, że Alice dorobiła dodatkowy klucz. Nikt nie wiedział, że tu jest, w niedzielę, w środku nocy. Jutrzejszy poranek przyniesie słynnej Carol Moore prawdziwą poniedziałkową niespodziankę.

Jakie to dziwne, pomyślała Alice, przesuwając ostrzem żyletki po obu nadgarstkach. Nawet nie zabolało. Ale krwi było wystarczająco dużo, żeby zrobić efektowny bałagan w biurze Carol. Alice była zaskoczona, że aż tak dużo. Uniosła ręce i obróciła się na krześle, zabarwiając purpurą dywan Carol. Szybko, bardzo szybko Alice nie była w stanie się poruszać. Oczy jej się zamykały, a rozproszone myśli płynęły wolno. Coś niejasno sobie przypominała, kiedy zaczęła się osuwać. Coś zabawnego.

To było zdanie, które ktoś kiedyś powiedział o pisarstwie... że to jest łatwe... wszystko, co musisz zrobić, to usiąść... i otworzyć żyły. Tak, otworzyć żyły. Na usta Alice wypłynął półuśmiech. Kto to powiedział? To było mądre, pomyślała, kiedy zamykała się nad nią ciemność. Bardzo, bardzo mądre.

Był najjaśniejszy, najczystszy poniedziałkowy ranek, jaki kiedykolwiek widziałam. Niebo mieniło się całą gamą błękitów, od chłodnego szafiru na zachodzie do złotego lazuru w miejscu, gdzie właśnie wschodziło słońce. Dojeżdżając od północy do Golden Gate, widziałam przed sobą zielenie, czerwienie i brązy Marin Headlands. Przede mną rozciągał się most o idealnym zarysie giętkich linii w ognistych kolorach, piękny w czystym świetle poranka.

Ruch na moście, jak na poniedziałkowy ranek, był zaskakująco niewielki, więc miałam niezły czas. Uznałam, że to dobry znak. Planowałam, że dotrę do biura wystarczająco wcześnie, żeby wyprzedzić resztę zespołu, ale jeśli się pokażą przede mną, to i tak niczego nie zmieni. Zamierzałam spędzić z Lucy tyle czasu, ile będzie trzeba, niezależnie od wszystkiego.

Sięgnęłam palcami do zagłębienia szyi i poczułam dotyk małego, złotego aniołka. Uśmiechnęłam się, czując pod środkowym palcem zarys jego małych skrzydełek. „On cię ochroni" – powiedział Damiano. „Aniołek dla Angel".

Kiedy opuszczałam go niecałą godzinę wcześniej, przy drzwiach jego apartamentu przy North Beach, pocałował mnie w szyję, tuż nad figurką.

– Wiedziałem, że będzie idealny – powiedział, dotykając palcami łańcuszka. – Jest stworzony dla ciebie.

– Będzie mi dzisiaj potrzebny – rzekłam, całując jego usta, miękkie i ciepłe od snu.

– Na pewno nie chcesz, żebym pojechał z tobą? – zapytał, z troską marszcząc czoło. – Mogę być gotowy za pięć minut. *Dai*, Angel, pozwól mi ze sobą pojechać.

– Będzie dobrze. Dam sobie radę.

– Zadzwonisz do mnie?

– Oczywiście.

– I zobaczymy się?

– Później – powiedziałam. – Spotkamy się tam, dobrze?

– *Sì*. Będę wcześniej.

– Okej.

– Nie chcę, żebyś znowu odeszła – powiedział, trzymając mnie mocno za rękę.

– Ja też nie chcę iść, ale nie zniknę na długo.

– Dobrze. – Przycisnął swój policzek do mojej twarzy w geście bardziej intymnym niż pocałunek.

– Angel – wyszeptał. – *Ti voglio bene*.

– Co to znaczy? – zapytałam. – Tak ładnie brzmi.

– Powiem ci później – powiedział i puścił mnie.

Znowu dotknęłam mojego opiekuńczego aniołka stróża, czerpiąc siły z jego delikatnego ciałka.

Damiano dał mi go późnym sobotnim popołudniem, kiedy siedzieliśmy przy wychodzącym na zatokę oknie w jego salonie. Piliśmy lekkie wino deserowe z niewielkich kieliszków i jedliśmy migdałowe biszkopty, które Damiano sam upiekł. W ustach czułam ciężki, słodki smak. Damiano sięgnął do kieszeni dżinsów i wydobył małe, czerwone pudełko. W środku był ten aniołek.

– Kupiłem go w Nowym Jorku, po tym jak... nigdy nie powinienem był cię tam zostawiać. To był błąd.

– Nie wiedziałeś – powiedziałam. – Nie mogłeś wiedzieć.

Elise nie myliła się co do Damiana, chociaż podejrzewam, że nie spodziewała się, że on pokaże się tak szybko.

Kiedy wyszłam od niej, pojechałam prosto do domu. Zadzwoniłam do matki i rozmawiałyśmy prawie przez godzinę. Potem, tak jak poradziła Elise, wzięłam gorącą, długą kąpiel. Włączyłam CD z anielskimi piosenkami od

Damiana, nastawiłam głośno moje stereo i zanurzyłam się w bąbelkach aż po szyję, trzymając kartki ze *Ślepym posłuszeństwem* nad brzegiem wanny, żeby całkiem nie zamokły. Nie pamiętałam, kiedy ostatni raz kąpałam się w wannie. Od czasów Lucy nigdy nie pozwoliłam sobie na coś równie luksusowego. Elise miała także rację co do *Ślepego posłuszeństwa*. Teraz, kiedy wiedziałam, kto to pisze, Alice stała się dla mnie zrozumiała. Kiedy czytałam ostatnie rozdziały, pojęłam, jak zmodyfikuję nie tylko zakończenie, ale także dalszy ciąg mojej własnej historii. Kiedy po raz trzeci odsłuchiwałam CD Damiana, zadzwonił telefon i, jak na wezwanie, był to sam Damiano.

– Angel, to ja. Proszę, nie rozłączaj się.

– Och, Dami... – Poczułam napływające do oczu łzy ulgi. – Tyle razy próbowałam się do ciebie dodzwonić. Nie wiedziałam, gdzie jesteś.

– Byłem w Nowym Jorku – wyjaśnił. – Wróciłem dopiero dzisiaj po południu. Bałem się do ciebie zadzwonić.

– Zostałeś w Nowym Jorku. – Nie byłam w stanie ustać. Kolana miałam miękkie i słabe, więc usiadłam na brzegu wanny z telefonem przyciśniętym do mokrego ucha. – Tak się cieszę, że słyszę twój głos.

– Ale, Angel, *non capisco,* nie rozumiem.

– Lucy powiedziała, że się nie zjawiłeś – rzuciłam szybko, podniesionym głosem. – Powiedziała, że nie zadzwoniłeś i po prostu się nie pokazałeś. To było zaraz po tym jak... i myślałam... ale teraz wiem... och, Dami – westchnęłam głęboko.

– Powiedziała, że się nie zjawiłem? – Damiano wydawał się zaskoczony. – Miałem spotkanie z moim wydawcą. *Porca miseria*, Angel, szkoda, że cię ze mną nie było. Nie wiedziałem, co robię. – Damiano sapnął krótko, z irytacją. – Musiałem sam tam iść, ponieważ Luciany nie było. Zadzwoniła do mnie, że musi wracać wcześniej. Powiedziała, że to coś bardzo pilnego.

Przycisnęłam telefon mocno do ucha, jakbym przez niego mogła przytulić Damiana.

– Martwiłem się o ciebie – powiedział w końcu. – Byłaś taka zdenerwowana.

– Przepraszam. Tak mi przykro. Muszę ci to wyjaśnić.

– *Sì* – zgodził się. – Czy mogę... mogę do ciebie przyjść?

Spojrzałam na moje niepościelone łóżko, sterty rękopisów i nieumyte filiżanki w zlewie. Nie umyłam nawet ekspresu po ostatniej kolejce kawy, którą zrobiłam dla Malcolma.

– Nie. Pozwól, że tym razem ja do ciebie przyjdę. Powiedz mi, gdzie jesteś.

Późno dotarłam do jego apartamentu, położonego wśród skupiska restauracji. Powietrze pachniało czosnkiem, deszczem i kawą i było rozświetlone neonami. Głosy ludzi, którzy przyszli coś zjeść lub się zabawić, i dźwięki klaksonów odbijały się echem. Damiano czekał na mnie na zewnątrz, oparty o ścianę, z papierosem w dłoni.

– Nie wiedziałam, że palisz – powiedziałam na powitanie. Dziwnie było nagle go zobaczyć po tym, co zaszło między nami. Nie wiedziałam, w jakim punkcie się znajdujemy, jaki poziom intymności osiągnęliśmy. Miałam wrażenie, że on także nie wie.

– Tylko czasami – powiedział, gasząc papierosa na podeszwie buta. – Denerwuję się.

Kiedy weszliśmy na górę, Damiano nalał wina i rozmawialiśmy, najpierw niepewnie, potem z większą swobodą. Stopniowo nasza rozmowa stała się spokojna i czuła. Powiedziałam mu wszystko, co powinnam, o wydarzeniach ostatnich kilku tygodni, i wszystko, co powinnam mu wyznać w Nowym Jorku. Damiano rzadko coś wtrącał, zachowując swoje myśli i uczucia do czasu, aż skończyłam. Nie dotknął mnie aż do chwili, kiedy zawiesił aniołka na mojej szyi. Rozmawialiśmy całe godziny.

– Jest tak późno, że aż wcześnie – powiedziałam potem, patrząc przez okno na fioletowe pasma pojawiające się na niebie.

– Powinnaś się położyć – powiedział i zaprowadził mnie do sypialni. Na środku stało wielkie łóżko przykryte prostą, oliwkową narzutą, z dwiema dużymi poduszkami w odpowiednich powłoczkach. Obok był stolik z lampą i płytkim talerzem. Przy przeciwległej ścianie, od sufitu do podłogi, stały półki z książkami we wszystkich rozmiarach i kształtach, angielskimi i włoskimi. Chciałam je od razu obejrzeć, spojrzeć na każdy tytuł, ale nagle poczułam się tak wyczerpana, że ledwie stałam.

Damiano posadził mnie na łóżku i pochylił się, żeby zdjąć mi buty.

– *Vieni qua* – powiedział, poklepując poduszkę. – Połóż się, Angelina.

Zrobiłam to, a on położył się przy mnie, obejmując mnie delikatnie ramionami i opierając głowę blisko mojej. Po kilku sekundach już spałam. Kiedy się obudziłam, przez okno wpadało światło dnia, a Damiano uśmiechał się do mnie.

– Mogę zrobić śniadanie? – zapytał.

– Nie. Kochaj się ze mną.

Potem przez długi czas żadne z nas nic nie mówiło.

Znacznie później jedliśmy razem kolację przy świecach.

– Więc oczywiście ją zwalniam – powiedział Damiano. – Jak myślisz?

– Nie możesz jej zwolnić, Dami. To znaczy możesz, ale ona zawsze pozostanie agentką *Parco Lambro*. Ona sprzedała tę powieść. Książka jest jej.

– Nie, książka jest w równym stopniu twoja i moja.

– To nieważne – powiedziałam, przykrywając jego dłoń ręką. – Będą następne książki. Ona nie ma praw do c i e b i e. Ani do mnie.

– Ale muszę coś zrobić – gorączkował się Damiano.

– Mam plan, Dami. Ale nie mówmy o tym teraz. Teraz... mamy chyba lepsze zajęcia do czasu, aż będę musiała wyjść rano do pracy...

– *È vero* – zgodził się Damiano. – Moglibyśmy...

Westchnęłam głęboko, jadąc autostradą 101 w kierunku zjazdu na San Rafael. Ciągle czułam dotyk palców Damiana na twarzy i wdychałam delikatny zapach, który zostawił na mojej skórze. Nie spaliśmy zbyt wiele tej nocy, ale czułam się tak odprężona jak po pełnych ośmiu godzinach snu. Kiedy spojrzałam na swoje odbicie w lusterku, zobaczyłam, że moja skóra wygląda świeżo i jaśnieje, jakbym spędziła cały dzień w spa. Miłość też tak działa, zamyśliłam się, starając się sobie przypomnieć, gdzie przeczytałam to zdanie. Po minucie uzmysłowiłam sobie, że wzięłam je z powieści Shelly Franklin.

Kiedy sunęłam ulicami ślicznej dzielnicy San Rafael, czułam w brzuchu znajome drżenie, które przychodziło zawsze, kiedy zbliżałam się do domu Lucy.

Ale teraz motylki pojawiły się nie z powodu strachu, lecz oczekiwania. Wjechałam na podjazd i zauważyłam, że dobrze oceniłam czas. Przyjechałam jako pierwsza. Szybko zebrałam się w sobie i wzięłam kilka głębokich wdechów. Następnie zabrałam swoje rzeczy i weszłam do środka.

W biurze było chłodno i panował większy porządek niż wtedy, gdy wychodziliśmy z niego w piątkowe popołudnie. Lucy najwyraźniej poświęciła trochę czasu w weekend, żeby przejrzeć nasze biurka. Okresowo zdarzało jej się robić tego rodzaju „porządki" podczas naszej nieobecności i po powrocie znajdowaliśmy biurka kompletnie przeorganizowane. To był jeszcze jeden sposób na uświadomienie nam, że wszystko w jej królestwie, włączając w to pracowników, znajduje się pod kontrolą i jest jej własnością.

Naszło mnie nagłe wspomnienie mojego pierwszego dnia w biurze. Przypomniałam sobie wyraźnie, jak się czułam w pierwszych chwilach. Powróciło wspomnienie odruchu „walcz lub uciekaj", który miałam, stojąc w chaosie telefonów i głosów, a także bezgłośnego nawoływania tych wszystkich słów, napisanych ręcznie, na maszynie lub wydrukowanych, które zewsząd mnie wzywały.

Pomyślałam, że byłam wtedy jak Alicja w Krainie Czarów. Alice. Znowu to imię. Zrozumiałam, że wówczas, w pierwszym momencie, byłam bliższa prawdy niż przez cały ten czas, aż do teraz.

Minęłam swoje biurko i poszłam prosto do gabinetu

Lucy. Drzwi były otwarte i przez chwilę stałam w progu, zaglądając do środka.

Nie było jej, ale światła były zapalone i filiżanka parującej kawy stała na biurku. Drzwi do głównej części domu Lucy pozostawały uchylone. Spojrzałam na smugę białego światła wpadającego przez szparę i uświadomiłam sobie, że ani razu nie widziałam, żeby Lucy zostawiła te drzwi otwarte. Przeszłam na jej stronę biurka i usiadłam.

Zobaczy mnie, gdy tylko wejdzie, ale ja zauważę ją pierwsza. Nie musiałam długo czekać.

– Angel!

Spodziewałam się, że na mój widok podskoczy albo się przestraszy, i byłam lekko rozczarowana, że chociaż zaskoczyłam ją nieprzygotowaną, moja obecność w jej biurze nie wzbudziła w Lucy najmniejszego lęku.

– Miło cię widzieć tak wcześnie – powiedziała. – I przy moim biurku. To bardzo przemyślne z twojej strony. Mam nadzieję, że twoi koledzy nie pomyślą, że chcesz się podlizać szefowej, hmm?

– Hmm – mruknęłam w odpowiedzi.

Lucy usiadła na krześle naprzeciw mnie. Na tym krześle, które zazwyczaj ja zajmowałam. Sięgnęła po kawę i upiła łyczek. Zauważyłam, że tego ranka nie poświęciła czasu na ułożenie włosów. Były ściągnięte do tyłu i spięte spinkami, co nadawało jej twarzy surowy, lekko napięty wyraz. Miała na sobie czarny garnitur w rodzaju tych, które kiedyś zyskały popularność w studiach jogi, na którym zawiesiła biały szal, udrapowany wokół dekoltu. Na stopach miała srebrne, płaskie pantofelki. Wszystko to razem stanowiło śmieszne przebranie. Klasyczna Lucy.

– Cóż, domyślam się, że sprawdzałaś moją listę rozmów na dzisiaj – powiedziała. – Skoro siedzisz przy moim biurku.

Posłała mi wymowne spojrzenie, zabarwione ciekawością.

– Porozmawiamy?

– Właściwie chciałabym z tobą porozmawiać o mojej weekendowej lekturze.

– O! – Lucy wyprostowała się na krześle, a tajemniczy uśmiech przemknął przez jej usta.

Wiedziałam, o czym myśli. Serce biło mi mocno, a w ustach zaschło. Podniosłam rękę do szyi i przesunęłam palcami po aniołku. Poczułam, jak powraca ciepło i pewność. Mój gest zwrócił uwagę Lucy.

– Ciekawy drobiazg. Nowy?

– Tak – powiedziałam. W moim głosie brzmiała nowa siła. – Przyjaciel dał mi go, kiedy powrócił z martwych.

Oczy Lucy zwęziły się do szmaragdowych szparek. Obserwowała mnie, czekając, z czym teraz wyjdę.

– W czasie weekendu znalazłam fascynującą, małą książeczkę. Prawdziwą perełkę. – Pochyliłam się, sięgnęłam do torebki i wydobyłam *Płonące serce*. Wyciągnęłam je w kierunku Lucy, żeby dobrze widziała. – *Les jeux sont faits* – powiedziałam. – Ty jesteś autorką *Ślepego posłuszeństwa*.

Twarz Lucy ucieleśniała konflikt wewnętrzny. Zaskoczenie, niezadowolenie, ulga i podniecenie na zmianę odbijały się w jej oczach. Kilka razy już miała coś powiedzieć, ale się powstrzymywała. Słowa zamierały jej na ustach. Po raz pierwszy, odkąd ją poznałam, Lucy nie potrafiła znaleźć języka w gębie! Wiedziałam, że to nie potrwa długo, ponieważ – zaskoczona czy nie – Lucy nadal pozostawała sobą. Milczałam, aż Lucy, zakładając ręce na piersiach, powiedziała:

– Cóż, Angel, muszę przyznać, że długo to trwało.

– To prawda – zgodziłam się. – Pojawiły się pewne symptomy po drodze, ale chyba po prostu postanowiłam je zignorować. Było mi o wiele łatwiej uznać, że Malcolm to obmyślił. Teraz jednak widzę, że oceniałam go wyżej, niż na to zasługiwał. Nie uwierzysz, ale w którymś momencie myślałam nawet, że A n n a jest autorką tej książki.

Wzięłam oddech i dodałam:

– Tatuaż był miłym elementem, Lucy. – Podniosłam instynktownie dłoń do piersi. – Sądzę, że zobaczyłaś go tego wieczoru na przyjęciu. Chyba że Malcolm ci powiedział...

Wzdrygnęłam się z powodu groteskowego obrazu, jaki pojawił się w mojej głowie, ale kontynuowałam:

– To wyjaśnia d l a c z e g o, a tego nie potrafiłam wymyślić. Dlaczego ja? Dlaczego mam być Alice, skoro ona jest w tak oczywisty sposób tobą?

Lucy obserwowała mnie z zainteresowaniem tak intensywnym, że graniczącym z pożądaniem.

– I? – spytała wyczekująco. – Jak do tego doszłaś?

– Twoja dedykacja w tej książce to sprawiła – powiedziałam, unosząc *Płonące serce*. – „Dla Eden, która jest w każdej kobiecie" – odczytałam i spojrzałam na Lucy uważnie. – Alice jest każdą z nas, Lucy. Ty potrzebowałaś mnie, żeby ją stworzyć, a ja ciebie, żeby się nią stać. A raczej żeby stać się jej lepszą częścią.

– Lepszą częścią? – zaciekawiła się Lucy.

– Nie jestem pisarką – powiedziałam. – Jeśli się nad tym zastanowić, właśnie to załatwiło Alice. Ta jej fatalna wada.

– Jesteś w większym stopniu Alice, niż zdajesz sobie sprawę – stwierdziła Lucy. – Kształtowałaś ją na swoje podobieństwo.

– Nie jestem tobą, Lucy – odpaliłam.

Oczy Lucy rozbłysły. Oparła dłonie na blacie biurka i podniosła się do pozycji stojącej.

– A ja nie jestem a n i o ł e m, prawda? Pozwól, że coś ci powiem, moja droga. Nie doszłabym tu, gdzie jestem, gdybym była słodkim aniołkiem. Sukces nie wynika z tego, że się jest l u b i a n y m, lecz że się jest twardym. Jeżeli do tej pory się tego nie nauczyłaś, to już nigdy się nie nauczysz.

Lucy pochyliła się nade mną z pociemniałą twarzą.

– To wszystko było bardzo pouczające, ale czas wracać do pracy. Chyba że masz jeszcze coś do powiedzenia.

Wstałam, obeszłam biurko i stanęłam naprzeciw Lucy.

– Nie będę więcej dla ciebie pracować.

– Naprawdę? – Lucy w najmniejszym stopniu nie wyglądała na zaskoczoną. Na to była przygotowana. – Taka jesteś moralnie znieważona, że zamierzasz odejść? Planujesz odfrunąć ku zachodzącemu słońcu ze swoim Włochem – tak, wszystko o tym wiem – i żyć długo i szczęśliwie na jego włościach?

– Niezupełnie.

– Jestem bardzo rozczarowana, Angel, ale często bywam rozczarowana ludźmi. – Lucy westchnęła teatralnie. – Niech więc i tak będzie. Jesteś mi winna pewną sumę, oczywiście. Zgodnie z warunkami umowy. Możesz się w tej sprawie spotkać z Craigiem. I oczekuję, że zapłacisz natychmiast. Dodatkowo nie wolno ci w przyszłości wykorzystywać żadnych kontaktów, które poczyniłaś w tym biurze. Jeżeli uważasz, że będziesz utrzymywała jakieś kontakty z autorami lub wydawcami, których poznałaś przeze mnie, to się mylisz. Wyśledzę cię, Angel. Zrujnuję cię.

Właściwie na twoim miejscu zaplanowałabym zupełnie nową drogę zawodową, ponieważ praca w branży wydawniczej staje się dla ciebie n i e m o ż l i w a.

Lucy przerwała, aby jej słowa przyniosły odpowiedni efekt.

– Ale jestem wspaniałomyślna. Pozwolę ci to jeszcze raz przemyśleć. Może zmienisz zdanie?

Posłała mi szeroki uśmiech. Oczekiwała, że ogarnie mnie strach i groza. A właściwie l i c z y ł a, że tak będzie.

Kątem oka zobaczyłam w drzwiach dwie postacie. Jackson i Anna weszli i zachłannie słuchali każdego słowa.

– Nie – powiedziałam. – Ale pozwolę, żebyś t y jeszcze raz to przemyślała.

– Co?

– *Ślepe posłuszeństwo*. Skończyłam je czytać. Wymaga jeszcze dużo pracy, Lucy, ale mogę je doprowadzić do finału. Można je sprzedać teraz, ale obie wiemy, że nie odniesie takiego sukcesu, jakiego oczekujesz. To może być wielka książka, Lucy, ale nie b e z e m n i e i ty to doskonale wiesz.

Wyciągnęłam *Płonące serce* i uniosłam je przed nią.

– Oczywiście zawsze możesz napisać ciąg dalszy t e g o. Ale nie sądzę, żebyś chciała. Lucy, nie chcę twoich autorów ani żadnej cząstki twojego – tu objęłam gestem całą biel jej biura – imperium. Chcę tylko tego, co moje. Zwolnisz mnie z tej umowy i nie będziesz mi stawała na drodze.

Od strony drzwi usłyszałam nagłe sapnięcie.

– Czyżby? – Kolory odpłynęły z twarzy Lucy, ale jej głos nadal był mocny i wibrował złością. – A skąd wnosisz, że tak właśnie zrobię?

– Ponieważ jestem ci potrzebna, Lucy. I w geście dobrej woli pomogę nawet Karanukowi ukończyć *Odwilż*.

– Nie wolno ci tknąć Karanuka!

– Ja nie chcę go dotykać, Lucy. Powiedziałam, że mu pomogę. I tobie.

– Oczywiście będę to musiała przemyśleć.

– A ja muszę wiedzieć t e r a z.

Lucy zacisnęła pięści. I szczęki. Podeszła zdecydowanym krokiem do biurka i ciężko opadła na krzesło, uderzając rękami o blat. Jej kolekcja piór i notatników zakołysała się.

– Może tu podejdziesz, Angel, żebyśmy mogły opracować warunki tej całej umowy.

Od strony drzwi dobiegły słabe, ale jednak z pewnością... oklaski. Lucy i ja jednocześnie odwróciłyśmy głowy, ale sprawcy zniknęli już w otchłaniach biura. Lucy odwróciła się do mnie i rzuciła mi wściekłe spojrzenie.

– Kiedy stałaś się tą o s o b ą, Angel? – zapytała. – Skąd wzięłaś ten tupet?

Podeszłam do biurka i usiadłam naprzeciw niej.

– Tak jak ci wcześniej powiedziałam, Lucy, miałam doskonałą nauczycielkę.

Epilog

BOOK NEWS WEEKLY

13–19 CZERWCA

WIELKIE KONTRAKTY
Rozgrzewający kontrakt dla autora „Zimna!"

Największa nowina na rynku wydawniczym w tym tygodniu i z pewnością także w wielu nadchodzących to głośna sprzedaż nowej książki autorstwa nieuchwytnego pustelnika, K a r a n u k a, twórcy megabestsellera *Zimno!* Ucinając, wydawałoby się, niekończące się spekulacje na temat tego, co Karanuk mógłby teraz zaproponować, G o r d o n H a r t na początku tego tygodnia ogłosił, że HartHouse wiosną opublikuje *Odwilż* jako swój – co nie dziwi – wiodący tytuł. Hart wygrał, jak to określa, oszałamiający wyścig przeprowadzony przez długoletnią agentkę Karanuka, L u c y F i a m m ę, w trakcie gorącej licytacji, w której wzięło udział co najmniej dziesięciu wydawców. „Jesteśmy niesłychanie podekscytowani" – powiedziała ze swego biura w okręgu Marin Fiamma. – „Drugi akt zawsze jest wyzwaniem, ale Karanuk po niesłychanym sukcesie *Zimna!* miał szczególnie trudne zadanie. Nie spieszył się i stworzył wyjątkową, inspirującą książkę, na którą warto było czekać". Fiamma ma powody, żeby odczuwać podniecenie: wartość tego kontraktu zamknęła się kwotą siedmiocyfrową. „Bardzo się cieszymy, mogąc pracować z Gordonem Hartem – dodała Fiamma. – Jesteśmy pewni, że HartHouse zrobi dla tej ważnej książki wiele dobrego". Na razie nie wiadomo, czy tajemniczy Karanuk pojawi się przy kampanii promocyjnej książki, kiedy już zostanie opublikowana, ale Fiamma nie wyklucza takiej możliwości: „Obecnie omawiamy różne opcje. Spodziewajcie się niemożliwego".

WIELKIE KONTRAKTY

„Anioł" rozwija skrzydła przy pierwszej książce autorstwa tej, która czyta w gwiazdach.

Astrolog i po raz pierwszy także autorka Solange Martin dostała w tym tygodniu wiadomość, której nawet ona nie zdołała przepowiedzieć: jej wspomnienia *Balsamiczny księżyc* zostały sprzedane Natalie Weinstein z Weinstein Books, należącej do Gabriel Press. Weinstein zakupiła prawa do publikacji książki na całym świecie za sześciocyfrową kwotę. Określiła wspomnienia jako „autentyczną historię w rodzaju *Kodu Leonarda da Vinci*, z astrologicznym zacięciem".

Autorkę zaś nazwała „wiodącym, nowym głosem w literaturze faktu". Jeszcze ciekawszą informacją jest to, z kim Weinstein podpisała ten kontrakt. Osobą tą jest całkowicie nowa agentka, Angel Robinson, która poprzednio pracowała dla Agencji Literackiej Lucy Fiammy. „Ona ma świetne oko i cudowne wyczucie książki – powiedziała Weinstein o Robinson. – Cieszę się na naszą współpracę". Czy Robinson może zostać „nowym głosem" w środowisku agentów? Wydaje się, że jest na dobrej drodze. Chociaż Robinson nie ujawnia nazwisk, jej asystent, Jackson Stark, zdradza, że agencja jest zarzucona zgłoszeniami, a ostatnio podpisała kontrakt z jednym z „wielkich" autorów.

BOOK NEWS WEEKLY

WIADOMOŚCI TYGODNIA O SPRZEDAŻY KSIĄŻEK
Blue Moon znowu wschodzi

Kiedy Elise Miller w ubiegłym roku zamknęła drzwi swojej znanej, ale często popadającej w tarapaty księgarni, zamierzała oddać się relaksowi, ogrodnictwu i zapomnieć o stresującym handlu książkami. Na szczęście dla jej oddanych klientów i dla autorów Miller po prostu nie mogła długo trzymać się na uboczu. W tym tygodniu zapowiedziała wielkie otwarcie Blue Moon 2, mniejszej, ale nie mniej wyjątkowej księgarni, zlokalizowanej w sercu okręgu Marin, w Kalifornii. „Naszym celem jest zaproponowanie tytułów dostatecznie różnorodnych, żeby przyciągnęły czytelników poszukujących odmiany w tym, co oswojone i znajome – powiedziała Miller. Odkryłam, że większość ludzi odczuwa głód rekomendacji, a nie listy bestsellerów. Nie ma substytutu dla wymiany myśli między ludźmi. Chcemy stworzyć miejsce, w którym ludzie będą dobrze się czuli, zadając pytania". Pierwotny Blue Moon był popularnym przystankiem zarówno przyjezdnych, jak i lokalnych autorów i Miller planuje podtrzymać ten obyczaj. „Mamy już interesujące zapowiedzi od autorów" – powiedziała Anna Anderson, koordynator imprez Blue Moon. – To będzie naprawdę bardzo interesujący rok". Anderson informuje, że spotkania potwierdziło już kilku dobrze znanych autorów, a także wschodzące gwiazdy, między innymi Damiano Vero, którego mająca się ukazać książka *Parco Lambro* już zbiera pełne zachwytu recenzje. Anderson napomknęła także o „bardzo ważnym wydarzeniu literackim", ale nie zdradziła, o jakie wydarzenie chodzi.

WIELKIE KONTRAKTY
Angel od Fiammy – agentką agentki

Proszę państwa, taka historia może się zdarzyć tylko w świecie wydawniczym. Idąc za ciosem swojej pierwszej, wielkiej sprzedaży, Angel Robinson z Agencji Literackiej Robinson sfinalizowała w tym tygodniu fenomenalną sprzedaż *Ślepego posłuszeństwa*. Autorką tej powieści jest nie kto inny, tylko jej eksszefowa, Lucy Fiamma. Jakby tej komplikacji nie było dosyć, powieść mówi o – tak! – agentce literackiej i jej asystentce, która przeobraża się w pisarkę. Przepraszam, czy ktoś twierdzi, że światek literacki jest zafascynowany sobą? Robinson wywołała takie zainteresowanie, że niejedne wakacje zostały przerwane, aby ich uczestnik mógł wziąć udział w – jak to określiła – bardzo ożywionej licytacji. Tym razem zwyciężczą została TRIADA, a wydawca, Julianne Davis, osobiście zawarła kontrakt, którego wartości nie podano. „To bajeczna książka – powiedziała Robinson – napisana przez utalentowaną, zasługującą na uwagę pisarkę, która z pewnością dobrze zna swoje terytorium". TRIADA planuje publikację na wiosnę.

WIELKIE KONTRAKTY
Robinson dziękuje

Niepowstrzymana Angel Robinson ogłosiła w tym tygodniu sfinalizowanie sprzedaży znaczącego projektu. Zmieściła się w czasie przed Świętem Dziękczynienia, które tym razem będzie bardzo szczęśliwe. Wyjątkowy kontrakt dotyczył autora, który jest agentce bardzo bliski. Dosłownie. Książka sprzedana na podstawie oferty nosi tytuł *Obok: Studium czarownic, bogiń i innych kobiet żyjących na krawędzi*, a autorką jest Hillary Robinson, matka agentki. Gordon Hart zdobył kontrakt dla HartHouse, wyprzedzając dwóch innych wydawców. Publikacją zajmie się Kate Small. *La mère* Robinson była nieosiągalna i nie mogła skomentować wydarzenia, ale jej córka powiedziała nam: „Hillary ma encyklopedyczną wiedzę na temat tych grup, a także zna je bezpośrednio. To będzie pierwszorzędna książka, poruszająca bardzo ważny temat. Każdy czytelnik uzna ją za przystępną". Wypowiedź godna dobrej córki.

BOOK NEWS WEEKLY

WIADOMOŚCI TYGODNIA
O SPRZEDAŻY KSIĄŻEK

Niespodziewana wizyta uczyniła Blue Moon 2 najmodniejszym miejscem w mieście

Klienci księgarni Blue Moon 2 zostali w ubiegły poniedziałek wynagrodzeni za swoją lojalność, kiedy nie kto inny, jak sławny autor *Zimna!*, Karanuk, w środku dnia przeczytał zgromadzonym w księgarni tłumom szczęśliwych czytelników fragmenty swojej nowej książki pod tytułem *Odwilż*.

Dzięki temu, że Karanuk w przeszłości był takim odludkiem, pozostawał nierozpoznany aż do chwili, kiedy właścicielka księgarni, Elise Miller, ogłosiła jego obecność. Karanuk, ubrany w czapkę baseballową, dżinsy i bluzę Lakersów, zajął miejsce na niewielkiej scenie w odległym kącie sklepu i przez trzydzieści minut czytał zachwyconej publiczności. Szybko rozeszła się wieść, że Karanuk, który nigdy przedtem nie występował publicznie, jest w Blue Moon 2, i już o pierwszej po południu księgarnia była pełna po brzegi.

„Wiedzieliśmy, że się zjawi – powiedziała koordynatorka imprezy, Anna Anderson. – Ale oczywiście uszanowaliśmy jego prośbę, żeby nie przekazywać tej informacji mediom. Takie wydarzenia dzieją się tylko raz i chcieliśmy przeprowadzić to tak, jak sobie tego życzył". Anderson poinformowała, że zamówiła „setki" kartonów z książkami Karanuka, ale księgarnia wyprzedała je prawie natychmiast.

Wydawca Karanuka, HartHouse, zaprzecza, jakoby były planowane jakieś promocyjne wystąpienia w związku z *Odwilżą*. Co się więc kryje za niespodziewaną wizytą Karanuka? Mogła z tym mieć coś wspólnego znakomita agentka z San Francisco, Angel Robinson. Po prezentacji Karanuk podziękował Robinson za „zainspirowanie ocieplenia, które dało początek zrównaniu dnia z nocą". Robinson, która jest wieloletnią przyjaciółką Miller, była obecna na spotkaniu ze swoim mężem, pisarzem Damianem Vero.

„Ona potrafi czytać w sercu pisarza – powiedział Karanuk o Robinson – i rozumie to, co tam odkrywa. A to potrafi tylko anioł".

Podziękowania

Za miłość, zachętę, wsparcie i cierpliwość chciałabym wyrazić wielką wdzięczność: rodzinie, a szczególnie siostrze Mai, której należy się także dodatkowe podziękowanie za to, że jest jedyną osobą, która przeczytała wszystko, co kiedykolwiek napisałam, G., Gabe i Gabriel. Shaye Areheart (i wszystkim z Shaye Areheart Books) za ofiarowanie tej książce tak gościnnego domu, mojej agentce literackiej Lindzie Loewenthal za serdeczne zajęcie się moją osobą. Mojemu nieocenionemu wydawcy, Sally Kim, za to, że dzięki niej tyle wspaniałych rzeczy stało się możliwe.